BELLE ÉPOQUE

DU MÊME AUTEUR
CHEZ POCKET

AUX MARCHES DU PALAIS
LA TULIPE D'OR
LE MASQUE DE VENISE
LE PAVILLON DE SUCRE

ROSALIND LAKER

BELLE ÉPOQUE

PRESSES DE LA CITÉ

Titre original : *The Fortuny Gown*
Traduit par Martine Céleste Desoille

© Barbara Øvstedal, 1995
Édition originale Doubleday, New York
© Presses de la Cité, 1996, pour la traduction française
ISBN : 2-266-08122-5

A Muriel et John, mes amis de toujours.

1

Si Nikolaï Karasvin ne s'était pas retrouvé bloqué dans les encombrements, rue Pierre-Charron, il ne l'aurait jamais aperçue. Elle marchait d'un pas rapide et souple dans le doux soleil d'avril, et portait une petite valise étiquetée, qui suggérait qu'elle venait tout juste d'arriver à Paris. Elle jetait autour d'elle des regards émerveillés mais ne le vit pas. Il est vrai qu'il était nonchalamment assis à l'arrière de la Rolls Royce 1909 conduite par un chauffeur.

Il sourit. L'observer constituait une diversion agréable. Décidément, Paris avait toujours quelque chose de nouveau à offrir. Il était en route pour l'ambassade de Russie. Ensuite, il devait se rendre à un autre rendez-vous, sans rapport, celui-là, avec ses fonctions diplomatiques. S'il avait été au volant, il n'aurait pas pris cette rue, car les maisons de haute couture * Poiret et Landelle y attiraient tout un va-et-vient d'attelages fringants que les automobiles effarouchaient. Une source d'embouteillages — et des embouteillages, il y en avait, aujourd'hui, comme tous les autres jours.

En connaisseur, il détailla sa jolie silhouette, moulée dans une veste crème bien ajustée et une jupe longue.

---

* Les mots suivis d'un astérisque sont en français dans le texte. *(N.d.T.)*

Elle possédait ce don inné des Françaises : pouvoir porter n'importe quoi avec élégance. Si sa beauté n'était pas conventionnelle, son visage avait quelque chose de piquant : un nez long et fin, un menton pointu et décidé, des yeux noisette pétillants de vie, et une bouche pulpeuse et attirante. Ses cheveux, d'un roux pâle et cuivré, étaient noués en chignon. De son chapeau s'échappaient quelques boucles fauves, chatoyant au soleil.

Deux initiales en lettres d'or se détachaient sur sa valise de cuir : *J.C.* Il aurait bien aimé connaître son nom.

Juliette Cladel ne regrettait pas d'être venue à pied depuis la gare de Lyon où elle avait laissé le plus gros de ses bagages à la consigne. Après huit ans d'absence passés au pensionnat, c'était un soulagement de découvrir que sa ville natale n'avait pas changé. La ville avait gardé le même parfum si singulier. Une odeur de café grillé mêlée à celle plus piquante de l'ail, à la fragrance des fleurs, au bouquet des vins fins, et au fumet aristocratique du cigare. Il émanait de Paris une atmosphère d'opulence, de plaisir et de prodigieuse richesse. Non, décidément, il ne pouvait exister meilleur endroit au monde quand on avait dix-huit ans et que la vie s'offrait enfin à vous ! Et elle était loin, bien loin, du poste de professeur de broderie qu'elle avait occupé ces douze derniers mois...

Juliette fit une pause pour poser sa valise et acheter un bouquet de violettes à une marchande ambulante, sans se douter qu'elle était exactement dans le champ de vision de l'étranger qui se trouvait à quelques mètres d'elle. Elle leva le bouquet de fleurs jusqu'à ses narines et ferma les paupières pour en respirer le parfum avec volupté. Puis, se tournant vers son reflet dans la vitrine d'un parfumeur, elle piqua les violettes sous le ruban de son chapeau. C'est alors qu'elle se sentit observée. Confuse, elle passa une main gantée sur l'arrière de son chignon, jeta un coup d'œil à droite, puis à gauche, avant de reprendre sa valise.

Au même instant, la file de voitures bloquée dans la rue avança. Nikolaï tourna la tête, mais l'inconnue avait déjà disparu dans la foule des piétons.

Tout en marchant, Juliette regardait les numéros au-dessus des portes. Elle n'était encore jamais venue à la maison de mode que dirigeait sa sœur. De seize ans son aînée, Denise était sa seule parente en vie. Veuve de feu le baron Claude de Landelle, elle avait choisi avec soin l'emplacement de son commerce, afin d'y attirer à coup sûr la meilleure clientèle. Mais Juliette savait que Denise n'allait pas l'accueillir à bras ouverts. Surtout lorsqu'elle apprendrait la raison de sa venue inopinée à Paris !

Et pourtant, en dépit de ce qui l'attendait tout à l'heure, elle était ravie d'être de retour. Juliette était fermement décidée à ne plus jamais quitter Paris. Au cours des semaines et des mois qui allaient suivre, elle allait se familiariser à nouveau avec sa ville natale. Même si le souvenir poignant de ses parents disparus y resterait à jamais associé.

Lorsqu'elle atteignit la Maison Landelle, elle recula d'un pas et leva les yeux vers l'imposante façade, qui semblait vous mettre en garde contre les prix pratiqués à l'intérieur. Comme elle se dirigeait vers l'entrée, un portier en livrée lui ouvrit une porte ornée de chiffres d'or. Elle se retrouva face à un vaste escalier de marbre. Lorsqu'elle avait ouvert son commerce, Denise avait opté pour le style désormais connu sous le nom d'art nouveau *, et l'effet était véritablement admirable. De majestueux iris faits de panneaux de cuivre martelé ornaient les murs, et on avait disposé sur des piédestals des vases à la ligne sobre et élégante, remplis de fleurs dont le frais parfum embaumait l'air.

La réception se trouvait en haut de l'escalier. Là, des paravents Lalique en verre laissaient filtrer la lumière de lampes frangées de soie, montées sur des pieds en argent représentant des figures féminines. On entendait un bourdonnement de conversations, venant des salons. Près d'un paravent, deux femmes aux chapeaux immenses étaient en train de parler. Leurs corsages à baleines donnaient à leurs cous un aspect de col de cygne, et leurs silhouettes en S dernier cri devaient beaucoup à un rembourrage à la hauteur de la poitrine, et un autre au niveau des reins. Juliette, qui imaginait sans peine la rigidité de tels corsets, se jura de n'avoir jamais recours à un attirail aussi inconfortable !

— Bonjour *, mademoiselle, dit une jeune femme souriante, vêtue d'une élégante robe de soie noire.

Juliette devina qu'il s'agissait de Mme Millot, la directrice * de Denise et son bras droit. Chez tout grand couturier, la femme occupant ce poste de confiance était le pivot autour duquel évoluaient la clientèle et le personnel. Elle devait être digne, calme et souriante à toute heure, surtout en cas de crise.

— Je ne suis pas attendue, dit Juliette après avoir expliqué qu'elle avait fait un long voyage en train pour venir voir sa sœur.

— Mme la baronne de Landelle n'est pas ici pour l'instant, mais sans doute souhaiterait-elle que je vous dise où vous pouvez la trouver. Elle est allée rendre visite à une vieille amie de retour à Paris après un séjour en Louisiane. Elle est descendue à l'Hôtel Ritz, place Vendôme.

Le visage de Juliette s'illumina.

— Il s'agit de Mme Garnier ?

— Oui, c'est cela.

Juliette se hâta de redescendre les escaliers. Lucille Garnier était une grande amie de ses parents. Denise et elle la considéraient presque comme leur tante, bien qu'elle fût partie vivre à l'étranger. Elle avait quitté Paris lorsque son époux avait accepté un poste important à La Nouvelle-Orléans, où il devait promouvoir et défendre les intérêts commerciaux français. Lucille n'était revenue qu'une seule fois depuis, dans des circonstances tragiques. Mais, cette fois, Juliette savait qu'elle était en France pour renouer avec ses vieilles amitiés, et revoir son pays natal. Lucille lui écrivait, lorsqu'elle était encore au couvent. Et, Denise n'étant pas une correspondante assidue, ses lettres n'en étaient que plus appréciées, d'autant qu'elles provenaient d'une contrée lointaine, où se côtoyaient les vieilles traditions françaises et la modernité.

Dans l'omnibus qui l'emmenait place Vendôme,

Juliette se mit à penser à sa sœur. Elle se souvenait parfaitement du jour où Denise lui avait révélé son intention de créer une maison de couture. C'était un an après les funérailles de Claude de Landelle, et cela faisait un an aussi que Juliette était pensionnaire. Denise était furieuse car son défunt époux avait légué presque toute sa fortune aux enfants d'un précédent mariage, ne lui laissant qu'une rente modeste et la grande maison du faubourg Saint-Germain, qu'elle pourrait conserver à vie, à condition de ne pas se remarier.

— Comment pourrais-je vivre avec aussi peu d'argent ? avait-elle explosé devant sa jeune sœur, sa seule confidente en l'occurrence, puisqu'elle s'était bien gardée de se mettre en colère devant des amis ou des connaissances, de crainte que ceux-ci ne répandent des rumeurs malveillantes.

— Claude a pris sa revanche ! Oh, généreux, il l'était, au début, jusqu'à ce qu'il commence à me reprocher ma prétendue extravagance.

Elle faisait les cent pas en se mordillant les lèvres, verte de rage. Comme le parloir du couvent était glacial, elle avait gardé son manteau de zibeline qui tournoyait autour de ses chevilles dans un crissement soyeux.

— Dieu merci, j'ai eu la bonne idée de faire des placements judicieux du temps où il me laissait encore dépenser à ma guise sans mettre le holà, et je me suis arrangée pour qu'il m'offre des bijoux Cartier chaque fois que l'occasion se présentait !

— Vas-tu te remarier ? demanda Juliette depuis le siège où elle était assise.

Sur la table à côté d'elle se trouvaient des échantillons de broderie et de couture que les religieuses lui avaient conseillé de montrer à sa sœur, car c'était un art dans lequel elle commençait à exceller, mais Denise n'avait même pas daigné y jeter un coup d'œil.

— Me remarier ? (Denise s'était arrêtée brusquement en entendant sa question.) Jamais ! Les hommes mûrs deviennent jaloux et possessifs en vieillissant. Quant aux jeunes, ils sont infidèles. Je le sais ! (Sa voix était amère.)

13

Je puis te dire que dans tout Paris il n'existe pas un seul couple comme papa et maman. (Elle jeta un coup d'œil à l'horloge.) Je dois m'en aller. Mais ne t'inquiète pas. Claude a pris ses dispositions pour que tu puisses finir tes études, et il t'a même laissé un petit pécule qui t'attend lorsque tu sortiras de l'école.

Juliette aimait bien Claude. Il avait un regard chaleureux, même s'il lui avait semblé un peu triste la dernière fois qu'elle l'avait vu.

— C'est très généreux de sa part.

— C'est avec sa veuve qu'il aurait dû se montrer généreux ! s'insurgea Denise en relevant la tête d'un geste brusque. Mais je n'ai pas l'intention de croupir dans la médiocrité jusqu'à la fin de mes jours !

— Que vas-tu faire ?

— J'ai plusieurs cordes à mon arc. Le sens des affaires, et l'instinct de la mode. Deux atouts dont j'entends bien tirer profit.

— Mais comment ?

— Je ne puis t'en dire plus pour l'instant, mais je te tiendrai au courant de mes projets en temps voulu.

Juliette savait qu'elle n'entendrait plus parler d'elle avant longtemps. Les lettres de Denise étaient rares. Lorsqu'elle en reçut enfin une, celle-ci portait l'en-tête de la Maison Landelle. Sans l'ombre d'un remords, Denise avait cédé plusieurs toiles de valeur que Claude lui avait offertes à l'occasion d'anniversaires. L'une d'elles avait été mise en vente aux enchères du Louvre et les autres avaient été vendues pour un prix exorbitant à un millionnaire américain. Elle avait investi jusqu'au dernier sou dans sa maison de couture. Grâce à ses relations, elle avait su attirer chez elle les gens importants. Ceux-ci ne venaient pas forcément pour acheter. Mais la plupart succombaient en voyant ses toilettes de jour, dont le style et la coupe auraient pu rivaliser avec ceux de la Maison Worth, et ses robes du soir, qui évinçaient plus d'un des admirables modèles de la Maison Paquin. Au bout d'une semaine ses carnets de commandes étaient déjà pleins et elle avait doublé le nombre de ses employés.

— Les prix sont-ils moins élevés que ceux des autres maisons de mode ? avait naïvement demandé Juliette, lors d'une visite éclair de Denise.

— Pas du tout ! s'était exclamée sa sœur avec un rire satisfait. (Elle était d'humeur légère, cette fois.) Je suis beaucoup plus chère. C'est ce qui explique que mes créations soient tellement demandées. J'ai commencé à faire de la lingerie également. Des articles tellement exquis que les femmes feraient n'importe quoi pour pouvoir les porter. Oh ! J'y pense. (Elle plongea la main dans l'une de ses poches et en sortit un paquet.) J'ai un cadeau pour toi.

Une fois ouvert, le petit paquet révéla une chemise transparente ornée de rubans roses et de dentelle délicate. Stupéfaite, Juliette la déplia.

— Elle est superbe, mais jamais les sœurs ne m'autoriseront à la porter. Oh ! dit-elle soudain, les yeux écarquillés.

— Qu'y a-t-il ?

— Elle est si fine ! Tu fais de la lingerie transparente * ?

Avec un sourire condescendant, Denise lui reprit la chemise des mains et la replia.

— Je vais la mettre de côté, ce sera pour ton trousseau. Un jour viendra où tu auras envie de la porter.

— Quand pourrai-je revenir à Paris ?

— Tu dois finir tes études d'abord...

L'omnibus était arrivé place Vendôme. Juliette en descendit d'un bond et se dirigea vers l'Hôtel Ritz. C'était un établissement à l'allure majestueuse et aristocratique, fréquenté par la noblesse de sang royal. Dans le vaste hall d'entrée orné de colonnes de marbre, de palmiers en pots et de sofas circulaires, elle entendit de nombreuses voix anglaises. Si Édouard VII avait été en visite en France, elle l'aurait certainement rencontré en ces lieux. Elle se fraya un chemin jusqu'à la réception où elle demanda à être annoncée à Mme Garnier. Le réceptionniste appela la chambre, puis se tourna vers elle avec une petite courbette.

— Mme Garnier occupe la suite numéro quatorze, au deuxième étage. Elle vous attend.

Juliette se dirigea vers l'ascenseur, puis changea d'avis. Après une aussi longue absence, et maintenant qu'elle recommençait à se familiariser avec le monde, il ne fallait rien faire dans la précipitation. Chaque minute devait être savourée pleinement. Elle prendrait l'escalier. Elle se demanda si Lucille avait éprouvé la même chose en arrivant ici ce matin. La joie qu'elle ressentait à l'idée de revoir une amie si chère était tempérée par la perspective de l'accueil glacial de sa sœur. Mais sa décision était prise. Et il n'y avait rien que Denise pût faire ou dire pour la faire renoncer à la voie qu'elle s'était tracée.

Juliette se dirigea vers l'escalier tapissé de rouge. Les quelques minutes qu'il lui faudrait pour atteindre la suite de Lucille allaient lui permettre de reprendre son calme, avant d'affronter le mécontentement de Denise. Elle repensa aux sœurs qui lui avaient souhaité de réussir dans sa nouvelle vie. Celles-ci avaient fini par se faire à l'idée que leur meilleure élève en broderie ne rentrerait jamais dans les ordres, et qu'elle ne resterait pas non plus indéfiniment au couvent pour y enseigner cet art. Malheureusement, Denise ne l'entendait pas de cette oreille.

Posant une main sur la rampe étincelante, Juliette jeta un coup d'œil en direction des salons du rez-de-chaussée. Quelle vision sublime ! C'était comme de regarder un parterre de fleurs. Les vastes chapeaux des dames, posés sur des coiffures bouffantes à la Pompadour, étaient agrémentés de toutes sortes de bouquets, faveurs et voilettes. Certains étaient ornés d'un plumet, d'autres d'oiseaux exotiques entiers, les ailes étirées et la queue déployée en éventail sur toute la largeur du chapeau. Elle aperçut le bleu iridescent d'un martin-pêcheur et le plumage chatoyant d'un cacatoès. Quant aux messieurs, les plus élégants arboraient un chapeau haut de forme, mais on distinguait également les chapeaux melons des hommes d'affaires et des voyageurs arrivés de fraîche date, ainsi que les panamas de ceux qui s'en revenaient d'une promenade au Bois ou sur les boulevards.

16

Tandis que Juliette contemplait la scène, ses yeux se posèrent par hasard sur un jeune homme de belle taille qui se trouvait à côté d'un palmier. L'homme lisait un journal plié sur la largeur d'une seule colonne, et son chapeau mou à large bord dissimulait ses yeux, mais la partie inférieure de son visage était d'une beauté saisissante : des pommettes larges et saillantes, un nez élégant, une bouche sensuelle et un menton large et puissant. Ayant terminé l'article qu'il était en train de lire, il rangea le journal dans la poche de son manteau et, relevant la tête, jeta un coup d'œil impatient à l'horloge qui se trouvait au-dessus de la réception. Juliette vit que ses sourcils et ses cils étaient aussi noirs que ses cheveux bouclés.

L'homme attendait une femme, cela ne faisait aucun doute. Son épouse ? Sa fiancée ? Une actrice des Folies-Dramatiques peut-être, ou une chanteuse de l'Opéra. Qui qu'elle fût, Juliette espérait qu'elle apparaîtrait dans les quelques secondes qui allaient suivre, car sa curiosité était piquée à vif. Puis Nikolaï Karasvin leva les yeux et son regard rencontra le sien.

Surprise, elle retint son souffle. Contrairement à ce qu'elle avait imaginé, les lourdes paupières cachaient un regard qui n'avait rien de blasé ou de morose, et lorsque ses yeux plongèrent dans les siens elle sentit un frisson la parcourir tout entière. Ils étaient vifs et alertes, d'un gris métallique et perçant. Les yeux d'un homme qu'il valait mieux ne pas contrarier ! Tandis qu'ils continuaient à se dévisager, le regard de l'inconnu se fit soudain plus profond et plus chaleureux. Sans comprendre pourquoi, elle se sentit soudain irrésistiblement attirée par lui.

De son point de vue à lui, elle se tenait non loin d'une fenêtre qui la mettait en pleine lumière, sa silhouette, sa chevelure fauve et ses habits clairs se détachant sur la sombre tapisserie fleurdelisée ornant le mur derrière elle. Manifestement, il n'y avait aucune coquetterie dans son attitude, mais il sentit qu'elle était incapable de détacher son regard du sien. Elle était aussi magnétisée qu'il l'était lui-même par l'attirance puissante et quasi irrésistible qu'ils éprouvaient l'un pour l'autre. S'il avait pu la toucher à cet instant, elle se serait sans doute mise à trembler.

Un couple qui conversait bruyamment dans l'escalier arracha brutalement Juliette à sa rêverie. Elle tourna la tête vers eux puis à nouveau vers lui. Il lui sourit. Ses yeux pétillaient. Elle ne put s'empêcher de lui rendre son sourire. Puis, d'un pas soudain plus furtif, elle reprit son ascension des escaliers.

Une fois hors de sa vue, elle rejeta la tête en arrière dans un geste exubérant. Quelle rencontre extraordinaire ! Elle songea qu'il devait décidément attendre quelqu'un, sans quoi il ne l'aurait pas laissée s'en aller sans lui adresser la parole. Depuis toujours on lui ressassait qu'il fallait éviter ce genre d'œillades assassines, mais aujourd'hui elle avait brillamment ignoré cette règle, et s'en félicitait. Car indépendamment de toute autre considération, cela lui avait permis de comprendre qu'elle était désormais maîtresse de sa propre vie !

2

Juliette trouva la suite de Lucille Garnier tout au bout d'un long corridor. D'ici, la vue sur la place Vendôme devait être magnifique. Elle frappa à la porte et celle-ci s'ouvrit sur une femme de chambre à la mise impeccable qui la fit entrer dans un vestibule orné de miroirs rehaussés d'or.

— Mme Garnier vous attend, mademoiselle, dit-elle dans un français qui révélait qu'elle était originaire de Louisiane.

Ayant débarrassé Juliette de sa valise, elle la fit entrer dans un luxueux salon Louis XV au plafond orné de lustres de cristal.

Lucille quitta aussitôt le sofa qu'elle occupait, et lui tendit ses bras dodus dans un froissement de soie cannelle qui fit frémir son sautoir de perles.

— Ma très chère enfant ! s'exclama-t-elle d'une voix émue.

— Tante Lucille !

Le surnom affectueux qu'elle lui donnait étant enfant était venu spontanément aux lèvres de Juliette, tandis qu'elle se précipitait dans ses bras. Elles s'embrassèrent sur les joues, puis restèrent un moment enlacées.

— Comment va l'oncle Rodolphe ? Est-il avec toi ?

Lucille secoua négativement la tête.

— Il n'est pas encore à la retraite, et il n'a pas pu se

libérer. De toute façon il n'aime pas les voyages et préfère rester à la maison.

Saisissant Juliette par les épaules, elle la tint devant elle, bras tendus, pour la contempler d'un œil affectueux.

— Comme tu ressembles à ta mère lorsqu'elle avait ton âge ! Je t'aurais reconnue entre mille !

— Et je t'aurais reconnue moi aussi ! Tu n'as pas changé !

Lucille accueillit ce compliment par un petit sourire triste.

— Si seulement mon miroir pouvait m'en dire autant !

Bien que proche de la soixantaine, son teint, avec l'aide de bons cosmétiques, était étonnamment lisse. Les seules rides apparentes étaient celles que le rire avait creusées aux coins de ses yeux bleus. Une habile teinture avait rendu sa couleur blonde d'origine à son épaisse chevelure bouffante, et bien qu'elle fût d'assez forte corpulence, sa silhouette fermement corsetée avait la forme d'un S, comme l'exigeait la mode.

— Pourquoi ne m'as-tu pas dit dans tes lettres que tu venais en France ? demanda Juliette gaiement, tout en ôtant son chapeau et ses gants.

— Je voulais te faire une visite surprise au couvent, et te ramener ensuite avec moi à Paris. (Lucille mena Juliette jusqu'au sofa de brocart jaune, où elles s'assirent toutes deux.) C'est pour cette raison que j'ai retenu cette suite qui dispose d'une chambre supplémentaire.

Juliette se tenait droite comme un i, tant le plaisir de ces retrouvailles inattendues était grand, et venait ajouter à l'excitation de la journée.

— Eh bien, tu m'as surprise, exactement comme tu l'espérais ! Je n'en ai pas cru mes oreilles quand on m'a dit, à la Maison Landelle, que Denise était venue te rendre visite. (Elle jeta un regard rapide autour d'elle.) Mais où est-elle ?

— Denise est sortie au moment même où le téléphone a sonné pour m'annoncer que tu étais à la réception. Je ne comprends pas que vous ne vous soyez pas croisées.

— Elle aura sans doute pris l'ascenseur alors que je prenais l'escalier.

— Je vais appeler la réception pour voir s'il n'y a pas moyen de la rattraper avant qu'elle quitte l'hôtel.

Lucille fit un mouvement en direction du téléphone, mais Juliette l'empêcha d'attraper le combiné.

— Non, j'aurai tout le temps de voir Denise plus tard. Je voudrais te parler en tête à tête d'abord.

Lucille se rassit.

— Si tu veux m'épargner la scène qui ne manquera pas d'éclater, sache que j'ai déjà entendu Denise commenter le télégramme qu'elle a reçu ce matin du couvent ! Dis-moi plutôt ce qui t'a poussée à venir à l'improviste. Denise m'a assuré que, si tu l'avais avertie, elle aurait pris toutes les dispositions nécessaires.

Juliette fronça les sourcils, l'air perplexe.

— Vraiment ? Pourtant, Denise ne m'a jamais encouragée à revenir à Paris. Au début j'étais plutôt contente de pouvoir rester au couvent en qualité de professeur, et cela pour deux raisons. D'abord cela m'a permis d'approfondir mes connaissances en matière de confection lorsque j'avais du temps libre, et ensuite de m'acquitter d'une tâche que je m'étais fixée. Cette chère vieille sœur Berthe, qui a toujours été si gentille avec moi, m'avait demandé de l'aider à finir la nappe d'autel qu'elle avait commencée pour la cathédrale de Chartres il y a plus de dix ans, avant que sa vue commence à faiblir.

— Je me souviens, tu m'en avais parlé dans une de tes lettres.

— Lorsque j'y ai mis le point final, hier, mes bagages étaient déjà faits, dit Juliette, l'air triomphant. La mère supérieure avait trouvé une sœur pour assurer les cours à ma place, si bien que plus rien ne me retenait là-bas. Mais de là à voyager sans chaperon ! Les sœurs étaient complètement affolées à l'idée de me voir partir seule. Mais j'avais une telle envie de rentrer à Paris que je n'aurais pas pu attendre une minute de plus.

— Comme je te comprends !

— Si tu le permets, j'aimerais envoyer un télégramme au couvent, pour annoncer que je suis bien arrivée.

— Je te conseille de ne plus prendre aucune initiative dans l'immédiat. Laisse faire Denise. Je vais lui donner le temps de rentrer à la Maison Landelle, puis je l'appellerai pour lui dire que tu es ici. Tu pourras lui parler, toi aussi. A présent, dis-moi ce qu'il en est de ce vieux prétendant à qui Denise et la mère supérieure ont permis de te rendre visite au couvent, en présence d'un chaperon...

Juliette soupira.

— Denise le trouvait bien parce qu'il était riche, et qu'il possédait une belle maison qu'elle a visitée une fois. Mais il était plus proche de son âge que du mien, et rien au monde n'aurait pu me persuader de l'épouser. Malheureusement, moins je manifestais d'enthousiasme à son égard, plus il s'entêtait. Il a tout de même fini par comprendre que j'étais décidée à rester célibataire, et il s'est lassé.

— Les hommes, quand ils sont amoureux, peuvent devenir infiniment pervers. Denise m'a énoncé en long et en large tous les avantages qu'une telle union présentait pour toi, et m'a dit combien tu étais sotte de laisser passer une telle occasion. Je crois que sa colère tient davantage au fait que tu aies refusé de l'épouser qu'à la manière dont tu as quitté le couvent sans prévenir. Pour être parfaitement honnête, j'ai le sentiment qu'elle cherche à se débarrasser de ses responsabilités de sœur aînée sur quelqu'un d'autre, tout comme elle l'a fait en t'envoyant au pensionnat à la mort de ta chère maman.

— Je le sais, et je sais aussi pourquoi. Après tout, elle n'a pas d'enfants, ce qui lui permet de mener une vie très active, et bien que nous soyons sœurs, je n'ai jamais joué aucun rôle dans son existence, ni avant, ni après son mariage. Mais je ne lui en veux pas. J'étais plutôt heureuse au couvent, après que j'ai réussi à surmonter mon terrible chagrin, bien sûr. Mais les craintes de Denise seront bientôt dissipées. J'ai des projets d'avenir. J'ai choisi une carrière, et je suis fermement décidée à réussir.

— Tu vas travailler ! s'écria Lucille en battant des

mains avec enthousiasme. Je ferais la même chose, si j'avais ton âge. Mais avant que nous poursuivions cette conversation, à quelle heure as-tu mangé pour la dernière fois ?

— J'ai grignoté quelque chose vers midi.

S'emparant aussitôt du téléphone, Lucille ordonna qu'on leur monte sur-le-champ du café et des pâtisseries. Puis elle se rassit confortablement au milieu des coussins.

— Je suis sûre que tu excelleras dans la profession que tu as choisie, quelle qu'elle soit, poursuivit-elle. Je me réjouis de voir que ta génération a plus de bon sens que la mienne. Nous ne pensions qu'à nous marier et à avoir des enfants. Toutes les femmes devraient acquérir une certaine autonomie avant d'y songer.

— A en juger par mes compagnes de pensionnat, je dois être une exception.

— Dis-toi plutôt que tu es à la pointe d'un fer de lance. De plus en plus de carrières s'ouvrent aux femmes qui souhaitent entrer dans le monde du travail ou des affaires. Ton choix ne m'étonne nullement, car au fil de ta correspondance j'ai vu ton caractère et ta volonté se développer et s'affirmer. Je t'avouerai que j'étais enchantée lorsque tu m'as raconté ta première escapade, car j'ai compris alors que tu n'étais plus l'enfant docile et malléable dont j'avais gardé le souvenir.

Les yeux de Juliette pétillaient de malice.

— Dieu merci ! Et ça n'est pourtant pas faute d'avoir été châtiée par les sœurs quand j'étais petite, pour des espiègleries somme toute inoffensives. Mais je savais que tu ne me jugerais jamais avec autant de rigueur qu'elles l'ont fait.

— Ah ça non ! Il n'y a rien d'étonnant à ce que tu sois devenue une espèce de rebelle. J'ai toujours trouvé que ta sœur était cruelle de ne pas te laisser revenir à la maison pour les vacances.

— Elle faisait ce qu'elle pouvait pour moi dans d'autres domaines. Je n'ai jamais manqué de vêtements neufs, ni de livres ou d'argent de poche, et elle venait me rendre visite trois ou quatre fois l'an.

Lucille ne semblait nullement impressionnée.

— C'est bien la moindre des choses !

— A mesure que je grandissais, j'avais l'impression qu'elle se rapprochait de moi et me traitait en confidente, me racontant tous ses malheurs. Quant aux vacances, rappelle-toi la chance que j'ai eue d'avoir pour amie Gabrielle Rousset. Ses parents m'invitaient souvent chez eux, et aussi dans leur villa d'Antibes, où nous nous baignions et faisions du bateau à voile et des pique-niques, et où ils donnaient des soirées. Gabrielle m'a beaucoup manquée lorsqu'ils l'ont retirée du couvent pour l'envoyer finir ses études en Suisse.

— As-tu l'intention de la revoir ?

— Dès que cela sera possible. Nous sommes restées en contact.

Puis le café fut apporté dans une cafetière en argent, et servi dans des tasses en porcelaine bleue filetée d'or. Les pâtisseries étaient aussi délicieuses qu'elles en avaient l'air et Juliette en savourait chaque miette avec délice. Lucille, elle, continuait de bavarder avec entrain.

— Heureusement, je n'ai accepté aucune invitation pour ce soir, bien qu'il me tarde de revoir mes vieux amis. J'espère que tu vas rester avec moi une bonne partie des six semaines que je vais passer à l'Hôtel Ritz. Mais c'est à toi de décider. Tu dois te sentir libre d'aller et venir à ta guise pour chercher du travail, ou voir tes amies.

Juliette reposa sa tasse vide et sa soucoupe avec un soupir de contentement.

— Comme tu me gâtes. J'adore ça ! Je serais si heureuse de pouvoir rester ici avec toi.

— Parfait ! Affaire conclue, donc.

Une pendule dorée sonna l'heure avec un tintement cristallin, rappelant à Lucille qu'elle devait appeler Denise. La conversation fut brève. La voix claire et tendue de Denise résonnait dans le cornet du téléphone et parvenait jusqu'aux oreilles de Juliette.

— Mais bien entendu, tu peux garder Juliette avec toi, Lucille, et je vais prévenir le couvent qu'elle est arrivée. Non, je ne veux pas lui parler et je n'ai nullement hâte de la voir. De toute façon, je quitte Paris demain pour affaires, pour deux jours. Je te ferai savoir quand je serai de retour. Au revoir.

Lucille raccrocha.

— Eh bien, Juliette, tu as quarante-huit heures de répit avant de voir ta sœur.

Juliette hocha la tête.

— Voilà qui tombe on ne peut mieux. Cela me laisse le temps de trouver du travail avant qu'elle et moi ne nous retrouvions face à face. C'est ainsi que j'avais espéré que les choses se passeraient, même s'il était normal que j'aille la voir dès mon arrivée.

— Mais, dis-moi, quelle est la carrière que tu as choisi d'embrasser ? Est-ce un métier en rapport avec tes talents de brodeuse ?

Juliette répondit par un petit hochement de tête enthousiaste.

— Je veux travailler dans une maison de mode — mais pas la Maison Landelle ! Ça non ! Je souhaite être engagée chez Worth.

— C'est un bon choix.

— Mes travaux de broderie ont récemment été exposés, et je sais que je mérite mieux que de débuter en tant que simple apprentie. Mais je pourrais me faire embaucher comme deuxième main et monter en grade ensuite. J'ai apporté des échantillons de mon travail avec moi, afin de montrer ce que je sais faire.

Lucille se pencha vers Juliette, vivement intéressée.

— Et quel est ton but ultime ?

— Monter ma propre maison de couture. Mais pas pour faire concurrence à Denise. Dès que j'en aurai les moyens financiers, je m'installerai dans une grande ville suffisamment proche de Paris pour pouvoir y venir aisément.

— Ce ne sera pas une maison de mode, alors ?

— Non, pour cela il faut être installé dans Paris.

— Où que tu sois, je serai ta première cliente. Cela m'obligera à rompre avec mes vieilles habitudes et à cesser de me faire habiller par la Maison Paquin. Mais si je ne suis pas trop vieille ni trop gâteuse, je viendrai moi-même aux essayages, plutôt que de faire faire toutes mes toilettes sur un mannequin à mes mesures et me les faire envoyer ensuite en Louisiane.

— Tu ne seras jamais vieille ! protesta Juliette avec véhémence.

Lucille éclata de rire.

— Tu me fais l'effet d'un tonique ! Je commence à réaliser combien la compagnie des jeunes gens me manque. Mes deux fils sont chacun installés à un bout du monde. Rodolphe et moi voyons si rarement nos petits-enfants ! Je me demande quelle sera la réaction de Denise lorsqu'elle apprendra que tu veux travailler dans la couture. As-tu visité d'autres maisons de mode, en dehors de la Maison Landelle où tu es allée aujourd'hui ?

— Non. J'étais trop jeune pour accompagner maman quand elle allait faire ses essayages chez Worth. Elle emmenait Denise, qui était en âge de se faire faire des robes.

— Dans ce cas, viens avec moi demain à la Maison Paquin. Je vais choisir une nouvelle garde-robe avant de m'en retourner en Amérique. Ainsi tu pourras mieux te rendre compte de l'atmosphère qui règne chez un grand couturier.

L'occasion était trop belle pour que Juliette la laisse passer. Voir les choses du point de vue de la cliente lui donnerait un surcroît d'assurance lorsqu'elle se présenterait pour se faire embaucher.

— Je suis sûre que cela sera passionnant ! Denise m'en a beaucoup parlé lorsqu'elle venait me rendre visite au pensionnat, mais ce sera beaucoup mieux si je peux me rendre compte par moi-même.

— Question toilette, qu'as-tu apporté avec toi ?

— Rien qu'une tenue de rechange et une paire de souliers. J'ai laissé ma malle à la gare de Lyon. Je ne voulais pas m'embarrasser avant d'avoir trouvé un logement convenable. Et puis, si j'avais pris tous mes bagages avec moi, Denise m'aurait immédiatement soupçonnée de vouloir m'imposer.

— Donne-moi le ticket de consigne. Je vais le confier à Marie, la femme de chambre. Cette fille est une perle dont je ne pourrais me passer. Elle va se charger de faire livrer ta malle.

Elle fit tinter la sonnette qui se trouvait à côté du téléphone. Marie parut et le ticket lui fut remis. Puis elle se retira et Lucille parla de ses projets pour la soirée.

— J'ai pensé que nous pourrions dîner chez Foyet. Je suis sûre que la cuisine et le service y sont toujours aussi extraordinaires.

— Mes parents dînaient souvent là-bas. C'était leur restaurant préféré.

— Je sais. C'est pourquoi j'étais certaine que cela te ferait plaisir. A présent, j'imagine que tu aimerais voir ta chambre, prendre un bain et te reposer quelques instants. Je m'étends toujours un petit peu avant de m'habiller, lorsque je sors le soir.

La chambre de Juliette était aussi somptueuse que le reste de la suite. Il y avait un bouquet de fleurs fraîches dans un vase, et une grande boîte de chocolats offerte gracieusement par la maison, ainsi qu'une corbeille de fruits. L'ensemble formait un tel contraste avec les murs et le sol nus du pensionnat où elle avait vécu si longtemps ! Bien que n'étant nullement fatiguée, elle s'allongea sur le couvre-pieds en satin et s'étira avec volupté. Peu après elle entendit Marie qui lui faisait couler un bain.

Lorsque Juliette s'en revint dans sa chambre, après s'être longuement prélassée dans un bain parfumé, elle trouva sa malle qui avait été livrée, et Marie, à genoux, en train de déballer ses affaires. Juliette lui demanda de ranger ses échantillons de broderie dans un tiroir à part afin qu'ils ne soient pas froissés. Lorsque cela fut fait, Juliette tourna son attention vers ses robes qui avaient été pendues dans l'armoire. Toutes ses affaires provenaient de la Maison Landelle, et bien que d'un style sobre, elles avaient été réalisées par quelques-unes des meilleures couturières de Paris. Étant elle-même couturière, elle savait apprécier un travail bien fait.

Lorsqu'elle se fut habillée et que la femme de chambre fut sortie, Juliette alla à la fenêtre et regarda scintiller les lumières de la ville. Elle se demanda où le bel étranger, accompagné de la femme qu'il attendait, allait passer la soirée. Elle espérait qu'elle n'allait pas le rencontrer chez Foyet, car cela risquerait de troubler sa tranquillité d'esprit. A en juger par son apparence soignée et la coupe de ses vêtements, l'homme semblait assez riche pour pouvoir dîner où bon lui semblait. Peut-être avait-il emmené sa bonne amie dans un grand restaurant, à moins qu'il ne s'agisse d'une artiste de théâtre ou d'une demi-mondaine, auquel cas ils seraient allés se divertir dans un endroit plus osé, comme le Moulin Rouge. Comme ce devait être amusant !

Ses parents, Michel et Catherine Cladel, avaient passé une soirée au Moulin Rouge lorsqu'ils étaient jeunes mariés. Elle l'avait appris en interrogeant sa mère au sujet d'une esquisse accrochée au mur. Bien que les traits en fussent clairsemés et l'effet d'ensemble assez bizarre, on y reconnaissait indiscutablement ses parents en train de boire gaiement du champagne. En riant à demi, Catherine lui expliqua d'où provenait l'esquisse.

— Ça n'a pas été facile de persuader ton père de m'emmener là-bas, dit-elle, en prenant la main de Juliette dans la sienne tandis qu'elles regardaient ensemble le dessin accroché au mur. Parce que c'était un endroit où les dames bien n'étaient pas censées aller, tu comprends ! Mais j'avais tellement entendu parler du scandaleux « can-can » que je mourais d'envie de le voir. Il paraît qu'on le danse encore, mais d'une façon moins scabreuse qu'à l'époque.

— Qui a fait l'esquisse, maman ?

— Un peintre du nom de Toulouse-Lautrec. Nous l'avions aperçu là-bas, mais nous étions à mille lieues de nous douter qu'il nous croquerait. Deux années plus tard ton papa a trouvé le tableau par hasard chez un marchand, et il l'a acheté. C'est moi qui ai choisi le cadre et nous l'avons accroché ici, sur le mur de notre chambre à coucher, en souvenir de cette merveilleuse soirée.

En fait, ils avaient passé plus d'une soirée mémorable au cours de leur mariage. Juliette se souvenait que ses parents évoluaient dans un cercle mondain des plus brillants. Ils avaient leur loge privée à l'Opéra, et les meilleures places à Longchamp. Ils donnaient des soirées qui remplissaient la maison de rires et de musique, et chaque fois Catherine était habillée par Worth de la tête aux pieds. Ils vivaient une vie pleine de charme, sans imaginer un seul instant qu'elle prendrait fin de façon tragique.

Ce n'est que lorsque Juliette avait été invitée chez Gabrielle, au cours des vacances d'été, qu'elle avait découvert que tous les couples n'étaient pas aussi amoureux ou passionnés que l'avaient été ses parents. M. et Mme Rousset évoluaient dans un cercle semblable au leur, et lors de sa première visite à Antibes Juliette avait été surprise de voir qu'ils se chamaillaient et préféraient ne pas rester seuls. A sa grande stupeur, elle avait été témoin d'autres disputes opposant les autres couples présents. En surface, tout semblait empreint d'une jovialité pétillante et tous étaient venus pour s'amuser — mais pas nécessairement avec leurs partenaires légitimes. Une fois, elle avait vu Gabrielle s'enfuir de la villa, les mains plaquées sur les oreilles, tandis que ses parents s'invectivaient à qui mieux mieux derrière une porte close. Juliette s'était élancée à la suite de son amie et l'avait retrouvée assise sur un rocher au bord d'une mer aux reflets d'arc-en-ciel. Il était clair que c'était le refuge habituel de Gabrielle.

— Je ne sais pas comment je pourrais endurer ces vacances si tu n'étais pas là, Juliette, lui avait-elle dit. Tout au moins, lorsque nous sommes ensemble nous pouvons nous évader. Ils ne veulent pas de moi dans leurs jambes.

— C'est pour cela qu'ils m'invitent, avait répondu Juliette avec bon sens, en ôtant ses bas et ses souliers pour tremper ses orteils dans l'eau.

Gabrielle avait écarté une mèche de cheveux châtains de ses yeux bruns.

— Grâce au Ciel, ils te permettent de venir, c'est tout ce qui compte !

Pour Juliette, qui commençait à mûrir, les rencontres annuelles d'Antibes offraient ample matière à réflexion, et elle passait de longues heures à méditer et à broder en silence. C'est ainsi qu'elle commença à se demander si Denise, qui voulait toujours être au centre de tout, en avait voulu à ses parents de s'aimer et d'être aussi proches l'un de l'autre. Ensuite, lorsque Denise avait eu seize ans et qu'elle avait commencé à sortir dans le monde, sa mère, alors âgée de quarante-trois ans, lui avait causé un embarras indescriptible en mettant au monde une petite fille. Une naissance qui, bien que survenue de façon inattendue, avait comblé ses parents. Lorsque Denise les avait vus prodiguer à l'enfant cet amour qu'elle s'imaginait ne jamais avoir reçu elle-même, ç'avait été pour elle une autre cause de jalousie. Juliette n'était pas bien vieille lorsqu'elle avait compris qu'il y avait entre Denise et sa mère une mésentente de longue date, car le tempérament emporté de sa sœur rendait parfois la vie difficile à la maison. Mais elle n'en trouvait pas moins étrange que Denise, qui plaçait l'amour au-dessus de toute chose, ait décidé d'épouser à l'âge de vingt-quatre ans un homme deux fois plus vieux qu'elle, et uniquement pour son argent. Juliette était présente lorsqu'une pénible scène avait éclaté. Denise, qui avait revêtu sa robe de mariée, était fin prête, et elle-même était vêtue d'une robe de demoiselle d'honneur en organdi bleu rehaussé de dentelle.

— Il n'est pas encore trop tard pour changer d'avis, ma chérie, avait dit sa mère, le visage défait à l'idée du mariage sans amour qui allait être célébré.

— Je te l'ai déjà dit et je te le répète, maman, avait glapi Denise, Claude est très riche et, comme tu le sais, il est tenu en haute estime par les membres du gouvernement et d'autres personnalités éminentes. Il a même du sang bleu dans les veines et s'il n'était pas un républicain convaincu il porterait le titre auquel il peut prétendre. (Ses yeux jetaient des étincelles.) Mais j'entends bien le faire changer d'avis le moment venu. De toute façon, je serai invitée partout dans le monde et j'aurai tout ce que je veux. Ce qui me changera de la maison et de papa qui ne semble guère disposé à délier les cordons de sa bourse ces temps-ci.

— Comment peux-tu dire une chose pareille ? Tu sais bien qu'il a des soucis d'argent en ce moment, ce qui ne l'a pas empêché de t'offrir le mariage grandiose que tu désirais, sans regarder à la dépense.

— Simplement parce qu'il est content de se débarrasser de moi !

— Comment peux-tu être aussi cruelle ? Un jour comme aujourd'hui !

En assistant à tout cela, Juliette avait été consternée. Son bonheur de porter une si jolie robe partait en fumée. Quelqu'un vint la chercher à ce moment-là, car la voiture des demoiselles d'honneur l'attendait. Elle avait jeté un regard en arrière et vu des larmes de chagrin dans les yeux de sa mère. Bien qu'elle n'en fût pas consciente alors, c'était la première fois que celle-ci déclarait ouvertement que l'empire financier des Cladel était menacé. Dix-huit mois plus tard, son père succombait à une crise cardiaque provoquée par sa ruine financière.

C'est alors que Lucille était rentrée en France pour soutenir la veuve ravagée par le chagrin. Elle était restée aussi longtemps qu'elle l'avait pu, puis il lui avait fallu rentrer. Incapable de s'habituer à la vie sans Michel, Catherine était tombée malade. Une proie toute désignée pour la grippe...

Denise l'avait aussitôt soignée avec diligence et compassion. Il y avait longtemps que Juliette en était venue à la conclusion que, pour la première fois de sa vie, sa sœur s'était sentie indispensable. Denise avait soigné sa mère sans relâche, même après que Claude, qui, cédant à la pression de sa femme, avait repris son titre de noblesse, eut engagé une équipe médicale de tout premier ordre. En vain.

Un coup frappé à la porte fit se retourner Juliette. C'était la femme de chambre.

— Êtes-vous prête, mademoiselle ? Madame aimerait se rendre chez Foyet maintenant.

— Oui, bien sûr, dit Juliette en prenant son manteau et sa bourse brodée de perles.

Lucille, qui l'attendait au salon dans une somptueuse toilette de brocart cramoisi et de rubis, hocha la tête d'un air approbateur lorsqu'elle parut.

— Comme tu es jolie, ma chérie ! A présent, partons.

Lorsqu'elles traversèrent le hall de marbre, Juliette jeta un coup d'œil furtif pour voir si l'étranger ne s'y trouvait pas. Mais il était invisible. De même, elle ne le vit pas chez Foyet. Elle n'aurait su dire si elle en était déçue ou soulagée.

3

— Puis-je te demander pourquoi tu te fais habiller par Mme Paquin, que Denise considère comme sa plus farouche rivale, et non par la Maison Landelle ? demanda Juliette à Lucille le lendemain matin.

Elles étaient en route pour la Maison Paquin dans une calèche conduite par un cocher en haut-de-forme, que Lucille avait louée pour toute la durée de son séjour.

— J'achèterai de la lingerie chez Denise, répondit Lucille. C'est un domaine dans lequel elle dit être la reine — elle dit d'ailleurs cela à propos de toutes ses autres créations ! Tu comprends, je suis l'une des plus anciennes clientes de Mme Paquin, et elle me dorlote depuis des siècles. Avec elle, j'ai la certitude que mes toilettes seront aussi confortables qu'élégantes. Elle porte chacun de ses modèles pour les tester, avant de les présenter au public...

— Mais Denise fait la même chose.

— Vraiment ? Je l'ignorais.

Le ton détaché de Lucille indiquait qu'elle n'avait nullement l'intention de changer de couturière. Elle était tellement heureuse de revoir Juliette qu'elle lui avait demandé de s'accorder une journée de répit avant de se lancer à la recherche d'un emploi. Juliette, qui ne demandait pas mieux, avait accepté.

C'était une chaude matinée, pleine d'exubérance. Les arbres déployaient un feuillage vert et frais que la poussière d'été n'avait pas encore terni. Sur la place Vendôme, la colonne de bronze érigée à la gloire de Napoléon et de ses lointaines victoires semblait rougeoyer au soleil. Les automobiles, qui roulaient en tous sens en klaxonnant à qui mieux mieux, étaient pratiques et rapides, mais aucune d'entre elles ne pourrait jamais égaler une élégante calèche, lorsqu'on voulait voir et être vu. Et il y avait tant à voir !

Les vieux immeubles auraient eu besoin d'un bon coup de peinture. Leurs persiennes défraîchies flanquaient des fenêtres habillées de dentelle et de pots de fleurs, qui jetaient çà et là des notes roses et rouge vif. Les stores multicolores des cafés s'étiraient comme des ailes au-dessus des terrasses où les clients attablés buvaient et bavardaient tout en regardant le monde défiler devant leurs yeux. Sur les Champs-Élysées, les vitrines des modistes regorgeaient de chapeaux aussi raffinés et tentants que les gâteaux des pâtisseries. Dans les vitrines des confiseurs, les boîtes enrubannées de satin rivalisaient avec les dragées aux couleurs pastel. Des parures extraordinaires scintillaient à la devanture des bijoutiers et les boutiques de luxe présentaient de somptueuses étoffes savamment drapées.

— Je suis contente que nous ne soyons pas allées directement à la Maison Paquin, dit Juliette, lorsque la calèche s'engagea enfin dans la vaste et élégante rue de la Paix.

— Je suis comme toi, j'ai envie de tout revoir, ma chérie, dit Lucille, qui avait donné ordre au cocher de prendre un chemin détourné.

Juste avant de franchir le porche du n° 3 et de pénétrer dans la cour intérieure, Juliette jeta un coup d'œil à la Maison Worth, située au n° 7. C'est là que, demain, elle viendrait présenter ses travaux d'aiguille.

A peine étaient-elles entrées dans la Maison Paquin que la directrice * vint leur souhaiter la bienvenue. Puis la vendeuse * attitrée de Lucille les précéda à travers de somptueux salons. Juliette constata, d'emblée, que la Maison Paquin était l'un des rendez-vous favoris des élégantes parisiennes. Certaines conversaient, leurs chapeaux richement ornés se rapprochant alors qu'elles échangeaient leurs confidences. D'autres se faisaient présenter des étoffes de prix par des vendeuses *, ou examinaient les croquis de modèles qui avaient été spécialement conçus pour elles. Plusieurs d'entre elles avaient amené leur chien, de petites créatures coiffées de rubans qui trottaient en tous sens. Un glapissement indigné s'élevait de temps à autre, lorsqu'ils se faisaient piétiner par inadvertance. Ces dames poussaient alors des cris affolés et prodiguaient force caresses à la petite victime pour la consoler. Il y avait également quelques messieurs, le chapeau et la canne à la main, qui semblaient s'ennuyer copieusement. Quelques jolies personnes, appelées mannequins, paradaient gracieusement dans des créations Paquin.

On installa enfin Lucille et Juliette dans un petit salon privé afin de leur présenter les toilettes spécialement sélectionnées par la vendeuse *.

— Vous nous avez écrit que vous désiriez un déshabillé en dentelle, dit celle-ci à Lucille. Nous avons plusieurs modèles en dentelle de Venise à vous présenter. Ils sont absolument ravissants.

Sur un signe imperceptible de la vendeuse, le premier mannequin sortit de derrière une tenture dans un déshabillé vert amande. D'autres déshabillés suivirent, ainsi qu'un assortiment complet de toilettes pour chaque heure du jour. Des ensembles pour aller en promenade ou en visite, précédés de toilettes pour se rendre aux courses ou se promener en automobile, des robes d'après-midi, des robes pour le thé, des robes du soir, et pour finir des créations exclusives pour les soirées d'apparat. Chaque toilette présentée semblait encore plus somptueuse que la précédente. De l'avis de Juliette, les robes en dentelle de Venise étaient de loin les plus belles, bien qu'elle trouvât les perles et les broderies d'or et d'argent superflues. A ses yeux, la dentelle était suffisamment belle en soi. Mais bien que ses goûts allassent à des lignes plus sobres, elle savait que tous les modèles présentés siéraient parfaitement à la silhouette imposante de Lucille.

Lorsque les mannequins eurent défilé une première

fois, on prit le temps de revoir les modèles préférés de Lucille. Elle devait en rapporter une telle quantité avec elle, qu'il lui eût été impossible de les choisir tous en une seule fois. Et de toute façon, elle ne prendrait aucune décision définitive tant que Mme Paquin n'aurait pas été consultée au sujet des modifications de style et de couleur que Lucille souhaitait apporter aux toilettes.

— L'avantage de la haute couture, déclara Lucille un peu plus tard, tandis qu'elles se régalaient d'un déjeuner léger chez Voisin, c'est que chaque chose est réalisée à vos mesures exactes, y compris le tour du poignet. Cela vaut la peine de subir plusieurs essayages car le résultat est absolument parfait. Aucune couturière au monde ne saurait égaler les couturières parisiennes. Si seulement j'avais pu leur demander de nous présenter quelques modèles pour toi, Juliette ! J'adorerais t'acheter de jolies choses. Mais je crains que Denise n'explose si elle te voyait porter les toilettes d'une concurrente.

Juliette rit.

— Tu as raison ! De toute façon, je serai bientôt une travailleuse, et je n'aurai pas souvent l'occasion de porter des toilettes aussi élégantes que celles que nous avons vues ce matin...

L'après-midi fut consacré à une promenade au Bois. Nombreux étaient les autres attelages. Le soleil filtrant à travers le feuillage jetait des taches de lumière sur les flancs des fringants coursiers qui luisaient comme s'ils avaient été astiqués. Les harnais brillaient et les ombrelles, tels des champignons aux couleurs pastel, tournaient dans des mains gantées de blanc. Lucille était ravie chaque fois qu'elle apercevait de vieilles connaissances dans des calèches arrivant en sens inverse. Les voitures se rapprochaient alors l'une de l'autre et on échangeait des compliments. Les invitations se mettaient aussitôt à pleuvoir — pour elle, mais aussi pour Juliette, qu'elle présentait à chaque fois avec fierté.

— Tu vois ! s'exclama Juliette, l'air triomphant, alors qu'elles se remettaient en route après la troisième halte.

Quand je te disais que tu n'avais pas changé ! Ils t'ont tous reconnue au premier coup d'œil.

Elles se mirent à parler des propositions reçues. Il y avait une invitation à dîner pour le soir même, une autre pour se rendre au Théâtre-Français à la fin de la semaine en compagnie d'un groupe d'amis, et une troisième pour aller à l'Opéra, deux jours plus tard. Juliette, qui était ravie de n'être pas en reste, avait l'impression que Paris l'accueillait à bras ouverts. Puis, soudain, alors qu'elle ne s'y attendait nullement, elle aperçut le jeune homme de l'hôtel.

Il allait à pied en compagnie d'un homme d'un certain âge à l'allure élégante, qui arborait une petite barbe grisonnante parfaitement taillée. Ils semblaient engagés dans une discussion des plus sérieuses. Bien qu'il y ait eu peu de chances pour que le jeune homme l'aperçoive, Juliette sentit son pouls s'accélérer à mesure que la distance diminuait entre eux.

C'est alors que quelque chose d'inattendu se produisit. L'homme à la barbe, qui avait levé un œil distrait vers la calèche arrivant à sa hauteur, eut un petit sursaut en reconnaissant Lucille, et souleva aussitôt son panama pour la saluer. Le jeune homme, imitant spontanément son compagnon, tourna promptement la tête dans la même direction, et lorsque Lucille s'inclina gracieusement pour répondre au salut, il aperçut la personne qui était assise à côté d'elle. Son regard intense et passionné plongea avec la même fougue que la première fois dans celui de Juliette. En quelques secondes elles l'avaient dépassé mais bien que Juliette ne se retournât pas, tous ses sens lui disaient qu'il continuait de regarder dans sa direction.

— C'est le prince Vadim, de Saint-Pétersbourg, et son neveu, le comte Nikolaï Karasvin, dit Lucille, qui n'avait pas remarqué l'échange de regards entre les jeunes gens. Ils sont parents des Romanov. J'ai bien connu l'épouse du prince, Augustine. Elle était parisienne comme moi et nous sommes allées à l'école ensemble. Nous nous sommes écrit régulièrement, quand j'ai quitté la France.

Malheureusement, elle est morte il y a quatre ans. Il s'est remarié récemment.

— Le prince est-il en vacances à Paris ?

— Non. Il a une résidence ici. Il passe généralement l'hiver à Monte-Carlo et retourne en Russie chaque fois qu'il se sent obligé de se montrer à la cour.

— Le comte Karasvin mène-t-il le même genre de vie ?

Juliette respirait à peine, tant elle était anxieuse de tout découvrir au sujet du bel inconnu.

— Il exerce quelque vague fonction diplomatique à l'ambassade. La dernière fois que je suis venue à Paris, il était encore élève à l'atelier de Rodin.

— Il est sculpteur ?

— Un caprice auquel son père a consenti, d'après Augustine. La dernière fois que je l'ai vu, on aurait dit qu'il n'avait pas un sou en poche, alors qu'en réalité c'était exactement le contraire. A cette époque, il avait de curieuses fréquentations.

— Il menait une vie de bohème ?

— En tout cas, il menait une vie turbulente, en compagnie d'autres artistes de Montmartre. Je sais qu'Augustine se faisait du souci à son sujet. Mais il a mûri depuis. Il doit avoir dans les vingt-cinq ans maintenant. (Lucille se retourna soudain et posa un regard pénétrant sur Juliette.) Mais pourquoi tant de curiosité ?

Juliette prit un air dégagé.

— Je le trouve plutôt bel homme.

Lucille tapota la main de la jeune fille d'un doigt réprobateur.

— Ne te laisse jamais abuser par la beauté physique. De tels hommes sont souvent égoïstes et infidèles. Rien ne vaut un bon et brave mari. La fidélité, voilà ce qui est important. Il y a déjà bien assez de cœurs brisés comme cela dans le monde sans qu'il soit nécessaire d'en rajouter.

Elle soupira, et regarda à nouveau devant elle.

Le reste de l'après-midi fut sans surprise. Elles goûtèrent et mangèrent des glaces avant de rentrer à l'hôtel. A la réception, une lettre ornée d'un blason attendait

Lucille. Elle l'ouvrit aussitôt qu'elles eurent regagné la suite.

— C'est un mot du prince Vadim, dit-elle après l'avoir lu entièrement. Il me demande de l'excuser, car il ignorait que j'étais à Paris. Il nous invite toutes les deux à dîner ce soir.

— Comment a-t-il su que tu étais descendue ici ?

— Il n'est pas bien difficile d'obtenir ce genre de renseignements : les hôtels vraiment sélects où séjournent les femmes de mon rang ne sont pas légion. Ce qui est plus étonnant, c'est qu'il connaisse ton nom. Mais il l'aura sans doute appris par les gens de l'hôtel. Je vais lui répondre immédiatement et décliner son invitation. Nous sommes déjà invitées ! Je lui ferai porter ma réponse par coursier. (Lucille s'assit à son secrétaire, attirant à elle une feuille de papier.) Je suppose qu'il veut me présenter sa nouvelle épouse. Et il faudra bien que je me résigne tôt ou tard à la rencontrer, même s'il m'en coûte. Je garderai toujours en moi le souvenir d'Augustine. Les hommes de cette famille sont tous d'incorrigibles séducteurs, et cette pauvre femme n'a pas eu la vie facile.

En regagnant sa chambre, Juliette ne put s'empêcher de se demander si Nikolaï Karasvin était l'instigateur de cette invitation. Puis elle chassa cette pensée. Comment aurait-il pu avoir une telle influence sur son oncle ? Il n'aurait sans doute même pas été présent au dîner. Cependant elle se sentait étrangement troublée, comme si elle attendait, au moins inconsciemment, qu'il se manifeste à nouveau...

Ayant passé l'une de ses plus jolies robes du soir, Juliette attendait que Lucille termine de se préparer et tuait le temps en passant en revue les échantillons qu'elle avait l'intention de présenter le lendemain matin à la Maison Worth. Elle venait juste d'y ajouter une autre pièce de broderie quand Marie frappa à la porte et entra, portant une boîte entourée d'une faveur blanche.

— Ceci vient d'être livré pour vous, mademoiselle.

Elle lui remit la boîte et se retira aussitôt.

Intriguée, Juliette s'assit sur le lit et en ôta le couvercle.

Elle rougit de plaisir. A l'intérieur se trouvait une garniture de corsage. Des orchidées, d'un blanc nacré moucheté de vert contrastant avec le vert plus profond enrobant le calice jaune d'or. Elle saisit la carte qui accompagnait le présent et la lut.

Mademoiselle Cladel. Il semblerait que nous ne puissions malheureusement pas nous rencontrer ce soir. Néanmoins j'espère que vous voudrez bien m'accorder quelques minutes de votre temps. Je vous attends dans le hall de l'hôtel. Nikolaï Karasvin.

Juliette bondit sur ses pieds, folle de joie. Si elle avait fait cas de ce que lui avait dit Lucille au sujet des Karasvin, elle aurait déchiré le billet et jeté les fleurs. Et ce que Nikolaï suggérait était scandaleux, et faisait ouvertement fi des conventions. Mais elle s'en moquait... Elle consulta la pendule. Il faudrait encore vingt bonnes minutes avant que Lucille soit prête. Elle allait faire patienter Nikolaï Karasvin dix minutes et le tenir ainsi sur des charbons ardents, après quoi elle en passerait cinq en sa compagnie, avant de regagner la suite à temps pour s'éviter des questions embarrassantes. Lucille n'approuverait certainement pas une telle rencontre, elle le savait, mais rien au monde n'aurait pu lui faire manquer cette occasion.

Ayant piqué les orchidées dans sa ceinture de velours vert, Juliette alla jusqu'au miroir et fit quelques retouches, d'ailleurs inutiles, à sa coiffure, les yeux pétillants d'excitation.

Elle ne quitta pas la pendule des yeux, jusqu'à ce que le moment précis de descendre fût venu. Personne ne la vit quitter la suite. Songeant que Nikolaï s'attendait probablement à la voir arriver par l'escalier, elle décida de prendre l'ascenseur pour créer un effet de surprise, mais aussi parce qu'elle voulait le voir avant qu'il ne la vît. Tandis qu'elle descendait, son cœur se mit à battre un peu plus vite.

Lorsque le liftier repoussa les grilles, dans un grincement métallique, Juliette pénétra dans le hall. Nikolaï se tenait à côté du pilier où elle l'avait aperçu la première fois. Comme elle s'y attendait, il se tenait de profil, les yeux tournés vers l'escalier. Elle commença à se diriger vers lui, en étudiant attentivement chaque détail de sa physionomie. Il avait un nez puissant et parfaitement droit, et le teint hâlé de quelqu'un qui passe beaucoup de temps à se promener à cheval ou à faire du ski, un sport qui faisait de plus en plus d'adeptes. Sa silhouette élancée était d'ailleurs celle d'un athlète. Encore quelques pas, et elle allait s'adresser à lui en l'appelant par son nom...

— Juliette !

Elle se figea sur place. C'était Denise qui s'avançait vers elle les bras tendus, dans un ondoiement de plumes d'autruche, une pâle écharpe de soie flottant autour de son cou.

— Je ne m'attendais pas à te voir revenir aussi vite ! s'exclama Juliette désemparée, en épiant Nikolaï du coin de l'œil.

Celui-ci avait entendu sa sœur l'appeler et s'était aussitôt retourné.

Denise l'embrassa chaleureusement. Elle semblait avoir momentanément oublié sa fureur de la veille.

— N'est-ce pas formidable ! Mon voyage d'affaires s'est tellement bien passé que j'ai pu rentrer à Paris vingt-quatre heures plus tôt que prévu. (Reculant d'un pas, elle pencha légèrement la tête de côté pour examiner Juliette.) Oui, ce nouveau style de chignon te sied bien. Et tu es plus svelte que jamais ! (Puis lançant de petits regards intrigués autour d'elle :) Tante Lucille n'est pas ici ?

— Elle est en haut.

— Dans ce cas, allons la rejoindre. Elle sera contente d'apprendre que je suis de retour.

Juste avant que les grilles de l'ascenseur se referment dans un claquement, Juliette aperçut Nikolaï qui lui adressait un petit sourire déçu en haussant les épaules.

Pendant tout le temps qu'elles furent dans l'ascenseur, et ensuite dans le corridor, Denise lui parla de la nouvelle Mercedes qu'on lui avait livrée durant son absence et avec laquelle elle était venue à l'Hôtel Ritz. Juliette l'écoutait à peine. Elle était furieuse d'avoir attendu la dernière minute pour descendre dans le hall, et plus furieuse encore contre sa sœur qui avait eu la mauvaise idée de rentrer à Paris plus tôt que prévu. Enfin, comble de l'exaspération, elle s'en voulait d'avoir accordé la moindre importance à une rencontre insignifiante, à laquelle elle n'aurait jamais dû prêter attention.

Lorsqu'elles entrèrent dans la suite, Lucille sortait tout juste de sa chambre, vêtue comme une princesse. Les embrassades affectueuses de Denise ne lui laissèrent pas le temps de se demander pourquoi Juliette était allée à sa rencontre dans le hall de l'hôtel. Denise s'assit avec un soupir de satisfaction, et, adressant un regard indulgent à sa sœur, aborda sans le savoir un sujet qui allait rompre l'atmosphère harmonieuse du moment.

— Je t'ai pardonné ton départ précipité et irréfléchi du couvent, Juliette. J'avais de toute façon prévu de te faire venir à Paris dès mon retour de ce voyage d'affaires. Je n'ai jamais eu l'intention de t'imposer un mariage contre ta volonté, tu sais. Simplement, M. Pelletier est un brave homme et j'avais espéré que tu comprendrais qu'il pouvait être un excellent époux. Mais peu importe ! Ce ne sont pas les maris qui manquent, et je vais m'arranger pour que tu rencontres les meilleurs partis. Il va falloir que nous songions à te doter d'une garde-robe convenable. Tu viendras à la Maison Landelle demain matin.

— Je suis désolée, mais c'est impossible, répondit calmement Juliette, depuis le fauteuil où elle était assise. Ne prends pas mal ce que je vais te dire. J'ai décidé de travailler pour gagner ma vie, et de prendre un petit logement, même si je dois me contenter d'une simple chambre dans un premier temps.

— Travailler ? (Les yeux de Denise se rapetissèrent, incrédules, tandis qu'elle se penchait en avant.) Mais quelle sorte de travail espères-tu donc trouver ?

— Je sais manier l'aiguille. A Paris, une couturière habile et qui sait broder trouve toujours à se faire employer. Je crois également avoir un certain goût en matière de mode, un domaine dans lequel je voudrais acquérir de l'expérience afin de pouvoir ouvrir ultérieurement, et loin de Paris, ma propre maison de couture. Demain matin, je dois aller présenter des échantillons de mon travail à la Maison Worth.

Denise poussa un hurlement et bondit hors du sofa comme si elle avait été en proie à une crise de nerfs. Lucille se précipita, mais ne fut cependant pas assez rapide pour l'empêcher d'assener à Juliette une gifle retentissante.

— Espèce de petite garce ! hurla Denise, totalement hystérique. Après tout ce que j'ai fait pour toi ! Quelle ingratitude ! Quel égoïsme !

Elle aurait frappé à nouveau Juliette si Lucille ne l'avait pas saisie juste à temps par le poignet.

— Non, Denise ! Non ! Calme-toi ! Ce n'est pas en t'y prenant ainsi que tu régleras le problème. Juliette a parfaitement le droit de choisir le métier qui lui plaît.

— Mais pas celui-là ! Elle me poignarde dans le dos !

Juliette s'était levée à son tour pour faire face à sa sœur.

— Je ne te comprends pas, protesta-t-elle, à la fois furieuse et stupéfaite. Je ne demande qu'à faire mon propre chemin dans la vie, et rien d'autre.

— Oui, mais à mes dépens ! lança Denise qui, voyant la détresse dans laquelle ses accusations plongeaient sa sœur, parlait d'une voix plus calme, mais toujours aussi tendue.

— Que veux-tu dire ? demanda Juliette. Tu m'as fait clairement comprendre que tu voulais te débarrasser de moi, en m'incitant au mariage. J'ai simplement choisi une autre voie pour te dégager de tes responsabilités ! Sachant que tu considérais Mme Paquin comme une rivale, je n'ai jamais songé à entrer à son service. Mais il me semblait que la Maison Worth était en terrain neutre ?

— Non ! En ce qui me concerne, le terrain neutre n'existe pas. (Une lueur de triomphe se mit soudain à briller dans les yeux de Denise, tandis qu'elle réduisait à néant les espoirs de sa sœur.) Et je vais te dire quelque chose ! Aussi chevronnée sois-tu, aucune maison de haute couture * ne t'engagera jamais.

— Parce que tu vas me dénigrer ? explosa Juliette, incapable de contenir plus longtemps sa colère.

— Cela ne sera pas nécessaire. Toutes les portes se fermeront d'elles-mêmes !

— Et pourquoi donc ?

La voix de Juliette était à présent féroce.

— Fais donc un peu marcher ta cervelle ! Nous sommes toutes deux issues du même père ! Un père dont le nom inspire encore le respect, malgré son fiasco financier ! Tout le monde sait qu'avant mon mariage j'étais une Cladel. Avant longtemps, tout le monde aura découvert que nous sommes sœurs.

— Et quel mal y a-t-il à cela ?

— Personne ne te fera jamais confiance, c'est tout ! Les grands couturiers gardent jalousement secrets les modèles de leurs nouvelles collections, jusqu'au jour où ceux-ci sont présentés au public. A peine auras-tu révélé ton identité que tu seras soupçonnée d'être une espionne. Pas un couturier ne prendra le risque d'engager dans ses ateliers la sœur cadette d'un autre grand nom de la couture. La première chose qu'on va te demander, c'est pourquoi tu ne travailles pas pour moi. Et on ne manquera pas de te citer les frères Worth comme exemple de solidarité et de loyauté familiale.

— Tu sais bien que ce n'est pas une question de loyauté ! s'écria Juliette, complètement désemparée.

Denise inspira longuement. Elle tremblait mais avait malgré tout complètement repris son sang-froid, et elle était fermement décidée à avoir le dessus.

— Je comprends à présent que tu n'as pas délibérément cherché à me trahir. Mais, malheureusement, mes concurrents ne verront pas les choses ainsi. Si tu veux te jeter à l'eau, fais-le. Va présenter tes échantillons où bon te semblera, mais sache qu'en agissant ainsi tu m'infligeras la pire des humiliations. Je serai mise au ban par tous les autres couturiers. Je serai celle qui a cherché à introduire une espionne chez eux. (Sa voix s'étrangla délibérément.) Je n'arrive pas à croire que tu puisses me faire une chose pareille ! lança-t-elle, d'un ton désespéré.

Le regard figé, déçue de voir tous ses projets réduits à néant, Juliette releva légèrement la tête et dit d'une voix presque inaudible :

— Tu as raison, rien sur cette terre ne pourra jamais me pousser à te trahir. J'irai chercher du travail très loin d'ici, là où personne ne fera le rapprochement entre toi et moi. Tu n'as rien à craindre, je ne te ferai jamais concurrence à Paris.

Denise cacha sa satisfaction. Elle n'avait pas encore triomphé. Les rumeurs auraient tôt fait de se répandre, et même si sa sœur s'installait loin de Paris, on risquait de savoir dans la capitale qu'il existait un différend entre elles. Et les choses pouvaient s'envenimer si Juliette décidait de se faire un nom dans le monde de la mode. Jusqu'ici, rien n'était jamais venu entacher la bonne réputation de la Maison Landelle, et Denise était décidée à éviter coûte que coûte le moindre scandale familial.

— Si tu le souhaites, Juliette, tu peux travailler pour moi.

— Non ! C'est absolument hors de question ! Ce n'est pas de l'ingratitude de ma part, mais c'est impossible ! Je veux progresser et ne devoir ma réussite qu'à moi-même. Il s'agit pour moi d'une chose vitale !

— Écoute. Je puis t'engager sur les mêmes bases que n'importe quelle autre employée de la Maison Landelle. Ton habileté à manier l'aiguille est une recommandation suffisante. Si, comme tu le penses, tu as la capacité de progresser grâce à ton travail et à ton intelligence, tu y parviendras en faisant tes preuves auprès des responsables de chaque atelier de la maison. Peu à peu tu seras formée dans tous les domaines de la couture. N'est-ce pas là ce que tu souhaites ?

— Si, mais...

— Tu ne jouiras d'aucun privilège, et tu devras te plier à la stricte discipline en vigueur. Néanmoins, il te faudra vivre avec moi, comme l'exige la bienséance, et te contenter de tes maigres gages de débutante, car je ne te paierai ni plus ni moins que n'importe quelle autre employée ayant la même qualification. Cela te donnera une chance de t'élever dans la hiérarchie selon tes propres mérites, comme si tu m'étais totalement étrangère. Et ce n'est qu'en dehors des heures de travail que nous redeviendrons sœurs.

Juliette aurait voulu faire confiance à Denise, mais vivre sous son toit et travailler sous sa férule lui semblait au-dessus de ses forces. Soudain, comme si elle avait pu lire dans ses pensées, Lucille lui dit :

— Réfléchis bien, Juliette. Prends le temps de peser le pour et le contre. Travailler chez Denise ne sera pas facile pour toi, et je suis sûre qu'elle sera la première à le reconnaître. Mais d'un autre côté, la voie que tu t'étais tracée ne te préparait pas, elle non plus, une vie simple...

Lucille disait vrai. Brusquement, Juliette détourna son visage angoissé, luttant contre ses émotions. Denise l'observait, plus anxieuse qu'elle ne voulait le laisser paraître. Il lui semblait soudain vital de ne pas essuyer un refus. Elle essaya une autre tactique de persuasion.

— Je connais ton opinion concernant les mariages trop précoces. Tu n'as plus rien à craindre, je ne chercherai pas à faire pression sur toi. Le sujet du mariage ne sera même pas abordé, sauf si tu en manifestes le désir. Nous allons prendre un nouveau départ. Les deux sœurs Cladel unies comme les doigts d'une main...

Il y eut une longue pause, puis Juliette braqua à nouveau les yeux sur sa sœur.

— Jusqu'ici tu n'as jamais voulu me prendre chez toi. Pourquoi ce brusque revirement ?

— Je n'ai jamais eu de patience avec les enfants, c'est pourquoi tu étais aussi bien au couvent. Mais maintenant tu me mettrais dans l'embarras si tu partais vivre de ton côté. Les gens pourraient jaser.

— Au moins, tu es honnête.

— Réfléchis un peu. Ne me suis-je pas plusieurs fois confiée à toi lorsque tu as commencé à grandir ? N'est-ce pas là la preuve que nous sommes capables de maintenir une relation, toi et moi ? Puisque tu es là, autant faire mutuellement face à nos devoirs de sœurs, même si tu aurais préféré qu'il en soit autrement.

— Je n'ai jamais souhaité briser les liens du sang qui nous unissent ! s'exclama Juliette d'une voix désespérée. Mais je dois préserver ma liberté personnelle.

— Eh bien, tu seras libre, en dehors des heures de travail, conclut Denise. En retour, je te demande de te conduire de façon respectable. Prends en compte ma bonne volonté. Sois tolérante, et accepte ma proposition.

Juliette inspira profondément pour empêcher sa voix de trembler lorsque, après mûre réflexion, elle répondit :

— Ainsi donc, tu t'engages à me traiter à l'égal de n'importe quelle autre employée de la Maison Landelle ?

— Tu as ma parole. Tante Lucille est témoin.

Juliette rejeta les épaules en arrière, l'air résolue.

— Dans ce cas je m'engage à travailler aussi bien que je l'aurais fait pour un autre patron.

Ni l'une ni l'autre des deux sœurs ne remarqua le soupir de soulagement que Lucille poussa en silence. Pendant les quelques minutes qu'avait duré la dispute, elle avait craint que, dans son désarroi, Juliette refuse la proposition qui lui était faite et ne se retrouve dans quelque obscur atelier de couture loin de Paris. Cela ne lui aurait certainement pas ouvert la voie d'une carrière prestigieuse, sans compter que sa santé aurait pu s'en ressentir. Tant de couturières succombaient de bonne heure à la tuberculose, à cause de leurs conditions de travail déplorables...

— Je ne te demanderai qu'une faveur, Juliette, poursuivit Denise. Je veux que tu acceptes la garde-robe que je veux t'offrir. Il faut que tu portes mes ensembles, afin de les faire connaître, chaque fois que tu apparaîtras en public à l'occasion d'une manifestation importante. (Elle eut un geste admiratif.) Regarde-toi, avec ces orchidées épinglées à ta ceinture, tu es d'un chic ! C'est un détail qui m'a sauté aux yeux dès que je t'ai aperçue dans le hall de l'hôtel. Il y a déjà quelque temps, lorsque ta silhouette a commencé à s'épanouir, j'avais remarqué que, tout comme moi, tu avais hérité de maman le don de porter des vêtements avec aisance et élégance.

Lucille acquiesça d'un hochement de tête.

— Ta sœur a raison, Juliette. Ce n'est pas de la flatterie. (Une étincelle de malice brilla dans ses yeux.) Et je suis tout à fait d'accord. Ces orchidées sont d'un chic !

Juliette songea que Lucille avait certainement deviné la provenance des orchidées. Mais il n'y avait pas la moindre trace de reproche dans ses yeux, et cela lui mit du baume au cœur. Elle était sûre que Lucille avait eu, elle aussi, quelques aventures romantiques en son temps. Cette pensée l'encouragea lorsqu'elle répondit à sa sœur.

— Si je pouvais être moitié aussi chic dans des toilettes Landelle que maman l'était dans ses toilettes Worth, alors je les porterais avec fierté.

— Tu le seras. (Dans son triomphe, Denise était prête à se montrer magnanime.) A présent, profite pleinement de la soirée que Lucille et toi avez projetée. Demain matin, fais porter tes bagages chez moi et présente-toi à l'entrée du personnel de la Maison Landelle. Et tu commenceras comme convenu.

— Je viendrai demain matin, mais j'ai l'intention de rester à l'Hôtel Ritz aussi longtemps que tante Lucille y séjournera.

Lucille intervint promptement, ne voulant pas être la cause d'une nouvelle querelle entre les deux sœurs.

— Non, Juliette, ma chérie. Tu vas avoir beaucoup à apprendre, et il me semble plus sage que tu ailles habiter avec Denise. Ainsi vous pourrez discuter des événements de chaque journée. Mais j'espère te voir à toutes les soirées auxquelles nous avons été invitées, et à chaque fois que tu pourras me consacrer un peu de ton temps.

— Le plus souvent possible !

Denise s'apprêtait à partir.

Elle fit ses adieux, en embrassant sa sœur et Lucille, puis sortit, en lançant :

— Bien, tout est réglé à présent.

Mais Lucille, elle, était songeuse. L'expression de suffisance qu'arborait Denise lorsqu'elle avait pris congé ne lui disait rien qui vaille. Il était impossible de ne pas se demander ce qu'elle avait en tête... Montrant les orchidées qu'elle portait à la ceinture, Juliette lui dit d'une voix assurée :

— Veux-tu savoir comment il s'appelle ?

— Je crois que j'ai deviné. Cela explique l'invitation précipitée des Russes. Mais reste sur tes gardes. Souviens-toi de ce que je t'ai dit au sujet des dandys en général et des Karasvin en particulier...

— Ne t'inquiète pas ! Je suis venue à Paris pour travailler, par pour y perdre mon cœur.

Denise, qui était en train de descendre par l'ascenseur, souriait intérieurement. Au cours de la dispute, elle avait brusquement réalisé l'immense avantage qu'il y avait pour elle à employer sa sœur à la Maison Landelle. N'ayant point eu d'enfant, elle ne pourrait jamais se prévaloir d'avoir fondé une dynastie commerciale. En cela elle enviait secrètement la Maison Worth. Mais une fois formée, puis mariée judicieusement, Juliette aurait des rejetons qui pourraient prendre la relève. Tout compte fait, le retour inopiné de sa sœur, qui l'avait tant contrariée dans un premier temps, lui apparaissait à présent comme une aubaine.

4

Lorsque Juliette se présenta à l'entrée du personnel de la Maison Landelle, on lui montra où accrocher son chapeau et sa veste, puis on lui remit un tablier blanc à bavette munie de bretelles croisées dans le dos. Après quoi on la conduisit auprès de Mme Tabard, la première d'atelier.

— Mme la baronne m'a avertie de votre venue, mademoiselle Cladel. A l'avenir, vous arriverez à sept heures — et non à huit comme aujourd'hui. Vous travaillerez jusqu'à la pause de midi. Durant celle-ci, vous laisserez votre tablier sur votre chaise, car la propreté est une chose capitale lorsqu'on manipule des étoffes de prix. Montrez-moi vos mains. (Elle hocha brièvement la tête lorsque Juliette lui obéit.) Bien. Je vois que vous prenez soin de vos ongles, comme je m'y attendais. Certaines filles doivent être rappelées à l'ordre dès le premier jour. Sachez que si une débutante, qu'elle soit apprentie ou couturière, effiloche un tissu ou le souille d'une tache de graisse, elle peut être renvoyée sur-le-champ. Autrement dit, je veux des mains propres et soignées en toutes circonstances. Est-ce clair ?

— Oui, madame.

— Votre journée se termine à six heures, à moins qu'il n'y ait un travail urgent à faire en vue d'une collection, d'une commande spéciale ou autre. Le fait que vous soyez la sœur de la patronne ne changera rien à la façon dont vous serez traitée, si ce n'est que vous serez appelée Mlle Cladel, comme il convient lorsqu'on s'adresse à quelqu'un qui dirigera peut-être un jour la Maison Landelle.

— Est-ce vraiment nécessaire ? Je ne veux pas me distinguer du reste de mes camarades.

— Mais il le faut. Comment espérez-vous vous faire obéir et respecter plus tard si vous ne commencez pas dès aujourd'hui ? Aucune directrice * n'est jamais issue d'un atelier dans lequel elle a travaillé. Il en sera sans doute autrement pour vous, mais il se peut que vous rencontriez quelque hostilité.

— Je ferai de mon mieux pour que cela ne se produise pas.

— Cela dépend de vous, effectivement. Je me suis laissé dire que vous n'étiez pas seulement une excellente brodeuse, mais que vous aviez également pris des cours de coupe avec une religieuse qui était couturière avant de prendre le voile. Cela dit, ce n'était qu'un simple apprentissage. Ici, vous apprendrez la couture dans les moindres détails. A présent, montrez-moi les échantillons de broderie que vous avez apportés avec vous.

En les examinant, Mme Tabard réalisa que la jeune fille qui se trouvait devant elle était véritablement experte en matière de broderie. Ensuite, elle fit visiter tous les ateliers à Juliette. Il était nécessaire que chaque nouvelle employée voie les différentes étapes de la réalisation d'un vêtement, depuis l'ébauche sur papier jusqu'au produit fini prêt à être livré à la cliente. Elle lui montra d'abord des croquis, sur lesquels étaient épinglés les échantillons de tissus correspondants. Juliette savait qu'en haute couture * l'étape suivante consistait à réaliser une ébauche du modèle en toile. Cela s'appelait faire une toile *.

Mme Tabard l'emmena ensuite à l'atelier de coupe où s'affairaient des hommes : les coupeurs et leurs assistants. A travers la vitre de séparation du couloir, Juliette aperçut des brodeuses penchées sur leurs minutieux ouvrages, puis elle vit moult autres ateliers de couture, avant que Mme Tabard ne la conduise à celui dans lequel elle allait travailler. Les ouvrières, assises autour de longues tables, portaient un tablier blanc semblable au sien. Toutes, y compris les apprenties chargées de ramasser les épingles et d'apporter les bobines de fil, cessèrent leurs bavardages aussitôt que Juliette entra aux côtés de Mme Tabard. En chemin, cette dernière lui avait dit qu'elles avaient été informées, soit directement, soit par ouï-dire, que la sœur de la baronne de Landelle allait faire ses débuts dans la maison.

— Je vous présente Mlle Cladel, annonça Mme Tabard.

Juliette sourit aux femmes qui se trouvaient là.

— Bonjour *.

Toutes lui répondirent, certaines en marmonnant. Deux ou trois d'entre elles lui adressèrent un petit sourire prudent, tandis que d'autres la dévisageaient avec curiosité. Mais la majorité d'entre elles semblait mal à l'aise en sa présence. Mme Tabard s'adressa à la première main qualifiée assise à la table.

— J'aimerais que Mlle Cladel reste à côté de vous pendant quelques semaines, Aude.

— Très bien. Françoise ira s'asseoir en bout de table, répondit la femme. (Puis elle adressa un petit signe de tête poli à Juliette.) J'aurai du travail prêt pour vous lorsque vous reviendrez.

Ensuite, Juliette fut emmenée à la salle de repassage, puis au magasin et, enfin, à la salle d'empaquetage où les feuilles de papier de soie crissaient à mesure que les luxueuses toilettes étaient emballées dans les cartons rayés vert et blanc de la Maison Landelle.

— Comme vous avez pu le constater, dit Mme Tabard en prenant l'escalier dépourvu de tapis qui menait des ateliers aux salons d'essayage, tout ce qui a trait à la réalisation des vêtements se passe en bas. C'est une partie de la maison que les clientes ne voient jamais. Elles ne connaissent pas, non plus, le studio du styliste. Vous ne pourrez le visiter que lorsque Mme la baronne vous y emmènera. C'est son domaine privé, et celui de son styliste, M. Pierre.

Juliette savait que Denise n'aurait pu se passer des services de Pierre Clermont. Même si c'était elle qui décidait du ton à donner à chaque nouvelle collection, et qui réalisait les premiers croquis, en y apportant cette touche personnelle qui conférait à chacune des toilettes Landelle sa propre marque de distinction...

Après l'atmosphère dépouillée des ateliers, Juliette fut à nouveau frappée par le luxe régnant dans les salons. Dans la cabine * des mannequins, les filles étaient en train de se préparer pour la journée. Assises devant des miroirs, certaines se mettaient une touche discrète de rouge sur la bouche ou les joues. Des nuages vaporeux s'échappaient des houppettes tandis qu'on poudrait les bras et les épaules. Toutes portaient des corsets garnis de rubans et des bas blancs ou noirs, par-dessus lesquels elles avaient passé des déshabillés fournis par la Maison Landelle. Juliette remarqua que deux des mannequins avaient les cheveux roux, comme elle. Toutes deux lui sourirent, et lui souhaitèrent la bienvenue comme la plupart des autres filles. Elles semblaient intriguées mais nullement inquiètes, car bien qu'elle fût la sœur de la patronne, son travail ne la mettrait pas directement en concurrence avec elles. Puis il fallut redescendre à l'atelier où Juliette prit place aux côtés d'Aude, laquelle lui remit une jupe de velours rose en lui expliquant ce qu'elle devait faire.

— Si vous avez le moindre problème, ajouta Aude, adressez-vous à moi ou à Jeanne, qui est assise à votre droite. Elle est également première main.

Toutes les conversations s'étaient tues. Lorsqu'elle eut enfilé son aiguille avec le fil qu'une des apprenties avait placé devant elle, Juliette laissa son regard errer sur les visages penchés sur l'ouvrage. Elle savait que chacune des ouvrières l'épiait du coin de l'œil. C'est pourquoi elle décida de parler.

— J'espère que vous allez bientôt vous habituer à moi, parce que je suis bien décidée à rester. C'est-à-dire si je ne fais pas d'accroc à mon ouvrage, ou que je ne le souille pas de graisse dès le premier jour...

Surprises par ce discours franc, certaines ouvrières, parmi les plus jeunes, se mirent à rire.

— Vraiment ? On vous renverrait ? demanda l'une d'elles. Après tout, vous êtes...

Juliette l'interrompit avec fermeté.

— Je suis une couturière débutante qui a beaucoup à apprendre. Et mon avenir ici dépend de la qualité de mon travail.

Une autre lui dit :

— Avez-vous fait votre apprentissage ?

Juliette, qui avait commencé à se mettre à son ouvrage, leur parla de l'enseignement qu'elle avait reçu auprès des religieuses. Peu à peu l'atmosphère se détendit, et les ouvrières reprirent leurs bavardages, sans toutefois la convier à y prendre part.

La salle où les femmes prenaient le déjeuner qu'elles avaient apporté avec elles était pourvue d'une plaque électrique où il était possible de faire réchauffer du café. Lorsque Juliette déballa son repas, elle fut contrariée de voir que le chef de l'Hôtel Ritz lui avait mis du foie gras, des œufs de caille, de jolis petits pains, ainsi qu'un morceau de poulet en aspic, présenté sur une feuille de laitue garnie de pointes d'asperges. Toutes les autres avaient apporté du pain et du fromage. Demain, elle en ferait autant.

Vers le milieu de l'après-midi, l'une des couturières, visiblement encouragée par ses voisines de table, lui demanda, l'air malicieux :

— Est-ce une robe Landelle que vous portez ? Il me semble en reconnaître la coupe.

Juliette la regarda droit dans les yeux.

— Oui. C'est une de mes robes de pensionnat.

— Mais ensuite, que va-t-il se passer ? Allons-nous devoir coudre quelques-unes de ces superbes toilettes rien que pour vous ?

— Probablement, répondit Juliette, sans s'émouvoir. Je ne serai pas encore suffisamment qualifiée pour le faire moi-même.

Tandis qu'elle reprenait son ouvrage, elle sentit sur elle

le regard hostile et pénétrant de la couturière. Mais il était hors de question qu'elle cherche à s'excuser. Aude, qui se trouvait à côté d'elle, prit la parole.

— Je crois que nous avons beaucoup de chance d'avoir Mlle Cladel parmi nous. Nous allons enfin pouvoir juger par nous-mêmes du résultat de nos efforts. Ce qui n'est pas le cas lorsque nous cousons pour des clients anonymes... Peut-être Mlle Cladel nous permettra-t-elle de la voir porter certaines des toilettes que nous venons de terminer ?

Il y eut un silence. Toutes attendaient la réaction de Juliette. Celle-ci regarda Aude, surprise et soulagée par son intervention pleine de tact.

— Bien volontiers.

Il y eut un murmure d'approbation et Aude eut un petit hochement de tête satisfait.

— Voilà qui est bien parlé, mademoiselle Cladel.

Il y eut ensuite un moment de diversion, lorsqu'une essayeuse apporta deux robes auxquelles la cliente souhaitait qu'on rajoutât un supplément de garnitures. Le reste de la journée se déroula sans incident. Avant de quitter l'atelier, Juliette remercia Aude qui, grâce à son intervention, l'avait aidée à surmonter un moment difficile.

— Je ne voulais nullement me prévaloir de ma situation, dit-elle. Je ne demande qu'à être une apprentie comme les autres, mais je vois que ça n'est pas possible.

Aude la regarda avec commisération.

— Ne vous en faites pas. Même si vous n'êtes pas encore au bout de vos peines... Il n'est pas rare de voir le fils d'un gros entrepreneur débuter au bas de l'échelle. En revanche, la sœur de la patronne d'une maison de haute couture ne doit pas s'attendre à de la tolérance de la part des employées, en particulier quand celles-ci sont confrontées à des situations domestiques difficiles. Des maris alcooliques, des parents âgés et dépendants, le veuvage, des enfants malades et ainsi de suite. Je connais tout de leur vie.

— Elles vous confient leurs malheurs ?

— Oui. Bien souvent, lorsqu'il s'agit d'un cœur brisé, quelques mots de réconfort suffisent. Mais j'ai eu des cas désespérés. Il arrive qu'une pauvre fille se retrouve enceinte. Aussi, lorsque vous vous heurterez à de la jalousie, ou à ce qui pourra vous sembler une rancœur sans fondement, songez à ce qui attend ces couturières le soir, lorsqu'elles rentrent chez elles, et essayez d'être tolérante. Si vous êtes capable de mettre votre fierté dans votre poche — et je crois que vous l'êtes sans quoi je ne serais pas intervenue en votre faveur — tout ira bien et vous gagnerez leur respect. Ainsi que leur fidélité, pour les années à venir.

— Je l'espère, et j'apprécie votre gentillesse.

Ce soir-là, en sortant du travail, Juliette regagna directement la vaste maison que possédait Denise dans le faubourg Saint-Germain. Sa sœur était déjà rentrée. Elle vint à sa rencontre dans l'immense hall d'entrée orné de gracieux lustres de cristal et de tapis persans dans les tons fauves.

— Ainsi tu as trouvé ton chemin sans trop de mal. Comment as-tu trouvé ta première journée ?

— Très intéressante. On ne m'a fait aucune remarque sur mon travail.

— Bien. Montons, je vais te montrer ta chambre. C'est celle où tu as passé quelques nuits après les funérailles de maman, avant que je ne t'emmène au couvent. Mais elle a été redécorée depuis.

Tout en suivant sa sœur dans l'escalier à spirale, Juliette regardait autour d'elle. Elle ne reconnaissait plus rien...

— Tu as tout changé depuis la dernière fois que je suis venue ici !

— Oui. Claude avait horreur du remue-ménage occasionné par les décorateurs, si bien que je l'ai expédié en Toscane jusqu'à ce que tout soit terminé.

Elle ouvrit une porte et entra dans la pièce, y précédant Juliette.

— Tu as ta propre salle de bains. J'en ai fait installer une dans chaque chambre.

C'était le summum du luxe, et Denise en était fière.

Même les meilleurs hôtels ne comptaient qu'un nombre restreint de salles de bains, et rares, pour ne pas dire inexistantes, étaient les grandes maisons françaises qui pouvaient offrir de telles commodités à leurs hôtes.

— Je sens que je vais en profiter, dit Juliette.

Elle vit sa brosse à cheveux et son miroir sur la coiffeuse, et devina que sa malle était arrivée de l'hôtel et que ses affaires avaient été déballées. La chambre était claire, peinte dans des tons vert pâle et blanc qui tranchaient radicalement avec le décor sombre qu'elle avait connu huit ans auparavant, lorsqu'elle s'endormait chaque soir en pleurant amèrement la mort de ses parents.

— Tu te souviens du déshabillé que je t'avais apporté au couvent ? lui dit Denise en ouvrant l'un des tiroirs d'une grande commode. Tu le trouveras ici, ainsi que des chemises de nuit et de la lingerie. J'avais songé à les mettre dans ton trousseau, mais maintenant que tu es à Paris, tu vas en avoir besoin. L'intendante a ôté de tes affaires tout le linge de corps que tu portais au couvent, et après dîner nous parlerons de ta nouvelle garde-robe Landelle. J'ai apporté quelques croquis avec moi.

L'espace d'un instant, Juliette eut le souffle coupé. Elle grinça des dents en voyant la façon dont Denise disposait d'elle, comme si elle n'avait pas eu de volonté propre. Puis elle se dit que cela faisait partie du contrat qu'elles avaient passé et qu'une fois franchies les étapes préliminaires, elle recouvrerait à nouveau sa liberté. Après tout, Denise faisait preuve de bonne volonté, et elle aurait dû s'en réjouir.

Sans doute avait-elle rougi, car sa sœur la regarda avec une soudaine commisération, ce qui, de sa part, était inhabituel.

— Tu sais que je suis un peu excessive parfois, mais c'est ma façon d'être. J'ai toujours été ainsi, et je ne changerai jamais ! Mais je veux que nous collaborions toi et moi et je suis heureuse que tu sois ici, même si ce n'était pas le cas lorsque j'ai appris que tu avais quitté le pensionnat.

Elle se dirigea vers la porte.

— Descends dès que tu seras prête...

Après avoir pris un bain, Juliette passa un de ses nouveaux déshabillés fait de fine percale rehaussée de dentelle et de satin. Après l'épais coton qu'elle avait toujours porté jusque-là, le contact sur sa peau d'une étoffe aussi raffinée lui procura une sensation de plaisir sensuel qui se prolongea même après qu'elle eut passé une robe et refait son chignon. Elle trouva sa sœur dans un salon tendu de brocart de Lyon. Denise était en train de consulter les croquis dont elle lui avait parlé. Sur une table s'empilaient une multitude d'échantillons de tissus de toutes les couleurs.

— Pierre a dessiné certains de ces modèles pour toi aujourd'hui, dit Denise en levant les yeux vers Juliette qui approchait. Quant au reste, ce sont des modèles que nous avions en projet, si bien que tu ne trouveras personne qui en porte de semblables. J'ai déjà fait quelques modifications. Et, ajouta-t-elle avec indulgence, tu peux également faire des suggestions. Mais nous discuterons de tout ceci plus tard.

Tout au long du dîner, il fut inévitablement question de la Maison Landelle. Comme l'avait si bien dit Lucille, Denise n'avait jamais eu personne avec qui passer en revue les événements de la journée, et à présent elle pouvait parler tout son soûl. Sa sœur lui prêterait toujours une oreille attentive et intelligente. Et elle savait, de surcroît, que Juliette garderait pour elle tout ce qu'elle pourrait lui confier...

Lorsque l'heure fut venue de jeter un coup d'œil aux modèles, Juliette en sélectionna plusieurs, puis elle fit son choix définitif. Il ne fut pas facile de persuader Denise d'ôter çà et là quelques fanfreluches inutiles, mais finalement elles parvinrent à un compromis pour chaque tenue. En revanche, pour les robes du soir, Denise se montra intraitable. La sobriété n'était pas dans l'esprit de la maison.

— Les gens seront impatients de voir ce que porte ma sœur dans les soirées, et je veux que tu sois resplendissante. De nuit comme de jour, tu seras ma meilleure réclame. Bien sûr, je porte mes propres toilettes. Mais toi, tu es une jeune fille...

Puisque les robes étaient belles, Juliette décida de s'incliner.

— Très bien. (Denise était satisfaite.) Tu seras vraiment à ton avantage. Tu as un port de reine !

— Vraiment ? (Juliette souleva un sourcil amusé.) C'est sans doute à cause de toutes les fois où l'on m'a obligée à rester debout avec un livre sur la tête, pour me punir !

— A présent, dit Denise, voyons les tissus et les couleurs que tu préfères.

Cette fois, le choix de Juliette ne donna lieu à aucune discussion. Denise voyait bien que sa sœur savait d'instinct ce qui était bien, à la fois pour elle et pour chaque modèle. Juliette sembla amusée lorsque sa sœur le lui fit remarquer.

— C'est grâce à toi que j'ai appris à choisir, il y a fort longtemps.

— A moi ? s'étonna Denise.

— J'étais encore trop jeune pour détailler les robes de maman. Je voyais simplement qu'elle était toujours ravissante et qu'elle portait un parfum exquis. Mais lorsque tu venais au couvent, où les sœurs portaient du noir et où les élèves n'étaient autorisées à porter que des teintes sombres, tu me faisais l'effet d'un oiseau exotique. Dès ta première visite j'ai commencé à étudier chacune de tes toilettes dans les moindres détails. Les motifs colorés de tes tenues, le chatoiement intense et profond des étoffes, et même la doublure de soie de tes fourrures et la gaze légère de tes chapeaux en été. C'est comme ça que l'amour de la mode est né en moi, et il ne m'a jamais quittée depuis.

— Mais tu ne me l'avais jamais dit ! s'exclama Denise, stupéfaite de découvrir qu'elle était la source d'une telle inspiration.

— Ma passion pour la couture, je l'ai nourrie en attendant le jour où je pourrais entrer dans le monde de la haute couture *...

Denise se sentit à nouveau envahie par un sentiment éclatant de triomphe. Ainsi donc la Maison Landelle était bel et bien destinée à devenir une dynastie ! Elle aurait tant voulu que Juliette soit déjà formée et que l'heure soit venue de lui choisir le mari idéal : un homme riche, et suffisamment malléable pour autoriser sa femme à travailler entre deux grossesses, et que l'on pourrait nommer directeur. Ce serait une façon de s'assurer son soutien financier et d'intéresser les générations futures au projet. Et quant à elle, Denise Landelle, elle serait promue au rang de légende vivante, à l'égal de Worth, le grand couturier !

Folle de joie, elle leva les mains au ciel et se mit à applaudir gaiement comme si son rêve s'était déjà réalisé.

— Quelle chance que tu aies cette chevelure blond vénitien !

Elle songeait déjà à la sensation que produiraient ses nouvelles robes du soir lorsque Juliette les porterait.

Dès le lendemain matin, avant que les clientes commencent à arriver, on prit les mesures de Juliette. Elle observa le soin méticuleux que prenait l'essayeuse pour s'acquitter de sa tâche et se souvint des paroles de Lucille lorsqu'on mesura son tour de poignet.

Quand il devint évident qu'en dépit de tous les efforts aucune des toilettes ne serait prête pour la soirée qu'elle devait passer au théâtre, Juliette choisit une robe de mousseline topaze de la nouvelle collection Landelle, et celle-ci fut retouchée et mise à ses mesures. Elle était habillée et s'apprêtait à descendre attendre Lucille lorsque Denise entra dans sa chambre avec un coffret à bijoux. Elle l'ouvrit, révélant un collier de perles et des boucles d'oreilles assorties.

— Elles étaient à maman. J'avais l'intention de te les donner le jour de ton mariage, mais tout compte fait je pense que tu devrais les porter chaque fois que tu en auras l'occasion.

Juliette, profondément émue, embrassa sa sœur.

— Je croyais que tout avait été vendu pour payer les

60

dettes de papa. As-tu gardé quelque chose de maman, toi aussi ?

— Oui, une broche en rubis. C'est tout ce qui lui restait.

— Ces perles, je les choierai éternellement...

Lucille remarqua les perles aussitôt que Juliette monta dans la calèche qui devait les emmener au Théâtre-Français.

— Ce sont les perles de Catherine.

— Tu t'en souviens ?

— Bien sûr. Ton père lui en avait fait cadeau à l'occasion de ta naissance. Il est donc tout à fait normal qu'elles te reviennent.

Juliette effleura le collier avec tendresse. Denise ne lui avait pas dit cela. Peut-être n'y avait-elle pas pensé...

Au théâtre, leur hôte, M. de Bourde, les attendait déjà. Il les conduisit dans sa loge où sa femme les accueillit chaleureusement et où elles furent présentées à d'autres couples qui s'étaient joints à eux pour la soirée. Juliette se vit offrir un fauteuil d'où la vue était excellente. On lui remit également des jumelles de théâtre en ivoire avec lesquelles elle se mit à scruter les loges situées du côté opposé et le reste de la salle, dans l'espoir d'apercevoir Nikolaï, mais en vain. Puis l'opérette commença, et elle fut bientôt trop absorbée par la musique et le spectacle pour remarquer l'arrivée d'un groupe de retardataires qui s'installa au troisième rang des fauteuils d'orchestre *. Le clou du spectacle fut pour elle la dernière scène précédant l'entracte, lorsqu'un groupe de danseurs se mit à évoluer, en créant un délicat tourbillon de voiles de soie aux motifs asymétriques et aux couleurs chatoyantes qui faisaient étinceler la scène tout entière.

Juliette se joignit au tonnerre d'applaudissements. Puis le rideau retomba. Elle se tourna alors vers Mme de Bourde et dit :

— Quels voiles splendides ! Quel merveilleux spectacle !

— Ce sont les foulards Knossos du styliste Fortuny. La première fois que je les ai vus, c'était chez la comtesse

61

de Béarn à Paris, à l'occasion d'une représentation privée. J'ai entendu dire que certaines femmes avaient adopté ces écharpes comme accessoires de mode.

— Cela ne m'étonne pas. Elles sont extrêmement flatteuses. (Juliette était en train de tourner les pages de son programme. Lorsqu'elle trouva le nom du styliste, elle le lut à haute voix.) Mariano Fortuny y Madrazo. Je vois qu'il est également le créateur de tous ces splendides éclairages. Son nom a une consonance espagnole.

— Il l'est. Son père est un peintre de grand talent. Il est né à Grenade, non loin de l'endroit où mon époux et moi-même sommes récemment allés en vacances. Apparemment, en Espagne, l'usage veut que les enfants portent à la fois le nom du père et de la mère. Mais on l'appelle Fortuny, tout simplement.

— M. Fortuny est-il marié ? demanda Juliette qui voulait tout savoir concernant cet homme talentueux.

Mme de Bourde leva son éventail et lui confia dans un murmure :

— Il fréquente une femme divorcée ! Ils vivent ensemble !

Ainsi donc Mariano Fortuny faisait fi des conventions ! Tandis que les lumières roses de la salle faiblissaient, Juliette se promit d'interroger Denise au sujet de ce styliste dès le lendemain matin au petit déjeuner. Mais, à sa grande déception, les foulards Knossos ne reparurent pas.

Juliette était dehors, avec la foule des spectateurs qui attendaient leur calèche ou leur fiacre pour rentrer chez eux, lorsque quelqu'un s'adressa à elle.

— Bonsoir, mademoiselle Cladel. Le spectacle vous a-t-il plu ?

C'était une voix à l'accent russe, belle et profonde, qu'elle n'avait jamais entendue auparavant. Mais elle sut pourtant instantanément qui lui parlait...

Ses lèvres s'entrouvrirent et elle inspira précipitamment. Puis elle tourna la tête et vit Nikolaï, qui se tenait à côté d'elle. Vu de près, il était encore plus viril et séduisant. Il lui souriait comme s'il la connaissait depuis toujours.

— Oui, répondit-elle vivement. En particulier, la scène des foulards Knossos.

— Ah ! Fortuny. (Il approuva d'un hochement de tête.) Un maître dans de nombreux domaines de la création. Il fut un temps où j'admirais ses jeux de lumière au théâtre.

— Je n'avais jamais entendu parler de lui avant ce soir.

— Je parie que vous aimeriez savoir comment et pourquoi ses lampes et ses systèmes d'éclairage ont été adoptés dans le monde entier.

Ses prunelles dansaient. La ficelle était un peu grosse, mais elle s'en amusa, elle aussi.

— Pas spécialement. L'aspect technique des choses ne m'intéresse pas. C'est surtout son utilisation de la couleur qui m'a intéressée. Est-ce pour admirer son travail que vous êtes venu ici ce soir ?

— Non, même s'il collabore avec les plus grands, comme les Ballets russes * de Diaghilev, la Scala, etc. Malheureusement, je suis arrivé en retard au spectacle ce soir. Par la faute des amis avec qui j'avais rendez-vous, d'ailleurs !

Elle se rappela son impatience lorsqu'il attendait dans le hall de l'hôtel.

— Vous, en revanche, êtes toujours à l'heure !

Il sourit.

— Comment l'avez-vous deviné ? Oui, c'est vrai. Sauf dans certaines circonstances, lorsque le temps semble ne plus avoir la moindre importance.

Elle se demanda s'il faisait allusion à la sculpture.

— Avez-vous manqué une grande partie du spectacle ?

— Dix minutes tout au plus.

Il lui saisit le bras et la retint — quelqu'un la bousculait au passage. Ce contact les rapprocha l'un de l'autre. Elle réalisa qu'elle avait perdu son groupe d'amis, car la foule l'entraînait. Mais cela lui était égal. Ni elle ni Nikolaï ne firent le moindre effort pour essayer de se séparer. Il

63

baissa la voix en souriant, bien que dans ce brouhaha personne ne pût entendre ce qu'ils se disaient.

— Je vous ai aperçue pendant l'entracte. Si j'avais connu au moins une personne du groupe avec qui vous étiez, je serais venu dans votre loge.

— Afin que nous soyons officiellement présentés l'un à l'autre ? demanda-t-elle, l'air intrigué.

Il rit en silence.

— Il m'a semblé que cela avait déjà été fait lorsque mon oncle et moi-même avons rencontré Mme Garnier.

— Elle était avec moi dans la loge.

— Mais je ne l'ai pas vue ! (Il leva une main en l'air, visiblement déçu.) Si seulement j'avais su ! J'y serais allé. Au lieu de cela j'ai dû guetter votre départ.

— Vous m'avez ainsi donné l'occasion de vous remercier pour les superbes orchidées que vous m'avez envoyées à l'Hôtel Ritz.

— Une tentative de rencontre qui s'est soldée par un fiasco. Qui était la dame qui vous a emportée comme dans un tourbillon ?

— Ma sœur, avec qui je vis. Si elle avait su que je m'apprêtais à parler en tête à tête avec un étranger...

Elle ne termina pas sa phrase, mais se mit à rouler des yeux expressifs et tous deux éclatèrent de rire.

— Je sais que du point de vue de la bienséance je suis inexcusable, mais je ne voulais pas courir le risque de vous voir disparaître à tout jamais sans chercher à vous rencontrer. Et c'est ainsi que j'ai demandé votre nom à la réception.

— Et l'invitation à dîner, c'est également une idée de vous, n'est-ce pas ?

Elle semblait amusée.

— Oui. Elle serait arrivée tôt ou tard, mais je ne voulais pas perdre de temps.

— Vous êtes franc, au moins !

— Et vous, vous êtes très tolérante. Puisque aucune de mes deux premières tentatives n'a réussi, accepterez-vous qu'il y en ait une troisième ? Cette fois je demanderai d'abord la permission de votre sœur.

— Cela simplifierait les choses, effectivement...

— Dans ce cas...

Au même moment, Mme de Bourde se retrouva sans le vouloir projetée entre eux deux.

— Nous avons cru que nous vous avions perdue dans cette foule, mademoiselle Cladel ! Venez vite ! Tout le monde vous attend. Cela fait plusieurs minutes que la calèche qui doit nous emmener souper bloque toutes les autres ! Oh ! Cette cohue, c'est insupportable !

Juliette regarda par-dessus son épaule tandis qu'elle l'entraînait au loin. Nikolaï lui cria :

— Quelle est votre adresse ?

Elle lui répondit, mais sans être sûre qu'il l'entendait. Il sourit et secoua la tête, l'air faussement désespéré. Puis il disparut dans un océan de hauts-de-forme. Elle n'était pas inquiète le moins du monde. Il aurait tôt fait de la retrouver.

Le lendemain matin, au petit déjeuner, Juliette parla de Fortuny à sa sœur. Denise, qui était en train de manger un croissant avec de la confiture de fraise, ne se répandit pas en éloges à son sujet.

— Je reconnais que ces foulards Knossos ont un certain charme, mais pas comme accessoires de mode. Ils sont beaucoup trop grands. Quelle femme voudrait s'emmailloter ainsi pour ressembler à une statue grecque ? Quant à sa réussite au théâtre — elle fit un geste de main dédaigneux —, elle n'est due qu'à sa connaissance des éclairages, et de la photographie. Au fond, cet homme n'est qu'un touche-à-tout. Ce genre de personne n'arrive jamais à rien.

Juliette ne put s'empêcher de se demander si Denise n'était pas secrètement jalouse des foulards.

— Je ne suis pas d'accord. D'après ce que j'ai pu voir il a un talent immense.

Denise lui sourit avec indulgence.

— Naturellement, tu as été impressionnée. Tout est encore nouveau pour toi, Juliette. Mais il n'y a rien d'extraordinaire à faire ondoyer des étoffes sur une scène.

Isadora Duncan le fait tout le temps. Elle doit danser à nouveau à Paris la semaine prochaine. Nous irons la voir, et nous emmènerons tante Lucille avec nous.

Lorsque arriva le soir de la représentation, Juliette trouva la danseuse aux pieds nus admirablement fluide et vibrante dans son ample tunique et sa gracieuse écharpe. Mais ce n'était pas un foulard Knossos et la magie n'était pas au rendez-vous. La curiosité de Juliette à l'égard de Fortuny demeurait intacte.

5

Deux lettres portant le sceau des Karasvin parvinrent à Lucille à une demi-heure d'intervalle. La première était signée du prince Vadim. C'était une nouvelle invitation à dîner, deux semaines plus tard, pour elle et pour Juliette. La seconde venait de Nikolaï, ce qui la contraria beaucoup. Elle la lut et la relut plusieurs fois, puis se mit à arpenter le salon en tenant à la main la missive qu'il y avait jointe en lui demandant de la remettre à Juliette, dont il n'avait pas l'adresse.

Elle se laissa tomber dans un fauteuil, songeuse. Que devait-elle faire ? La lettre que Nikolaï lui adressait était brève, mais elle était à ses yeux révélatrice de l'égoïsme forcené du jeune homme. Elle devait penser à Juliette avant tout. Lorsqu'elle l'avait mise en garde au sujet des Karasvin, elle n'avait pas songé un seul instant que l'ombre de Nikolaï pourrait planer un jour sur sa vie.

Lucille récapitula tout ce qui était arrivé. Il lui avait offert des orchidées. Mais, sur le coup, cela ne lui avait pas semblé porter à conséquence. C'était un geste typique des Karasvin : des hommes riches, grands amateurs de jolies femmes. Les fleurs avaient fait plaisir à Juliette à son arrivée à Paris et c'était tout ce qui importait. Avant cela il y avait eu la rencontre au Bois. Celle-ci avait provoqué chez la jeune fille une exaltation à laquelle elle n'avait tout d'abord pas pris garde. Puis elle avait surpris sa mine radieuse lorsqu'elle lui avait confié qu'elle avait

rencontré Nikolaï à la sortie du théâtre. Au fond, tout
ceci était sans importance. Mais Lucille ne pouvait
s'empêcher de penser à une phrase de Victor Hugo, qui
disait qu'un seul regard suffisait pour faire éclore une
rose dans le cœur de l'autre.

Si seulement un autre homme que Nikolaï avait jeté
son dévolu sur Juliette ! Lucille se souvint de l'une des
dernières lettres d'Augustine. Celle-ci lui disait que la
conduite scandaleuse du jeune homme avec les femmes
la mettait au désespoir. Trop beau, trop riche et trop gâté,
telle avait été sa conclusion concernant son neveu par
alliance...

Lucille se releva lentement. Elle n'aurait su dire
combien de temps elle avait passé à se morfondre avant
de prendre une décision. Elle alla dans sa chambre, ouvrit
son coffre à bijoux, y plaça la lettre. Puis elle referma le
coffre à clef. Elle savait que sa conscience allait la tourmenter, mais l'intérêt de Juliette passait avant tout. Elle-
même, après bien des petits flirts sans conséquence,
n'était-elle pas tombée folle amoureuse d'un séducteur
du même acabit que Nikolaï, qui lui avait finalement brisé
le cœur ? Elle avait fini par épouser le gentil, sensible et
si ennuyeux Rodolphe. Certes, le temps avait arrangé les
choses. Mais il n'avait jamais réussi à combler le vide
laissé dans son cœur.

Juliette était ravie que sa première robe de soirée soit
prête à temps pour le dîner chez le prince Vadim. Elle
était en satin crème rehaussé d'un semis de roses d'un
ton plus soutenu, et agrémentée d'une petite traîne plissée et d'un habile décolletage * dissimulant la naissance
des seins.

— Avec cette mode pudibonde, on a l'impression que
les femmes n'ont qu'un sein, avait souri Juliette au cours
d'une séance d'essayage. J'espère seulement que je ne
vais pas avoir l'air d'avoir un coussin sur la poitrine !

— Vous ! s'était exclamée l'essayeuse qui s'était mise
à genoux pour ajuster l'ourlet. Vous ne pourriez jamais
donner cette impression. On ne peut pas en dire autant

de la Gibson Girl [1] ! Il est vrai qu'elle n'a jamais été habillée par la Maison Landelle. Vous, vous serez toujours telle que la nature vous a faite. Même en tenue de soirée !

Juliette put se rendre compte par elle-même que sa silhouette n'était nullement déformée, lorsqu'elle se contempla dans la psyché, tandis que la femme de chambre de Denise fermait le dernier petit crochet du dos de la robe. Elle comprenait à présent ce que c'était que de se faire habiller par un grand couturier. Les tenues simples qu'elle portait au pensionnat ou en vacances étaient d'excellente qualité et à ses mesures exactes. Mais cette robe était d'une tout autre qualité. Sa taille étroite, maintenue par un corset intégré, était aussi lisse que la tige d'une fleur. Il n'y avait pas le moindre faux pli. On l'aurait dite sculptée sur elle par Michel-Ange — ou par Nikolaï. Cette pensée fit scintiller ses prunelles. Dans moins d'une heure elle allait le revoir !

Mais lorsque Lucille et elle arrivèrent chez le prince et pénétrèrent dans le salon vert et or, elle sut d'instinct que Nikolaï n'était pas là. Elle qui avait imaginé qu'il viendrait à sa rencontre pour lui souhaiter la bienvenue ! Sa déception était immense. Il était en retard ! Comment était-ce possible ? La circulation sans doute. Elle sourit lorsqu'on lui présenta les autres convives, avec qui elle échangea de menus propos en attendant que Nikolaï paraisse dans l'embrasure de la porte. Mais au cours de la conversation, le prince laissa négligemment tomber que d'importantes affaires familiales avaient rappelé son neveu d'urgence à Saint-Pétersbourg. Et tout le plaisir de Juliette fut gâché.

— Et quand sera-t-il de retour ? s'entendit-elle demander d'une voix blanche.

— Qui sait ? De nos jours, les jeunes gens sont tellement imprévisibles, répondit gaiement le prince qui se sentait très attirée par elle.

---

1. Surnom donné à la silhouette au buste fortement accentué créée par l'Anglais Charles Dana Gibson. *(N.d.T.)*

Il se targuait d'être un connaisseur en matière de beaux-arts et de femmes. Et celle-ci, avec sa ravissante silhouette et sa bouche à la fois innocente et sensuelle, était un vrai plaisir pour l'œil.

Juliette aurait voulu crier que Nikolaï avait certainement laissé un message pour elle. Mais elle réalisa soudain combien cette idée était absurde. Manifestement, elle s'était méprise sur la façon dont Nikolaï la regardait. Elle avala sa salive, la gorge serrée.

— Mais qu'en est-il de sa passion pour la sculpture ? Cela ne va-t-il pas le pousser à rentrer à Paris ?

— Ce n'est qu'un passe-temps pour lui, même s'il est extrêmement doué. Il a des responsabilités en Russie auxquelles il ne pourra jamais se soustraire. Le devoir avant tout.

— Peut-on voir ses œuvres quelque part ?

— Pas pour l'instant. Mais il a déjà exposé plusieurs fois dans les salons du Grand Palais, à l'invitation de la Société Nationale des Beaux-Arts *. Ce qui constitue un très grand honneur...

— Vraiment !

— Si vous vous intéressez à la sculpture, je puis vous montrer un buste de moi, exécuté par mon neveu voilà deux ans. (Sans attendre sa réponse, il prit sa main gantée de blanc dans la sienne et lui sourit en la dévisageant à travers son pince-nez.) Je me ferai un plaisir de vous y amener un peu plus tard.

Mais il n'en eut pas l'occasion, car sa seconde épouse, de vingt ans sa cadette, était extrêmement vigilante et nullement décidée à se laisser tromper comme Augustine. Aussi se chargea-t-elle de montrer le buste de son mari à ces dames après dîner. L'œuvre ne suscita qu'un intérêt poli, et seule Juliette s'en approcha pour l'examiner de plus près. C'était une sculpture fondue dans le bronze. Vigoureuse et puissante, elle était, aussi, d'une ressemblance étonnante, et laissait deviner les défauts et les qualités de l'aristocrate qu'elle représentait.

— Ce buste mériterait d'être mieux exposé ! s'écria

Juliette en découvrant qu'il était relégué au fond d'une alcôve où, même de jour, la lumière devait être blafarde.

Son hôtesse eut un petit geste de dédain.

— Mon mari ne l'aime guère, même s'il reconnaît qu'il s'agit d'une œuvre d'art exceptionnelle.

Juliette devinait aisément pourquoi le buste n'enthousiasmait pas le prince, car bien qu'il montrât ses yeux rieurs, la bravoure et la détermination de sa mâchoire et de son menton, la bouche épaisse et sensuelle et les bajoues naissantes n'étaient guère flatteuses. Elle vit que Nikolaï avait gravé son nom sur le socle et dut se retenir pour ne pas l'effleurer du bout des doigts. Sur le chemin du retour elle et Lucille discutèrent de la sculpture.

— Nikolaï Karasvin a un style qui lui est propre, dit Lucille après réflexion, mais l'influence de Rodin est indéniable. A l'exception de certains grands maîtres, rares sont les sculpteurs qui, comme Rodin, s'attachent à décrire les hommes et les femmes avec autant de véracité. Le neveu du prince marche dans les traces du maître.

Lorsqu'elle eut déposé Juliette chez elle, Lucille poussa un soupir de soulagement. Dieu merci, la soirée était terminée. Elle avait vu comment, à la nouvelle du départ de Nikolaï en Russie, le visage de la jeune fille avait subitement perdu tout éclat. Comme une bougie qu'on aurait soufflée. Mais Juliette tirerait une leçon de cette déception. Et lorsque Nikolaï reviendrait, s'il revenait jamais, elle serait infiniment plus dégourdie et habituée à l'inconséquence du sexe masculin.

De retour à la maison, Juliette ôta sa robe, avec l'aide de la femme de chambre de Denise. Puis elle s'assit à sa coiffeuse pour se brosser les cheveux. Aussitôt que la femme de chambre se fut retirée, Juliette laissa retomber sa tête. Inconsolable. Son aventure avec Nikolaï était terminée avant même d'avoir commencé. Jamais plus elle ne se laisserait séduire aussi bêtement par un homme.

Il fut difficile à Lucille de quitter Paris quand arriva le jour de son départ. Sa conscience continuait à la tourmenter lorsqu'elle songeait à la lettre qui se trouvait tou-

jours dans son coffre à bijoux. Mais elle ne devait pas
l'en sortir... Elle et Juliette pleurèrent à chaudes larmes
sur le quai de la gare du Nord, en s'embrassant sur les
joues et en s'étreignant mutuellement. Denise, qui avait
déjà dit adieu *, se tenait à côté de la porte ouverte du
wagon. Elle jetait de petits coups d'œil furtifs à sa montre. A l'intérieur, Marie, tout à la fois excitée de rentrer
chez elle et anxieuse à l'idée de la longue traversée qui
les attendait, avait posé le coffre à bijoux sur la banquette.

— Ne reste plus aussi longtemps sans venir, tante
Lucille, implora Juliette lorsqu'elles dénouèrent enfin
leur étreinte.

— Je ferai l'impossible, promit Lucille d'une voix
étranglée par l'émotion. Mais surtout n'oublie pas
d'écrire.

— C'est promis...

Une fois sur le marchepied, Lucille fit une pause et,
sans se soucier du fait que Denise pouvait l'entendre, dit
à Juliette :

— Souviens-toi, si les choses ne vont pas comme tu
veux et que tu souhaites quitter Paris, tu peux toujours
venir habiter chez moi.

Juliette fut un peu surprise. Lucille avait-elle deviné
combien elle avait été déçue que Nikolaï soit parti subitement, sans même la prévenir ? Elle secoua doucement
la tête.

— Ne m'as-tu pas prévenue que la voie que j'ai choisie
n'était pas facile ?

Denise intervint brusquement.

— J'espère bien que non. Ce que l'on obtient sans
effort ne vaut rien. Je l'ai appris à mes dépens !

Depuis la fenêtre du compartiment, Lucille échangea
un sourire entendu avec Juliette. Denise n'avait pas la
moindre idée de ce qu'il signifiait.

Même lorsqu'on n'aperçut plus de Lucille qu'un mouchoir flottant au vent, Juliette continua d'agiter la main.
Elle continua, jusqu'à ce que le train qui l'emportait au
loin ait complètement disparu.

Aussitôt que la nouvelle garde-robe de Juliette fut terminée, Denise lui fit faire ses débuts dans le monde en donnant toute une série de dîners et de réceptions. A partir de ce jour, Juliette fut constamment invitée en retour. Les jeunes gens de son âge, fils et filles des amis de Denise pour la plupart, l'avaient admise dans leur cercle. Tous savaient qu'elle faisait son apprentissage au sein de la Maison Landelle. Quelques-unes des jeunes filles, qui mouraient d'envie de s'occuper à autre chose qu'à la préparation d'un éventuel mariage, disaient l'envier. Mais Juliette savait qu'aucune n'avait idée des efforts qu'il fallait fournir pour devenir une vraie couturière...

Elle était très appréciée des jeunes gens, et son carnet de bal était plein en quelques minutes, chaque fois qu'elle arrivait dans une soirée dansante ou un dîner. Il y en avait bien deux ou trois qu'elle préférait aux autres et à qui elle autorisait même un baiser de temps en temps, mais elle restait sur son quant-à-soi. De toute façon, ni elle ni aucune de ses amies ne sortaient jamais sans chaperon...

Maintenant que Lucille avait quitté Paris, aucune invitation n'arrivait plus de la part du prince Vadim. De temps à autre, Juliette l'apercevait en compagnie de sa femme à l'Opéra ou au restaurant. Lorsqu'ils la croisaient, ils lui adressaient un petit signe de tête aimable mais ne s'arrêtaient jamais pour parler, et elle ne connaissait personne d'autre à qui demander des nouvelles de Nikolaï. Le temps passant, elle acquit la certitude qu'il n'était pas revenu, sans quoi elle l'aurait certainement croisé dans une soirée. Elle ne comprenait pas pourquoi elle n'arrivait pas à chasser son souvenir de ses pensées. Elle avait même du mal à accepter le fait qu'il l'avait probablement oubliée depuis longtemps. Une fois, en y songeant, elle se piqua au doigt alors qu'elle était en train de coudre. Une petite goutte de salive effaça la minuscule tache de sang laissée sur le tissu.

Dans les longues lettres qu'elle écrivait à Lucille, Juliette lui racontait de savoureuses anecdotes à propos de son travail. Elle avait été fort surprise de découvrir que la Maison Landelle, à l'instar des autres maisons de couture, était tout le contraire d'un havre de paix. Chaque fois qu'arrivait une nouvelle cliente, les vendeuses * entraient en concurrence pour savoir qui serait la vendeuse * attitrée. Et si l'une d'elles était soupçonnée d'avoir rusé pour avoir la préférence, une violente dispute éclatait aussitôt en coulisses. La directrice * devait faire face à des clientes hystériques qui se mettaient à hurler et à sangloter lorsque la robe qu'elles avaient commandée ne leur plaisait plus, ou que quelque chose d'autre les contrariait. Il y avait les disputes autour des tables dans les ateliers, les chamailleries des repasseuses, les colères des essayeuses lorsqu'une modification n'avait pas été faite selon leurs instructions. Parfois on assistait à un crêpage de chignon dans la cabine * des mannequins, et les touffes de cheveux se mettaient à voler en tous sens. Et de temps à autre, Denise elle-même passait tel un ouragan dans les ateliers...

Juliette observait tout ceci comme un spectateur regarde les numéros au cirque. Au début on la chargeait de travaux simples et terre à terre, même si l'étoffe était somptueuse. Mais elle ne s'ennuyait jamais et tirait une certaine fierté des ourlets et des plissés aux points quasiment invisibles qui jaillissaient sous son aiguille. Au bout de quelque temps elle monta en grade. On la chargea de coudre les pans de soie, de velours et de filet, même que les lamés et les broderies diamantées importés de Turquie. On lui confia également d'autres ajouts nécessaires à l'effet de « sein unique ». Et il lui incombait de fixer les garnitures délicates, comme la dentelle ou les franges.

Elle était contente de ne plus se voir confier de travaux faciles, car chaque fois que les choses devenaient plus compliquées, elle avait le sentiment de franchir une étape. Parfois, elle découvrait qu'elle était en train de coudre une robe qui lui était destinée. Denise créait de plus en plus de modèles pour elle, afin qu'elle fasse la réclame de la Maison Landelle.

— Partout où nous allons, les gens se retournent sur ton passage, lui dit-elle un jour, enchantée que plusieurs commandes lui aient été passées pour une toilette que sa sœur avait portée la veille au soir. (Il lui arrivait de regretter que Juliette ne puisse être vue que pendant les week-ends, ou le soir après son travail, mais il était impossible d'y changer quoi que ce soit, car l'avenir de la Maison Landelle dépendait de sa sœur, dont la formation devait être rigoureuse.) Je crois que tu devrais porter une robe de soie vert pastel pour aller aux courses à Longchamp.

— Ne risque-t-on pas de me confondre avec le gazon ? plaisanta Juliette. Ce serait dommage.

— Tu as raison, dit Denise sans s'apercevoir que sa sœur la taquinait — elle n'avait aucun sens de l'humour. Elle sera abricot. Les couleurs acides s'accordent si bien avec la couleur de tes cheveux.

Juliette parada dans son ensemble abricot pour ses compagnes d'atelier, comme elle le faisait pour chacune de ses nouvelles toilettes Landelle. Ensuite, elle enfila une nouvelle robe de dîner * en mousseline bleue. Elle attendait que l'assistante de l'essayeuse vienne l'accompagner à l'atelier lorsqu'elle vit l'un des deux mannequins roux, Yvonne Rouband, qui arrivait dans sa direction. Elles échangeaient toujours des sourires mais ne s'adressaient que rarement la parole. Cette fois la jeune femme s'arrêta pour complimenter Juliette.

— Ce bleu vous va à ravir, mademoiselle Cladel !

Yvonne elle-même était très élégante dans une toilette rayée qu'elle venait de présenter. Elles se mirent à parler des couleurs qu'elles aimaient porter.

— Vous autorise-t-on à mettre du rose ou du rouge ? demanda Juliette.

— Pas ici, répondit Yvonne en riant. Mais j'ai un chemisier écarlate à la maison.

— Je suis sûre qu'il vous va à merveille.

— Merci !

La vérité, c'est que Juliette trouvait Yvonne splendide dans tout ce qu'elle portait, même dans les vêtements simples qu'elle mettait pour venir travailler. En plus d'un joli visage, elle avait une silhouette admirable avec une poitrine généreuse et des hanches bien dessinées.

— Comme vous pouvez le voir, poursuivit Juliette, je m'apprête à montrer ma nouvelle robe. Y a-t-il un ou deux conseils que vous pourriez me donner, pour que j'aie l'air d'une vraie professionnelle ? Je crois que cela amuserait les filles.

— Volontiers, répondit Yvonne, même si, à mon avis, vous n'en avez pas vraiment besoin. Tout l'art du mannequin réside dans sa démarche. Marchez lentement le long de ce corridor, faites quelques pas puis retournez-vous pour regarder par-dessus votre épaule. Encore trois ou quatre pas, puis demi-tour en regardant de l'autre côté. Je vous décris là une présentation dans un espace restreint. Dans les salons il y a beaucoup plus d'espace, ce qui permet aux mannequins d'évoluer librement.

— Comme ceci ? demanda Juliette en se retournant pour la deuxième fois, selon les instructions qu'on venait de lui donner.

— Excellent ! Recommencez en essayant cette fois de faire danser les volants de votre traîne, en donnant un petit coup de pied lorsque vous vous retournez.

Plus tard, Juliette recueillit d'autres conseils auprès d'Yvonne qui lui montra comment faire tournoyer une cape, rejeter négligemment un foulard sur son épaule, pencher la tête pour mettre en valeur un chapeau et même tenir une ombrelle, et faire des jeux de manches avantageux. Elles bavardaient chaque fois qu'elles se rencontraient.

Un jour que Juliette était en train de coudre, à l'atelier, elle entendit deux de ses collègues à la langue particulièrement acérée parler d'Yvonne.

— C'est vrai, disait l'une, elle pose nue pour les peintres. En voilà une qui n'est pas peu fière de son corps. Parader dans de belles toilettes ne lui suffit pas, il faut en plus qu'elle se déshabille !

Toutes deux ricanèrent.

— Comment l'as-tu appris ? demanda une autre couturière.

— Le nouveau béguin de ma sœur connaît Yvonne. Il travaille dans une galerie de Montmartre où les peintres exposent leurs toiles pour essayer de les vendre. Il y a vu plusieurs nus d'elle.

— Comment peut-on poser sans vêtements ! Je serais morte de honte !

— Et moi donc !

Il y eut une nouvelle explosion de rires malicieux.

Juliette songea qu'elles étaient en réalité jalouses de la superbe silhouette d'Yvonne. Aude, qui était en train de couper un bâti avec ses ciseaux, lui glissa à l'oreille :

— Si ces filles ne vivaient pas chez leurs parents, elles seraient bien contentes de gagner honnêtement quelques francs de plus. Yvonne est obligée de payer un loyer pour sa chambre et elle économise pour pouvoir faire monter sa sœur à Paris.

— Mais c'est le meilleur mannequin de la Maison Landelle. N'est-elle pas payée en conséquence ?

— Peut-être reçoit-elle un peu plus que les autres. Mais le salaire des mannequins est très bas.

Juliette en parla à Denise le soir même.

— Pourquoi ne leur donne-t-on pas plus d'argent ?

Denise haussa un sourcil incrédule.

— En voilà une idée ! Et pourquoi le ferait-on ? Elles ne font rien de plus que de parader dans les plus belles toilettes de Paris. Mon Dieu * ! Comme j'aimerais avoir un travail aussi facile que le leur !

— Mais ce qu'elles font est parfois extrêmement pénible. Songe un peu à ce qu'elles doivent endurer lorsqu'une cliente difficile pique une crise de nerfs.

— Je reconnais que certaines clientes sont désagréables, mais la plupart des filles seraient prêtes à devenir mannequin pour rien, si la vérité venait à se savoir.

— Que veux-tu dire ?

Denise la contempla d'un œil cynique.

— Tu n'as pas encore entendu cancaner à ce propos dans les ateliers ? En devenant mannequin, une fille a énormément de chances de rencontrer un homme fortuné. Il n'y a que des hommes riches qui fréquentent les salons de couture. Trois de mes mannequins ont pignon sur rue depuis qu'elles sont devenues des demi-mondaines.

Juliette en eut le souffle coupé.

— J'espère que tu n'entres pas dans ce genre de considérations quand tu fixes le salaire de tes employées.

— Bien sûr que non ! En voilà une idée idiote ! Je les paie au même tarif que la plupart des autres maisons de couture, et même plutôt mieux si tu veux tout savoir. Si c'est une augmentation de salaire que tu attends, c'est encore trop tôt. (Après avoir prononcé cette dernière phrase, Denise leva aussitôt une main conciliante.) Bon, bon. Je vois à ton visage que ça n'était pas là que tu voulais en venir. A présent, cessons cette discussion avant d'en arriver à la dispute. Les choses ne se sont pas trop mal passées entre nous jusqu'ici.

Juliette rougit. Si la paix avait été maintenue entre elles, c'était parce qu'elle avait ravalé plus d'une fois une réplique acerbe, en se rappelant les termes de leur contrat. Et, aussi, qu'il ne pouvait rien sortir de bon de disputes perpétuelles...

6

La première fois que cela se produisit, Juliette mit un certain temps avant de réaliser qu'elle était suivie. Ayant temporairement interrompu son travail à la suite d'une coupure au doigt, elle avait décidé de se rendre à l'atelier de Rodin, rue de l'Université, dans l'espoir d'y voir quelques-unes des sculptures de Nikolaï. Comme elle s'apprêtait à traverser la rue, elle aperçut une femme qui la croquait. Les artistes étant légion à Paris, elle n'y aurait pas prêté attention si l'inconnue ne s'était précipitée de l'autre côté de la rue pour pouvoir continuer à la dessiner lorsqu'elle traversa.

Juliette réalisa alors qu'il s'agissait d'une de ces fameuses « mouchardes » qui avait remarqué qu'elle portait l'un des tout derniers modèles d'automne de Denise. Une fois son dessin terminé, elle irait le proposer à un petit fabricant, lequel s'empresserait de réaliser une copie à bon marché pour les magasins de confection. Une pratique hélas très courante à cette époque...

Tout en priant le ciel pour que la « moucharde » n'ait pas eu le temps de repérer les menus détails — boutons, passementerie — de sa veste et sa jupe, Juliette prit ses jambes à son cou. Elle vit le regard à la fois courroucé et surpris de la femme, lorsqu'elle la dépassa. Sous les yeux effarés des passants, elle courut d'une seule traite jusqu'à l'atelier de Rodin et franchit comme une flèche la porte à double battant laissée grande ouverte.

Une fois à l'intérieur, elle s'arrêta, hors d'haleine, et regarda autour d'elle, bouche bée. L'endroit était immense et plein d'une activité fébrile et bruyante. Elle avait toujours cru que la sculpture se faisait dans le silence et la concentration. C'était bien le cas dans les ateliers privés. Mais ici, plusieurs assistants travaillaient de concert, protégés par des tabliers de lin. Il n'y avait qu'une seule femme parmi eux, coiffée du traditionnel béret triangulaire destiné à éviter que les éclats de la pièce de marbre qu'elle taillait ne volent dans ses cheveux. Tous s'affairaient à une tâche particulière. Juliette vit que deux d'entre eux travaillaient d'après modèle : un vieil homme et une mère berçant un bébé dans ses bras. Curieusement, l'enfant dormait paisiblement, nullement gêné par le bruit : coups de marteau furieux des jeunes ouvriers qui érigeaient les échafaudages et clouaient les caisses destinées à transporter les statues ; roulement des chariots sur le pavé, vociférations, sifflements, le tout résonnant sous le vaste plafond en une effroyable cacophonie. Devant elle, dominant le reste de l'atelier, il y avait la *Porte de l'enfer,* sculptée par Rodin lui-même. Il s'agissait d'une commande d'État qui n'était pas encore achevée, malgré plusieurs années de travail.

Juliette fit quelques pas. Parmi les gris sourds, les ocres, les blancs et les bruns de cet atelier aux allures de caverne, elle se sentait particulièrement mal à l'aise dans son ensemble jaune d'or. L'un des sculpteurs, en l'apercevant, songea qu'elle ressemblait à une flamme dans sa robe éclatante, avec ses cheveux roux et son chapeau à plumes. Il était en train de redisposer les paravents mobiles qui servaient à cacher son modèle nu à la vue générale. Sur l'estrade, la femme attendait, un kimono jeté sur ses épaules. Interrompant sa tâche, il s'approcha de la nouvelle venue.

— Mademoiselle ? dit-il intrigué, certain que cette jeune fille n'était pas modèle et se demandant s'il ne s'agissait pas de la dernière conquête de Rodin — en dépit de son âge et de sa barbe grisonnante, le Maître * jouissait encore d'un immense succès auprès des femmes.

Je suis Anton Casile. Puis-je vous aider ? Si vous voulez rencontrer le Maître *, il se trouve dans un autre de ses ateliers.

— Oh, non. Je ne veux pas le déranger. Je suis venue dans l'espoir de voir quelques sculptures.

— Dans ce cas, vous êtes à la bonne adresse, répliqua-t-il, pince-sans-rire.

Elle surprit son regard amusé et sourit.

— Ce ne sont pas les chefs-d'œuvre de M. Rodin que je désire voir, mais le travail d'un autre sculpteur. Un Russe dont j'ai fait la connaissance il y a quelque temps.

— A ma connaissance, il n'y a jamais eu qu'un seul sculpteur russe ici. Ne serait-ce pas Nikolaï Karasvin ?

— Si. Ainsi, vous le connaissez ?

Le simple fait d'entendre prononcer son nom la remplissait de joie.

— Lui et moi, ainsi que quelques autres artistes, avons passé des nuits entières au café, à boire et à parler sculpture. (Donc, songea-t-il, il s'agit d'une nouvelle conquête de Karasvin et non du Maître *.) Mais il est parti. Le saviez-vous ?

Elle hocha la tête, sentant à nouveau le douloureux tiraillement de la déception.

— C'est à son travail que je m'intéresse, répondit-elle, l'air dégagé.

— Bien sûr...

Il y avait une pointe d'ironie dans la voix d'Anton Casile. Elle n'avait pas réussi à le convaincre.

— Me serais-je déplacée en vain ? insista-t-elle.

— Je n'en suis pas sûr. (Anton interpella un ouvrier qui passait à côté d'eux, un seau d'argile humide à la main.) Marcel, reste-t-il quelques-unes des œuvres de Karasvin ici ?

— Oui. *L'Athlète,* et deux autres.

— Pose ce seau et va les montrer à notre visiteuse. (Anton sourit à nouveau à Juliette.) Faites attention à ne pas glisser, mademoiselle. L'argile qui tombe à terre lorsque nous travaillons n'est pas nettoyée aussi vite qu'elle devrait l'être.

— Je vous remercie. Je ferai attention.

Marcel lui montra le chemin. Juliette le suivait sans savoir où poser les yeux. Il y avait tant de choses à regarder dans ce monde totalement nouveau pour elle ! Lorsqu'elle manifesta son intérêt pour divers morceaux de marbre entreposés sur des râteliers, Marcel lui expliqua qu'ils étaient de provenance et de qualité diverses. Certains étant plus faciles que d'autres à travailler. Un énorme bloc de marbre de Carrare se dressait, abandonné au milieu du pavé ; sur des étagères s'entassaient pêle-mêle des œuvres d'art, des statues de bronze ou de plâtre représentant des chevaux, des pieds, des mains, des membres et des torses. Elles formaient une sorte de fresque insolite le long des murs. Puis, ils atteignirent enfin les sculptures de Nikolaï.

— Nous y sommes ! dit Marcel en les lui indiquant d'un geste large. Ça c'est *L'Athlète,* et à côté *La Baigneuse.* La troisième est recouverte d'une toile parce qu'elle est inachevée.

— Mais la toile est humide. Quand doit-il revenir ?

L'espoir faisait trembler sa voix.

— Ne me le demandez pas, mademoiselle. Mon travail consiste uniquement à garder l'argile humide, afin que les œuvres inachevées ne se dessèchent pas. Je vais continuer à mouiller cette sculpture jusqu'à ce que le Maître * ou quelqu'un d'autre me dise d'arrêter. Je vous laisse. Vous saurez retrouver votre chemin, n'est-ce pas ?

Restée seule, Juliette perdit complètement la notion du temps. Même le brouhaha de l'atelier lui sembla s'évanouir. Les deux œuvres achevées étaient des bronzes. L'athlète avait été saisi alors qu'il s'apprêtait à franchir la ligne d'arrivée. Son visage était tourmenté, chaque muscle de son corps nu était tendu dans un ultime et formidable effort. On aurait dit que la statue allait s'élancer hors de son socle à tout moment et foncer dans la distance.

La baigneuse était une femme lascive et sensuelle, aux formes admirables. Assise nue, une jambe repliée sous elle, le dos courbé, et les coudes relevés, elle peignait sa chevelure avec ses doigts. Cette statue était aussi paisible et sereine que l'autre était vive et impétueuse, mais elle était tout aussi remarquable. Chacune des deux sculptures attirait le regard à sa façon. Juliette les contempla pendant un long moment, d'abord de l'endroit où elle se trouvait, puis sous différents angles.

Finalement, avec un soupir de contentement, elle s'éloigna, en jetant un dernier regard à la statue recouverte, et en se demandant ce qu'elle représentait et si elle serait jamais achevée. Elle s'en revint en traversant à nouveau les différentes sections de l'immense atelier. Elle s'arrêta une seule fois, pour admirer la beauté tourmentée et sans égale des personnages de la *Porte de l'enfer*.

Elle ne revit pas Anton Casile et supposa qu'il avait repris son travail derrière les paravents. Lorsqu'elle émergea à nouveau dans le soleil, elle ne vit aucune trace de la « moucharde ». Elle s'en retourna tranquillement chez elle, la tête pleine des merveilleuses sculptures qu'elle venait de regarder pendant si longtemps...

Quelques jours plus tard, à l'atelier, Juliette eut besoin d'un raccord et, voyant que les apprenties étaient toutes occupées, décida d'aller le chercher elle-même. Jamais on ne jetait aucun morceau de tissu pouvant être réemployé. Toutes les chutes étaient entreposées dans de grandes malles. Sachant que l'étoffe qu'elle cherchait était très demandée ces derniers temps, elle pensait pouvoir se la procurer aisément.

Elle était en train de fouiller dans un assortiment de chutes multicolores quand elle tomba par hasard sur un métrage de soie finement plissée qui lui sembla tout d'abord d'aspect cuivré. Mais lorsqu'elle le tira hors du coffre, il se déploya comme un serpent fluide entre ses mains, en créant une infinité de reflets dorés et corail. Les étoffes plissées dans différentes largeurs étaient courantes, mais celle-ci était tout à fait unique. Le plissé en était si fin qu'il conférait à la soie un chatoiement profond pareil à un ruissellement. Elle était certaine de n'avoir jamais vu la toilette originale, sans quoi elle ne l'aurait pas oubliée. Presque involontairement, elle appliqua l'étoffe soyeuse contre sa joue, et ressentit une agréable sensation de caresse.

Complètement fascinée, elle se mit à fouiller dans la malle. Trois autres chutes apparurent à la lumière et elle réalisa qu'elle tenait à la main les morceaux d'une robe qui aurait pu appartenir à une femme de la Grèce antique. Sans doute s'agissait-il de l'une des créations de M. Pierre mise au rebut. En tout cas, elle était sans rapport avec son style habituel.

Emportant les morceaux d'étoffe avec elle, elle se rendit à l'atelier de coupe.

— Y en a-t-il parmi vous qui sachent d'où proviennent ces chutes ? demanda-t-elle à la cantonade.

— Oui, je m'en souviens, répondit une couturière spécialisée dans le plissé. C'était il y a un an environ. Mme la baronne m'a fait appeler dans son bureau. M. Pierre et elle avaient démonté la robe et cherchaient à comprendre comment le plissé avait été réalisé. De toute ma vie je n'avais jamais vu de plis aussi petits. Celle qui les a faits a certainement un truc que nous ne connaissons pas.

— Il y a des œillets. La robe était-elle lacée ?

— Oui, avec de fines cordelettes faites dans le même tissu.

Juliette retourna à la malle où elle avait trouvé les chutes, mais elle eut beau la retourner entièrement, pour tenter de retrouver les rubans d'origine, elle fit chou blanc. Sans doute les avait-on jetés.

— Que faites-vous, Juliette ?

C'était Mme Tabard.

La jeune fille se redressa d'un bond.

— J'étais venue chercher un raccord, et puis je me suis laissé envoûter par cette chute de soie plissée.

— Vous n'avez pas de temps à perdre. Laissez cela et prenez ce dont vous avez besoin. La prochaine fois, envoyez une apprentie à votre place.

C'est à contrecœur que Juliette abandonna la soie, craignant que quelqu'un décide de la découper avant qu'elle ait eu le temps de venir la rechercher. Elle roula promptement les morceaux ensemble, et les enfouit tout au fond de la malle.

Elle avait hâte que sa journée de travail s'achève. Elle voulait rentrer chez elle et interroger Denise au sujet de la robe plissée qu'on avait impitoyablement mise en pièces. Lorsqu'elle se fut changée pour le dîner, elle se dirigea vers la véranda où sa sœur, assise dans un fauteuil en rotin, était en train de lire le journal. Les portes de la pièce étaient ouvertes sur la pelouse verdoyante et les massifs de fleurs. Juliette s'arrêta pour saluer Denise. Mais celle-ci lui répondit sans même lever les yeux de son journal.

— Les nouvelles ne sont vraiment pas réjouissantes ces jours-ci. Un cheval fou a renversé une vieille dame rue Royale, il y a eu un tremblement de terre au Japon, le Kaiser est en train de renforcer son armée et des émeutes paysannes ont éclaté en Russie.

Juliette s'assit dans le fauteuil voisin. Elle lisait toujours les entrefilets concernant la Russie au cas où il y serait fait mention de la famille Karasvin, mais ça n'était encore jamais arrivé. En revanche, elle avait beaucoup appris concernant cet immense pays qui n'avait jamais retenu son attention en cours de géographie. *Le Figaro* faisait état de la brutalité des arrestations et des impitoyables sentences qui s'étaient abattues sur les misérables fauteurs de troubles. L'article était pathétique. Le tsar aurait dû tirer leçon de ce qui était arrivé à Louis XVI, même s'il était peu probable que semblable révolution puisse à nouveau éclater quelque part dans le monde.

— Aujourd'hui, j'ai trouvé des chutes de soie plissée tout à fait étonnantes dans l'une des malles, dit Juliette.

— Vraiment ? répondit Denise, l'air absent, en tournant la page pour consulter la chronique mondaine — elle aimait se tenir au courant des derniers potins concernant ses clientes.

— On m'a dit que la façon dont le plissé avait été réalisé était un mystère.

Denise baissa son journal pour la regarder.

— Sans doute veux-tu parler de la robe Delphes de

Fortuny. J'ai réussi à m'en procurer une auprès de son atelier de Venise. Pas en mon nom propre, évidemment ! Je ne voulais pas qu'on aille raconter que je m'intéressais à sa création. Mais je voulais juger par moi-même de ce qu'il faisait.

— J'ignorais qu'il dessinait autre chose que des robes de scène.

— En réalité, il ne dessine que des oripeaux informes, soi-disant inspirés par quelque antique statue grecque ! Mais cela n'a aucun rapport avec la haute couture *. De toute façon, ce n'est pas en restant terré à Venise qu'il arrivera à quelque chose. Personne n'ira jamais là-bas pour acheter ses hardes de mauvaise qualité alors que Paris offre ce qu'il y a de mieux. A mon avis, l'air de l'Italie lui est monté à la tête.

— J'aimerais acheter ces chutes pour mon usage personnel, dit Juliette. Malheureusement, il y a seulement moins d'un an qu'elles ont été mises au rebut.

Il était d'usage chez Landelle de permettre aux couturières de racheter les chutes à un prix raisonnable lorsque celles-ci étaient passées de mode depuis au moins deux ans ou qu'elles avaient été rejetées pour une raison ou une autre.

— Dans ce cas précis, cela n'a pas d'importance. Il ne s'agit pas d'une de mes créations originales et ce tissu aurait dû être brûlé. J'ignore d'ailleurs pourquoi il ne l'a pas été. Laissons à Mme Tabard le soin d'en fixer le prix, et souviens-toi que je ne veux plus le voir. Cela signifie que tu ne pourras pas t'en servir pour confectionner l'une de ces ravissantes petites bourses que tu as faites avec les autres chutes que tu as achetées. Fais-en des sacs à chaussures ou des housses de cintres. Enfin, quelque chose qui soit hors de ma vue.

Juliette sourit.

— Je te le promets !

Elle savait que Denise détestait s'avouer vaincue, et que si la soie était frappée d'anathème c'était parce qu'elle lui rappelait un mystère qu'elle n'avait jamais réussi à percer.

Pendant plusieurs semaines, le tissu resta intact dans son emballage de papier de soie, enfoui dans l'un des tiroirs de Juliette. Elle ne l'avait pas oublié, car il était pour elle à jamais lié à la beauté irréelle des écharpes de Knossos et, plus important encore, à la dernière fois qu'elle avait vu Nikolaï.

Mais Juliette ne parvint jamais à se rappeler pourquoi elle avait décidé de recoudre les différents morceaux de la robe ensemble. Un soir que Denise était sortie et qu'elle était seule à la maison, elle remonta dans sa chambre après le dîner et sortit les morceaux d'étoffe du tiroir. Puis elle les étala soigneusement sur son lit afin de voir comment ils s'assemblaient les uns avec les autres.

C'était un jeu d'enfant. Il lui suffisait de les recoudre en suivant les coutures d'origine, et le résultat serait une robe de forme cylindrique, qui une fois lacée à hauteur des épaules tomberait tout droit en formant un décolleté bateau *. Les manches ressembleraient à des ailes de chauve-souris... Ses prévisions se réalisèrent avec exactitude. Et, un autre soir, elle laça les épaules au moyen de rubans de soie roulottée, l'ourlet ayant déjà été fait par des mains vénitiennes. Puis elle ôta sa robe et hésita un instant avant de passer l'autre, désormais achevée. Son corset risquait de gâter sa ligne, qui devait retomber avec naturel autour de son corps. Elle décida donc de l'ôter, puis, cédant à une impulsion, enleva aussi tout le reste.

Une fois nue, elle enfila la robe. Et, se regardant dans la psyché, elle laissa échapper un soupir. Une chose qui ne lui arrivait jamais lorsqu'elle se regardait pour la première fois dans une tenue Landelle, aussi belle soit-elle. Les plis minuscules de la robe Delphes épousaient gracieusement, et d'une façon qui n'était nullement impudique, les contours de sa silhouette, révélant et dissimulant tout à la fois la féminité du corps qui évoluait librement à l'intérieur.

Ce que Fortuny avait commencé avec les écharpes, il l'avait parachevé en créant cette robe admirable, faussement simple, terriblement sensuelle, suffisamment fine pour pouvoir passer tout entière dans une alliance. Un véritable hommage au corps de la femme. Le ton roux et chatoyant de la soie se mettait à chanter et à vibrer à chaque mouvement. Lorsqu'elle s'arrêtait complètement de bouger, les plis de la jupe s'incurvaient très légèrement vers l'intérieur depuis le mollet jusqu'à la cheville, évoquant la queue d'une sirène, tandis que le bas s'évasait gracieusement jusqu'à terre, cachant ses pieds. Elle songea une fois de plus avec émerveillement au génie du créateur. Cette robe exquise faisait paraître toutes ses autres tenues de soirée archaïques, avec leurs corsets à baleines et leurs extravagantes fanfreluches.

Et pourtant elle ne pourrait jamais la porter. Car non seulement Denise serait offensée, mais elle-même avait promis à sa sœur de garder la soie hors de sa vue. Après avoir tourné une fois de plus sur elle-même devant le miroir, elle ôta la robe Delphes et la plaça dans le tiroir. A son grand étonnement, elle vit qu'à présent les plis se refermaient comme des écailles, et comprit que c'était la meilleure façon de la ranger pour qu'elle ne se froisse pas.

Le lendemain matin, Juliette se rendit de bonne heure au travail et retourna fouiller une fois de plus dans la malle, dans l'espoir de mettre la main sur l'étiquette du créateur. Mais malheureusement, elle ne s'y trouvait pas.

7

Depuis qu'elle était de retour à Paris, Juliette écrivait de temps à autre à Gabrielle Rousset, son amie de pensionnat. Un échange de lettres plutôt rare, car chacune d'elles était tenue par ses obligations, celles de Gabrielle étant exclusivement mondaines. Puis, un jour, Juliette avait reçu une missive dans laquelle Gabrielle évoquait Derek Townsend, un banquier anglais d'une trentaine d'années. Ils s'étaient rencontrés à Monte-Carlo, et étaient tombés éperdument amoureux l'un de l'autre.

Juliette se réjouissait pour son amie, même si son idylle n'allait pas sans problèmes. Les obligations professionnelles de Derek le retenaient parfois pendant plusieurs semaines en Angleterre, et la mère de Gabrielle était farouchement opposée à leur union, même si son père, toujours à couteaux tirés avec son épouse, y était, lui, favorable.

Un an exactement après être entrée à la Maison Landelle, Juliette fut promue au rang de première main. Il y avait déjà un certain temps qu'on la chargeait de travaux délicats, mais à présent elle prenait ses instructions directement auprès des essayeuses. Puis, comme toutes les autres couturières qualifiées, elle déléguait ensuite le travail aux débutantes selon leurs capacités, se réservant les tâches les plus difficiles.

— Mme Tabard a toujours pensé que tu étais très capable, lui dit Denise un soir au dîner, dans un rare moment de gentillesse. Elle t'aurait fait monter en grade plus tôt si elle n'avait craint de créer des dissensions parmi les autres couturières en attente d'avancement.

— Elle a bien fait, dit Juliette, soulagée de n'avoir pas été favorisée.

Bien que ses relations avec ses camarades d'atelier soient bonnes dans l'ensemble, elle savait qu'il ne s'agissait là que d'un équilibre précaire.

Une lettre triomphante de Gabrielle arriva le lendemain, lui annonçant la bonne nouvelle : Derek et elle allaient enfin se marier. Son père avait déclaré à sa mère qu'il leur donnerait la permission de s'enfuir et de s'unir en cachette si elle persistait dans sa position. Craignant de voir éclater un scandale, Mme Rousset avait donc fait taire ses objections.

Ainsi donc nous allons enfin nous revoir, ma chère amie, poursuivait Gabrielle d'une main appliquée. *Maman et moi nous rendons à Paris pour commander ma robe de mariée et mon trousseau. Elle a finalement décidé de prendre les choses du bon côté et ne songe plus qu'à éblouir toutes ses amies ! Mon seul regret est qu'elle insiste pour que nous achetions tout à la Maison Worth, alors que j'avais espéré que tu coudrais ma robe de mariée. Mais elle ne veut pas en démordre et mon père dit que nous devons essayer d'éviter de nouveaux esclandres.*

Bien que Juliette eût pris soin de lui expliquer la situation, Denise prit d'emblée la mouche, voyant un affront personnel dans le fait que les Rousset aient choisi de s'adresser à un concurrent.

— Gabrielle étant ta meilleure amie, dit-elle sur un ton sarcastique, il eût été dans l'ordre des choses qu'elle s'adressât à la Maison Landelle. Quand je pense que je t'ai donné l'autorisation de séjourner chez les Rousset quand tu étais au couvent. C'est invraisemblable !

Rien de ce que Juliette put dire ne réussit à calmer sa colère.

Juliette et Gabrielle se revirent par un beau samedi après-midi de juin, au Salon de Thé anglais, près de l'Opéra. Juliette était déjà attablée lorsque son amie parut dans une robe de mousseline et un ravissant chapeau. Juliette bondit aussitôt sur ses pieds et les yeux bruns de Gabrielle s'illuminèrent lorsqu'elle l'aperçut. Elle se précipita vers Juliette et les deux jeunes filles s'embrassèrent avec exubérance, en riant et en parlant à la fois.

— Cela fait si longtemps, Juliette !

— Comme je suis heureuse de te revoir !

— On dirait que c'était hier, et pourtant il s'est passé tant de choses !

Lorsqu'elles s'assirent, Juliette voulut commander du thé au citron et des pâtisseries, mais Gabrielle secoua la tête.

— Je voulais que nous nous rencontrions ici pour pouvoir prendre un thé anglais avec toi. (A la serveuse, elle dit :) Un thé au lait pour deux, des scones et de la confiture, et du cake. (C'est presque avec timidité qu'elle se tourna à nouveau vers Juliette.) Je m'efforce de devenir aussi anglaise que possible, maintenant que je vais habiter à Londres, même si Derek dit qu'il ne veut pas que je change quoi que ce soit à mes habitudes. Il dit adorer mon accent français quand je parle sa langue ! Oh, comme je regrette de n'avoir pas étudié l'anglais plus assidûment lorsque nous étions au couvent ! Et aussi pris des cours de maintien, et tout le reste...

— Mais je suis sûre qu'il est sincère ! Et puis, tu sais, tu n'es pas la seule à ne pas bien manier la langue de Shakespeare. De ce côté-là, je suis un peu rouillée aussi !

— Non ! Toi, tu as toujours été douée et pas seulement pour l'anglais, mais pour l'italien, aussi, et l'espagnol.

— Tu exagères ! Nous n'avons étudié l'espagnol que pendant un mois et demi, lorsque les deux religieuses espagnoles sont venues spécialement pour suivre les cours de broderie de sœur Berthe ! As-tu rencontré ta belle-famille ?

— Pas encore, mais la mère de Derek ainsi que ses frères et leurs épouses vont venir au mariage. J'aurais voulu que tu sois ma demoiselle d'honneur, mais —

Gabrielle secoua la tête avec le même air triste que par le passé — je dois prendre mes six cousines et personne d'autre. Comme tu le vois, il m'a fallu faire de nombreux compromis.

— Je comprends, la rassura Juliette, compatissante. Mais le pire est passé. Tu peux contempler l'avenir à présent.

Gabrielle sourit à nouveau.

— Et toi, Juliette ? Tu ne m'as jamais écrit qu'il y avait un homme dans ta vie...

— Il n'y en a pas. Je l'ai cru à un moment, mais cela n'a débouché sur rien.

Juliette haussa les épaules, l'air déçue.

— Tu étais amoureuse ?

Juliette secoua vivement la tête.

— Je n'ai jamais parlé d'amour. Simplement, je le trouvais séduisant.

Gabrielle écouta attentivement son amie lui raconter sa brève rencontre avec le Russe.

— Bah, au moins tu as découvert qu'un homme pouvait chambouler toute ta vie, toi qui t'imaginais qu'il n'y avait que ta carrière qui comptait !

— Mais je le crois encore !

Gabrielle repoussa ses protestations d'un geste de la main.

— Lorsque Derek et moi serons mariés, je veux que tu viennes passer quelque temps chez nous, à Londres. Il connaît des tas de gens, et je vais te chercher un prétendant et m'arranger pour te le faire rencontrer aussitôt.

Juliette éclata de rire.

— Te voilà déjà devenue marieuse ? Je croyais que seules les bonnes grosses matrones pouvaient remplir ce rôle. (Puis elle ajouta avec humour, en regardant le plateau de thé que la serveuse était en train de poser devant elles :) Tu as toutes les chances de le devenir si tu t'autorises ce genre de gâterie tous les jours en Angleterre !

Elles se revirent plusieurs fois avant que Gabrielle et sa mère ne quittent Paris, une fois les essayages terminés. Denise, qui n'avait toujours pas digéré l'affront, prit mesquinement sa revanche lorsque arrivèrent les invitations de mariage. Elle déclina la sienne et coupa l'herbe sous le pied à Juliette, qui désirait s'y rendre.

— Nous allons être en pleine préparation de la collection d'automne. Aucune première main ne serait autorisée à s'absenter en pareilles circonstances, et lorsque nous nous sommes entendues toi et moi, tu as insisté pour n'être pas traitée différemment des autres.

Juliette capitula, mais ce fut une terrible déception pour elle et pour la jeune mariée.

Comme l'avait prédit Denise, le mois de septembre était un mois d'activité intense. Juliette était en train de mettre la dernière touche à une robe de soirée lorsque son regard se posa par hasard sur la vitre de séparation qui donnait sur le couloir et l'atelier de coupe. Elle vit la sœur d'Yvonne, à Paris depuis quelque temps, qui passait. Bien que l'ayant déjà aperçue, Juliette ne lui avait encore jamais parlé. Elle se demanda si la jeune fille était venue chercher du travail, puis retourna à son ouvrage et n'y pensa plus. Plus tard, à l'heure du dîner, lorsque le ton circonspect de Denise lui indiqua que cette dernière avait une idée derrière la tête, Juliette ne fit pas immédiatement le rapprochement avec Yvonne ou sa sœur.

— Il y a un petit service que j'aimerais te demander, dit Denise en tripotant son verre à pied, signe qu'elle ne savait pas trop comment sa requête allait être accueillie.

— De quoi s'agit-il ?

Juliette était intriguée.

— J'ai une cliente importante qui vient à la Maison Landelle demain. Elle est rousse comme toi et tient absolument à se faire présenter des modèles par des mannequins ayant la même couleur de cheveux qu'elle.

— Mais tu as Yvonne et Isabelle.

— C'est précisément le problème. Yvonne est souffrante. Tu m'as dit un jour qu'elle t'avait appris comment on présentait une robe. J'aimerais que tu la remplaces.

— C'est donc pour cela que la sœur d'Yvonne était à

la maison de couture aujourd'hui ! T'a-t-elle dit ce qui n'allait pas ?

— Tout d'abord elle a prétendu qu'il s'agissait d'un mauvais rhume. Mais la directrice * avait des doutes, et quelques questions adroites ont fait jaillir la vérité. Yvonne s'est fait avorter.

— Oh, la pauvre ! s'exclama Juliette, compatissante.

Denise fit une moue agacée.

— Je t'en prie, pas de sensiblerie ! Elle n'a aucune excuse. Si Yvonne est en difficulté, c'est parce qu'elle l'a cherché. Une femme peut toujours dire non.

— Tu ne vas pas la renvoyer ?

— Je pense que si. Je n'ai pas envie qu'elle revienne travailler en larmes et les jambes flageolantes. C'est déjà arrivé avec d'autres mannequins, et généralement il est préférable de s'en séparer. Si les clientes venaient à apprendre ce qui s'est passé, ce serait une catastrophe.

— Il n'y a aucune raison pour qu'elles le sachent, si Yvonne prend le temps de se remettre. Je veux bien la remplacer aussi longtemps qu'il le faudra, mais à condition que tu ne la mettes pas à la porte.

Denise bouillait intérieurement.

— On ne peut pas se permettre de faire du sentiment, quand on est dans les affaires. Je pourrais me procurer des perruques rousses pour les autres mannequins.

— Je ne crois pas que cela plairait à ta cliente.

— Très bien, capitula Denise, de mauvaise grâce. Yvonne t'a enseigné quelques « trucs » de mannequin, et c'est déjà un bon point. Il ne sera pas nécessaire que tu défiles pour d'autres clientes que celle attendue demain. Son oncle est le prince Vadim. Mais voilà plus de deux ans que la comtesse Anna Dolohova n'était pas venue à Paris.

Juliette en eut le souffle coupé. Le prince avait sans doute une kyrielle de nièces. Était-il possible que cette femme soit la sœur de Nikolaï ? Elle savait que c'était absurde, mais il continuait de la hanter. Parfois, alors qu'elle cherchait vainement le sommeil, elle songeait que c'était peut-être parce que lui-même continuait de penser

94

à elle. Mais à la froide lumière du jour son rêve se dissipait.

— Parle-moi de cette comtesse, demanda-t-elle à sa sœur.

— Elle a perdu son époux peu après sa dernière visite à Paris, et elle est immensément riche. L'aristocratie russe dépense généralement sans compter, mais elle a laissé de véritables fortunes chez moi. C'est pourquoi je souhaite que tout se passe bien. Cette fois je m'attends à une commande très importante. Après avoir passé deux années en noir, elle va vouloir renouveler entièrement sa garde-robe. Nous ne lui présenterons bien sûr que des demi-teintes : les Russes observent une troisième année de demi-deuil. Mais il n'y a aucune restriction quant à la coupe, et les robes du soir auront toutes un décolleté *.

— Je ferai de mon mieux, promit Juliette.

— Je n'en doute pas.

Le lendemain matin, Juliette dut essayer quelques-uns des modèles qu'aurait dû présenter Yvonne et parader devant la directrice *, la vendeuse * et l'essayeuse * de la comtesse, qui voulaient toutes s'assurer que les robes lui allaient. Par chance, et à la satisfaction générale, les mensurations de Juliette étaient pratiquement les mêmes que celles d'Yvonne.

— Quel genre de personne est-ce, cette comtesse ? demanda Juliette à Hélène, la vendeuse *, tandis que celle-ci l'aidait à ôter la dernière toilette, après que les deux autres femmes se furent retirées.

Elle savait qu'Hélène était toujours aimable, contrairement à certaines vendeuses * et essayeuses * qui se donnaient de grands airs lorsqu'elles comptaient des personnes de qualité parmi leurs clientes. Mais Hélène, elle, pouvait bien être la vendeuse * attitrée de deux princesses britanniques et de trois duchesses de sang royal, elle n'en tirait aucune vanité.

— La comtesse est une femme charmante et très digne, répondit-elle en remettant la robe sur un cintre capitonné. Mais c'est une véritable terreur quand elle est mécontente. Prenez garde !

— Merci de l'avertissement !

Entre-temps, les clientes avaient commencé d'arriver. Lorsque Juliette entra dans la cabine * des mannequins, elles étaient en train de se préparer. Certaines étaient déjà habillées, d'autres encore en petite tenue. Les doigts agiles des habilleuses boutonnaient les robes, lissaient les plis, fermaient les minuscules boutonnières des poignets. Leurs assistantes virevoltaient autour d'elles, qui avec une toilette, qui avec la paire de souliers assortis, qui avec tel ou tel accessoire indispensable. Et pourtant, le chaos qui régnait ici était parfaitement organisé — sauf lorsque le cri perçant d'un mannequin laissait supposer qu'un gant avait été enfilé de travers ou qu'une épingle à chapeau avait été enfoncée un peu brutalement. La chef habilleuse aperçut Juliette.

— Par ici ! La coiffeuse vous attend.

On lui brossa les cheveux si longtemps que Juliette se demanda s'ils n'allaient pas tous finir par tomber, puis à son grand dam on les fit bouffer au moyen de postiches pour leur donner ce gonflant excessif fort apprécié des femmes à la mode. Lorsque le reste de ses longues tresses eut été ramené et enroulé comme une rose sur le dessus de sa tête, ce fut au tour de l'habilleuse répondant au nom de Sophie de la prendre en main.

— Isabelle et vous allez commencer par les robes de jour et les costumes de ville.

Lorsqu'elles furent toutes deux habillées, il leur fallut attendre l'arrivée de la comtesse. Isabelle, en velours gris, se limait les ongles tandis que Juliette, en soie cannelle, observait les petits drames qui se jouaient autour d'elle : un soulier trop étroit, un lacet de corset qui lâche, un mannequin pestant et jurant après avoir paradé pendant plus d'une heure dans la même robe pour une cliente qui n'arrivait toujours pas à se décider. Puis arriva le signal d'Hélène, qui venait d'installer la comtesse dans le plus élégant des salons privés. Et Juliette, qui devait commencer le défilé, la suivit.

— Bonne chance ! lui dit Isabelle.

Juliette lui adressa un sourire reconnaissant et traversa l'antichambre pour se rendre au salon où la comtesse attendait. Mais lorsqu'elle franchit la voûte drapée d'une cantonnière, un spasme de bonheur l'envahit tout entière. Nikolaï, le dos tourné de trois quarts, son chapeau et sa canne à la main, était en train de parler à la comtesse assise parmi les coussins ornés de pompons du sofa. Anna Dolohova avait des cheveux d'un roux intense qui faisait ressortir la finesse de son beau visage triangulaire, son petit nez arrogant, la courbe de ses sourcils et ses yeux d'un bleu violet, soulignés par la ligne de ses cils maquillés.

— Nous nous verrons plus tard, Anna, lui disait Nikolaï. Je serai content de revoir Boris à Paris. A présent, je te laisse à ton orgie vestimentaire.

— Tais-toi, moqueur ! lui répondit-elle gaiement, en faisant mine de lui donner un petit coup de pied. Tu ne changeras jamais.

— Ça, tu peux compter dessus, répliqua-t-il sur le même ton badin. Adieu *, donc, jusqu'à ce soir.

Il avait reculé et s'apprêtait à sortir quand il s'arrêta net. Il avait aperçu Juliette. Mais sa réaction cloua la jeune fille sur place. L'espace d'une seconde, une lueur de stupéfaction incrédule traversa son regard, immédiatement balayée par une fureur glacée.

— Vous ne m'avez pas écrit !

Ce brusque accès de colère surprit vivement la comtesse.

— Nikolaï, protesta-t-elle dans un murmure. Que dis-tu ?

Il sembla ne pas l'avoir entendue, et fit un pas en direction de Juliette, trop abasourdie pour prononcer un seul mot. Il lui fallut quelques secondes avant de se reprendre.

— Je ne comprends pas de quoi vous voulez parler ! s'exclama-t-elle. Comment aurais-je pu vous écrire ? Vous aviez quitté Paris et je n'avais pas votre adresse...

— Mais je vous ai envoyé une lettre pour vous dire que j'étais obligé de partir, en demandant à Mme Garnier

97

de... (Il s'arrêta net tandis que l'un et l'autre réalisaient brusquement ce qui s'était passé.) Ainsi donc, elle ne vous l'a pas remise, comme je le lui avais demandé ?

— Non, dit Juliette dans un murmure.

Elle était profondément ébranlée à l'idée que Lucille ait pu la trahir, bien qu'elle sût que son amie avait cru agir dans son intérêt.

Il était tout aussi stupéfait qu'elle.

— Je dois vous demander quelque chose, Juliette, dit-il, oubliant qu'il ne l'avait encore jamais appelée par son prénom. M'auriez-vous écrit si vous aviez reçu ma lettre ?

— Oui ! répondit-elle sans hésiter, réalisant qu'au cours des dix-huit mois qui s'étaient écoulés ils n'avaient cessé de penser l'un à l'autre.

Sur le sofa, la comtesse toussota discrètement pour leur rappeler sa présence. Nikolaï prit Juliette par le bras et l'entraîna vers elle.

— Je suis enchanté de vous présenter ma sœur Anna, comtesse Dolohova.

Juliette vit la surprise apparaître sur le visage d'Anna. Il n'était pas bien difficile de deviner que cette noble russe n'avait encore jamais été présentée à un mannequin. Pour elle, la chose était aussi déplacée que d'échanger des plaisanteries avec une domestique. Nikolaï, sans prêter attention à la réaction de sa sœur, lui raconta que Juliette et lui avaient fait connaissance dans le foyer d'un théâtre.

— Nous avons parlé de Fortuny. N'est-ce pas, Juliette ?

Il voulait qu'elle sache qu'il n'avait pas oublié.

La jeune fille acquiesça d'un signe de tête.

— Je n'ai plus jamais eu l'occasion de voir quoi que ce soit de lui sur une scène de théâtre.

— Moi non plus. Mais cela devrait pouvoir s'arranger d'ici peu. Il a signé les éclairages de la dernière production de l'Opéra, qui doit débuter la semaine prochaine. Il en a également inspiré les costumes. Nous irons ensemble, si vous le voulez bien. Anna sera notre chaperon. N'est-ce pas, Anna ?

Il avait lancé sa question comme si la réponse était entendue, et continuait à parler à Juliette.

— Mais dites-moi le nom de votre sœur pour que je puisse lui demander la permission de vous escorter, comme nous en avions convenu la dernière fois que nous nous sommes vus. Sera-t-elle chez elle, si je m'en vais la trouver sur-le-champ ?

Juliette, dont les yeux pétillaient, devinait aisément la consternation de la comtesse en apprenant qu'elle était censée servir de chaperon à un mannequin.

— Non, ma sœur n'est pas chez elle à cette heure-ci. Mais vous la trouverez ici, dans son bureau...

Anna, étonnée, prit la parole.

— Vous voulez parler de la baronne de Landelle ? Je la connais bien ! Mais j'ignorais qu'elle avait une sœur.

Sa voix avait soudain pris une autre inflexion. Elle semblait soulagée d'apprendre que Juliette était tout compte fait quelqu'un de socialement acceptable.

— J'ai passé de nombreuses années au couvent. En fait, j'ai rencontré Nikolaï pour la première fois le jour même où j'ai quitté le pensionnat.

Juliette expliqua ensuite brièvement qu'elle remplaçait momentanément un mannequin souffrant et qu'en temps normal elle cousait des toilettes mais ne les présentait pas.

— Mais pourquoi êtes-vous couturière ? s'enquit Anna, incrédule. La baronne n'a-t-elle pas songé à vous trouver un passe-temps — disons — plus convenable ?

— Oh, mais ce n'est pas un passe-temps. C'est mon métier.

— J'imagine que vous faites partie de cette génération de « Femmes modernes »...

Nikolaï s'empressa d'intervenir, sachant que la rancœur de sa sœur, que son mariage et son deuil avaient privée de toute liberté, risquait de se transformer en une explosion de rage.

— Je ne vous en admire que davantage, Juliette ! Il est temps que les femmes fassent valoir leurs droits.

Anna, qui commençait à s'impatienter, intervint :

— Tu dois t'en aller, à présent, Nikolaï. Tu retardes tout le monde en restant ici. Va retrouver la baronne. Mlle Cladel a suffisamment perdu de temps. J'ai tant de choses à voir !

Il se tourna vers Juliette.

— Dites-moi que vous êtes libre ce soir, et je vous invite à dîner avec moi et Anna. Un vieil ami se joindra également à nous, s'il arrive à temps à Paris.

— Je suis libre.

Rien au monde n'aurait pu la dissuader d'accepter son invitation.

Il nota son adresse et son numéro de téléphone dans son calepin, puis elle lui indiqua où se trouvait le bureau de Denise. Lorsqu'il quitta le salon, il s'arrêta un instant à la porte pour la regarder une dernière fois. Sur son visage on pouvait lire une expression de satisfaction semblable à la sienne.

— Bien, dit Anna lorsque la porte se referma, revenons à nos moutons. Voyons un peu ce que vous portez, mademoiselle Cladel.

Mais tandis que Juliette allait et venait devant elle, l'esprit d'Anna était ailleurs. La conduite de son frère n'avait pas laissé de la surprendre. On aurait dit qu'il était amoureux. Mais pourquoi ? Il avait déjà possédé des femmes infiniment plus distinguées et n'avait jamais dévoilé ses sentiments de façon aussi évidente. Peut-être la trouvait-il plus attirante que les autres parce qu'il sentait qu'il lui serait difficile d'obtenir d'elle ce qu'il voulait. Elle se souvenait à présent qu'il lui avait parlé d'elle lorsqu'ils étaient en Russie un jour où il était particulièrement abattu par la vie qu'il devait mener là-bas. Cela s'était passé dans son atelier, Anna se le rappelait car le palais de son père comptait quelque trois cents pièces et Nikolaï y possédait ses appartements privés. Elle-même était venue passer quelque temps dans la maison familiale afin de vendre la maison qu'elle possédait près de Saint-Pétersbourg. Elle n'y avait coulé que des jours malheureux en compagnie d'un époux qu'elle avait en horreur. On l'avait forcée à l'épouser sans la consulter et sans faire cas de ses protestations. Elle n'avait jamais pu s'y résigner... Le jour où son frère lui avait parlé de Juliette, sans citer son nom, bien sûr, il était en train de sculpter une tête de jeune fille dans l'argile.

— Y a-t-il pour moi une lettre venant de Paris ? lui avait-il demandé.

Elle avait regardé dans le paquet de missives qu'un serviteur venait de lui remettre, et secoué la tête.

— Non. Attends-tu un pli important ?

Ignorant sa question, il avait repris son travail.

— J'ai hâte de rentrer en France. Il y a une sculpture à l'atelier que je n'ai pas terminée. L'inspiration disparaît quand on laisse un projet de côté trop longtemps.

— Dès que Père se sera assuré qu'il n'y a plus de risques d'émeutes dans la région, tu seras libre de partir.

— Libre ! avait-il répété avec amertume. Je suis enchaîné à la terre, comme un paysan !

Elle fut touchée par cette remarque, même si elle avait toujours trouvé sa situation infiniment plus enviable que la sienne. Lorsqu'il n'était pas en Russie, Nikolaï jouissait de toute sa liberté, un privilège réservé aux hommes. Il pouvait même étudier la sculpture. Elle savait que son père considérait cela comme un simple caprice de sa part. Une façon de jeter sa gourme dans l'une des villes les plus fascinantes du monde, avant de se marier en Russie et de mener une vie plus rangée...

Mais Nikolaï faisait preuve d'acharnement. Et, mieux que personne, elle avait compris combien il était tiraillé entre sa vie d'artiste et les devoirs que lui imposait sa charge d'attaché d'ambassade. Une situation que lui avait trouvée le Tsar en personne, lorsque son père, craignant que Nikolaï ne jette définitivement aux orties les conventions sociales, était allé trouver son impérial parrain pour lui demander conseil.

— Allons, avait dit Anna à son frère, la situation n'est pas si dramatique. N'oublie pas que c'est dans ton propre intérêt que Père t'a rappelé ici, afin de mettre bon ordre dans les affaires dont tu hériteras un jour. Je sais que toi et lui vous vous êtes souvent querellés. Tes opinions sont radicalement différentes des siennes. Mais tu devrais être heureux qu'il ait fait appel à toi pour convaincre les paysans révoltés, sachant que rien de ce qu'il leur dirait ne pourrait leur faire entendre raison.

Il avait haussé les épaules, agacé. Puis il s'était essuyé les mains avec un chiffon humide, comme si la noirceur de son humeur risquait de déteindre sur son œuvre.

— Si Père avait été attentif aux événements des dernières années, et s'il avait usé de son influence pour alléger le lourd fardeau des impôts qui pèse impitoyablement sur les épaules des paysans, ces émeutes ne se seraient jamais produites.

La politique l'ennuyait. Aussi, craignant qu'il ne se mette à pérorer en long et en large, elle s'était empressée de détourner la conversation.

— Les choses changent, ici et ailleurs. Sois patient. La vie est pleine de surprises. (D'un geste vaguement frileux elle avait arrangé les ruches de taffetas noir de sa manche.) Qui aurait pu prédire que mon cher époux allait mourir si vite ?

Nikolaï, qui était son confident depuis l'enfance — il n'avait qu'un an de plus qu'elle —, lui avait jeté un regard plein d'humour macabre.

— Je ne te l'ai jamais demandé. Mais est-ce que c'est toi qui l'as empoisonné ?

Stupéfaite, elle avait éclaté de rire.

— Non ! Bien sûr que non ! (Puis sur un ton plus confidentiel, elle avait ajouté :) Ce n'est pourtant pas l'envie qui m'en a manqué. Si j'avais su comment ne pas éveiller les soupçons, je l'aurais fait.

— Il l'aurait mérité. Quand je pense que tu es obligée de porter le deuil de cette brute, je suis écœuré.

Elle avait haussé les épaules, résignée.

— Moi aussi. Mais c'est l'usage et je dois m'y soumettre, dans l'intérêt de Père, des tantes et de toute la famille. Mais dès que cela sera terminé, j'émergerai à nouveau, comme un papillon qui sort de sa chrysalide.

Tout en parlant elle avait fait le tour du buste d'argile.

Elle s'était arrêtée brusquement pour l'étudier plus attentivement.

— Il sera très réussi, avait-elle dit, avec dans la voix
une pointe de curiosité. Tu as trouvé un modèle particulièrement intéressant.

— Oh, ce n'est pas un modèle professionnel. C'est une
fille que j'ai rencontrée brièvement à Paris. Je suis obligé
de travailler de mémoire.

Et il avait recommencé à sculpter, comme si le fait de
parler de la fille lui avait rendu sa concentration et l'avait
incité à modeler les délicates pommettes...

A présent, tandis qu'elle observait Juliette, Anna avait
la certitude qu'il s'agissait bel et bien du mystérieux
modèle. Elle tourna à nouveau ses pensées vers les toilettes, lorsqu'un autre mannequin entra et que Juliette
sortit. Comme ces robes étaient déprimantes !

Pour Juliette et Isabelle, il devenait de plus en plus
évident que la comtesse était déçue. Rien ne lui plaisait.
Hélène saisit un coup d'œil expressif de la part de Juliette.
Celui-ci fut suivi d'une grimace éloquente de la part
d'Isabelle lorsqu'elles se croisèrent dans le vestibule.
Toutes deux savaient que Denise entrerait dans une
colère noire si la comtesse s'en allait sans avoir rien
commandé.

Brusquement, tandis que l'habilleuse était en train de
boutonner sur elle la première robe de soirée, Juliette
réalisa ce qui n'allait pas. Anna Dolohova en avait assez
des robes de deuil et des couleurs sombres. Peut-être
considérait-elle qu'elle avait honoré suffisamment longtemps la mémoire de feu son époux le comte Léonid
Dolohov ! On avait beau lui présenter des vêtements dans
les tons qu'elle avait exigés, elle ne voyait dans l'immédiat
que leur côté sinistre et cela ôtait tout attrait aux modèles.

Voyant qu'elle n'avait pas le temps d'ôter la robe qu'elle
venait d'enfiler, Juliette regarda promptement autour
d'elle et aperçut la cape pailletée d'or et d'écarlate que
portait le mannequin arrivant d'un autre salon.

— Vite ! ordonna-t-elle à l'habilleuse. Trouvez quelque chose de gai pour Isabelle. Sans quoi, nous n'allons rien vendre !

Et tandis qu'elle s'élançait à nouveau dans un froufrou de satin vert olive, elle saisit au passage la cape de l'autre mannequin, et la fit voltiger autour de ses épaules dans un tourbillon de paillettes. Hélène, horrifiée, la regarda entrer à nouveau dans le salon, mais l'attitude d'Anna changea du tout au tout.

— C'est absolument délicieux ! Pourquoi les autres modèles étaient-ils tous aussi sinistres ? Ce rouge s'accorde merveilleusement avec vos cheveux, comme il le fera avec les miens.

C'était la première fois qu'elle s'adressait à Juliette depuis que la présentation avait commencé et son expression commençait à s'animer.

— Le rouge nous va très bien, à condition de tirer sur l'orangé et d'être soigneusement coordonné.

Juliette fit tourbillonner sa cape, la laissant se déployer comme une corolle flamboyante autour de ses épaules, tandis qu'elle présentait la robe. Ce faisant, elle vit qu'Hélène elle-même la contemplait d'un œil approbateur.

— Une des robes de jour que je vous ai présentées est également disponible en rouge orangé. Nous en avons également une en vert émeraude, ainsi que de nombreux ensembles en topaze, abricot, corail et en orange vif très seyant.

— Présentez-les-moi toutes !

Juliette songea que la comtesse était comme une femme impatiente de voir un jardin en fleurs...

Plus tard, Denise ne cacha pas sa satisfaction, même si elle avait du mal à admettre qu'elle avait fait une erreur de jugement.

— Tu as fait preuve de présence d'esprit au moment opportun, Juliette, dit-elle à sa sœur qu'elle avait fait quérir. La comtesse revient demain pour me consulter sur les toilettes qu'elle a aimées le plus. Sa commande sera trois fois plus importante que la précédente. Mais il y a autre chose. Le comte Karasvin est venu me voir. (Denise hésita, puis elle se leva, contourna son bureau et vint se camper devant Juliette.) Je préférerais que tu ne sortes pas avec ces gens, ce soir. Cet homme n'est pas recommandable. Ne me dis pas que tu n'as pas suffisamment de prétendants à l'intérieur de ton propre cercle d'amis ?

— Que veux-tu dire par « pas recommandable » ?

— Les Karasvin sont des gens égoïstes, extravagants et habitués à n'en faire qu'à leur tête. Puissants chez eux en raison des lois féodales qui régissent leur pays, ils le sont également à l'étranger en raison de leur immense fortune. Je ne veux pas que cela te monte à la tête.

— Je ne crois pas qu'il y ait le moindre risque, répondit Juliette, d'une voix assurée.

— Je puis exercer mon autorité d'aînée et t'interdire de sortir.

Juliette savait qu'il s'agissait d'une vaine menace. Denise n'oserait pas offenser la comtesse, qui s'apprêtait à passer une commande colossale.

— Tu as tort de te faire du souci pour moi, Denise. Pour te rassurer je te dirai où nous sommes allés et tout ce que nous avons fait, lorsque je rentrerai. Enfin, presque tout, ajouta-t-elle sur le ton de la taquinerie.

Mais Denise ne riait pas.

— Je rentrerai plus tard que toi. Je vais à un gala de bienfaisance avec M. Noiret et il y aura ensuite un bal, suivi d'un petit déjeuner au champagne. Tu me raconteras ta soirée demain.

Denise quitta la maison à sept heures en compagnie de M. Noiret, un banquier distingué d'une cinquantaine d'années, puis Juliette remonta dans sa chambre pour se préparer. Comme convenu, la femme de chambre avait déjà sorti la robe qu'elle devait porter ce soir, ainsi que les souliers et tous les accessoires, mais Juliette lui dit de tout ranger.

— J'ai décidé de mettre autre chose. Vous n'avez pas besoin d'attendre. Je choisirai une robe que je peux boutonner toute seule.

La femme de chambre eut l'air étonnée de ce brusque changement de programme. Mais la garde-robe comptait au moins quatre robes dont le boutonnage se faisait par le devant.

— Inutile de veiller pour m'attendre, ajouta Juliette. Vous n'aurez qu'à mettre le réveil à sonner pour le retour de la baronne.

— Bien, mademoiselle.

Aussitôt que la porte se fut refermée sur la cameriste, Juliette traversa la chambre et la verrouilla à double tour. A l'instant même où Nikolaï avait lancé son invitation, elle avait su quelle robe elle porterait. Elle ouvrit rapidement le dernier tiroir de sa commode et sortit la robe de Delphes de son emballage en papier de soie. Puis elle la tint un bref instant contre elle, comme pour fêter leurs retrouvailles, et l'enfila. Jamais elle ne lui avait paru si belle, avec ses petits plis qui changeaient constamment de couleur, passant d'un rouge corail à un rouge cuivré et or, et scintillant sous l'effet de la lumière. Le décolleté n'était pas très échancré, mais laissait apparente la base du cou. Son seul bijou était la paire de boucles d'oreilles en or que Lucille lui avait donnée pour son anniversaire.

Elle avait plusieurs jaquettes de soirée, et des capes Landelle, mais elle ne voulait rien porter qui ne soit pas en harmonie avec la robe. Elle choisit une vaporeuse écharpe de mousseline crème achetée le jour même — c'était ce qu'elle avait pu trouver de plus approchant des écharpes de Knossos. Puis, folle de bonheur, elle descendit attendre Nikolaï en bas. A peine était-elle dans le hall que la sonnette retentit.

8

Nikolaï la vit aussitôt qu'il entra dans le hall. Elle se tenait au pied de l'escalier. Le lustre jetait des éclats de feu sur sa chevelure, sa robe de soie embrasait les contours de sa silhouette. Il alla à elle, visiblement admiratif.

— Vous êtes absolument superbe !

— Et voilà ma robe Delphes de Fortuny ! s'écria-t-elle gaiement en tournant spontanément sur elle-même pour se faire admirer tandis que le fin plissé de sa robe s'épanouissait en une corolle de feu.

Il s'arrêta pour la contempler avec ravissement.

— Vous êtes allée spécialement l'acheter à Venise cet après-midi ?

— Seulement par la pensée, dit-elle gaiement, accordant son humeur avec la sienne.

— Je veux que vous me racontiez tout.

Il lui tendit une boîte. Celle-ci contenait une garniture d'orchidées ivoire identique à celle qu'il lui avait offerte lors de leur premier rendez-vous. Son visage rayonnait littéralement lorsqu'elle les épingla à sa robe.

— Ce sont mes orchidées préférées, Nikolaï !

— Je dois vous avertir qu'il y a un changement de programme. Ma sœur ne pourra finalement pas nous accompagner.

— Vraiment ?

Ses yeux rencontrèrent les siens. Denise avait été formelle : il fallait qu'elle ait un chaperon ce soir. Mais voyant qu'il n'accepterait pas un refus, Juliette prit aussitôt sa décision.

— Bah, au moins, nous n'aurons pas besoin d'attendre.

Il l'entraîna aussitôt vers la voiture taxi garée à l'extérieur de la maison et, quelques minutes plus tard, ils se mirent en route, la lueur des réverbères jetant des ombres sur leurs visages.

— J'ai retenu une table chez Larue, rue Royale, dit-il.

— Je n'y suis jamais allée.

— Ça n'a rien d'étonnant. Voilà quelques semaines encore, ce n'était qu'un restaurant quelconque. Mais il a été racheté par M. Nignon, un chef réputé, et c'est devenu une des meilleures tables de Paris. Il est spécialisé dans la cuisine russe.

— Dois-je comprendre que nous allons dîner à la russe * ? s'exclama-t-elle, tout excitée.

— Si cela vous plaît.

— Oh, mais oui !

Lorsqu'ils arrivèrent chez Larue, M. Nignon vint les accueillir en personne, ses cheveux noirs aussi lisses que s'ils avaient été peints et un œillet rouge à son revers de soie.

— Bonsoir *, comte Karasvin ! Mademoiselle ! (Il fit deux petites courbettes.) C'est un grand honneur ! Ma meilleure table vous attend.

Un orchestre jouait de la musique légère et le restaurant, avec son décor blanc et or, sa profusion de miroirs et ses banquettes de velours rose, était plein d'une clientèle distinguée. Tout d'abord, Juliette ne remarqua pas l'effet produit par son entrée. Elle était habituée à ce qu'on la regarde lorsqu'elle portait des robes Landelle. Mais elle réalisa subitement que, cette fois, les choses étaient différentes. Tous les yeux étaient tournés vers elle. Les convives s'étaient arrêtés de dîner, et l'air était plein de chuchotements. C'était la robe Delphes ! Elle avait laissé l'écharpe de mousseline qui lui couvrait les épaules en entrant dans le restaurant, et elle imaginait sans peine comment la lumière jouait dans ses plis, en créant un effet incomparable...

Un groupe de jeunes officiers qui dînaient ensemble se levèrent d'un bond à son approche, le sourire aux lèvres, et portèrent un toast en son honneur. Nikolaï vit le généreux sourire dont elle les gratifia en retour. Il n'était nullement surpris de l'effet qu'elle produisait — et qui choquait certains — dans cette robe révolutionnaire moulée sur elle, et à travers laquelle on devinait qu'elle ne portait ni corset à baleines, ni rembourrage, ni jupons. Contrairement à toutes les autres femmes présentes.

Lorsqu'ils eurent pris place à une table retirée dans une alcôve, au milieu d'un berceau de fleurs, Nikolaï commanda les apéritifs. Juliette était un peu songeuse — vu l'effet produit par sa robe, il y avait de fortes chances pour que l'une des personnes présentes parle d'elle à sa sœur. Mais cela n'avait pas d'importance. Aucune ombre ne devait ternir cette soirée. Et Juliette irradiait littéralement de bonheur.

On leur apporta les apéritifs. Lorsqu'elle leva son verre pour trinquer avec Nikolaï, celui-ci la devança et dit :

— A vous, Juliette, qui êtes entrée dans ma vie.

C'était un parfait commencement, qui laissait bien augurer des heures à venir.

Au bout d'un petit moment, M. Nignon s'en vint prendre la commande. Il leur conseilla le caviar, servi avec de petits verres de vodka glacée, et le bortsch, préparé en velouté selon une recette spéciale, ainsi que d'autres plats, dont des cailles à la Souvaroff *. M. Nignon, qui ne trouvait pas les mots pour en décrire l'excellence, envoya un petit baiser dans les airs.

— Feu le père de Sa Majesté le tsar Alexandre III en raffolait, dit-il à Juliette — Nikolaï connaissait déjà l'anecdote. Au point que chaque fois qu'il venait dîner au palais, à Saint-Pétersbourg, où j'étais chef durant mes jeunes années, je les lui servais. (Même après toutes ces années, la fierté rayonnait encore sur son visage.) Mais je m'égare. Retournons au menu de ce soir. Puis-je suggérer le veau au vin blanc et sa garniture de pommes ?

Après qu'ils eurent tous deux acquiescé, et accepté pour dessert une salade de fruits à la crème, Nikolaï choisit les vins sans la moindre hésitation. Avant que M. Nignon s'en aille, Juliette lui demanda pourquoi il avait quitté la Russie, où ses talents étaient tenus en si haute estime.

— Ah, mademoiselle ! (Il pencha la tête de côté et sourit.) Paris ne cessait de me réclamer. Si bien que j'ai fini par rentrer.

Lorsqu'il se fut à nouveau retiré, Juliette se tourna vers Nikolaï et dit :

— Je sais que c'est la sculpture qui vous a attiré ici, mais votre pays ne vous manque-t-il pas ?

— Parfois, reconnut-il avec un petit sourire. Mais j'ai regretté de devoir quitter Paris aussi brusquement, aussitôt après avoir fait votre connaissance. Malheureusement je n'avais pas le choix.

Il lui expliqua tout ce qui était arrivé et pourquoi il avait mis si longtemps à revenir.

— Vous avez bien fait de rester, mais comment conciliez-vous votre art et vos obligations à l'ambassade ?

Sa mâchoire se raidit.

— C'est un compromis auquel le tsar lui-même m'a obligé, lorsque j'étais beaucoup plus jeune. A présent j'y suis tenu par l'honneur.

Elle compatit.

— Moi aussi, dit-elle, j'ai dû consentir à un compromis devant l'insistance de ma sœur. Mais il est possible de vivre malgré tout. Les choses ne dureront pas éternellement.

L'espace d'un instant il hésita, comme s'il avait été prêt à la contredire, puis son front s'éclaircit à nouveau et il redevint souriant.

— Assez parlé de sujets désagréables. Nous sommes ici pour nous amuser. Que vouliez-vous me dire concernant votre robe Fortuny ?

Juliette fit rire Nikolaï lorsqu'elle lui décrivit comment

elle avait découvert les morceaux de soie et les avait recousus ensemble.

— Ainsi, conclut-elle gaiement, c'est la première fois que je la porte !

— Vous ne pouviez pas faire meilleur choix !

Elle haussa les sourcils.

— Pourquoi ?

Il se pencha vers elle.

— Vous le savez bien. Nous fêtons nos retrouvailles !

Bien qu'il ait prononcé ces mots avec légèreté, elle sentit qu'au fond de lui il était grave. Il en aurait dit plus, mais deux maîtres d'hôtel arrivèrent avec le caviar et la vodka leur fut servie dans de petits verres de la taille de dés à coudre.

Chaque bouchée était aussi délicieuse qu'on le leur avait promis. Ils savourèrent paisiblement leur repas, en prenant tout leur temps. Si d'autres clients partaient ou arrivaient, ils n'y prêtèrent pas attention, tant ils étaient absorbés l'un par l'autre. Elle lui dit qu'elle était allée à l'atelier voir son œuvre.

Il était surpris.

— Je l'ignorais.

— Cela vous ennuie-t-il ?

— Oh, non. Bien au contraire. Quand était-ce ?

— Il y a quelques mois. J'ai parlé à Anton Casile et il m'a dit qu'il vous connaissait bien. Je suppose qu'il aura oublié ma visite.

— Il est parti à Florence. Quelques jours seulement avant mon retour. Nous nous sommes manqués de peu. Vous avez vu mes deux statues, alors ?

Elle savait que Nikolaï ne cherchait pas les compliments, car il avait négligemment haussé les épaules, comme si ses sculptures n'étaient rien de plus que des ébauches d'apprenti. Sans doute, à l'instar de Rodin, n'était-il jamais entièrement satisfait de son travail.

— Les deux m'ont plu, dit-elle avec assurance. Elles sont si vivantes et sensuelles ! La femme m'a donné l'impression d'être caressée par Poséidon lui-même, ou peut-être simplement par la mer.

S'il était surpris de sa franchise il n'en laissa rien paraître. C'est tout juste si ses paupières se fermèrent légèrement sur ses beaux yeux langoureux, comme s'il était en train de la redécouvrir.

— Et *L'Athlète* ?

— On a l'impression que, pour lui, gagner la course est une sorte de résurrection.

Il laissa échapper un long soupir de satisfaction. Juliette faisait preuve d'un discernement dont il ne l'aurait pas crue capable. Puis il réalisa que c'était son propre cynisme qui l'avait poussé à douter de son jugement. Juliette ne le décevrait jamais dans aucun domaine. Plus que jamais, il avait envie de lui faire l'amour.

— Qu'en est-il de la statue d'argile recouverte d'un linge ? demanda-t-elle. Allez-vous la finir, maintenant que vous êtes de retour à Paris ?

— La *Bacchante* ? Elle est terminée.

Elle eut un choc. Elle avait cru qu'il avait fait le voyage avec Anna, qui n'était rentrée de Saint-Pétersbourg que quelques jours plus tôt.

— Vous étiez à Paris et nous ne nous sommes pas rencontrés ! s'exclama-t-elle malgré elle.

Ses sourcils se froncèrent tandis qu'il se penchait vers elle, l'air courroucé.

— Et pour cause ! J'aurais passé toute la ville au peigne fin pour vous retrouver si je n'avais cru que vous ne vouliez plus me revoir ! Et du coup je me suis jeté à corps perdu dans le travail, pour finir ce que j'avais laissé inachevé, sans presque manger ou boire, ou dormir. Pour essayer de vous oublier.

Se croyant rejeté par elle, il avait été blessé dans son amour-propre. Sans doute était-ce la première fois de sa vie d'enfant gâté qu'il essuyait ce qu'il croyait être une rebuffade.

— A l'avenir, je vous conseillerai d'être moins hâtif dans vos conclusions, suggéra-t-elle. Commencez donc par envisager toutes les possibilités.

Il se détendit et lui sourit.

— Vous avez raison. Aimeriez-vous que nous allions

voir la *Bacchante*, à l'atelier, avant qu'elle parte à l'exposition, avec les deux autres ?

— Cela me plairait beaucoup. Faites-vous de la peinture en plus de la sculpture ?

— Pas depuis que je suis arrivé à Paris. Naturellement, je commence par faire une esquisse de ce que j'ai en tête, puis je fais plusieurs petits modèles jusqu'à ce que je trouve exactement ce que je veux. Mais, et vous ? Comment vous êtes-vous découvert une passion pour la couture ?

La conversation coula naturellement, tandis qu'elle lui décrivait ses années de couvent, les circonstances qui l'y avaient conduite, ainsi que ses vacances avec Gabrielle, et comment elles ne s'étaient revues qu'une seule fois depuis, lorsque son amie était venue à Paris pour son trousseau.

— Elle vit en Angleterre maintenant, et m'a invitée à lui rendre visite chaque fois que je le pourrai. Mais il va falloir attendre jusqu'à ce que j'aie fini mon apprentissage. Êtes-vous jamais allé à Londres ?

— Oui. Je m'y suis rendu brièvement il y a deux semaines pour acheter une voiture de sport anglaise. Mais finalement, j'ai opté pour une Benz Grand Prix.

— Est-ce qu'elle roule vite ?

Il rit.

— Pas assez à mon goût. Aimeriez-vous apprendre à conduire ?

Elle écarquilla les yeux. Elle ne connaissait personnellement aucune femme qui conduisait, même si elle avait déjà vu des personnes de son sexe au volant d'une automobile à l'arrêt.

— Oh, oui ! s'exclama-t-elle avec ravissement. Quand pourrai-je prendre ma première leçon ?

— Quand vous voudrez.

Ils prirent aussitôt date, puis conclurent leur repas avec les fruits des bois, le dessert idéal.

— Eh bien, qu'aimeriez-vous faire à présent ? demanda-t-il lorsqu'ils en furent au café.

Juliette lui avait dit que sa sœur ne rentrerait pas avant

l'aube et que personne ne l'attendait à la maison. Elle battit des mains, folle de joie.

— Emmenez-moi au Moulin Rouge. Il y a si longtemps que je rêve d'y aller !

Nikolaï haussa un sourcil surpris, puis rejeta la tête en arrière et éclata de rire.

— Ma chère Juliette ! Si tel est votre désir, allons-y.

Une lumière éblouissante les accueillit. Une foule dense se pressait dans le hall du théâtre, et ils eurent tout d'abord l'impression qu'il ne restait plus une seule place disponible. Mais Nikolaï était connu du maître d'hôtel * et une table pour deux leur fut donnée. Là encore, Juliette fit une entrée remarquée et plusieurs hommes éméchés par l'alcool lui envoyèrent des baisers de loin. Nikolaï commanda du champagne. Juliette se sentait grisée par l'atmosphère trépidante et bigarrée, pleine du joyeux vacarme des rires et de la fumée des cigares. Ici, comme chez Larue, tout le monde était en habit de soirée, même si certains hommes avaient gardé leurs chapeaux hauts de forme qu'ils portaient légèrement inclinés, signe qu'ils étaient en compagnie de femmes de mœurs légères. Des garçons affairés, en tabliers blancs, couraient d'une table à l'autre avec des plateaux chargés. Les bouchons de champagne sautaient dans toutes les directions. Et la musique entraînante de l'orchestre donnait envie à Juliette de taper du pied...

Elle était certaine que l'endroit avait peu changé depuis que sa mère y avait bu du champagne comme elle le faisait elle-même, ce soir. Il ne serait jamais venu à l'idée d'un gentleman d'emmener une dame dans un endroit comme celui-là, mais Nikolaï avait cédé à son caprice, et le regard de velours dont il l'enveloppait laissait deviner qu'il aurait été incapable de lui refuser quoi que ce soit.

— Eh bien ? lui demanda-t-il en souriant, amusé de la voir si gaie. (En chemin, elle lui avait confié qu'elle rêvait depuis longtemps de pénétrer un jour, comme ses parents, dans ce lieu mythique.) Le Moulin Rouge est-il à la hauteur de vos espérances ?

— Oh, oui ! J'adore cet endroit. Pas étonnant que ma

mère l'ait adoré, elle aussi ! Je crois même que nous sommes à la table où mes parents étaient assis.

En disant cela, elle était plus sérieuse qu'elle ne voulait le laisser paraître.

— Peut-être. (Tendant un bras vers elle, il posa sa main sur la sienne.) Je suis aussi heureux que vous que nous soyons venus ici.

— Merci.

— Voulez-vous que nous dansions ?

La piste de danse était noire de monde. Les couples tourbillonnaient au son d'une valse de Strauss. Passant un bras autour de sa taille, Nikolaï entraîna Juliette à travers la foule, mais à peine avaient-ils atteint la piste de danse que la valse s'arrêta. Presque aussitôt, l'orchestre attaqua un tango qui les emporta sur son rythme entraînant. La robe de Juliette ondulait gracieusement à chacun de ses mouvements. Plusieurs couples reculèrent pour les regarder danser, puis d'autres les imitèrent et bientôt ils se retrouvèrent au milieu d'un large cercle de spectateurs. Les hommes, admiratifs, cherchaient à apercevoir les chevilles délicatement gainées de soie de Juliette — sa robe tourbillonnante les révélait par instants, avant de retomber. Tout d'abord, Juliette et Nikolaï ne réalisèrent pas qu'ils étaient devenus le centre de l'attention générale — même les couples attablés commençaient à se lever pour les regarder.

Le tango était une nouvelle danse très en faveur parmi la jeune génération et Juliette l'avait déjà dansé au cours de soirées. Cependant, il s'agissait là d'une version lente, condamnée par Denise et tous les gens de son cercle comme étant trop outrée * et érotique. Mais quel régal ! Quelle sensualité ! Et Nikolaï était un si bon danseur ! Ils ondoyaient et plongeaient ensemble, comme si leurs corps, parfaitement accordés l'un avec l'autre, n'avaient fait qu'un. Ses yeux rieurs plongeaient dans les siens comme s'il avait pu lire ses pensées. Et bien que cela fût impossible, Juliette avait le sentiment qu'une passion intense, et connue d'eux seuls, réglait chacun de leurs mouvements.

Un tonnerre d'applaudissements salua la fin du tango. Les clients du Moulin Rouge étaient ici pour s'amuser, et appréciaient grandement et sans retenue toutes les formes de spectacle qui pouvaient leur être données. Plusieurs femmes se précipitèrent vers Nikolaï, tandis qu'il entraînait promptement Juliette vers leur table. Une blonde flamboyante l'appela par son nom et l'embrassa sur la joue avec effusion, laissant une trace de rouge à lèvres qu'il essuya avec sa serviette aussitôt qu'il se fut rassis.

— Déclenchez-vous un tel enthousiasme chaque fois que vous quittez la piste de danse ? le taquina Juliette avec malice.

— Mon Dieu *, non ! (Il secoua la tête avec humour.) C'est vous qui avez envoûté le public ce soir !

— Ce doit être ma robe Delphes ! Elle a peut-être des vertus magiques, plaisanta-t-elle.

Il secoua la tête, sérieusement cette fois.

— C'est vous, la magicienne.

Et elle comprit qu'il ne plaisantait pas.

Durant la polka qui suivit, ils restèrent assis à bavarder. Puis les lumières de la rampe embrasèrent la scène, annonçant le spectacle de cabaret. Celui-ci était splendide. Les numéros s'enchaînaient, tous plus brillants les uns que les autres. Il y avait des comiques très drôles, des jongleurs et des acrobates époustouflants. Les chanteurs, hommes et femmes, avaient des voix superbes et les danseuses, toutes ravissantes, arboraient des costumes somptueux ornés de plumes. Le grand final était un cancan mené tambour battant par un orchestre en nage. Les jambes gainées de noir des filles se levaient bien haut, laissant apercevoir leurs cuisses au milieu d'une masse de dentelle. Lorsqu'elles descendirent de la scène pour continuer leur danse endiablée dans la salle, le public, debout, se mit à chanter et à crier en frappant des mains. Le cancan n'avait rien perdu de sa capacité à enflammer les esprits... Et lorsque pour finir les danseuses tombèrent une à une en grand écart, il y eut une telle manifestation de joie dans la salle surexcitée qu'on aurait dit que le toit allait s'effondrer.

Nikolaï et Juliette étaient de ceux qui sortirent peu après. On était aux premières heures du jour et Paris, encore plein de vie, résonnait du bruit des automobiles et des fiacres. Les fleuristes offraient leurs bouquets aux passants et les restaurants pleins déversaient des flots de lumière dans la rue.

— Marchons, suggéra Juliette.

Nikolaï, qui allait héler un taxi, lui prit la main, et ils se mirent en route. Il avait vécu à Montmartre lorsqu'il était arrivé à Paris, et il lui décrivit le petit atelier et le logis minuscule qu'il occupait alors non loin du Moulin Rouge, mais un peu plus haut sur la Butte. Ses amis et lui allaient au Lapin Agile, un cabaret apprécié de la bohème. Picasso, Utrillo, Van Dongen et une dizaine d'autres peintres et sculpteurs, dont certains commençaient à se faire un nom, étaient alors ses compagnons.

— Êtes-vous jamais retourné à votre premier atelier ? demanda-t-elle.

— Pas depuis très longtemps.

— J'aimerais bien le voir un jour.

— Je vous y emmènerai.

Ils se mirent à échafauder des projets, à décider des choses qu'ils feraient ensemble — en plus des leçons de conduite qu'il allait lui donner, bien sûr. Il n'y avait pas un seul passant et il s'arrêta alors qu'ils passaient sous un arbre. Ils se regardèrent à la lueur des réverbères filtrant à travers le feuillage.

— Vous êtes tellement adorable, Juliette, dit-il d'une voix douce. Je ne sais pas ce que nous réserve l'avenir, mais si cela a un sens pour vous, j'aimerais que nous nous revoyions. Et le plus souvent possible.

Parfaitement immobile, Juliette respirait à peine. Mais elle tremblait, car elle était profondément émue par la douceur de son regard, et ses petits pendants d'oreilles dansaient.

— Moi aussi, répondit-elle.

Elle se rapprocha de lui et il la prit dans ses bras. Puis

ses lèvres chaudes se posèrent sur les siennes, dans un baiser lent et subtil. Bientôt, son étreinte se fit plus ferme et elle se serra contre lui, tandis que la passion la submergeait tout entière. Elle s'abandonna à lui comme elle ne l'avait encore jamais fait auparavant. Lorsque leurs lèvres se séparèrent, il recula et elle sentit, les yeux encore fermés, sa main caresser ses cheveux et le côté de son visage. Un délicieux frisson l'envahit comme si le courant de l'amour était passé entre eux. C'est seulement alors qu'elle ouvrit les paupières et prit conscience de l'endroit où elle se trouvait.

Ils échangèrent un sourire et s'embrassèrent à nouveau. Puis ils se remirent à marcher jusqu'à ce que le soleil jette ses premiers rayons dans le ciel. Toute parole était devenue inutile. Il avait passé un bras autour d'elle, et elle y posa sa tête. De retour à la maison, elle lui tendit sa clef, et lorsqu'il eut ouvert la porte elle s'arrêta un instant sur le seuil.

— C'était une soirée merveilleuse, dit-elle.
— Oui. Inoubliable...
— Bonsoir *, Nikolaï.

Tandis qu'elle regagnait sa chambre, Juliette se souvint de ce qu'il lui avait dit concernant l'incertitude du destin. Peut-être s'était-il rappelé qu'ils avaient failli se perdre à cause d'une lettre qui n'avait pas été remise, peut-être se demandait-il si ses obligations n'allaient pas l'éloigner d'elle. Quant à elle, à aucun moment elle ne s'était figurée qu'elle tomberait éperdument amoureuse, une réalité qu'elle était désormais obligée de regarder en face. Mais peut-être qu'avec de la bonne volonté de part et d'autre, Nikolaï et elle trouveraient un moyen de prendre la vie comme elle venait, sans avoir à le regretter plus tard.

9

Le lendemain, Denise fit la grasse matinée, comme cela lui arrivait parfois lorsqu'elle avait veillé particulièrement tard. Juliette se rendit à l'atelier comme d'habitude et ne vit pas sa sœur jusqu'à ce que celle-ci la convoque dans son bureau, vers midi. Denise était en train de regarder par la fenêtre, ses doigts tambourinant nerveusement sur ses avant-bras. Juliette constata d'emblée qu'elle était d'une humeur massacrante.

— Tu voulais me voir, Denise ?

Denise se retourna d'un bond, les lèvres pincées, les yeux plissés de rage.

— Comment étais-tu habillée, hier soir ? Une amie m'a appelée pour me dire que tu avais été vue dans une tenue indécente en compagnie du comte Karasvin.

— Ce n'est pas vrai ! protesta Juliette.

Denise se lança dans une tirade sans fin.

— Et comme si cela ne suffisait pas, la directrice * est en train d'essayer de faire changer d'avis deux clientes, qui t'ont aperçue chez Larue et réclament des robes dans le même tissu plissé que celui que tu portais. Et, je le sais, il n'est pas sorti de nos ateliers ! Comment oses-tu te présenter en public dans une robe que tu as confectionnée toi-même ?

— C'est un modèle Delphes de chez Fortuny.

Denise en resta sans voix.

— Où te l'es-tu procuré ?

— Je t'ai dit, il y a quelque temps, que j'en avais trouvé les morceaux parmi les chutes, et tu m'as dit que je pouvais les prendre. Je n'avais pas l'intention de les recoudre mais, plus tard, l'idée s'est imposée à moi, et je n'ai pas pu résister.

— Comment as-tu pu faire une chose pareille ? (Denise s'agrippa au dossier du fauteuil qui se trouvait devant elle comme si elle avait voulu se retenir d'agresser physiquement sa sœur.) Tu as provoqué un scandale ! Tu m'as couverte de honte ! Ne sais-tu pas que porter un modèle Delphes revient à s'afficher en déshabillé * ? Aucune femme respectable n'oserait se montrer ainsi en public ! Même chez elle, elle ne la mettrait que pour dîner dans l'intimité, avec son mari.

— Oh, tu ne trouves pas que tu exagères ? Ça n'est pas la première fois qu'une robe floue est portée en public.

— Mais par qui ? riposta Denise. Seules des femmes de mœurs légères qui vivent une vie de bohème exempte de toute moralité se sont permis ce genre de choses !

— Moi, je pense plutôt qu'il s'agissait de femmes voulant être à l'aise dans leurs vêtements !

— N'insiste pas ! siffla Denise entre ses dents. Je te rappelle que je ne suis pas seulement ta sœur et tutrice mais également ta patronne. Es-tu allée ailleurs que chez Larue ?

— Oui. Au Moulin Rouge. Anna Dolohova n'a pas pu nous accompagner, sans quoi je ne pense pas que Nikolaï aurait pu m'y emmener comme je le lui ai demandé.

Denise eut à nouveau le souffle coupé. Elle leva les bras au ciel et les laissa retomber d'une manière expressive.

— En voilà assez. A l'avenir tu ne verras plus le comte Karasvin. Et je te prie de détruire ce haillon de chez Fortuny.

— Il n'en est pas question, répondit Juliette avec détermination.

— Tu feras ce que je t'ordonne, si tu veux rester ici !

— Dans ce cas je m'en vais.

— Non ! (Voyant que tous ses projets étaient à deux doigts de tomber à l'eau, Denise s'efforça de reprendre son sang-froid.) Il n'est pas question que tu ailles travailler chez un autre couturier ! Tu n'as pas fait ton apprentissage pour aller servir quelqu'un d'autre ! Mais tu n'iras plus à l'atelier. Je sais que tu voulais travailler avec M. Pierre. Tu pourras commencer dès aujourd'hui.

Juliette leva un sourcil incrédule.

— Chercherais-tu à me soudoyer pour m'inciter à rester ? Si tu veux que je continue à travailler pour toi, je le ferai volontiers, mais tes conditions concernant Nikolaï ou la robe sont inacceptables.

— Je vois. (Denise se laissa choir dans un fauteuil.) Tu es têtue comme une mule. Mais promets-moi au moins de ne plus jamais porter la robe Fortuny en public.

— Tout ce que je peux te promettre, c'est de ne plus te causer d'embarras à cause d'elle.

Avant que Denise ait pu répondre, on frappa un coup à la porte et la directrice entra, l'air catastrophée.

— Madame ! Les clientes insistent ! J'ai beau leur dire, pas moyen de...

Denise, hors d'elle, s'en prit une fois de plus à Juliette.

— Et voilà ! Tu peux être fière de toi ! Je vais perdre deux clientes de choix, et plus même, lorsqu'elles auront fait part de leur mécontentement à leur entourage !

— Pourquoi ne pas leur dire la vérité, tout simplement ? s'écria Juliette, exaspérée. Et trouver quelque chose d'autre qui puisse les satisfaire ? Il y a quelques ravissantes soies fauves à l'entrepôt, qui ne figurent pas dans la nouvelle collection. Ce ne sont pas des soies Fortuny mais elles seraient tout aussi élégantes avec un plissé Landelle.

Denise se releva d'un bond, une lueur de triomphe dans les yeux.

— Tu vas aller chercher cette soie et convaincre les clientes. Et tâche de faire preuve de diplomatie !

La directrice semblait désemparée.

— Madame ! Est-ce bien raisonnable ? C'est vous que ces dames veulent voir.

Mais Juliette avait déjà franchi la porte et lorsque la directrice voulut la rattraper, Denise la rappela.

— Non ! Laissez-la essayer. Qu'elle réussisse ou non, cela lui servira de leçon.

Juliette n'échoua pas. Les deux femmes étaient ravies de voir la personne qui avait porté la fameuse robe. Elles se mirent aussitôt à la harceler de questions. Elle leur expliqua que la robe était un modèle de chez Fortuny et leur montra une sélection de soies d'automne qu'elle était allée chercher en leur suggérant différentes coupes qu'elle avait imaginées. Les clientes s'en furent, satisfaites.

— Je leur ai promis que les modèles seraient visibles dès demain, dit ensuite Juliette à Denise.

Sa sœur demeura de glace.

— Très bien. Va trouver M. Pierre et explique-lui ce que tu as promis aux clientes. Comme je te l'ai dit tout à l'heure, désormais et jusqu'à nouvel ordre, tu travailleras avec lui.

Le styliste n'était pas homme à perdre facilement son sang-froid, sans quoi il n'aurait jamais pu travailler avec Denise. Elle lui avait dit récemment que sa sœur prendrait sa place lorsqu'elle se retirerait des affaires, si bien qu'il ne fut nullement surpris lorsque la jeune fille arriva. Quand Juliette entra, avec sur le bras les lés de soie sélectionnés par les clientes, elle trouva Pierre en train d'ajuster la manche d'une toile sur un mannequin *, semblable à ceux que l'on utilisait dans les ateliers : monté sur un pied en ébène et muni à son extrémité supérieure d'une boule qui permettait de le manier aisément. D'apparence soignée, Pierre était un petit homme aux cheveux blonds mêlés de mèches blanches, avec une petite barbe en pointe impeccable. Il la regarda par-dessus ses lunettes cerclées d'or et lui fit signe d'approcher.

— Posez donc ces lés sur une chaise et dites-moi ce qui s'est passé en bas. J'ai cru comprendre qu'il y avait eu pas mal de remue-ménage.

Lorsqu'elle lui eut tout raconté, il lui indiqua une table à dessin.

— Faites-moi un croquis rapide des deux robes

plissées que vous avez en tête et nous y travaillerons ensemble ensuite.

Ils travaillèrent jusqu'à une heure avancée, afin que les modèles soient prêts à être montrés aux clientes le lendemain matin. Denise, avant de rentrer chez elle, vint voir ce qu'ils préparaient. Mais elle ne fit aucune suggestion personnelle en voyant les esquisses. C'était la première fois, mais seul Pierre le savait.

Lorsque Juliette rentra à la maison, une femme de chambre l'informa que Denise était allée se coucher et que le comte Karasvin avait téléphoné deux fois. Elle essaya de le rappeler à son appartement, qui se trouvait dans un hôtel particulier de la rue de Lille, mais le majordome lui fit savoir qu'il n'était pas encore rentré.

Elle était en train de se déshabiller lorsqu'un petit caillou vint heurter sa fenêtre. Elle l'ouvrit sans faire de bruit et regarda au-dehors. Debout sur la pelouse, Nikolaï la regardait en souriant.

Amusée, elle murmura :

— Auriez-vous perdu la raison ? Que faites-vous ici à une heure pareille ?

— Je suis venu vous dire bonsoir, répondit-il, et elle laissa échapper ce petit rire perlé qu'il aimait tant, et qui le fascinait.

— Combien de vodkas avez-vous bues ? demanda-t-elle en faisant mine de le réprimander.

Il haussa les épaules gaiement.

— Je ne les ai pas comptées.

— C'est bien ce qu'il me semblait. Rentrez chez vous, à présent.

Il était beaucoup moins ivre qu'elle ne le supposait, ayant quitté de bonne heure la soirée où il était allé, aiguillonné par le désir de la revoir. La lumière de la chambre, en contre-jour, jetait un halo d'or rouge autour de sa chevelure, et bien qu'elle portât un châle, il apercevait son décolleté.

— Descendez, lui demanda-t-il gravement.

Elle hésita. Puis elle secoua la tête et dit :

— Rentrez chez vous.

Ensuite, elle ferma la fenêtre et laissa retomber le rideau. Presque aussitôt elle éteignit la lumière, afin de lui faire croire qu'elle était allée se coucher, et termina de se déshabiller dans le noir. Lorsqu'elle posa la tête sur les oreillers, quelque chose lui dit qu'il n'était toujours pas parti. Quelques instants plus tard elle entendit le petit claquement sourd indiquant que le portail venait de se refermer derrière lui.

Le vent de folie déclenché par la robe Fortuny continua de souffler le lendemain. La rumeur selon laquelle la sœur de la baronne de Landelle avait été vue dans une toilette osée continuait de se répandre, et une activité inhabituelle régnait dans les salons. La directrice * était harcelée par les clientes qui voulaient à tout prix voir cette robe qui ne faisait pas partie de la collection. Les plus téméraires voulaient l'essayer, même si aucune d'elles n'avait l'intention de la porter en public. Comme la veille, Juliette fut sollicitée. Mais cette fois, elle savait que la tâche ne serait pas aussi facile. Heureusement, sa vivacité d'esprit lui permit de surmonter le problème. Elle emmena cinq vendeuses * à l'entrepôt et demanda au responsable de déballer tous les échantillons de soie dans des tons d'automne, dont certains étaient sur les étagères depuis très longtemps. Puis elle mit pêle-mêle les lés chatoyants entre les bras des vendeuses, et celles-ci entrèrent à sa suite dans les salons, créant un effet semblable à celui d'un tableau vénitien de la Renaissance.

— Toutes ces soies, dit Juliette, tandis que les étoffes étaient drapées, enroulées, déployées devant chaque groupe de clientes, peuvent être plissées afin de donner un tombé impeccable. Non pas, bien entendu, à la façon de Fortuny, qui détient le secret de fabrication. Néanmoins — elle baissa la voix, qui devint un murmure —, il y a un autre secret relatif à ce modèle. Et je l'ai découvert par hasard.

— De quoi s'agit-il ? Dites-le-nous, murmurèrent-elles, folles d'impatience.

— Pas de corset !

Il y eut des haut-le-corps, et des ricanements. Des mains gantées réprimèrent de petits rires involontaires provoqués par la surprise ou, dans certains cas, la stupéfaction. Mais personne ne sortit, car les femmes qui étaient là voulaient savoir pourquoi une jeune femme aussi respectable que la sœur de la baronne de Landelle osait, au nom de la mode, porter une robe comme celle-là. Même si elles-mêmes n'auraient pas osé en faire autant... Finalement, elles conclurent qu'il s'agissait d'une manière de se faire de la publicité — et c'était réussi.

Le dimanche suivant, comme convenu, Juliette prit sa première leçon de conduite avec Nikolaï, à bord de la Benz Grand Prix. Elle était prête et l'attendait lorsqu'il arriva et se gara devant la maison. Elle dévala en courant les marches du perron pour aller à sa rencontre.

— Quel engin magnifique ! s'exclama-t-elle.

C'était un coupé sport jaune vif à la ligne allongée, muni d'un radiateur et de phares rutilants. Il avait bondi pour la saluer, mais il dut remonter le premier dans le coupé à cause de l'embrayage et du frein qui bloquaient l'accès au siège du conducteur. Depuis sa fenêtre, Denise, dubitative, les regarda s'éloigner.

Juliette avait des tas de choses à raconter à Nikolaï, et notamment le scandale provoqué par la robe Delphes. Le jeune homme en avait eu vent par Anna, et lui et Juliette en rirent abondamment. L'un et l'autre étaient d'humeur joyeuse et fermement décidés à s'amuser. Il sortit de Paris, conduisit jusqu'à un paisible village, où il s'arrêta pour lui enseigner les premiers rudiments de la conduite.

— Voyons comment vous vous débrouillez, dit-il en sautant dans le siège passager après avoir démarré le moteur à la manivelle — Juliette n'avait pas réussi à le faire.

— C'est parti ! s'écria-t-elle en enfonçant l'embrayage pour passer les vitesses.

Manier le grand volant d'ébène ne lui parut pas bien difficile, et malgré quelques soubresauts, il ne lui fallut pas longtemps pour prendre les choses en main. Ceux qui passaient à pied, à bicyclette ou en automobile ouvraient de grands yeux en voyant cette jeune femme, cheveux au vent, au volant d'un coupé sport, un jeune homme radieux à ses côtés.

Ils avaient emporté de quoi pique-niquer, et ils s'installèrent sur un plaid, au bord de l'eau. Là, ils mangèrent les provisions de Juliette et burent le vin apporté par Nikolaï. L'un et l'autre rayonnaient de bonheur. Avant de partir il l'embrassa à nouveau, comme il l'avait fait à Paris, sous le réverbère.

Les jours passaient, et les salons de la Maison Landelle ne désemplissaient pas. Les commandes se mirent à affluer lorsque les nouveaux modèles plissés furent présentés, car les clientes réalisèrent que les robes n'étaient pas seulement ravissantes, mais également tout à fait convenables. Une nouvelle robe était née, et il était devenu du dernier chic de porter des teintes automnales et des plis.

Outre l'affluence des commandes obligeant les ateliers de la Maison Landelle à travailler à un rythme soutenu, un certain nombre d'autres problèmes se posèrent lorsque des clientes exigèrent des changements de coloris pour des modèles déjà commandés. Heureusement, tout finit par rentrer dans l'ordre. Denise n'en revenait pas de voir découler tant de bienfaits de la conduite indécente de sa sœur. La Maison Landelle ne s'était pas seulement attiré de nouvelles clientes. Elle avait également fait école auprès des autres maisons de couture en imposant une nouvelle tendance pour les coloris d'hiver.

Elle discuta de l'initiative de Juliette avec Pierre, qui lui conseilla de laisser sa sœur s'exprimer lorsqu'ils se réunissaient pour discuter ensemble de nouvelles idées.

— Juliette possède un sens inné de la mode et des couleurs, dit-il, mais aussi le flair indispensable aux gens de notre profession pour sentir les changements à venir.

Denise possédait, elle aussi, ce sixième sens qui poussait bien souvent les couturiers à s'engager au même moment sur la même voie.

— Êtes-vous certain de ce que vous dites ?

Il était catégorique.

— Hier encore, elle m'a montré ses croquis. Tous comportaient les lignes floues dont vous et moi avons discuté l'autre jour. Elle a souligné que la silhouette en forme de S était révolue et qu'elle devait être radicalement modifiée, car elle ne coïncidait plus avec la liberté que les femmes revendiquent de nos jours.

— Très bien, Pierre. A l'avenir nous la consulterons. Et si tout va bien, je l'initierai aux aspects financiers du métier.

Entre-temps, Juliette avait appris à conduire et ce fut un grand jour pour elle lorsque, pour la première fois, Nikolaï la laissa prendre le volant au milieu du trafic parisien. Elle prit rapidement de l'assurance, faisant retentir la puissante corne du klaxon dès qu'un taxi lui coupait la route.

Les obligations de Nikolaï à l'ambassade et celles de Juliette à l'atelier les empêchaient de se voir autant qu'ils l'auraient souhaité, mais cela n'en rendait que plus précieux les moments qu'ils passaient ensemble. Ils allèrent voir un opéra dont les costumes avaient été réalisés par Fortuny et eurent la chance de voir danser Nijinski et les Ballets russes *. Ils se rendirent au vernissage d'une exposition où la *Bacchante* de Nikolaï figurait en bonne place. Elle avait déjà été achetée par un collectionneur américain qui devait l'emporter aux États-Unis.

Souvent, le dimanche après-midi, ils allaient au Louvre ou dans d'autres musées. Ils aimaient se promener dans les jardins du Palais-Royal, à présent dénudés par l'hiver, mais où éclataient encore çà et là quelques touches de couleur. Parfois on les apercevait parmi les statues du Luxembourg ou flânant main dans la main sur les bords de la Seine.

Lorsque la pluie les surprenait, ils trouvaient refuge dans un petit bistrot, autour d'une table en marbre. Malgré les protestations réitérées de sa sœur, Juliette refusait de se faire accompagner par un chaperon. Le temps qu'elle passait en compagnie de Nikolaï était trop précieux, elle ne voulait pas d'une tierce personne à ses côtés. Tous deux savouraient ces instants paisibles au cours desquels ils pouvaient parler et se rapprocher l'un de l'autre. Le soir, lorsqu'ils ne dînaient pas comme des rois chez Larue, ils soupaient dans un des nombreux petits restaurants de la ville. Le préféré de Juliette était un bistrot où l'on jouait de la balalaïka et où des hommes coiffés de toques cosaques se livraient à des danses exubérantes. Une fois, Nikolaï se joignit au groupe. Il était plus qu'un simple partenaire pour les autres danseurs, et mêlait ses cris aux leurs, tandis que Juliette, transportée d'enthousiasme, sautillait sur place et frappait dans ses mains au rythme endiablé de la musique. Lorsqu'elle s'arrêta, les danseurs, les musiciens, mais aussi tous les clients du restaurant applaudirent Nikolaï, tandis que ce dernier en faisait autant comme l'exigeait la coutume russe.

Lorsqu'il regagna la table, tout échevelé et souriant, Juliette jeta ses bras autour de son cou.

— Nikolaï ! C'était fantastique ! J'ignorais que vous saviez danser ainsi !

Il la saisit fermement par la taille, les yeux brillants.

— Il y a tant de choses que vous ignorez, Juliette !

Puis il leva une main pour répondre à une acclamation du public, et ils se rassirent pour poursuivre leur dîner interrompu.

Dans ces petits restaurants, Juliette croisait parfois une couturière ou quelque autre employée de la Maison Landelle avec qui elle échangeait un sourire, mais jamais elle ou Nikolaï ne rencontraient personne de leur propre cercle. Il lui arrivait de penser qu'elle n'avait jamais été aussi heureuse que depuis qu'elle le connaissait.

Juliette n'avait jamais éprouvé la moindre rancœur à l'égard de Lucille, malgré la lettre détournée. Elle n'en fit pas mention la première fois qu'elle lui écrivit après avoir découvert le pot-aux-roses, mais lui dit qu'elle avait revu Nikolaï, et lui raconta combien elle se plaisait en sa compagnie. Et, comme elle s'y attendait, lorsqu'elle lui répondit, Lucille lui renvoya la lettre cachetée. Leur correspondance se poursuivit comme si rien ne s'était passé. Il s'agissait d'une erreur de jugement, oubliée d'un commun accord. Et si Lucille continuait d'avoir des réticences concernant ses relations avec Nikolaï, elle ne lui en fit nullement part.

En revanche, Denise ne se privait pas de clamer haut et fort sa désapprobation.

— Tu négliges tous tes anciens amis, lui fit-elle remarquer sèchement. Tu ne verrais pas le comte Karasvin plus souvent si tu étais fiancée avec lui.

— Il ne sera pas éternellement à Paris, répondit Juliette avec un haussement d'épaules. Et puis il n'est nullement question de fiançailles. Nous nous apprécions mutuellement. D'ailleurs, je ne néglige pas mes amis. Je les vois chaque fois que j'en ai l'occasion. Ils savent que je n'ai guère de temps libre.

— Il ne t'épousera pas, de toute façon, alors autant te montrer raisonnable.

Juliette rougit.

— Je sais bien qu'étant cousin des Romanov, Nikolaï ne peut épouser qu'une femme de haut rang, et que je n'ai pas une goutte de sang bleu dans les veines. Je parie même que nos ancêtres applaudissaient à chaque fois que tombait la guillotine.

— Ne dis plus jamais une chose pareille ! s'écria Denise en se bouchant les oreilles.

Juliette eut un petit sourire confus et saisit doucement sa sœur par les poignets pour lui faire baisser les mains.

— Je cherchais simplement à te dire que je suis consciente de l'abîme qui nous sépare, Nikolaï et moi. Les barrières de classe sont infranchissables, surtout lorsqu'on est tenu par les principes d'une société aussi rigide que la sienne. Tu sais bien que j'ai eu maintes fois l'occasion de m'en rendre compte avec les clientes de la Maison Landelle.

Mais Juliette se garda bien de montrer combien il lui était difficile de garder les pieds sur terre et de ne pas se bercer de rêves et d'illusions puérils... Et elle fit bien. Denise se sentit pleinement rassurée par son attitude réaliste. Elle réalisa qu'une fois de plus elle avait sous-estimé sa sœur. Manifestement, il n'y avait pas de risque que Juliette se laisse subjuguer par l'amour. Ses projets d'avenir pour la Maison Landelle n'étaient nullement compromis. Le fait qu'Anna Dolohova ait trouvé une excuse pour ne pas les accompagner lors de leur première sortie avait sans doute mis la puce à l'oreille à Juliette. Pour Denise, il était clair que la comtesse avait choisi de ne rien faire qui puisse encourager une idylle entre son frère et la sœur de sa couturière. Bien que se montrant toujours d'une extrême courtoisie lorsqu'elle la rencontrait, la comtesse n'avait pas invité Juliette une seule fois aux soirées qu'elle donnait dans son hôtel particulier, lorsqu'elle était à Paris. Cela dit, Denise était bien obligée de reconnaître que Nikolaï n'y assistait jamais lui non plus. Mais peut-être était-ce dû au fait qu'il refusait de s'y rendre sans Juliette.

Quoi qu'il en soit, Denise était certaine qu'Anna Dolohova aurait soin de ne pas laisser son frère se couvrir de ridicule en déclarant sa flamme envers et contre tout. La comtesse ne manquait pas de ressources, elle pourrait même faire intervenir la cour impériale le cas échéant. Les inquiétudes de Denise ne concernaient pas exclusivement ses propres intérêts. Elle commençait à avoir de l'affection pour Juliette, et à tirer quelque orgueil de la force née de l'union de deux sœurs qui faisaient prospérer la Maison Landelle.

C'est donc tout à fait rassurée qu'elle décida, voyant que le travail tournait rondement dans les ateliers, de faire un voyage en Angleterre avant Noël. Elle savait qu'en cas de crise la directrice trouverait en Juliette une aide de camp efficace. Le but de son déplacement était d'aller visiter les filatures de soie de Macclesfield, le fleuron de la filature de la soie en Grande-Bretagne, ainsi qu'une autre filature de Londres, dont le propriétaire avait pris l'initiative de lui faire parvenir quelques ravissants échantillons.

— Surtout télégraphie-moi si quelque chose ne va pas, insista Denise au moment du départ.

— Tout ira bien, lui répondit Juliette gaiement. Va voir ces soies et amuse-toi bien aussi, quand tu seras à Londres.

— Envoie-moi une copie de la robe de bal que tu es en train de dessiner. Il faut que tu recueilles mon approbation. Ne l'oublie pas !

— Je le ferai.

La voiture emporta Denise. Juliette gravit les marches du perron en se frottant les bras, car il était encore tôt ce matin et l'air était glacial. Elle et Denise avaient été toutes deux invitées par l'intermédiaire de Nikolaï au bal du nouvel an de l'ambassade de Russie et Denise, d'humeur conciliante, avait déclaré qu'elle pouvait se dessiner une nouvelle robe Landelle spécialement pour l'occasion, à condition que celle-ci ne ressemble ni de loin ni de près à une robe Fortuny.

Après la conversation qu'elle avait eue avec Denise au sujet, entre autres, des Romanov, Juliette avait réalisé à quel point sa vie était centrée sur Nikolaï et les moments qu'ils passaient ensemble. Ça n'était pas raisonnable, elle le savait. Son travail avait beau ne pas en pâtir, il n'en demeurait pas moins vrai qu'elle était folle amoureuse. Combien de fois, alors qu'elle était à la table de dessin, ne s'était-elle pas surprise en train de jeter un coup d'œil à l'horloge, en songeant malgré elle à l'heure à laquelle ils devaient se retrouver ?

Il fallait que cela cesse. Elle avait de la volonté, elle devait faire face. Mais en attendant, il l'emmenait ce soir au cinématographe, et ensuite ils iraient dîner. Et dimanche après-midi ils devaient aller voir ensemble son ancien atelier de Montmartre...

Juliette n'était allée qu'une fois à Montmartre, avec son père. Ils avaient visité une galerie de peinture où des artistes inconnus exposaient leurs toiles en espérant qu'un client paierait assez pour une absinthe ou un repas consistant. Elle se souvenait qu'elle avait eu chaud et qu'elle était fatiguée et que son père lui avait offert une limonade. Ils avaient acheté une toile représentant des ballerines en train de lacer leurs chaussons. Elle l'adorait. Mais sans doute avait-elle été vendue avec le reste de ses biens au moment de la faillite. En tout cas, elle ne l'avait pas vue chez Denise.

Lorsque arriva le dimanche, Juliette et Nikolaï garèrent la voiture de sport et gravirent main dans la main les petites rues escarpées de la Butte, couronnée en son point culminant par un moulin. Avec ses petites maisons et ses rues pavées, loin des cabarets et des maisons closes, Montmartre avait gardé son charme rustique d'antan. Il était aisé de comprendre pourquoi tant d'artistes avaient choisi de peindre ce qui se trouvait sur le pas de leur porte plutôt que de partir en quête de paysages plus exotiques.

Nikolaï s'arrêta et désigna un groupe de maisons biscornues et mal entretenues, accrochées à flanc de colline. Ici vivaient un nombre indéterminé de peintres. C'était le Bateau-Lavoir.

— Regardez la fenêtre de guingois, au deuxième étage du troisième atelier. C'est là que je vivais et travaillais quand je suis arrivé à Paris, après avoir passé un an à l'école des beaux-arts de Saint-Pétersbourg. C'est ici que j'ai sculpté deux têtes et une statue qui m'ont ouvert les portes de l'atelier de Rodin.

Il songea également que c'était là qu'il avait amené sa première maîtresse, qu'il s'était soûlé avec ses compagnons jusqu'à rouler sous la table, qu'il avait appris quantité de choses sur l'art, les femmes — et aussi comment survivre avec quelques francs, comme tous les autres, sans jamais puiser dans les réserves mises à sa disposition à la banque.

Juliette lui jeta un petit regard furtif. Il y avait quelque chose de vague dans ses yeux tandis qu'il observait l'édifice branlant. Ses pensées étaient visiblement tournées vers le passé. Il faisait froid, et en le voyant ainsi chaudement emmitouflé dans son manteau de tweed, son écharpe et son chapeau mou à large bord, elle n'eut aucun mal à se le représenter tout jeune homme, gravissant la colline pour se jeter à corps perdu dans la vie de bohème. Au bout d'un moment elle tira sur sa manche et dit :

— Vous semblez nostalgique. Mais vous êtes trop jeune pour cela.

Il rit, puis se tourna vers elle et passa un bras sous le sien.

— Vous avez raison ! Je n'ai jamais passé que six mois ici. D'ailleurs, tant de choses sont arrivées depuis, à commencer par notre rencontre ! Venez, allons boire un verre au Lapin Agile.

En chemin ils rencontrèrent un photographe, son trépied sur l'épaule, son lourd appareil à la main. Il s'en revenait de prendre des vues de Montmartre l'hiver pour faire des cartes postales. Il leur offrit promptement de les photographier ensemble. Lorsque cela fut fait, Nikolaï demanda qu'il prît un cliché de Juliette toute seule. Elle protesta en riant, mais le photographe la saisit sur le vif, son chapeau à la main, son écharpe et sa jupe soulevées par une soudaine rafale de vent, et il se félicita d'avoir pu prendre la photo idéale. Puis il remit sa carte à Nikolaï et lui dit que cela serait prêt dans quelques jours.

Après le froid du dehors, la chaude atmosphère du Lapin Agile leur sembla délicieuse. Ils s'assirent à une table et Juliette se mit à regarder autour d'elle avec intérêt. Le cabaret était plein de gens qui fumaient et causaient au-dessus d'un verre, et les murs étaient ornés d'un bric-à-brac d'œuvres d'art, dont plusieurs statues de plâtre, et le portrait saisissant d'un arlequin laissé par Picasso. Certaines autres toiles étaient tellement noircies par le temps et la fumée qu'il était évident que leurs auteurs avaient depuis longtemps quitté Montmartre.

Juste au moment où il passait commande, Nikolaï fut salué avec exubérance par deux peintres qu'il n'avait pas vus depuis longtemps. Il les invita, ainsi que les jeunes femmes qui les accompagnaient, à se joindre à eux pour boire un verre. Ils acceptèrent volontiers et l'on demanda deux autres bouteilles. Puis on fit les présentations, suivies d'un échange de nouvelles, et les femmes se mirent à parler avec Juliette tandis que les hommes discutaient politique. Juliette regrettait de ne pouvoir prendre part à cette discussion. Lorsqu'elle apprit que les jeunes femmes étaient des modèles, elle leur demanda si elles connaissaient Yvonne. C'était le cas et l'une d'elles dit gravement :

— Elle en a vu de toutes les couleurs avec ce vaurien qui l'a engrossée puis abandonnée. Et pourtant, quand il est mort d'ivrognerie sur son grabat, elle l'a soigné jusqu'au bout.

— Je l'ignorais, dit Juliette, attristée. Pauvre Yvonne. Elle qui est toujours fraîche comme une rose, qui aurait dit qu'elle avait eu tant de soucis ?

— Il lui prenait tous ses sous. Mais elle va mieux à présent, et elle n'a plus à nourrir sa sœur, qui a épousé un boucher. Elle a une jolie petite chambre, rien que pour elle, maintenant.

Juliette savait qu'Yvonne avait changé d'adresse depuis qu'elle était revenue travailler chez Landelle. Elle savait également que c'était en grande partie grâce à sa propre insistance que les meilleurs mannequins étaient mieux payés. Il n'avait pas été facile de convaincre Denise, mais l'augmentation de salaire avait eu pour résultat d'attirer chez Landelle deux excellents mannequins de maisons concurrentes.

Inévitablement, les hommes se mirent à parler d'art, et les trois jeunes femmes entrèrent dans la discussion sur le cubisme, qui faisait tant d'adeptes parmi les peintres. A mesure que le soir tombait, de nouveaux clients entraient. Par le jeu des connaissances mutuelles tous étaient attirés autour de la même table. La conversation devint de plus en plus animée, et il fallut commander d'autres bouteilles. Au bout d'un moment, leur groupe était devenu si important qu'ils durent prendre leurs verres et aller s'installer autour d'une table plus spacieuse. Nikolaï demanda du pain et du fromage pour tout le monde. Puis plus tard, lui et Juliette se joignirent à tous ceux qui accouraient au Moulin de la Galette, un bal bon marché où la tenue de soirée n'était pas exigée et où les hommes et les femmes gardaient leurs chapeaux. Les plumes et les rubans, mêlés aux melons et aux casquettes, tourbillonnaient joyeusement autour de la piste de danse.

— Est-ce que vous vous amusez ? demanda Nikolaï à Juliette tandis qu'il l'entraînait dans un galop endiablé.

Elle rejeta la tête en arrière en riant.

— Comme une folle !

Il était tard lorsqu'ils s'en allèrent bras dessus, bras dessous. Elle lui demanda pourquoi il ne retournait pas plus souvent à Montmartre. Il fit une petite grimace et lui répondit, le visage soudain figé :

— Il n'est pas facile d'être artiste à mi-temps parmi ceux qui se consacrent exclusivement à l'art. Je ne reviendrai plus jamais ici.

L'obligeant à s'arrêter, elle le saisit par les revers de son pardessus et le secoua gentiment.

— Mais vous êtes artiste dans votre cœur ! C'est tout ce qui compte.

Il l'enveloppa de ses bras et la regarda au fond des yeux.

— Juliette chérie. Pas étonnant que je vous aime.

Elle tressaillit.

— Ai-je entendu que vous m'aimiez ?

— Depuis le premier jour.

— Pourquoi ne me l'avez-vous pas dit avant ?

— Parce que j'espérais que par un heureux coup du destin toutes les difficultés de mon existence se trouveraient brusquement résolues, mais malheureusement cela ne s'est pas produit.

Elle lui caressa doucement la joue du bout des doigts.

— Je vous aimerai quoi qu'il arrive.

Il resserra son étreinte.

— Je ne veux pas vous perdre !

Puis il l'embrassa avec passion et avidité comme s'ils avaient été sur le point d'être séparés l'un de l'autre.

Lorsque Nikolaï alla chercher les photographies prises à Montmartre, il lui donna celle où ils étaient ensemble, et elle la mit sur sa coiffeuse, dans un petit cadre en argent. Quant à celle où elle était seule, il la garda dans son portefeuille.

10

Le bal du nouvel an de l'ambassade de Russie était l'une des plus brillantes manifestations du calendrier mondain. Pour Denise, qui s'y rendait pour la première fois, ce fut l'occasion d'arborer une sublime robe du soir, entièrement brodée de perles, et de faire ainsi la réclame de la Maison Landelle auprès des nombreuses étrangères qui se trouvaient là et qui, pour la plupart, s'habillaient exclusivement chez Worth.

Son voyage en Angleterre s'était bien passé même si, une fois là-bas, elle s'était demandé si elle avait bien fait d'autoriser Juliette à créer elle-même sa propre robe de bal. Mais elle avait eu tort de s'en faire : tandis qu'elle dansait la dernière valse de l'année avec Nikolaï, la jeune fille était particulièrement ravissante dans sa tenue en soie chinée crème et rose pêche.

L'orchestre cessa brusquement de jouer, obligeant tous les danseurs à s'arrêter, puis plaqua un accord triomphant pour saluer l'avènement de 1911. Les cloches se mirent à carillonner dans toute la ville. Il y eut un concert de coups de klaxon, et un feu d'artifice éclata soudain au-dessus de la tour Eiffel. Dans la salle de bal, les serpentins décrivaient des arcs-en-ciel au-dessus des invités qui se congratulaient mutuellement. Denise, partie à la recherche de Juliette pour lui souhaiter la bonne année, l'aperçut en compagnie de Nikolaï. Ce dernier la tenait par les mains, et ils se souriaient, créant une oasis d'intimité au milieu de l'effusion générale. Puis il se pencha vers elle et l'embrassa.

Une soudaine angoisse étreignit le cœur de Denise. Elle savait reconnaître une femme amoureuse au premier coup d'œil, et ses craintes concernant sa sœur revinrent brusquement au galop. Il lui fallait coûte que coûte rompre cette idylle avant qu'il ne soit trop tard. Elle était fermement décidée à saisir la première occasion qui se présenterait.

Ce fut Pierre qui, sans le vouloir, lui fournit trois semaines plus tard l'occasion qu'elle espérait. Il lui parla du goût évident de Juliette pour la soie sous toutes ses formes, et lui dit qu'un complément de connaissances sur le tissage et les origines de cette matière pourrait plus tard s'avérer extrêmement bénéfique.

— Vous avez raison, déclara Denise. Il faut qu'elle reçoive la formation la plus complète possible dans tous les domaines de la haute couture.

Lorsque Pierre se fut retiré, Denise fit appeler sa secrétaire et lui dicta une lettre pour l'un de ses fournisseurs de Lyon et sa femme, lui demandant de faire tous les préparatifs nécessaires.

Nikolaï, ayant réussi à se dégager d'une partie de ses obligations à l'ambassade, avait loué un atelier et s'y était installé avec son matériel et plusieurs blocs de marbre de Pitacci et de Soissons achetés à diverses occasions en vue de projets futurs. A l'instar de Rodin, il préférait travailler l'argile et faire couler ensuite le résultat de ses travaux dans le bronze, mais le marbre était une matière qu'il ne dédaignait pas d'utiliser de temps à autre.

Lorsqu'il fut installé, le Maître * en personne vint lui rendre visite, afin de voir ses œuvres. Rodin, toujours élégant depuis que la renommée avait mis fin à ses années de misère, offrait une silhouette imposante, avec son chapeau haut de forme, ses habits immaculés et ses gants de chamois. De carrure large, il avait un front anguleux et une épaisse barbe grise clairsemée çà et là de poils roux,

137

sa couleur d'origine. Un pince-nez orné d'une cordelette noire scintillait sur son nez aquilin.

— Ne vous arrêtez pas, dit-il lorsque Nikolaï lui eut serré la main en signe de bienvenue.

Puis il déclina d'un geste la chaise que l'assistant de Nikolaï avait installée pour lui et s'approcha de la statue d'un jeune homme en marbre de Carrare. Nikolaï la façonnait au ciseau et au burin, en projetant de petits éclats dans l'air. Le modèle, à genoux sur une estrade, regardait par-dessus son épaule, et sa position faisait ressortir les muscles de son cou, de ses épaules et de ses cuisses. Rodin eut un hochement de tête approbateur en voyant le vibrant réalisme et la vie déjà capturés dans le marbre.

— Quand vous déciderez-vous à renoncer à vos futiles obligations auprès de l'ambassade de Russie, Karasvin ? (Rodin était indigné de voir un artiste de talent ainsi entravé.) Nous savons vous et moi que vous perdez un temps précieux là-bas. N'importe quel imbécile est capable de faire des ronds de jambe diplomatiques et de rédiger des lettres, mais comme je vous l'ai déjà dit, la sculpture est un don de Dieu que vous n'avez moralement pas le droit de reléguer à l'arrière-plan.

Le visage de Nikolaï se figea.

— Croyez-vous que je n'aie pas envie d'être libre ? Les conditions qui m'ont été imposées lorsque j'avais dix-sept ans sont inchangées. J'aurais fait n'importe quoi, à l'époque, pour devenir l'un de vos élèves, c'est pourquoi j'ai dit oui à tout.

Rodin eut un hochement de tête indulgent. Il craignait que de trop grands intervalles entre deux sculptures risquent de tuer l'inspiration et d'ôter leur talent à ces doigts russes si habiles. Jusqu'ici cela ne s'était pas produit, mais il savait mieux que quiconque comment les problèmes domestiques — et tous les autres — pouvaient s'interposer entre un artiste et son œuvre. Présentement, c'était évident, son ancien élève sculptait comme un homme longtemps resté sur sa faim. Rodin pensait qu'il était de son devoir de le mettre en garde.

— Faites-moi une faveur, Karasvin. Lorsque vos stupides obligations vous tiendront éloigné de votre atelier, promettez-moi de ne pas chercher la consolation dans l'alcool comme vous l'avez fait par le passé. Vous filiez un mauvais coton alors, et tout Paris vous considérait comme le plus dissipé des jeunes gens. Mais plus grave encore, votre œuvre en a souffert.

Nikolaï s'arrêta de travailler et hocha gravement la tête.

— Plus jamais, Maître *. J'étais jeune alors. Et cela ne m'a rien apporté de bon. Vous m'avez presque flanqué à la porte. Je vous serai éternellement reconnaissant de ne l'avoir pas fait.

— C'eût été fort dommage. Avez-vous produit quelque chose d'intéressant la dernière fois que vous êtes allé en Russie ? Nous nous sommes vus à votre retour, mais je ne me souviens pas de vous avoir posé la question.

— Quelques pièces que j'ai fait couler dans le bronze.

— Bien. Au moins vous vous efforcez de garder la main chaque fois que vous en avez l'occasion, et vous aurez déjà un atelier tout prêt lorsque vous retournerez définitivement en Russie. Ce pays nous a donné de prodigieux écrivains, musiciens et danseurs, sans parler des moines qui ont produit les icônes, mais le monde attend encore qu'il lui donne un grand sculpteur. Souvenez-vous-en.

Nikolaï sourit.

— Entendu.

Lorsque Rodin fut parti, Nikolaï continua de travailler même après que son modèle, fatigué, se fut rhabillé et s'en fut allé. Juliette lui manquait. Sa sœur l'avait envoyée à Lyon.

— Je vais apprendre comment on tisse la soie, et comment on la teint, lui avait dit Juliette tout excitée. De telles connaissances me seront précieuses plus tard.

— Combien de temps resterez-vous partie ?

— Un mois. Deux tout au plus.

— Si longtemps ! s'était-il écrié, désespéré.

Elle lui avait jeté les bras autour du cou.

— J'aurais tellement aimé que vous veniez avec moi !

Mais je vous écrirai. Vous allez sculpter dans votre nouvel atelier et vous ne penserez même pas à moi !

Il savait qu'elle cherchait à dissimuler son propre chagrin, et, pour la satisfaire, il lui répondit sur le même ton badin.

— Alors vous ne vous attendez pas à ce que je vienne vous voir.

Elle s'assombrit soudain, et s'agrippa à lui.

— J'en mourrai, si vous ne le faites pas !

Et c'est ainsi qu'en mars il était allé passer trois journées à Lyon. La joie de Juliette n'avait d'égale que la sienne, mais le couple chez qui elle séjournait, M. et Mme Degrange, prenait son rôle de chaperon très au sérieux et à aucun moment ils ne les laissèrent en tête à tête. Les Degrange étaient des gens très hospitaliers et lorsqu'ils invitèrent Nikolaï à venir dîner chez eux chaque soir, le jeune homme accepta volontiers. De toute façon, passé sept heures, il n'avait plus d'autre moyen de voir Juliette...

Celle-ci n'était pas la seule invitée de la maison. Le beau-fils des Degrange, Marco Romanelli, était également leur hôte. Négociant en étoffes de luxe, il habitait Venise et était veuf depuis quatre ans. Sa femme aujourd'hui décédée, Françoise, était la fille aînée des Degrange. Il l'avait rencontrée lors d'un voyage d'affaires à Lyon où il venait de temps à autre. Juliette le présenta à Nikolaï le premier soir.

— Voici quelqu'un qui devrait vous intéresser, Nikolaï, dit-elle lorsque Marco Romanelli entra dans le salon où ils étaient réunis. Le signor Romanelli connaît très bien Fortuny, pour qui il est venu acheter du velours de soie grège, en plus d'autres étoffes qu'il achète pour son compte propre.

Nikolaï avait échangé une poignée de main avec l'Italien, qui était aussi grand que lui et avait une poitrine large et puissante, digne d'un baryton de la Scala. L'homme, dans la trentaine, avait fière allure. Le visage carré, le teint mat et le menton fendu d'une profonde fossette, Marco était à l'aise avec lui-même et avec le reste du monde. Les quelques paroles qu'ils échangèrent prouvèrent qu'il parlait couramment le français. Ce qui fut un soulagement pour Nikolaï, qui ne connaissait pas un mot d'italien.

— Pourquoi du velours de soie grège ? demanda Nikolaï intrigué. Et pourquoi pas de la soie ?

— Fortuny aime teindre et imprimer lui-même ses étoffes, expliqua l'Italien. J'importe de grandes quantités de soie lyonnaise dans mon métier, mais pas pour Fortuny. Je fais venir de la soie grège du Japon pour lui. Il n'en veut pas d'autre. Mlle Cladel m'a dit qu'elle et vous vous intéressiez à son travail ?

— J'ai longtemps admiré ses effets novateurs, au théâtre, et plus récemment ses imprimés de soie dans un autre domaine, dit Nikolaï avec un large sourire et un regard appuyé en direction de la robe Delphes de Juliette.

Elle la portait sous un long manteau de mousseline de soie, pour ne pas choquer ses hôtes. La jeune fille rougit de plaisir à son compliment.

— J'ai raconté au signor Romanelli par quel hasard j'avais découvert ma robe Fortuny et comment j'en avais recousu un à un les morceaux.

Ce qu'elle ne lui avait sûrement pas révélé, songea Nikolaï, c'était comment sa sœur avait vainement cherché à en percer le secret de fabrication.

— Une heureuse trouvaille, dit-il.

— Je suis tout à fait de votre avis, dit Marco Romanelli avec un sourire presque enfantin, qui creusa des petites rides au coin de ses yeux bruns. Ai-je l'autorisation de raconter cette anecdote à Fortuny ?

— Vous l'avez, naturellement, répondit gaiement Juliette. A condition d'être sûr que cela ne lui déplaira pas.

— J'en suis sûr. Il voudra savoir ce que j'ai pensé du résultat. (Il fit un pas en arrière et ouvrit tout grands les bras.) Et je lui dirai, *bellissimo !*

Nikolaï acquiesça d'un hochement de tête, puis Juliette tourna gaiement sur elle-même comme lorsqu'elle était mannequin, et le trio éclata de rire.

Puis ils furent interrompus car il était temps de passer

à table. Il y avait d'autres convives et au grand dam de Nikolaï Juliette fut placée loin de lui, à côté de Marco Romanelli. Dans l'ensemble la conversation était assez déprimante. Un général français à la retraite soutenait que le réarmement massif de l'Allemagne par le Kaiser ne laissait rien présager de bon. Nikolaï était du même avis, la menace était bien réelle, mais il avait du mal à se concentrer et ne pouvait s'empêcher de regarder en direction de Juliette. A sa grande joie, celle-ci lui rendait fréquemment ses œillades, et elle lui adressa même un sourire éblouissant. Sa peau nacrée contrastait délicieusement avec la soie fauve de sa robe dont les plis minuscules scintillaient chaque fois que sa poitrine se soulevait.

La contrariété de Nikolaï atteignit un paroxysme lorsqu'il réalisa qu'il était le point de mire des filles jumelles des Degrange. A seize ans, elles semblaient encore plus sottes que la plupart des filles de leur âge, battant des cils et lançant des remarques idiotes pour essayer d'attirer son attention.

Après un repas qui parut fastidieux et interminable à Nikolaï, en dépit de l'excellence des mets et des vins, il se rendit avec Juliette et l'Italien au salon, où l'on servit le café. La discussion fut animée. Lorsque la soirée toucha à sa fin, Juliette, Nikolaï et Marco en étaient à s'appeler mutuellement par leurs prénoms.

Le lendemain, Marco emmena Nikolaï visiter la soierie des Degrange. Juliette s'y trouvait depuis le matin. Elle était en train d'apprendre à tisser et ne semblait pas entendre le bruit assourdissant de son métier, ni celui de tous ceux se trouvant autour d'elle. Elle décocha un sourire radieux à Nikolaï.

— Si le résultat n'est pas trop décevant, vous aurez bientôt une nouvelle cravate.

Le reste de la journée aurait paru interminable à Nikolaï s'il n'était allé déjeuner avec Marco, avant de louer une voiture pour visiter les quartiers historiques de la vieille ville, ainsi que les hauteurs de Fourvière, d'où la vue était imprenable. Il apprit, comme l'avait déjà fait

Juliette, que Marco était né à Milan. C'était le fils cadet d'une famille très unie comprenant cinq garçons et une fille, et dont le père était un riche banquier. En grandissant, à la mort de leur mère restée veuve, chacun des enfants avait suivi sa propre voie. Trois des frères de Marco avaient émigré aux États-Unis où ils avaient monté une affaire prospère, tandis que le quatrième, devenu capitaine de l'armée, avait trouvé la mort dans un tragique accident.

— Quant à ma sœur, dit Marco en remplissant à nouveau leurs verres au bar de l'hôtel où ils s'étaient arrêtés après leur promenade, elle est missionnaire et travaille dans un hôpital en Afrique.

— Pourquoi avez-vous choisi de vous lancer dans le commerce de la soie ?

— Je ne l'ai pas fait de mon plein gré. J'avais espéré devenir médecin, mais en vain. Mon oncle n'avait pas de fils, même si, par la suite, il y a remédié grâce à un deuxième mariage. En Italie, les liens du sang sont sacrés, et mon père s'est senti obligé de laisser son frère me prendre avec lui dans sa soierie, comme il l'aurait fait avec son propre fils, pour m'apprendre le métier en commençant au bas de l'échelle. Heureusement, à vingt-cinq ans j'étais déjà suffisamment expérimenté pour pouvoir prendre entièrement le contrôle de la soierie. C'est alors que mon oncle a épousé une femme de plusieurs années sa cadette. (Marco eut un haussement d'épaules expressif.) Elle était trop séduisante, ce qui n'était bon ni pour elle ni pour moi.

— Que s'est-il passé ?

— Je suis parti lorsque j'ai vu que les choses risquaient de se gâter. Entre-temps, j'avais fait la connaissance de Fortuny, et lui avais fourni de la soie à plusieurs reprises pour ses costumes de théâtre, jusqu'à ce qu'il décide de ne plus prendre que de la soie du Japon. Après mon départ de la soierie de mon oncle, j'ai vendu quelque temps de la soie au détail et je me suis rendu à Venise pour affaires. Je suis allé voir Fortuny et au cours de la conversation il m'a dit que quelqu'un cherchait à vendre un commerce de soieries en gros. C'était une affaire d'import-export d'étoffes de luxe. Sur ses conseils, je suis allé m'informer et j'ai découvert qu'il était possible de faire croître et prospérer l'affaire. C'était il y a six ans et je suis heureux de pouvoir dire que tout a marché comme je l'espérais. (Il se renversa dans son fauteuil.) Voilà, vous savez à présent comment s'est déroulée ma carrière.

— Vous n'avez pas de regrets ?

Nikolaï prit une gorgée de vin.

— Pas le moindre. C'est grâce au commerce de la soie que j'ai rencontré feu mon épouse et j'en suis heureux, même si notre mariage n'a malheureusement été que de courte durée.

— J'en suis navré, dit Nikolaï.

Il était sincère, car il aimait bien cet homme et compatissait à son chagrin.

— Il n'y a pas un jour où je ne pense à elle.

Marco hocha la tête puis regarda brusquement sa montre.

— Allons, finissez votre verre ! Nous avons promis à Juliette d'aller la chercher à la sortie de l'usine, et il est presque l'heure.

Le lendemain, lorsque Marco eut fini de passer ses commandes, il emmena Nikolaï et Juliette visiter une magnanerie. Des centaines de vers à soie étaient prêts à éclore et à dévorer des feuilles de mûrier. Des cocons seraient alors dévidés, première étape de la fabrication de la plus belle étoffe du monde. Nikolaï trouva tout cela très intéressant, mais la dernière visite qu'ils firent ensemble avant son départ ne lui parut pas aussi plaisante. Ils se rendirent dans une teinturerie située dans un village voisin où Juliette était censée apporter de la soie grège pour la faire teindre dans certains coloris. Marco lui prodigua quelques conseils. Mais la puanteur de l'endroit était telle qu'ils avaient hâte de s'en aller au plus vite.

— Comme votre visite m'a semblé courte, Nikolaï, dit tristement Juliette lorsqu'ils prirent place autour du dernier dîner.

Ils avaient convenu avec Marco, dont le séjour à Lyon

touchait également à sa fin, que ce dernier viendrait les voir la prochaine fois qu'il passerait par Paris.

— Dans combien de temps pensez-vous pouvoir rentrer ? demanda Nikolaï à Juliette.

Elle n'en savait trop rien.

— Impossible à dire. Je dois encore apprendre la sérigraphie et l'impression manuelle, et certains de mes modèles doivent être tissés. Je ne puis rentrer avant que tout soit fini.

Lorsque arriva l'heure de la séparation, Nikolaï l'embrassa aussi longtemps qu'il le put sous l'œil outré de Mme Degrange et les ricanements de ses filles qui les épiaient derrière la porte.

— Vous allez me manquer, Juliette.

Juliette lui adressa un regard plein d'amour.

— Je pense à vous tout le temps. Je vous écrirai chaque semaine, aussi souvent que je le pourrai.

Elle tint parole, mais un autre mois passa avant que la bonne nouvelle qu'il attendait arrive : elle rentrait la semaine suivante. Il reçut également un message de l'ambassade lui annonçant que son congé de six mois était suspendu : une évolution importante dans la situation diplomatique requérait sa présence. Il jura, furieux de se voir une fois de plus interrompu dans son travail par une mission diplomatique vraisemblablement sans intérêt.

Lorsque Juliette arriva à Paris, Nikolaï l'attendait à la descente du train. Ils se jetèrent dans les bras l'un de l'autre, et il la souleva de terre et l'embrassa, sans se soucier des regards indiscrets.

Ils parlèrent tout au long du chemin qui les menait chez elle. Elle voulait savoir s'il avait terminé *L'Homme à genoux* — c'était ainsi qu'il avait nommé l'œuvre à laquelle il était en train de travailler —, et compatit lorsqu'il lui dit qu'il avait été rappelé par l'ambassade.

— Vous reste-t-il beaucoup de travail sur cette sculpture ? demanda-t-elle.

— Oui. Chaque fois que j'ai un peu de temps, je me rends à l'atelier.

— J'ai hâte de voir votre nouvelle œuvre ! Mais à présent, voici le cadeau que je vous ai rapporté de Lyon...

Il l'ouvrit et vit qu'il s'agissait de la cravate en soie qu'elle lui avait promise.

— Elle est splendide ! Mais je croyais qu'elle était vert émeraude.

— Elle l'était ! Mais quand j'ai vu votre grimace, j'ai décidé de la tisser dans les tons gris que vous aimez.

— Elle est parfaite !

Il ôta celle qu'il portait et mit la sienne à la place. Fièrement elle la noua pour lui, et il lui saisit les mains et les embrassa.

Denise rentra de bonne heure, et trouva sa sœur pendue au téléphone. Elle était en train de relancer tous les amis qu'elle n'avait pas vus depuis longtemps. Juliette raccrocha dès qu'elle le put, et elles s'embrassèrent. Jamais par le passé Denise ne lui avait paru si heureuse de la revoir.

— Je veux que tu me racontes tout par le menu, déclara Denise, impatiente. Certes tes lettres étaient détaillées, mais j'ai encore tellement de questions à te poser !

Elle fut impressionnée par tout ce que Juliette avait appris sur le commerce de la soie, et plus encore par les échantillons qu'elle avait rapportés et dont elle avait elle-même imaginé les motifs. Certains représentaient des plumes et des fougères argent sur fond bleu nuit, ivoire sur fond noir, cannelle sur fond crème ; des bouquets stylisés dans des tons pastel rose et bleu créaient une harmonie de mauve, il y avait également d'autres motifs dans les tons ambre, jaune d'or et orangé.

— M. Degrange va t'écrire, dit Juliette, soulagée de voir que Denise appréciait son travail. Il aimerait utiliser mes motifs et mes harmonies de couleurs, mais je pense que nous devrions en garder l'exclusivité pendant dix-huit mois, ou même deux ans, avant de le laisser les commercialiser.

Le regard de Denise se fit soudain plus aigu.

— Tu veux dire comme le font les fournisseurs des têtes couronnées d'Europe, qui gardent à ces dames de la royauté l'exclusivité des modèles qu'elles ont sélectionnés ?

— Exactement. Plus important encore, la Maison Landelle gagnerait en prestige si nous avions l'exclusivité des étoffes qui servent à réaliser nos modèles.

— Je vais y réfléchir, promit Denise qui commençait à entrevoir les possibilités découlant de cette idée. Mais je me demande si nous ne devrions pas confier la réalisation des imprimés à la petite soierie que j'ai visitée près de Londres. Le prix en serait plus avantageux, pour une qualité comparable à celle que nous avons actuellement.

Le sujet fut remis à plus tard, car il méritait d'être discuté et approfondi. Denise se félicita une fois de plus d'avoir pris sa sœur pour associée. Elle avait depuis longtemps oublié les circonstances qui l'avaient poussée à le faire au départ... Mais sa bonne humeur s'assombrit quelque peu lorsqu'elle apprit que Nikolaï était allé attendre Juliette à la gare et qu'ils continuaient à se voir comme par le passé. Si la séparation n'avait pas suffi à briser leur idylle, il lui faudrait employer d'autres moyens. Mais lesquels ? Elle ne devait surtout pas se mettre Juliette à dos. Elle se retrouvait dans une impasse. Mais elle espérait trouver d'ici peu une solution...

Lorsque Juliette alla rendre visite à Nikolaï pour la première fois dans son atelier, elle le trouva seul. On était en fin d'après-midi et il était en train de travailler, profitant des dernières lueurs du jour. Son assistant venait de partir, de même que son modèle dont il n'avait plus besoin. Lorsqu'il lui ouvrit la porte, il avait noué derrière sa tête un foulard bleu marine. Ses cils et son tablier de lin étaient recouverts d'une fine poussière blanche. Juliette tendit un panier recouvert d'une serviette à carreaux rouges et blancs dont dépassait une bouteille de vin.

— J'ai apporté de quoi dîner, dit-elle lorsqu'ils se furent salués. J'ai pensé que ce serait amusant de manger ici, parce que ainsi vous pourrez travailler aussi long-temps que vous le voudrez et que moi, je vous regarderai faire.

Touché par sa sollicitude, il la remercia et lui prit le panier des mains pour le poser sur la table. Elle se mit à regarder autour d'elle tout en ôtant ses gants et son cha-peau, qu'il alla accrocher à côté de sa veste à la patère. Elle se dirigea d'emblée vers *L'Homme à genoux,* béate d'admiration.

— Les mots me manquent, dit-elle, le souffle presque coupé. Vous avez plongé dans l'âme du modèle et compris ce qui le tourmentait.

Il la prit par les épaules, la retournant vers lui.

— Peut-être n'est-il que le miroir de mes propres émo-tions ?

A ces mots, les yeux de Juliette se remplirent de compassion. Il était injuste qu'un artiste fût tiraillé comme il l'était par des contraintes extérieures qui l'empêchaient de se consacrer entièrement à sa vocation. Elle lui caressa le visage du bout des doigts.

— Je ne suis pas venue pour vous déranger dans votre travail. Je serai aussi silencieuse et discrète que possible.

Il sourit intérieurement. Comment pouvait-elle s'ima-giner qu'il pourrait oublier sa présence ?

— Vous pouvez parler autant qu'il vous plaira, dit-il en reprenant la pierre ponce avec laquelle il était en train de polir la sculpture lorsque Juliette était arrivée.

Un seau d'eau propre était posé à portée de main, pour qu'il puisse laver le marbre au fur et à mesure.

— Est-ce un travail de longue haleine ? demanda-t-elle.

— Toujours, quand on utilise la pierre ponce. Henri, mon assistant, a commencé ce matin. Au bout d'un moment il ne sentait plus ses bras, si bien que j'ai dû le renvoyer chez lui. De toute façon j'avais l'intention de terminer moi-même, car il arrive un moment délicat où l'on risque de passer de la perfection à l'erreur irrépara-ble.

— Je l'ignorais. Puis-je jeter un coup d'œil à l'atelier ?

— Bien sûr. Et n'hésitez pas à me poser toutes les questions que vous voudrez.

Elle était intriguée par la grande quantité d'outils qui se trouvaient là. Il y avait des maillets, plusieurs sortes de ciseaux, des marteaux, des limes, des gouges, des râpes, et tant d'autres choses qu'elle ne pouvait pas lui demander à quoi servait chacune d'elles. Il y avait également des bobines de fil de fer, dont elle savait qu'elles servaient à assembler les armatures de bois utilisées pour le travail de l'argile et de la terre cuite. Sur des étagères pourvues de niches s'alignait tout un bric-à-brac d'études semblable à celui qu'elle avait vu dans le gigantesque atelier de Rodin. Derrière un rideau elle découvrit une petite cuisine avec un vieux réchaud et un évier de pierre jaune surmonté d'un unique robinet. Il y avait là une bouilloire, une cafetière qui avait fait son temps et un placard contenant de la vaisselle bon marché. Une porte ouvrait sur une petite cour privée.

Elle continua d'explorer la pièce et découvrit un renfoncement dans lequel se trouvaient une table qui avait connu des jours meilleurs et des bancs scellés dans le mur.

— Je mettrai le couvert ici, tout à l'heure, dit-elle. L'atelier était déjà meublé lorsque vous en avez pris possession ?

— Oui. Il est tel que je l'ai trouvé, si ce n'est qu'Anna a insisté pour que je l'égaye un peu avec le châle russe et les coussins qui sont sur le sofa de cuir.

Ces derniers jetaient des taches vives de rouge, de pourpre et d'écarlate dans la pièce qui ne présentait par ailleurs aucune autre marque de confort. Nikolaï s'était bien gardé d'apporter aucun des luxueux bibelots qui appartenaient à son autre vie. Même les commodités étaient aussi primitives que celles qu'il avait dû connaître à Montmartre.

Ayant exploré l'atelier de fond en comble, elle s'assit sur le sofa recouvert d'un châle. Le jour commençait à décliner et Nikolaï avait allumé le plafonnier électrique dont la lumière tombait directement sur lui. L'abat-jour en forme de soucoupe projetait une ombre sur Juliette, mais ses cheveux prenaient des reflets d'or roux, son corsage blanc et sa jupe sombre ressortaient sur l'étoffe aux couleurs chatoyantes et les coussins qui se trouvaient derrière elle. Il lui adressa un sourire et reprit son polissage.

Il aimait la sentir à côté de lui quand il travaillait. C'était pour tous les deux une expérience nouvelle. Au cours de la conversation, elle lui demanda de lui parler de son enfance dont elle ne savait pratiquement rien, si ce n'est qu'il n'avait pas de frères et qu'Anna était son unique sœur. Un grand nombre de fausses couches avaient altéré la santé de sa mère et celle-ci était morte peu de temps avant la venue de Nikolaï à Paris.

— Le mariage de mes parents était arrangé, comme c'est toujours le cas quand il est question d'héritage, de fortune et de terres. Mon père avait quinze ans quand les fiançailles ont été célébrées, et ma mère quatorze. Ils se sont mariés huit ans plus tard.

— Des coutumes aussi archaïques ont-elles aujourd'hui disparu ?

— Pas entièrement. Les jeunes gens font encore l'objet de pressions extrêmes lorsqu'ils refusent de se marier selon les souhaits de leurs parents.

— Les vôtres étaient-ils heureux en ménage ?

— Étrangement, je pense que oui. Notre maison m'a toujours semblé heureuse. Elle était le centre de perpétuelles réunions familiales avec les tantes, les oncles et les cousins que ma mère invitait à toutes les occasions, anniversaires ou fêtes nationales. C'étaient les jours bénis de mon enfance.

— Je vous en prie, parlez-m'en.

Tandis qu'il lui racontait, elle imaginait les vastes pelouses vertes et les jardins en fleurs, les cousins jouant au volant, à cache-cache, aux pirates, aux cosaques. Les garçons étaient en costumes marins et les filles portaient des robes de dentelle. Et lorsqu'il faisait soleil, elles devaient mettre — à leur grand dam — des chapeaux garnis de nombreux volants de broderie anglaise. Plus tard, il y avait eu le tir à l'arc et le tennis, les bals et les réceptions, ainsi que les parties de chasse pour les plus grands des garçons. Nikolaï, pour sa part, était un fou d'équitation et plus d'une fois, malgré l'interdiction qui lui en était faite, il avait monté des chevaux au tempérament fougueux. Il lui était arrivé de tomber, mais rien n'avait jamais pu le dissuader de continuer.

— Mais dites-moi, au milieu de tout cela, demanda Juliette dont la curiosité était à son comble, comment vous êtes-vous découvert une passion pour la sculpture ?

— Je pourrais vous répondre que ma passion date de l'époque à laquelle je faisais des pâtés de sable, mais tel n'est pas le cas. J'avais un oncle qui aimait peindre et sculpter à ses heures perdues. Lorsque j'avais dix ans, il m'a donné un bloc d'argile. Je me souviens que j'avais choisi de sculpter un de nos lévriers, et que lorsque j'ai eu fini, une heure plus tard, il l'a examiné si longuement et avec tant de sérieux que j'ai cru que je l'avais complètement raté mais qu'il n'osait pas me le dire de peur de froisser mon amour-propre. Au lieu de cela, il m'a saisi par le bras et m'a poussé vers un autre socle, puis il m'a mis un bloc d'argile dans les mains en me disant de faire autre chose. Même s'il n'avait pas aimé ma première tentative, c'était trop tard. La graine était déjà semée. Et c'est de là que tout est parti. C'est ce même oncle qui a persuadé mon père, après la mort de ma mère, de m'envoyer étudier une année à l'école des beaux-arts de Saint-Pétersbourg. Et c'est encore lui qui m'a amené à Paris lorsque j'ai eu dix-sept ans.

— Et lui-même, continue-t-il à peindre ou à sculpter ?

— Hélas non, car il souffre d'arthrose. Mais son amour pour l'art demeure intact, et chaque fois que je vais en Russie je lui rends visite.

— Possède-t-il un échantillon de votre travail ?

— Oui. Un buste que j'ai fait de lui, en bronze, et un autre de son épouse, aujourd'hui décédée. Dans sa dernière lettre il m'a proposé de m'acheter *Le Loup,* l'une de mes premières sculptures. Je vais la lui expédier la semaine prochaine.

— Je ne l'ai jamais vue.

— Elle est là-dedans, dit-il avec un signe de tête en direction d'un placard. Je vous la montrerai tout à l'heure.

Lorsqu'il eut terminé tout le travail de polissage qu'il s'était fixé pour la journée, Juliette tira les rideaux et mit de l'eau à bouillir pour faire du café. Nikolaï ôta son tablier et son foulard et se lava la figure, les bras et les mains dans l'évier de pierre. Juliette mit la nappe à carreaux rouges et blancs sur la table, sortit les provisions qu'elle avait apportées et les disposa sur des assiettes qu'elle trouva à la cuisine. Il y avait du pâté, de la viande froide et du fromage, de la salade avec de la vinaigrette, un pain et des fruits. Puis, ayant déniché une bougie dans la cuisine, elle la colla sur le fond d'une soucoupe et la posa au centre de la table. La lumière crue du plafonnier n'arrivait pas jusque-là.

Lorsque Nikolaï revint en abaissant ses manches, il s'écria gaiement :

— Quel festin !

Puis il servit le vin et ils passèrent à table où ils restèrent un long moment, leurs mains se rencontrant parfois au-dessus de la nappe. Plus tard, elle lava les assiettes tandis que Nikolaï les essuyait. Puis il alla chercher le loup en bronze dans le placard et le posa sur un socle, en pleine lumière. Comme toutes ses autres sculptures, elle dégageait une grande force dramatique. Alerte et menaçant, le poil hérissé, le loup semblait flairer le danger. Ils en discutèrent ensemble, puis, lorsqu'il replaça la sculpture sur l'étagère, elle aperçut une liasse d'esquisses qui attira son regard. Elle s'était reconnue sur la première de la pile...

Sans dire un mot, elle la saisit et vit qu'elle figurait également sur celle de dessous. En fait, la pile tout entière lui était consacrée. Nikolaï la regarda en silence porter les dessins jusqu'à la table où elle les étala pour les examiner à la lueur vacillante de la bougie qui continuait de brûler. Sur certains, elle était assise, sur d'autres debout, il y en avait même où elle avait les yeux baissés, signe chez elle d'une émotion intense qu'elle cherchait à dissimuler.

— Quand les avez-vous faits ? dit-elle d'une voix légèrement tendue par la surprise.

Il s'était approché et se tenait derrière elle.

— Lorsque vous étiez à Lyon. Vous vous souvenez ? Je vous ai dit que je commençais toujours par faire des esquisses avant de me lancer dans un nouveau projet.

— Vous voulez dire que je vais être votre prochain modèle ?

— Ça ne sera pas la première fois. J'ai déjà réalisé un buste de vous. Je l'ai fait de mémoire lorsque j'étais en Russie.

Elle le regarda par-dessus son épaule.

— Il se trouve toujours là-bas ?

— Oui, fondu dans le bronze. Il occupe la place d'honneur dans mon appartement.

Elle se pencha à nouveau vers les esquisses et sourit.

— Ainsi donc, je vais devoir poser pour vous. Mais comment allons-nous concilier les séances de pose, vos horaires et les miens ? Il va falloir que nous y consacrions tout notre temps libre. Je crois que je vais adorer être ici avec vous, loin des autres. (Elle laissa échapper un petit rire.) Oui ! Mais cette sculpture-ci sera différente de vos autres œuvres, à en juger d'après ces esquisses, car je ne serai pas toute nue !

Il se mit à lui effleurer doucement la nuque du bout des lèvres.

— Pas si vous me laissez le choix, murmura-t-il doucement.

Elle retint un instant son souffle, saisie par le brusque changement d'atmosphère créé par ses paroles. Puis, lentement, elle se renversa contre Nikolaï qui la tenait par la taille, et ferma les yeux lorsque ses mains remontèrent jusqu'à sa poitrine, tandis que ses lèvres quittaient sa nuque pour aller se perdre dans sa chevelure. Il sentit ses seins se durcir à travers le satin de sa chemise et la fine mousseline de son corsage. Ça n'était pas la première fois qu'il la caressait en l'embrassant, mais jamais jusqu'ici il ne l'avait fait aussi intimement.

Lentement, mais passionnément, elle se tourna vers

lui, en rejetant la tête en arrière pour que ses lèvres rencontrent les siennes. Il la prit aussitôt dans ses bras, tandis qu'elle passait les siens autour de son cou pour échanger avec lui un baiser plein de fougue. Puis ils se laissèrent emporter par la passion, oubliant toute retenue. Rien n'existait plus désormais pour elle, que Nikolaï et son propre désir qui l'emportait très loin vers l'inconnu. Elle n'aurait pu dire quand il avait éteint la lumière, les laissant tous deux dans la lueur douce de la chandelle, avant de l'emporter sans effort dans ses bras jusqu'au sofa.

Il déboutonna prestement son corsage de mousseline, le jeta au loin, puis il laissa ses doigts et sa langue explorer ses formes ravissantes, lui procurant d'exquises sensations qui la faisaient se cambrer et frissonner d'extase tandis que ses ongles labouraient involontairement ses épaules. Il lui ôta tous ses vêtements un à un, embrassant chaque partie de son corps. Lorsqu'il s'éloigna brièvement d'elle, elle tendit les bras vers lui et les garda ainsi tendus jusqu'à ce qu'il se fût entièrement dévêtu. Puis il se pencha sur elle, puissant comme l'une de ses sculptures, et l'attira à lui, plein d'ardeur, de force et de tendresse.

Il se mit à explorer son corps avec délice, balayant au loin les derniers vestiges de sa pudeur et l'éveillant à de nouvelles sensations de plaisir, parfois si violentes qu'elles en étaient presque insoutenables. Elle se montrait tellement avide de ses caresses qu'il ne put résister au désir de la pénétrer. Puis, ensemble, ils explorèrent tous les rythmes de la passion, jusqu'à l'extase finale.

Au cours des minutes paisibles qui suivirent, ils demeurèrent l'un contre l'autre, tendrement enlacés, en se murmurant des mots d'amour. Il pressa ses lèvres sur la paume de sa main lorsqu'elle lui caressa la joue, et elle sourit lorsqu'il balaya une longue mèche de cheveux que plus une épingle ne retenait. Au bout d'un moment il commença à la couvrir à nouveau de caresses si tendres et intimes qu'elle succomba une fois de plus à son désir.

La bougie était sur le point de se noyer dans sa propre

cire lorsque Juliette s'éveilla en sursaut. Elle s'était endormie dans les bras de Nikolaï, et ce dernier était toujours profondément assoupi. Son geste brusque ne l'avait pas réveillé. Il reposait, superbe, étendu de tout son long, une jambe contre la sienne, l'autre à l'extérieur du sofa, un pied pendant dans le vide.

Il n'y avait pas de pendule dans l'atelier. Elle quitta le sofa et trouva sa montre de gousset en or parmi ses effets jetés pêle-mêle sur le sol. Il était trois heures. Elle se rhabilla en toute hâte. Elle hésita à le réveiller, puis décida de n'en rien faire, mais alors qu'elle se frayait un chemin vers la porte dans l'obscurité presque totale, elle buta contre une chaise qui tomba avec fracas.

— Tu t'en vas !

Rejetant en arrière une mèche de cheveux, il bondit aussitôt hors du sofa.

— Je dois partir.

Il la saisit par les épaules et l'attira à lui pour l'embrasser.

— Je veux te garder avec moi, toujours.

— Laisse-moi partir à présent ! dit-elle, en luttant contre son propre désir de rester.

Voyant qu'il n'arriverait pas à la faire changer d'avis, il relâcha son étreinte à contrecœur.

— Je vais m'habiller. Attends-moi. Je tiens absolument à te raccompagner.

Une fois dehors, il héla un cab, et quelques instants plus tard il l'escortait dans l'escalier qui menait jusqu'à sa porte. Il l'embrassa une fois de plus avec passion et elle s'accrocha à lui.

— A demain, mon amour, lui chuchota-t-il tendrement.

— A demain, répéta-t-elle dans un murmure.

Mais soudain, le lendemain lui parut effroyablement loin.

11

Poser pour Nikolaï n'était pas aussi facile que Juliette se l'était imaginé. N'étant pas un modèle professionnel, elle avait espéré qu'il lui permettrait de s'asseoir confortablement sur une chaise, mais il n'en fit rien. Tout d'abord, au téléphone, il lui demanda ce qu'elle avait l'intention de porter. Se rappelant la promesse qu'elle avait faite à Denise, elle lui dit qu'elle ne mettrait pas la robe Delphes, de crainte que la sculpture ne soit un jour exposée.

— Dans ce cas, as-tu une autre idée ? Peux-tu confectionner quelque chose de semblable ?

— Quelque chose de grec ?

— Ce serait idéal.

Et c'est ainsi qu'elle réalisa une tunique toute simple, de couleur crème, sans manches, à l'encolure arrondie. Puis elle l'apporta à l'atelier dans une boîte en carton anonyme.

Nikolaï l'attendait avec impatience. Elle passa derrière le paravent des modèles pour se changer et lorsqu'elle ressortit il l'accueillit avec un large sourire d'approbation.

— Splendide ! Tu ne pouvais pas trouver mieux !

Il prit son visage entre ses mains et l'embrassa pour la deuxième fois depuis qu'il lui avait ouvert la porte, puis il la conduisit jusqu'à l'estrade.

— Laisse-moi arranger mes cheveux, protesta-t-elle, car les doigts de Nikolaï l'avaient légèrement décoiffée.

— Non, tu es très bien ainsi. Ne change rien.

Une fois sur l'estrade, il lui fit prendre la pose. Il lui saisit les poignets et les plaça de façon que ses mains soient légèrement derrière elle, puis il lui abaissa le menton jusqu'à l'angle recherché. Elle songea que s'il lui avait demandé de se mettre sur la pointe des pieds, on aurait pu croire qu'elle s'apprêtait à prendre son envol. Apparemment satisfait, il alla à la vaste fenêtre et tira à demi le rideau en lui expliquant que l'ombre permettait à l'œil du sculpteur d'accentuer les angles. Puis il fit pivoter l'estrade sur ses roulettes, et se recula pour l'examiner avant de la tourner dans l'autre sens. Elle haussa un sourcil ironique.

— Chercherais-tu à me faire tomber ?

Son regard concentré s'éclaircit. Il voyait à nouveau la femme qu'il aimait, et non pas un simple modèle.

— Pas du tout, dit-il avec un sourire. Mais je veux te voir sous tous les angles.

Il prit un bloc à dessin et la croqua des dizaines de fois. Elle était étonnée de voir combien il était difficile de rester parfaitement immobile. Par deux fois son menton s'infléchit et il dut le lui relever du bout des doigts. Mais son crayon se mouvait rapidement et les croquis furent bientôt achevés.

— C'est tout pour aujourd'hui, dit-il en reposant son carnet. Lorsque tu reviendras, j'aurai déjà réalisé un ou deux petits modèles en argile. Et ensuite nous pourrons nous mettre sérieusement au travail. La sculpture sera grandeur nature...

— Puis-je regarder les croquis ? demanda-t-elle en descendant de l'estrade.

Elle s'attendait à se voir dans une pose statique, mais il n'en était rien. Au contraire, on aurait dit qu'elle respirait tant elle dégageait de verve et d'énergie, telle une femme sur le point de se lancer dans une nouvelle aventure. Mais laquelle ? Elle allait le lui demander lorsqu'elle se souvint tout à coup de ce qu'elle devait lui rappeler.

— Naturellement, je poserai pour toi aussi souvent

que je le pourrai, mais n'oublie pas que je dois bientôt partir en Angleterre !

Denise avait finalement décidé que la soierie de Londres ainsi qu'une autre basée à Macclesfield proposaient des prix et des délais plus compétitifs pour la réalisation des imprimés imaginés par Juliette. Denise voulait qu'elle fasse elle-même le choix final des motifs.

Avec un soupir résigné, Nikolaï la prit dans ses bras.

— Comment pourrais-je l'oublier ? Mais cette fois-ci tu ne resteras pas aussi longtemps absente que lorsque tu es partie à Lyon !

Elle croisa les doigts derrière sa nuque.

— Bien sûr que non. Juste le temps de voir sortir les premiers modèles du métier à tisser, lorsque j'aurai choisi les motifs que je veux leur confier.

— Je crois que je vais profiter de ton absence pour aller en Russie. Il y a plusieurs choses qu'il faut que je règle là-bas.

— C'est une excellente idée. Ainsi, nous ne verrons pas le temps passer.

— C'est ce que j'ai pensé moi aussi. Anna s'en retourne à la fin de la semaine. Elle va acheter une nouvelle maison et s'y installer. Je partirai avec elle. As-tu eu des nouvelles de Gabrielle récemment ?

— Oui. Elle et son mari sont prêts à m'accueillir à tout moment.

Mais il n'avait plus envie de parler de son départ. Il se mit à la couvrir de baisers. Puis ils firent l'amour pour la première fois depuis la nuit qu'ils avaient passée ensemble. Jamais il ne se serait cru capable d'aimer une femme au point de vouloir passer le reste de sa vie à ses côtés. L'attirance qu'ils éprouvaient l'un pour l'autre était une chose très rare, en ce sens qu'au premier regard et sans qu'ils en fussent véritablement conscients, ils avaient reconnu dans l'autre leur moitié.

Denise fut surprise d'apprendre que la comtesse Dolohova souhaitait lui parler en privé dans son bureau. Elles avaient déjà maintes fois discuté de toutes les toilettes que la jeune femme voulait rapporter avec elle en Russie. Tous les essayages avaient été faits et approuvés, et les livraisons effectuées.

Denise, qui ne s'attendait pas à la revoir avant le printemps, songea tout d'abord que celle-ci voulait marchander. Combien de fois n'avait-elle pas eu affaire à de riches clientes qui, lorsqu'elle leur présentait la facture, cherchaient à l'embobiner, en lui demandant de faire un « effort » ? En haute couture *, la pratique était beaucoup plus courante qu'on ne se l'imaginait, mais Denise et sa directrice savaient tenir tête, avec le sourire, bien entendu, et toujours beaucoup de tact.

Pourtant, après mûre réflexion, Denise songea qu'il était improbable que ce soit pour cette raison que la comtesse avait demandé à lui parler. L'idée qu'une femme de son rang puisse s'abaisser à parler argent était tout simplement absurde, d'autant qu'elle ne s'enquérait jamais du prix des toilettes. Perplexe, Denise se leva de son bureau pour l'accueillir. Sitôt assise, Anna alla droit au but.

— Comme vous le savez, annonça-t-elle sèchement, je rentre à Saint-Pétersbourg à la fin de la semaine. Mais je tenais absolument à vous voir avant mon départ afin de discuter sérieusement de votre sœur et mon frère.

Aussitôt sur ses gardes, Denise répliqua :

— Je ne comprends pas.

— Vraiment, madame la baronne ? (Anna parlait d'une voix cassante.) Nikolaï m'a dit qu'il était amoureux de Juliette et qu'il avait l'intention de l'épouser. Je vois que vous êtes choquée et que vous partagez mon point de vue. Croyez-moi, je n'ai rien contre Juliette, mais cette union est impossible. Nikolaï a, vis-à-vis de son pays, des obligations auxquelles il ne saurait se soustraire. Sous aucun prétexte.

— De toute façon, j'imagine mal Juliette quittant Paris. Peut-être ont-ils l'intention de vivre ici ? Votre frère ferait de petits séjours en Russie ?

Denise, paniquée, se raccrochait à n'importe quoi.

— Mon père est en mauvaise santé. C'est un homme

fier et qui ne tolérera jamais une telle mésalliance. Et Nikolaï peut à tout moment recevoir l'ordre de retourner vivre définitivement en Russie. Il faudra bien qu'il s'y résigne, tôt ou tard. Il y a trop de problèmes là-bas, qui ne peuvent être résolus à distance. Mon frère est un sculpteur de talent, mais il peut sculpter tout aussi bien chez nous qu'à Paris. Cette ville est le rêve de tout jeune artiste, mais il arrive un moment où la réalité reprend ses droits.

— Lui avez-vous dit tout ceci ?

Consternée, Denise voyait s'effondrer ses magnifiques projets d'avenir comme un château de cartes.

Anna poussa un long soupir. Mue par l'inquiétude et l'immense affection qu'elle portait à son frère, elle lui avait parlé sans mâcher ses mots mais n'avait réussi qu'à provoquer sa colère. Comment pouvait-elle prendre parti contre lui alors qu'il attendait son soutien ?

— Tout ce que j'ai pu dire à mon frère est tombé dans l'oreille d'un sourd. Il est fermement décidé à retourner brièvement en Russie afin de faire toutes les démarches nécessaires pour pouvoir épouser Juliette. C'est pourquoi j'ai pensé qu'il était de mon devoir de venir vous parler, dans la mesure où vous et moi sommes également concernées par cette affaire. Si Juliette avait été une divorcée ou une demi-mondaine, comme toutes celles qu'il a connues auparavant, j'aurais pensé qu'il s'agissait d'une affaire * sans lendemain, mais cette fois il s'agit d'autre chose.

— Que voulez-vous dire ?

— Je veux dire que Juliette est jeune et belle et qu'elle l'encourage très certainement à faire sa vie avec elle, comme il lui en a probablement fait la promesse. Il est convaincu que la chose est possible, mais moi je sais qu'ils courent tous deux à la catastrophe et qu'il faut les en empêcher avant qu'il ne soit trop tard.

Denise ne savait que penser.

— Comment pouvez-vous en être aussi sûre ?

— Parce qu'il est le filleul du tsar, madame ! Mon père va demander à son vieil ami d'intervenir, comme il l'a déjà fait lorsque Nikolaï a décidé de venir étudier la sculpture à Paris et que rien ni personne ne pouvait l'en dissuader.

— Un jeune homme amoureux est souvent très obstiné. Peut-être refusera-t-il d'entendre raison.

Anna haussa les épaules et se renversa dans son fauteuil.

— Dans ce cas sa vie sera brisée. En Russie, une fois brisés les liens familiaux, les vieux amis vous tournent le dos. Juliette sera très malheureuse. Car, une fois éteints les premiers feux de l'amour, il en viendra à la considérer comme un fardeau et un obstacle entre lui et son ancien cercle d'amis. Juliette, même si elle l'épouse, ne sera jamais acceptée par l'aristocratie russe. Excusez-moi d'être aussi directe, mais elle n'est pour l'heure qu'une humble couturière. Je ne doute pas que son apprentissage la conduise à occuper une position plus importante au sein de votre maison, mais elle n'en demeure pas moins une roturière. J'ai pris mes renseignements concernant vos parents, et bien qu'il se soit agi de gens respectables ils n'en étaient pas moins commerçants. Au cours de son séjour à Paris mon frère a acquis des idées modernes et libérales absurdes. En Russie, elles sont aussi totalement inacceptables. Cette union est tout simplement impossible.

Jamais Denise n'avait éprouvé de haine pour une cliente, leur argent et leur prestige l'aidant généralement à passer outre leurs défauts. Mais en entendant les paroles de la comtesse elle sentit une vive rougeur lui empourprer les joues.

— Que cherchez-vous à dire, comtesse ? Que si Juliette avait été russe et non française, elle aurait fait partie de la foule des miséreux — et des ouvrières — qui, il y a quelques années, ont été froidement abattus par la garde du tsar devant les grilles du palais alors qu'ils étaient venus s'agenouiller dans la neige pour l'implorer ?

Anna bondit, des éclairs dans les yeux.

— Comment osez-vous ! Jamais plus je ne remettrai les pieds dans cette maison ! Je vous rends toute la garde-robe que je vous avais commandée, et n'ayez surtout pas l'impudence de venir me réclamer de l'argent !

Ouvrant la porte à la volée, elle sortit d'un pas majestueux, ignorant la directrice * et même une connaissance qui voulut lui adresser la parole. Livide, les lèvres serrées, elle dévala l'escalier et se rendit immédiatement à sa voiture qui l'attendait dehors.

— A la Maison Paquin ! lança-t-elle sèchement au cocher.

Dans la voiture qui l'emportait, elle fulminait, en tapotant rageusement le plancher avec la férule de son ombrelle. Il y avait autre chose qu'elle avait été sur le point de dire à cette parvenue de couturière, mais à présent il était trop tard. Plus jamais elle n'adresserait la parole à cette créature. Pas même au téléphone.

Elle était plus que jamais décidée à ce que Nikolaï rompe avec Juliette. Si encore il avait choisi une jeune fille bien née (elle-même était tombée amoureuse d'un homme de la noblesse auquel elle n'avait pas eu le droit de s'unir), elle se serait battue bec et ongles pour qu'il puisse l'épouser. Mais une telle mésalliance était à ses yeux inacceptable. La crise que traversait actuellement la Russie était due aux paysans qui ne voulaient plus payer d'impôts et revendiquaient le droit de vote, et celui d'aller à l'école, autant de privilèges qui revenaient exclusivement à leurs maîtres, car les paysans n'avaient ni l'intelligence ni l'éducation suffisantes pour avoir voix au chapitre. Il n'y avait qu'à les regarder se battre dans le ruisseau pour une croûte de pain pour le comprendre.

De fil en aiguille elle en vint à penser aux merveilleuses toilettes qu'elle allait devoir retourner à la Maison Landelle. Il ne lui restait plus qu'à espérer que Mme Paquin ferait travailler ses ouvrières jour et nuit pour pouvoir lui fournir au moins une partie des toilettes dont elle avait besoin avant de rentrer à Saint-Pétersbourg. Le reste devant lui être expédié aussitôt après. Il lui fallait une telle quantité de robes du soir et de gala, en plus de tout le reste, que devant une commande d'une telle ampleur,

Mme Paquin ne serait que trop heureuse de pouvoir l'obliger.

Anna cessa de frapper la férule de son ombrelle. Son visage se détendit. Elle adorait s'acheter de nouvelles robes.

Lorsque Denise eut refermé la porte après le départ de la comtesse, elle se laissa tomber dans un fauteuil et se prit la tête dans les mains. Elle tremblait. Quelle scène épouvantable ! Dieu seul savait combien de clientes russes elle allait perdre lorsque l'affaire se serait ébruitée.

Peu à peu sa colère se tourna vers Juliette. Malgré tous les jeunes gens qui lui faisaient la cour depuis bientôt deux ans, il avait fallu qu'elle s'amourache d'un étranger. Denise se dit que la comtesse était probablement venue la trouver dans l'espoir qu'en unissant leurs efforts elles parviendraient à dissuader Nikolaï et Juliette de commettre un faux pas qui les mènerait à la catastrophe. Mais que faire ? Denise se rappela les véhémentes protestations de ses parents lorsqu'elle leur avait dit qu'elle voulait épouser Claude de Landelle. Plus ils l'avaient engagée à réfléchir et plus elle s'était cabrée. Juliette allait réagir de la même façon. Il en allait toujours ainsi avec les jeunes gens.

Denise retourna s'asseoir à son bureau et se mit à tapoter nerveusement un crayon sur une extrémité, puis sur l'autre. Le voyage de la jeune fille à Londres devait être avancé. La séparation n'avait pas réussi à briser leur idylle la dernière fois, mais en Russie, Anna Dolohova prendrait certainement les mesures qui s'imposaient pour faire entendre raison à son frère.

Puis Denise envisagea un autre problème. Comment allait-elle expliquer le fait que la comtesse leur laissait ses toilettes sur les bras ? Jusqu'ici elle s'était toujours montrée entièrement satisfaite. Juliette allait lui poser des questions, ainsi que Pierre et la directrice *. Elle ne voyait guère qu'une solution : demander au portier de lui apporter directement les cartons aussitôt que ceux-ci seraient retournés. Et après la fermeture, dès qu'elle serait seule,

prendre les toilettes une à une, en ôter toutes les éti-
quettes et les ornements de prix, et les expédier elle-
même à une revendeuse de province qui rachetait à bon
prix tous les articles de haute couture * dégriffés qu'on
voulait bien lui céder.

Ayant pris cette décision, Denise alla inspecter son
visage ravagé par l'anxiété dans la glace, puis s'étant
recomposé une mine acceptable, elle fit appeler sa secrétaire. La note d'Anna Dolohova devait lui être envoyée
immédiatement. Denise était fermement décidée à se
faire payer son dû. Mais la note lui revint le soir même
accompagnée d'une lettre d'avocat. Celle-ci stipulait
qu'aucune des toilettes n'étant à la convenance de la
comtesse, l'affaire serait portée devant les tribunaux à la
moindre tentative de relance. Denise s'en serait presque
arraché les cheveux. Aucune maison de couture n'aurait
risqué un tel scandale, d'autant qu'il était de tradition de
ne jamais relancer les bonnes clientes, et encore moins
lorsqu'une femme aussi élégante qu'Anna Dolohova
déclarait que la qualité des articles laissait à désirer.

Mais le comble de l'humiliation restait à venir. La
comtesse ne renvoya pas les toilettes dans leurs cartons
d'origine, mais ficelées toutes ensemble dans un sac de
jute. Ce fut la goutte d'eau qui fit déborder le vase.
Denise versa des larmes de rage impuissante derrière la
porte fermée à clé de son bureau.

Juliette ne fut nullement surprise d'apprendre que la
date de son départ à Londres avait été avancée. Elle savait
que Denise avait hâte de voir cette affaire réglée. Un télégramme fut envoyé à Gabrielle, qui leur répondit par
retour que le changement de date ne lui posait aucun
problème. Juliette l'annonça à Nikolaï par téléphone.
Cela signifiait qu'elle ne pourrait plus poser qu'une seule
fois pour lui avant son départ, et il fut décidé que la
séance aurait lieu le samedi après-midi suivant.

Lorsqu'elle arriva à l'atelier, ce fut Henri, l'assistant
de Nikolaï, qui lui ouvrit la porte. D'un physique quelconque, c'était un jeune homme affable avec une impo-

sante houppe de cheveux sur le haut du crâne. Nikolaï avait déjà installé le bloc d'argile dans son armature de bois et de fil de fer et la sculpture commençait à prendre forme. Il fit une pause pour échanger quelques mots et quelques sourires avec elle, puis retourna à son travail. Elle examina les petits modèles d'argile qu'il avait déjà réalisés et qui étaient des répliques de ce que serait la sculpture finale. Rien n'y manquait, pas même les mèches de cheveux folles qu'elle n'avait pas eu le droit de recoiffer le premier soir. Derrière le paravent des modèles, elle prit soin d'arranger ses mèches de la même façon devant le miroir qui se trouvait là.

— C'est absolument parfait, dit Nikolaï tandis qu'elle prenait sa pose sur l'estrade. Le menton un poil plus haut, peut-être. Très bien.

A mesure que la soirée avançait, elle observait, fascinée, l'argile qui se transformait et prenait indéniablement sa forme sous les mains puissantes de Nikolaï. De son côté, Henri apportait de l'argile fraîche chaque fois que nécessaire, ramassait les paquets d'argile qui tombaient inévitablement à terre, et s'assurait que tous les outils de bois et les fils à couper le beurre étaient à portée de main du sculpteur. Lorsque Juliette prit sa pause, Henri leur prépara du café. Mais c'est à peine si Nikolaï, totalement absorbé par son travail, goûta au sien. Il était déjà tard lorsqu'il annonça la fin de la séance. Impatient de s'en aller, Henri donna un dernier coup de balai et remit tout en ordre en deux temps trois mouvements. Aussitôt qu'il fut parti, Nikolaï referma la porte à clef derrière lui.

Lorsqu'il revint dans la pièce, il vit que Juliette avait déjà ôté sa tunique. Sa flamboyante chevelure était répandue sur ses épaules. Il alla s'agenouiller devant elle et, passant ses bras autour de ses cuisses, il commença à l'embrasser avec toute la dévotion amoureuse d'un homme profondément épris.

La veille du départ, Nikolaï emmena Juliette dîner chez Larue, le restaurant où elle avait porté sa robe Delphes pour la première fois. En guise de châle elle portait l'écharpe Knossos qu'il lui avait offerte pour son anniversaire. Ses motifs géométriques d'inspiration grecque ponctués çà et là de touches d'or ressortaient sur le fond de soie vert diaphane.

Lorsqu'ils furent installés, sous un arceau de fleurs, il sortit un écrin Fabergé de sa poche. Il le lui tendit mais, voyant qu'elle ne voulait pas le prendre, il le plaça devant elle.

— Ouvre-le, dit-il.

Lentement, elle pressa le fermoir et le couvercle s'ouvrit d'un coup sec, révélant l'éclat éblouissant de splendides diamants. Une expression d'anxiété se peignit aussitôt sur son visage, ses lèvres se mirent à trembler.

— Oh, Nikolaï ! Tu sais bien qu'il est encore trop tôt. Il y a tant de choses que nous n'avons pas encore réglées, tant de difficultés qu'il nous faut surmonter d'abord.

— En quoi cela m'empêche-t-il de te donner un gage d'amour ?

Il ôta la bague de son écrin de velours et lui expliqua qu'elle avait été faite avec trois sortes d'or différentes. Comme elle pouvait le voir, la monture présentait une subtile variation de couleur. C'était une tradition russe.

— Une bague de fiançailles ? se récria-t-elle.

— Une bague d'amour, répliqua-t-il avec un sourire et un haussement d'épaules qui n'infirmait ni ne confirmait son hypothèse. Laisse-moi te la passer au doigt.

Elle savait combien cela comptait pour lui, mais instinctivement elle recula la main et la garda posée sur ses genoux. Ils avaient souvent discuté de la question du mariage depuis la première fois qu'ils avaient fait l'amour. Et elle n'avait eu de cesse de lui rappeler tous les obstacles qu'ils risquaient de rencontrer, sans toutefois réussir à le convaincre. Elle, qui avait affaire à la haute société presque quotidiennement à la Maison Landelle, connaissait mieux que quiconque le snobisme et les barrières rigides derrière lesquelles celle-ci se retranchait. Le fait qu'elle soit la sœur d'une baronne ne lui permettait en aucune façon d'avoir ses entrées auprès de la vieille aristocratie française et encore moins auprès de l'aristocratie russe. Et la seule et unique visite qu'elle avait faite chez le prince Vadim n'avait été tolérée qu'en raison de la vieille amitié qui liait le prince à Lucille...

Cependant elle ne voulait pas gâcher la dernière soirée qu'ils passaient ensemble avant leur séparation temporaire.

— Attendons que tu aies parlé à ton père. Je ne voudrais pas être la cause d'une querelle familiale.

Il était déterminé.

— Il n'en sera rien. Mon père est devenu plus tolérant avec l'âge.

Pour elle, il s'agissait d'un vain espoir. Nikolaï avait décidé que lorsqu'il aurait hérité, ils viendraient passer trois ou quatre mois à Paris chaque année, afin de rendre tolérable la pression sociale dont ils feraient l'objet le reste du temps. Il avait un cousin qui partageait les mêmes idées libérales que lui, et sur qui il savait qu'il pouvait compter pour administrer son immense domaine lorsqu'il s'absenterait. Mais l'idée d'aller vivre en Russie épouvantait Juliette. Soucieuse de ne pas froisser Nikolaï dans l'amour qu'il portait à sa patrie, elle lui avait pourtant laissé entendre que les nations les plus avancées considéraient le tsar comme un tyran. Et il savait très bien que, tout comme lui, elle abhorrait l'atroce misère des paysans russes dont la presse parlait abondamment. Peu lui importait que Nikolaï voulût changer les choses lorsqu'il hériterait du domaine des Karasvin. Elle avait conscience que ses efforts ne seraient jamais qu'une goutte d'eau dans l'océan de misère de ce vaste pays. Elle ne voulait en aucune façon prendre part à ce régime répressif, même par amour pour l'homme qu'elle vénérait. Il y avait là un fossé infranchissable.

Il avait saisi ses poings qu'elle tenait serrés sur ses genoux et, doucement mais fermement, il les lui fit ouvrir.

— Je t'aime, Juliette. Et je voudrais que tu acceptes cette bague comme un gage de l'amour que je te porte et te porterai toujours.

Elle finit par lui abandonner sa main et il lui passa la

bague au doigt. L'espace d'un instant, elle ne sut si c'était l'éclat des diamants ou les larmes qui jaillirent soudain entre ses cils qui le lui faisaient déjà paraître si lointain.

Plus tard, lorsqu'elle referma la porte de sa chambre derrière elle, Juliette contempla la bague un long moment avant de la faire glisser de son doigt et de la remettre dans son écrin, qu'elle rangea dans sa boîte à bijoux. C'est là qu'elle resterait, sauf quand elle la mettrait pour faire plaisir à Nikolaï. Peut-être, un jour, pourrait-elle la porter au vu et au su de tous. Mais pour l'heure, elle ne voyait vraiment pas comment cela pourrait être possible.

12

Sur une mer peu agitée, la traversée de la Manche n'était pas déplaisante. Juliette s'était installée sur le pont, les jambes enroulées dans une couverture. Lorsque les blanches falaises de Douvres apparurent à l'horizon, elle se leva et s'approcha du bastingage en retenant son chapeau malmené par le vent. Elle ne voulait rien manquer de ce voyage.

Ses pensées se tournèrent vers Nikolaï, qui s'était mis en route * avec sa sœur quelques heures auparavant. Son voyage à lui était beaucoup plus long et ses motifs totalement différents des siens. Il lui avait dit qu'aller en train jusqu'à Saint-Pétersbourg ne le réjouissait guère, car Anna et lui n'étaient pas en très bons termes ces derniers temps. Il ne lui avait pas confié pourquoi mais elle l'avait deviné, et savait que leur brouille n'était qu'un avant-goût de ce qui l'attendait en Russie. Personne ne pouvait l'empêcher d'épouser celle qu'il avait choisie, quelles que soient les réticences de son père ou de n'importe quel autre membre de sa famille, mais là n'était pas le problème.

— Informer mon père de mon intention de t'épouser, lui avait dit Nikolaï avant son départ, est un devoir filial dont je m'acquitterai avec joie. Lui et moi n'avons pas toujours eu les mêmes idées, et nos opinions continuent de diverger sur de nombreux points, mais bien qu'il ait été extrêmement sévère lorsque j'étais enfant, il s'est toujours montré juste. Et c'est à son sens de la justice que j'en appellerai pour nous épargner une dispute qui risque de nous éloigner l'un de l'autre alors qu'il est dans son vieil âge.

Elle savait qu'en disant cela il cherchait à la rassurer quant aux risques d'une éventuelle querelle de famille. C'était comme s'il n'avait pas entendu ou n'avait pas voulu entendre ses mises en garde. Et à présent il était en route, dans le luxueux wagon familial qu'Anna avait commandé et fait attacher au reste du train. Juliette ne pouvait malgré tout s'empêcher d'espérer qu'un jour, par quelque mystérieuse intervention, tous leurs problèmes seraient résolus. C'était comme si la décision de Nikolaï avait allumé chez elle une lueur d'optimisme. Mais à présent, à bord du bateau, et physiquement détachée de la France, elle pouvait réfléchir à tout ceci avec une étrange lucidité.

Si le père de Nikolaï vivait très vieux — et chez les Karasvin les hommes vivaient vieux s'ils n'étaient pas fauchés par la guerre ou d'autres circonstances tragiques — il pourrait se passer des années avant qu'il ne soit question d'aller vivre en Russie. Peut-être qu'entre-temps le jeune tsarévitch serait monté sur le trône et qu'il aurait entrepris des réformes en vue de soulager la misère de son peuple. Tout dans ce nouveau siècle changeait si vite ! Il arriverait peut-être un moment où il deviendrait possible pour deux amoureux issus de milieux sociaux différents de faire accepter leur union par la société...

Tandis que Juliette se laissait aller à la rêverie, les blanches falaises se rapprochaient. Elle quitta le bastingage pour se préparer à débarquer. Après qu'elle eut quitté le bateau, les formalités de douane se firent sans délai. Le train de Londres attendait. Bientôt elle vit défiler la verte campagne du Kent. Un pâle soleil jouait sur les toits de chaume, les vergers, les champs et la brique brune des séchoirs à houblon en forme de cônes. Puis elle entr'aperçut le port de Chatham avec son alignement de bateaux de la Royal Navy. Peu après, elle et Gabrielle tombaient dans les bras l'une de l'autre, gare Victoria.

— Juliette, enfin ! J'ai l'impression que des années se

sont écoulées depuis que nous nous sommes vues pour la dernière fois à Paris !

— Pourquoi n'es-tu pas revenue ?

— Impossible ! Depuis que Derek a été nommé directeur de la banque, il est trop occupé pour pouvoir s'absenter et je ne veux le quitter sous aucun prétexte. C'est du moins l'excuse que j'invoque pour rester à distance respectueuse de ma mère.

— Tes parents sont-ils déjà venus te voir ?

— Deux fois, dit Gabrielle en roulant des yeux expressifs. (Juliette et elle avaient pris place à bord d'une rutilante Daimler conduite par un chauffeur en livrée.) Je suis toujours contente de voir mon père. Mais ma mère ! Elle n'a pas sitôt franchi le seuil de la maison que les ennuis commencent.

Tandis qu'elles se frayaient un chemin parmi le trafic de plus en plus dense, Gabrielle pointa soudain un doigt vers la vitre.

— Regarde ! C'est le palais de Buckingham ! Derek et moi y sommes allés une fois, à l'occasion d'un banquet. Le roi et la reine étaient présents. Je dois dire qu'il y a quelque chose de grandiose à participer à un banquet royal.

Après avoir contemplé les gardes en habit rouge aux portes du palais, Juliette se laissa retomber sur le siège. A présent la Daimler descendait le Mall bordé d'arbres à toute allure. Elle jeta un regard amusé à son amie.

— En voilà un discours, dans la bouche d'une républicaine convaincue !

Gabrielle éclata de rire.

— Peut-être qu'avant longtemps tu me verras défiler avec une bannière sur les Champs-Élysées, et que je crierai : Rappelez les Bourbons ! Tout est pardonné !

Juliette rit de bon cœur elle aussi, heureuse de voir son amie d'humeur si joviale.

— Tu es si différente. C'est comme si on t'avait débarrassée d'un fardeau. Je suis si contente de te savoir heureuse.

— C'est vrai, je le suis, déclara Gabrielle. C'est

comme si mon mariage avec Derek avait été un miracle. Il est entré dans ma vie comme un prince charmant sur un cheval blanc et m'a emportée loin de tout ce qui me rendait malheureuse.

— Je ne puis te dire à quel point je suis contente pour toi.

— Je le sais, dit Gabrielle, dont la voix s'était radoucie. Je me réjouis à l'idée que tu vas séjourner quelque temps ici. Il n'est pas facile pour une étrangère de se faire des amies en Angleterre. Mes seules amies font partie de la communauté française. Les autres ne sont que des relations. (Soudain ses yeux se mirent à briller de malice.) En revanche, tu ne trouveras pas les Anglais inamicaux. Un joli minois et un accent français ont sur eux un effet irrésistible. Tu vas bien t'amuser à Londres ! Je donne une soirée en ton honneur et j'ai répondu à des tas d'invitations pour toi, ainsi que pour Derek et moi-même. Il a également retenu des places pour les meilleurs spectacles à l'affiche, ainsi que pour la première de *Tristan et Isolde* à l'opéra royal de Covent Garden !

Juliette était stupéfaite. Elle avait pourtant prévenu Gabrielle qu'elle était en voyage d'affaires.

— Aurais-tu oublié que je suis ici pour travailler ?

— Bien sûr que non, répondit Gabrielle en balayant son objection d'un geste de la main. Tu travailleras toujours assez.

La demeure des Townsend se trouvait dans l'élégant quartier de Berkeley Square. Lorsque Derek rentra, on fit les présentations. Juliette le voyait pour la première fois, et elle trouva qu'il faisait plus vieux que son âge. Ses cheveux prématurément gris lui conféraient une apparence d'homme mûr, malgré son teint clair, un visage mince et un corps svelte et athlétique.

— Je suis très heureux de faire votre connaissance, Juliette, dit-il.

Gabrielle passa son bras sous celui de son époux en lui adressant un sourire rayonnant.

— N'est-ce pas merveilleux de l'avoir parmi nous !

Nous allons l'enfermer à double tour et l'empêcher de regagner la France avant très très longtemps.

Il échangea un petit regard complice avec Juliette, et se tournant vers sa femme :

— Je suis sûr que Juliette restera avec nous aussi longtemps qu'elle le pourra, mais elle est tenue par des obligations professionnelles, comme je le suis moi-même, et n'est pas totalement libre de son temps. Toi et moi ne connaissons malheureusement que trop bien ce genre de contraintes. Aussi la laisserons-nous partir quand elle le jugera nécessaire.

Gabrielle tendit une main implorante en direction de son amie.

— Mais tu resteras le plus longtemps possible, n'est-ce pas ?

— Je te le promets, dit Juliette. Mais je ne pourrai prolonger mon séjour que de quelques jours. La prochaine fois, je viendrai uniquement pour te voir.

Plus tard, Derek parla en tête à tête avec Juliette.

— Mon épouse souffre encore beaucoup de vivre loin de son pays. Elle attendait votre arrivée avec impatience, pas seulement parce que vous êtes sa meilleure amie, mais également parce que vous lui rappelez les meilleurs moments de son enfance en France.

Il ignorait que ses paroles avaient une résonance particulière pour Juliette. Une fois de plus elle songea qu'il lui serait impossible de rompre ses attaches pour aller vivre en Russie.

— Vous êtes très compréhensif.

— Comme vous l'avez été vous-même avec Gabrielle lorsqu'elle était au couvent. Elle m'a souvent dit que vous étiez la seule personne à qui elle pouvait se confier à une époque où elle traversait des moments difficiles.

Juliette inclina légèrement la tête.

— Je crains qu'avec le temps elle n'ait embelli le rôle que j'ai pu jouer. Je sais à présent que Gabrielle a besoin d'un point d'ancrage, même si je ne m'en rendais pas bien compte à l'époque, et qu'elle en aura toujours besoin. Et je sais aussi qu'elle a trouvé en vous l'homme qu'il lui fallait.

— Je serai toujours là quand elle aura besoin de moi.

Juliette voyait bien qu'il était homme à tenir parole.

Ce soir-là, alors qu'ils étaient couchés, Derek sentit des larmes rouler sur les joues de sa femme. Aussitôt, il alluma la lampe de chevet.

— Que se passe-t-il, ma chérie ? s'enquit-il tendrement en se penchant vers elle.

— J'ai si peur pour Juliette ! (Elle s'agrippa à lui.) Quelque chose me dit que lorsqu'elle s'en ira d'ici, il risque de lui arriver malheur.

— Mais qu'est-ce qui te fait dire une chose pareille ? Elle va s'en retourner à Paris, et rien de plus.

Il lui parlait d'une voix apaisante, persuadé que son pressentiment n'était en réalité que le reflet de sa propre hantise de voir survenir un événement tragique, qui pourrait la couper à jamais de son cher pays. Il décida secrètement de trouver un moyen de l'emmener à Paris dès que possible. Hélas, dans l'immédiat, il ne pouvait rien lui promettre.

— Allons, dors à présent. Il n'y a pas lieu de s'inquiéter. Parfois il arrive que notre imagination nous joue de mauvais tours.

— En es-tu certain ? dit-elle, le regard implorant, anxieuse de voir se dissiper ses craintes.

— Oui, j'en suis certain. A présent, ferme les yeux.

Il lui baisa les paupières et elle se blottit contre lui, cherchant le réconfort entre ses bras.

Il éteignit à nouveau la lampe. Il avait un sommeil de plomb, et si Gabrielle mit plus de temps qu'à l'ordinaire pour s'endormir, il ne s'en aperçut pas. C'était la première fois qu'il n'avait pas réussi à apaiser totalement ses angoisses. Elle essaya de se rassurer en se disant que Juliette avait toujours su affronter l'adversité avec courage, mais cela n'atténua en rien son terrible pressentiment.

Avant de quitter Paris, Juliette avait convenu d'appeler les soieries de Londres et de Macclesfield dès son arrivée afin de prendre rendez-vous. Mais bien qu'étant à Londres depuis une semaine déjà, elle n'avait pu se soustraire aux sorties mondaines et aux visites touristiques prévues par Gabrielle... Enfin, elle réussit à se mettre au travail.

La soierie de Londres était située au nord de la Tamise. Juliette eut un entretien des plus fructueux avec le directeur, et les échantillons ainsi que les nombreuses étoffes qui lui furent présentés recueillirent son approbation. Une partie de la soie grège provenait d'élevages de vers à soie basés en Angleterre, mais pour l'essentiel elle était importée de Chine et d'Inde. Elle aurait volontiers passé sa commande auprès de ce fournisseur-ci, mais Denise avait insisté pour qu'elle visite également la soierie de Macclesfield, si bien qu'elle fut obligée de remettre à plus tard sa décision. Elle décida de se rendre à Macclesfield dès le lendemain.

— Demain ! s'écria Gabrielle. Mais c'est impossible, nous avons retenu une loge pour la première de Wagner !

Si bien que son voyage à Macclesfield fut remis à plus tard... Pour aller à l'opéra, Juliette mit sa robe Delphes. Un événement aussi prestigieux méritait qu'elle la portât même si, par égard pour ses hôtes, elle avait, comme à Lyon, passé une cape de mousseline de soie afin de ne pas déclencher un scandale.

L'opéra royal, avec son somptueux décor rouge et or, était l'endroit idéal pour un événement musical aussi prestigieux. La salle était comble, les femmes portaient de somptueux bijoux, les hommes des plastrons empesés d'un blanc nacré. Une princesse et sa suite occupaient la loge royale, ajoutant encore au prestige de la soirée. Pendant l'entracte, Juliette sortit en compagnie de Derek et de Gabrielle, et fit quelques pas dans le couloir tapissé de rouge, s'arrêtant de temps à autre pour saluer telle ou telle connaissance. Tout à coup, elle fut accostée par quelqu'un qui s'était approché d'elle sans qu'elle l'eût remarqué.

— Juliette, quelle merveilleuse coïncidence !

Elle reconnut sa voix instantanément. Ses compagnons, engagés dans une conversation, ne la virent pas se retourner vers l'homme qui avait parlé.

— Marco Romanelli ! Ça par exemple ! s'exclamat-elle, ravie. Comment allez-vous ? Que faites-vous à Londres ? Je croyais que nous devions nous voir à Paris ?

Ils éclatèrent de rire, déconcertés l'un et l'autre par cette rencontre inattendue.

— Je vais bien, et je suis à Londres pour affaires. (Il se mit à scruter la foule autour de lui.) Où est Nikolaï ?

— Il est très loin. A Saint-Pétersbourg... Comme il aurait aimé être ici pour compléter notre trio ! Je suis venue en Angleterre pour affaires moi aussi, et j'en ai profité pour rendre visite à une amie très chère et à son époux. Je vais vous les présenter.

Elle allait attirer l'attention de ses hôtes, mais il la retint.

— Non, un moment. Il y a quelqu'un qui voudrait vous rencontrer. Dès que je vous ai aperçue, je vous ai signalée à lui.

C'est alors qu'elle vit un homme de grande taille, et d'une beauté saisissante, qui arrivait dans leur direction. Son instinct lui dit d'emblée de qui il s'agissait, avant même que Marco ait fait les présentations.

— Juliette, permettez-moi de vous présenter Don Mariano Fortuny.

C'est à peine si elle entendit ce qu'il dit ensuite. Elle était si heureuse de rencontrer le styliste pour qui elle concevait une admiration sans bornes ! De belle carrure, avec un nez puissant, des yeux d'un bleu lumineux, une épaisse chevelure noire, une moustache et une barbe impeccables, l'homme avait fière allure dans son habit de soirée, et semblait appartenir à une autre époque, plus romantique. Elle se souvint tout à coup de ce que Marco lui avait dit à Lyon : Fortuny était un passionné de Wagner, et la musique du grand compositeur l'avait inspiré non seulement dans son œuvre théâtrale mais également dans son œuvre picturale. Voilà qui expliquait sa présence ici ce soir.

Fortuny s'inclina profondément devant elle. Mais

même s'il l'avait saluée d'une révérence, son geste n'aurait pas paru déplacé.

— Je suis très honoré de faire votre connaissance, mademoiselle. Marco m'a raconté comment vous aviez découvert une robe Delphes mise au rebut et en aviez rassemblé les morceaux. Je vous remercie d'avoir daigné rehausser cette toilette de votre élégance.

Dans la bouche de n'importe qui d'autre le compliment aurait paru excessif, mais venant de lui l'hommage était sincère, et Juliette le reçut comme tel.

— Jamais aucune robe n'aura plus de prix à mes yeux.

Il hocha la tête, visiblement touché par sa réponse.

— Je crois savoir que vous êtes vous-même styliste ?

— Je possède un peu d'expérience dans ce domaine, mais je m'intéresse également à la création textile. C'est la raison pour laquelle je suis venue en Angleterre.

. — Je rentre à Venise demain. J'espère y avoir l'honneur de votre visite un jour ou l'autre. J'aimerais que nous parlions de votre travail. Je souhaiterais, aussi, vous montrer quelques-unes de mes créations textiles.

— Je n'oublierai pas votre aimable invitation.

— A présent je dois rejoindre mes amis. Ce fut un plaisir. Veuillez m'excuser. Adieu *, mademoiselle.

Lorsque Fortuny se fut éloigné, Juliette dit à Marco :

— Quelle chance ! Deux surprises extraordinaires en si peu de temps ! D'abord je vous rencontre, ensuite Fortuny ! A présent, je veux vous présenter Derek et Gabrielle.

Marco passa le reste de l'entracte avec eux. Lorsqu'il apprit que Juliette et Gabrielle se rendaient à Macclesfield le lendemain, il proposa de les y accompagner.

— Je ne comptais pas y aller avant la fin de la semaine, mais je me ferai un plaisir de venir avec vous !

L'affaire fut conclue. Gabrielle était soulagée. Elle n'aimait pas voyager sans escorte masculine. Lorsque la sonnerie annonçant la fin de l'entracte retentit, Derek invita Marco à la soirée que Gabrielle et lui donnaient en l'honneur de Juliette. Il accepta aussitôt.

L'excursion à Macclesfield fut des plus plaisantes. Dans la journée, Juliette et Marco vaquèrent, chacun de son côté, à leurs occupations. Finalement, Juliette décida de passer la commande de la Maison Landelle auprès de la soierie londonienne car celle-ci offrait les meilleurs délais. Le soir, Marco, qui était descendu dans le même hôtel que Juliette et Gabrielle, dîna avec elles puis les emmena au cinématographe. Le troisième jour ils rentrèrent à Londres ensemble.

— Je crois, dit Gabrielle lorsqu'elles eurent pris congé de Marco à la gare de Euston, que le signor Romanelli est amoureux de toi.

Juliette secoua la tête en riant.

— Tu dis ça de tous les hommes avec qui j'ai échangé deux mots depuis mon arrivée.

Gabrielle sourit, mais n'en dit pas plus.

Une lettre attendait Juliette, mais elle n'en reconnut pas l'écriture. Lorsqu'elle l'ouvrit, une étiquette de soie glissa hors de l'enveloppe et tomba à terre. Elle la ramassa et, réalisant tout à coup de quoi il s'agissait, se mit à lire la lettre avec avidité. Elle venait de Fortuny.

On m'a dit que lorsque vous aviez trouvé la robe Delphes, celle-ci était en morceaux et qu'il y manquait les lacets ainsi que l'étiquette. Vous avez remplacé les lacets. Je vous envoie la touche finale, avec mes compliments.

Juliette courut trouver Gabrielle, pour lui montrer ce qu'elle avait reçu.

— Il ne m'aurait jamais envoyé l'étiquette s'il n'avait pas trouvé que la robe avait été recousue à la perfection ! s'écria-t-elle. Maintenant il ne lui manque plus rien.

Gabrielle lut à haute voix l'étiquette qu'elle tenait dans le creux de sa main.

— *Mariano Fortuny. Venise.* Quelle pensée délicate !

— J'aurais aimé le remercier de vive voix. Mais Marco m'a appris qu'il est déjà en route pour l'Italie.

Lorsque Juliette eut recousu l'étiquette sur la robe, elle écrivit à Nikolaï pour tout lui raconter. Elle ne revit pas Marco avant la veille de son départ, au cours de la soirée donnée en son honneur. Le jeune homme était au courant pour l'étiquette : Fortuny l'avait prévenu. Ses yeux se mirent à pétiller de malice en voyant l'enthousiasme de Juliette.

— Je lui ai écrit à Venise pour le remercier, dit celle-ci. Au palais Pesaro degli Orfei ! Est-il aussi magnifique que son nom le laisse supposer ?

— Oh, oui. C'est un des plus beaux palais de Venise. Il a été construit au treizième siècle par la famille Pesaro. De nos jours on l'appelle le palais Orfei.

— Donne-t-il sur le Grand Canal ?

— Non, il est un peu en retrait. Fortuny — ou plutôt, Don Mariano, comme il aime à se faire appeler — s'y est installé lorsqu'il a quitté le palais Martinengo, la résidence de sa mère, sur le Grand Canal.

Juliette, très sollicitée tout au long de la soirée, ne put danser autant qu'elle l'aurait voulu avec Marco, mais ce dernier était très sociable et parfaitement à l'aise. Chaque fois qu'elle regardait dans sa direction il avait l'air de beaucoup s'amuser, et les dames, de leur côté, semblaient apprécier la prestance de ce bel Italien.

Elle lui avait réservé la danse du souper.

— Irez-vous voir Nikolaï lorsque vous passerez par Paris, pour rentrer en Italie ? demanda-t-elle lorsque la valse s'acheva et qu'ils se joignirent aux invités qui se rendaient au buffet.

— Pas cette fois-ci. J'ai une saison très chargée devant moi.

— Êtes-vous jamais allé au Japon pour visiter des soieries ?

— J'y suis allé, il y a trois ans. Vous faites allusion aux commandes que je passe pour Fortuny ?

Elle acquiesça d'un hochement de tête.

— J'aimerais que sa robe Delphes recueille tous les suffrages qu'elle mérite.

— Vous n'avez pas de souci à vous faire pour Fortuny. Il est très individualiste et le succès et la reconnaissance du public lui importent peu. C'est un amoureux du passé, de la richesse et de la magnificence de ses étoffes, de ses œuvres d'art et de son architecture. Les liens de Venise

avec l'Orient en font pour lui le lieu de résidence idéal.
S'il pouvait se vêtir à la façon de Marco Polo, il le ferait !

— Tout ce que vous me racontez sur lui ne fait que renforcer mon admiration pour son œuvre...

Lorsque la soirée s'acheva, Juliette fit ses adieux à Marco.

— Jusqu'à notre prochaine rencontre à Paris, un jour ou l'autre, Marco.

— Jusqu'à notre prochaine rencontre, répondit-il. Et n'oubliez pas de transmettre mes amitiés à Nikolaï.

— Je n'y manquerai pas.

Ses affaires à présent réglées, Juliette était, elle aussi, impatiente de rentrer à Paris. Elle avait vu les premiers échantillons de ses créations textiles sortir des métiers à tisser et n'avait plus aucune raison de prolonger son séjour à Londres, si ce n'était pour faire plaisir à Gabrielle, qui avait tant de choses à lui montrer. Nikolaï n'avait pu lui dire exactement quand il serait de retour en France, mais elle s'attendait à ce qu'il arrive d'un jour à l'autre. Il lui avait écrit une lettre dans laquelle elle avait décelé une certaine réserve. Bien sûr, il l'assurait de son amour. Mais il était inquiet. Les choses s'étaient dégradées depuis son dernier voyage et les émeutes se multipliaient. Il ajoutait que son père avait posté des gardes à l'extérieur des grilles, mais que la situation n'en demeurait pas moins préoccupante, en particulier lorsqu'on songeait à la relative liberté et à la tranquillité qui prévalaient lorsqu'il était enfant. En lisant entre les lignes elle avait également deviné que son intention de l'épouser n'avait pas été bien accueillie par les siens. Plus que jamais elle voulait être là lorsqu'il serait de retour à Paris.

Au petit déjeuner, Juliette annonça fermement :

— Il faut absolument que je rentre vendredi. J'ai consulté les horaires du ferry-boat. J'arriverai à Paris en début de soirée.

Gabrielle et Derek l'accompagnèrent à la gare Victoria. Gabrielle pleurait à chaudes larmes, incapable de se contrôler. Elle lui fit promettre de prendre soin d'elle-même et de revenir en Angleterre si elle se sentait en danger. Déconcertée, Juliette se tourna vers Derek, cherchant à comprendre la cause d'une telle détresse. Il la rassura :

— Gabrielle a eu une sorte d'étrange pressentiment vous concernant. Elle a l'impression que si nous ne sommes pas là pour veiller sur vous, il va vous arriver malheur. Personnellement, je vous crois parfaitement capable de vous débrouiller toute seule.

— Et je le suis. (Juliette se tourna vers le visage anxieux de Gabrielle et lui sourit.) Ne t'en fais pas pour moi. Le monde de la mode est une jungle, mais pas au point de me faire craindre pour mes jours.

Sa gaieté ne resta pas sans effet, et Gabrielle réussit à esquisser un sourire mouillé au moment des adieux définitifs.

Paris resplendissait de lumière lorsque Juliette arriva chez elle, en début de soirée. Denise était encore à la Maison Landelle. Une note de Nikolaï, délivrée par coursier, l'attendait sur un plateau dans le vestibule. Juliette en déchira précipitamment l'enveloppe, et vit qu'elle lui avait été envoyée trois jours plus tôt. Nikolaï l'informait qu'à peine rentré à Paris il avait reçu l'ordre de se rendre à Bruxelles en mission diplomatique. Il allait retarder ce moment aussi longtemps qu'il le pourrait, dans l'espoir de la revoir avant son départ.

Elle appela aussitôt chez lui. Lorsqu'elle s'annonça, on l'informa que Nikolaï devait quitter Paris le lendemain à midi et qu'il se trouvait actuellement dans son atelier. Sans même prendre le temps de se changer, elle s'élança hors de la maison et héla un taxi. Elle était en proie à une folle excitation lorsqu'elle aperçut les lumières de l'atelier brillant à travers les rideaux tirés. Elle courut jusqu'à la porte et se précipita à l'intérieur.

Il se tenait debout à côté de la statue achevée et fit volte-face, le visage tout entier tendu par la joie et le soulagement de la revoir.

— Dieu soit loué, tu es de retour ! s'exclama-t-il d'une voix rauque.

Elle se précipita dans ses bras et ils s'embrassèrent avec toute la violence et la passion de deux êtres qui cherchent désespérément à apaiser dans un baiser tous les tourments de la séparation. Quelques instants plus tard, ils étaient sur le divan, exultants dans les bras l'un de l'autre. Ils étaient possédés par une telle passion qu'elle se mit à crier lorsque, dans un moment d'extase presque insoutenable, il la pénétra.

Au cours de la délicieuse langueur qui suivit, ils se sourirent avec émerveillement, se caressèrent et s'embrassèrent à nouveau.

— Tu es toute ma vie, lui murmura-t-il, en se penchant sur elle. Mon unique amour, ma bien-aimée.

Elle redressa la tête et pressa ses lèvres contre les siennes. Elle ne voulait pas qu'il lui parle de ses projets d'avenir, ni de tout ce que celui-ci leur réservait. L'instant présent leur appartenait. Rien ni personne ne pouvait venir les troubler dans ce havre de paix, derrière la porte verrouillée et les rideaux tirés qui les protégeaient contre le reste du monde. Il lui fit à nouveau l'amour, sans précipitation cette fois, lui prodiguant baisers et caresses pour réveiller sa nature passionnée et l'entraîner vers de nouveaux sommets de plaisir. Et la nuit s'écoula ainsi, à faire l'amour et à somnoler tour à tour. Ce n'est qu'au petit matin qu'ils sombrèrent dans un profond sommeil, étroitement enlacés, la chevelure de Juliette répandue telle une vague flamboyante sur son propre visage et l'épaule de son amoureux.

Au matin, Juliette se réveilla au moment où Nikolaï revenait de la cuisine avec deux tasses de café fumant. Il avait passé le peignoir réservé aux modèles masculins.

— Bonjour, chérie *.

Elle se redressa et vit qu'il faisait grand jour. D'un mouvement de tête elle rejeta sa chevelure en arrière, et lui rendit son sourire.

— Quelle heure est-il ? s'enquit-elle en disposant les coussins derrière elle pour s'asseoir.

Il lui tendit une tasse.

— Neuf heures. Trop tôt pour te réveiller. Mais je dois repasser chez moi puis à l'ambassade pour être à la gare Saint-Lazare à midi. (Son visage était grave.) Nous n'avons pas parlé hier soir, mais nous devons le faire à présent.

Elle acquiesça, à contrecœur, sachant que l'heure était venue, et redoutant de s'entendre dire qu'elle avait été, à son corps défendant, source de discorde entre lui et sa famille.

— C'est entendu, dit-elle.

A ses premières paroles elle sentit son sang se glacer dans ses veines.

— Je dois rentrer en Russie à la fin de la semaine prochaine, sitôt après avoir accompli ma mission en Belgique. Je dois quitter Paris définitivement.

Elle le regarda bouche bée, les pupilles dilatées par le choc.

— Que s'est-il passé ?

— Je suis revenu à la raison, dit-il gravement. J'ai vécu dans un rêve imbécile, ici, en France. J'ai mené une vie futile sans réaliser à quel point on avait besoin de moi, dans mon pays.

— Ton père est-il souffrant ?

Il secoua la tête, sourcils froncés.

— Non. Sa santé n'est pas très bonne, mais cela tient à son grand âge. Son médecin m'a assuré qu'en prenant soin de lui il pouvait vivre encore de nombreuses années.

— Mais alors, qu'est-ce qui t'a poussé à prendre une telle décision ?

Elle avait peur. Il semblait si résolu. Sa mâchoire était crispée et il avait dans les yeux une lueur décidée.

— La situation politique en Russie.

Il passa une main sur son front, la scène de tuerie à laquelle il avait assisté lui revenant à l'esprit, aussi vive que si elle se déroulait sous ses yeux. Il revoyait les visages affamés et terrorisés de la populace dispersée par les cosaques. Les hurlements des femmes et des enfants, et les plaintes des mourants résonnaient encore à ses oreilles, comme lorsqu'il avait assisté impuissant au carnage.

— Cela s'est produit le lendemain de mon arrivée. Je m'apprêtais à aller voir le tsar quand un groupe de gens affolés nous a barré la route. Ils fuyaient les sabres qui tournoyaient entre les mains de brutes assoiffées de sang. J'ai bondi hors de l'automobile, mais je n'ai rien pu faire. Une pauvre femme s'est effondrée, morte, à mes pieds.

Elle ouvrait des yeux horrifiés.

— Comment cela s'est-il terminé ?

— Je l'ignore. Mais il est grand temps de faire changer les choses. C'est la raison pour laquelle j'ai décidé de rentrer. Je ne peux rester ici alors qu'il y a tant à faire là-bas. Je connais personnellement plusieurs membres importants du gouvernement, certains depuis l'enfance. Et je jouis indéniablement d'une certaine influence, à condition toutefois d'être sur place et de me faire entendre. Sans être déloyal, je dois reconnaître que le tsar est un homme veule, qui subit exagérément l'influence de sa femme. Et elle-même est totalement dominée par ce moine répugnant, Raspoutine. Elle est persuadée qu'il a sauvé plusieurs fois la vie du jeune prince hémophile.

Il lui prit la main et la serra dans la sienne, le visage implorant et ravagé de désespoir.

— Dis-moi que tu vas venir avec moi. Je ne peux pas partir sans toi.

Les mains de Juliette tremblaient, révélant la confusion qui s'était emparée de son esprit.

— Tout ceci arrive tellement vite, sans que j'aie pu m'y préparer. Comment ont réagi ton père et ta famille lorsque tu leur as annoncé que tu voulais m'épouser ?

— Assez mal, répondit-il avec franchise. Mais cela ne doit pas nous arrêter. Une ère de changement et d'incertitude s'ouvre devant nous, mais une fois que les choses auront commencé à s'arranger, nous pourrons songer à revenir en France aussi souvent que tu le voudras. (Il la saisit tendrement par les bras.) D'ici là, c'est vrai, la vie ne va pas être facile. Je ne vais pas pouvoir t'offrir l'existence dont je rêvais pour toi, et malgré tout j'ai besoin que tu sois à mes côtés.

Elle détourna la tête, déchirée intérieurement.

— Comment pourras-tu avoir la moindre influence, si tu es frappé d'ostracisme pour m'avoir épousée ?

L'espace d'un court instant il hésita, tandis que son bon sens cherchait à reprendre le dessus. Mais il était décidé à la garder coûte que coûte, et il rejeta immédiatement son objection.

— J'ai de nombreux amis là-bas, et la Russie a besoin d'hommes comme moi. Je puis servir d'intermédiaire entre le gouvernement et le peuple, comme je l'ai déjà fait par le passé lors d'incidents mineurs. Le peuple a confiance en moi. (Il se pencha vers elle, l'obligeant à le regarder à nouveau au fond des yeux.) Eh bien, que dis-tu, ma chérie ? Je t'aime. Tu es toute ma vie. Et je ne quitterai pas Paris tant que tu ne m'auras pas promis de venir me retrouver à Bruxelles la semaine prochaine, et de faire le voyage avec moi jusqu'à Saint-Pétersbourg...

Le regard tourmenté, les lèvres tremblantes, Juliette sentait tout au fond d'elle-même qu'elle ne pouvait pas refuser. Nikolaï comptait trop pour elle. Elle voyait bien que l'horrible tuerie à laquelle il avait assisté avait mis un terme brutal à l'attitude désinvolte qu'il avait jusque-là adoptée en Europe. D'une certaine façon, elle se félicitait de cette métamorphose qui révélait chez lui les qualités profondes qu'elle avait toujours pressenties. Il lui avait dit que sa patrie le réclamait, mais elle savait qu'il avait également besoin d'elle. Comment aurait-elle pu se détourner d'un homme aussi aimant et sincère uniquement pour satisfaire son ambition égoïste ? Les liens l'attachant à sa ville natale n'avaient eux-mêmes plus d'importance, lorsqu'elle songeait qu'elle pouvait le perdre. Elle imaginait la froideur avec laquelle elle serait accueillie en Russie, le rejet, et même le mépris, dont elle ferait l'objet de la part de gens comme la sœur de Nikolaï. Mais tout cela lui semblait dérisoire comparé à ce qu'elle éprouverait si elle était séparée de lui, peut-être pour toujours. Avec le temps, lorsqu'elle aurait appris à maîtriser la langue, elle pourrait peut-être même l'aider dans sa mission.

Lentement, elle prit son visage tourmenté entre ses mains. Aucune des épreuves qui les attendaient ne devait l'arrêter. Car quand on aimait, c'était pour le meilleur et pour le pire.

— J'irai te retrouver à Bruxelles.

Fou de joie, il l'embrassa avec une infinie tendresse. Il mesurait pleinement le sacrifice auquel elle venait de consentir.

— Tu ne le regretteras pas, ma chérie ! Je te le promets !

Il y avait des détails pratiques à régler. Elle allait devoir passer le temps qui lui restait à préparer Denise à l'idée de son départ. Il lui dit où ils habiteraient à Saint-Pétersbourg. Il était hors de question qu'ils aillent s'installer dans l'appartement qu'il avait occupé jusqu'ici, dans la maison de son père. Heureusement, il possédait une autre maison en ville. C'est là qu'ils iraient vivre. La maison comptait de nombreuses pièces et Juliette pourrait choisir l'une d'elles pour y installer son atelier et poursuivre ses travaux de styliste. Il avait déjà fait le nécessaire pour que la sculpture qu'il avait faite d'elle ainsi que tout son matériel soient expédiés à cette adresse.

Lorsqu'ils furent tous deux rhabillés et prêts à partir, ils demeurèrent un instant enlacés, à savourer en silence ces derniers instants délicieux faisant suite à une décision qui allait changer leur vie. Elle savait qu'elle chérirait éternellement ce lieu, qui avait été pour l'un et l'autre une retraite, loin du monde de la diplomatie et de la haute couture.

— Un jour viendra, dit-elle doucement, où une plaque sera apposée à l'extérieur de cette maison, pour signaler que dans cet atelier le sculpteur russe Nikolaï Karasvin a donné le jour à quelques-unes de ses œuvres les plus célèbres.

Il rit doucement à cette pensée extravagante.

— J'en doute.

Elle redressa la tête pour le regarder au fond des yeux.

— Mais ce n'est pas impossible ! Quoi que tu décides de faire de ta vie, tu ne dois jamais renoncer à la sculpture.

— Eh bien, même si une telle plaque venait un jour à être apposée ici, jamais aucun badaud ne saura à quel point j'ai pu aimer cet atelier, pour d'autres raisons.

— C'est notre secret à tous les deux.

— Oui.

Il lui baisa tendrement les lèvres. Puis ils sortirent et il referma la porte à clef derrière eux.

Lorsque Denise voulut la réprimander parce qu'elle avait découché, Juliette coupa court à sa tirade en lui annonçant qu'elle partait à Saint-Pétersbourg pour épouser Nikolaï. Fort heureusement, le bureau de Denise comportait une antichambre qui atténua le bruit de ses hurlements. Finalement, elle se laissa tomber sur son fauteuil en sanglotant. Juliette, consternée, essaya de lui passer un bras réconfortant autour des épaules, mais elle fut vivement repoussée.

— J'avais de si beaux projets, sanglotait Denise, qui s'apitoyait sur son propre sort. Je voyais déjà la Maison Landelle solidement établie pour des siècles grâce à tes enfants et tes petits-enfants.

— C'est une chose sur laquelle on ne peut jamais vraiment compter. Les enfants, en grandissant, choisissent leur propre voie.

— Pas les tiens ! J'y aurais veillé ! hurla Denise.

— Écoute-moi ! Je t'en conjure ! intervint Juliette, effarée par ce déploiement de fureur. En quittant Paris, que je le veuille ou non, je serai forcément coupée de la Maison Landelle. Toutes mes créations textiles seront dirigées vers le marché russe. Tout ce que je peux te promettre, c'est de t'envoyer des idées pour une nouvelle collection ou te suggérer tel ou tel détail qui me semble convenir à tes collections.

Denise releva ses paupières gonflées et humides, et la fusilla du regard.

— Comment espères-tu trouver l'inspiration dans ce pays de sauvages ?

— Dans les icônes, si richement ornées d'or et de couleurs. Dans les toiles admirables qui se trouvent là-bas. Et pourquoi pas une nouvelle collection d'hiver d'inspiration russe, avec des toques, des manteaux cosaques et des capes ? Tu as tort de croire que je veux couper définitivement les liens qui me rattachent à la France. J'en serais d'ailleurs incapable. Nikolaï m'a même promis que dans quelque temps nous pourrons revenir à Paris pour de longs séjours. En attendant, il ne reste plus que dix jours avant mon départ pour Bruxelles. Nous n'avons pas de temps à perdre en querelles futiles. J'ai un travail à finir et il faut que nous parlions du contrat avec Londres.

Si elle l'avait voulu, Juliette aurait pu s'en aller en lui claquant la porte au nez. Denise le savait, et pourtant elle n'éprouvait pas la moindre gratitude. Elle était trop absorbée par sa propre contrariété. Mais elle avait retenu l'une des phrases que Juliette venait de prononcer : la mode cosaque. Malgré sa profonde détresse, celle-ci avait embrasé son imagination. Il y avait là une idée qui méritait qu'on s'y intéresse.

Portée par une soudaine lueur d'espoir, Denise commença à réfléchir à la façon dont elle pourrait tirer parti des séjours de plusieurs semaines, voire de plusieurs mois, que Juliette et Nikolaï feraient à Paris. Sans doute viendraient-ils avec leurs enfants. Ainsi elle pourrait initier elle-même ses neveux et ses nièces à la haute couture et voir lequel d'entre eux manifestait le plus de dispositions pour le monde fascinant de la mode. Elle se voyait déjà jouant le rôle de la tante dévouée, et persuadant même Juliette de lui confier le jeune élu lorsque les autres regagneraient le bercail.

Se redressant sur son siège, Denise s'efforça de se montrer conciliante malgré la rage qui continuait de la consumer.

— Comme tu l'as dit, nous devons tirer le meilleur

parti des quelques jours qui nous restent avant ton départ. Et lorsque tu seras partie, il faut que nous restions constamment en contact. J'aimerais que tu travailles sur la mode cosaque lorsque tu seras à Saint-Pétersbourg, et que tu m'envoies toutes les idées qui te viendront à l'esprit. A présent parle-moi de Londres.

Soulagée, Juliette attira une chaise.

Les jours suivants Juliette s'affaira du matin au soir. On acheta des malles supplémentaires, car Denise tenait absolument à ce qu'elle emporte toute sa garde-robe pour pouvoir faire à tout instant la réclame de la Maison Landelle. Nikolaï lui envoya un billet de première classe pour Bruxelles, accompagné d'une ardente lettre d'amour.

La veille de son départ pour Bruxelles, Juliette reçut l'ordre de se présenter dans le bureau de Denise. Elle avait fini tous les travaux qu'elle avait en cours et était en train de ranger sa table de travail lorsque le message arriva. Sans doute Denise avait-elle une tâche de dernière minute à lui confier. Par chance, elle avait un peu de temps devant elle. D'un pas allègre, elle descendit retrouver sa sœur. Quelques heures seulement la séparaient du moment où elle allait revoir Nikolaï, et la nouvelle vie qui s'ouvrait à elle la remplissait de joie et d'exaltation.

A son grand étonnement, elle trouva Denise debout devant son bureau. Elle l'attendait, une expression étrange sur le visage. Juliette se sentit soudain envahie par un horrible pressentiment.

— Qu'y a-t-il ? balbutia-t-elle.

Denise hésita, incapable néanmoins de dissimuler la note de jubilation qui perçait dans sa voix.

— Prépare-toi à avoir un choc, Juliette. Tu ne pars plus ni en Belgique, ni en Russie, ni Dieu sait où. La fiancée de Nikolaï Karasvin vient d'arriver de Saint-Pétersbourg avec sa belle-mère pour choisir sa robe de mariée et son trousseau.

Juliette ne proféra pas un son. Elle se figea sur place, le teint livide. Denise crut qu'elle allait s'évanouir. Elle la mena jusqu'à un fauteuil où elle s'assit, raide comme la justice, le regard fixe et vide de toute expression.

Denise alla à la porte et demanda à sa secrétaire d'apporter du café bien chaud. Lorsqu'il arriva, Juliette n'avait toujours pas bougé.

— Bois, lui intima Denise, affolée.

L'espace d'un instant Juliette regarda fixement la tasse qu'elle lui tendait, comme si elle ne comprenait pas ce qu'on attendait d'elle. Puis elle la prit et en avala deux gorgées avant d'articuler d'une voix claire et calme :

— Comment s'appelle-t-elle ?

— Natacha Berberova.

— Y a-t-il longtemps qu'elles sont arrivées ?

— Vingt minutes environ. La directrice * m'a informée, comme elle le fait toujours, que deux nouvelles clientes fort distinguées et qui venaient pour la première fois étaient arrivées.

— As-tu vu Natacha Berberova ?

— Oui. Je crois savoir que c'est la comtesse Dolohova qui leur a recommandé la maison.

Elle n'ajouta cependant pas que c'était la dernière chose à laquelle elle s'attendait.

— La jeune femme a parlé de son mariage prochain avec le comte Karasvin qui se trouve actuellement en Belgique et s'apprête à regagner la Russie.

— Quand le mariage doit-il avoir lieu ?

— Elle ne l'a pas précisé. Elle a seulement demandé s'il était possible de se faire livrer dans six semaines. Elle va séjourner quelque temps chez le prince Vadim.

Juliette reposa sa tasse et se leva.

— Où sont-elles ?

— Dans le salon bleu, en train de choisir des modèles de robe de mariée. La jeune femme a une idée bien précise de l'ensemble qu'elle veut porter.

Rapide comme l'éclair, Denise s'élança vers la porte et s'y s'adossa pour barrer la route à Juliette.

— Tu ne songes pas à y aller ? s'écria-t-elle, affolée.

Juliette, le visage toujours figé par le choc, la considéra avec un calme déconcertant.

— Que veux-tu que je fasse d'autre ?

— Jure-moi de ne pas faire de scène ! Songe aux clientes qui pourraient t'entendre.

— Une scène ? Pourquoi ferais-je une scène ? Ça n'est pas dans mes habitudes. De toute façon, Natacha Berberova ignore peut-être mon existence, tout comme j'ignorais la sienne jusqu'à présent.

— Et si c'était le cas ?

— Je ne lui ôterai pas ses illusions, je lui dirai simplement que la livraison ne pourra pas se faire dans six semaines, et lui conseillerai d'aller s'adresser ailleurs. Ce que je viens d'apprendre ne regarde que moi et Nikolaï.

— Tu n'es pas raisonnable. Tu ne sais plus ce que tu dis ni ce que tu fais !

Juliette ferma brièvement les yeux, alors qu'une vague d'angoisse lui étreignait subitement le cœur. Puis elle dit :

— Je ne le sais que trop bien. Laisse-moi passer, je te prie.

A contrecœur, Denise fit ce qu'elle lui demandait. Puis elle suivit sa sœur jusqu'à la porte de l'antichambre et la regarda s'éloigner en direction du salon bleu.

Natacha Berberova était en train de passer en revue différents modèles en compagnie de sa belle-mère, une femme austère et hautaine qui scrutait les esquisses à travers son lorgnon. La vendeuse * qui se trouvait là se retira dès qu'elle vit approcher Juliette. Absorbée par les modèles qu'elle avait sous les yeux, Natacha ne s'aperçut pas immédiatement de sa présence, ce qui permit à Juliette de l'étudier à loisir. Elle était à peu près du même âge qu'elle, avait une poitrine provocante et une taille de guêpe. Sa chevelure d'or pâle était enroulée en chignon sur l'arrière de sa tête. Le vaste rebord de son chapeau ombrageait un joli visage : de fins sourcils, une paire d'yeux bordés de longs cils, un petit nez arrogant, un menton assurément volontaire.

— Bonjour *. Je suis Juliette Cladel.

Au prononcé de son nom, Natacha se tendit aussitôt, même si elle ne leva pas les yeux des croquis qu'elle tenait à la main. L'autre femme tressaillit et le rouge monta à ses pommettes saillantes, à mesure qu'elle prenait conscience de la situation. Elle allait se lever pour marquer son indignation, quand Natacha abaissa brusquement sa main sur la sienne pour l'en empêcher, et lui signaler que cette affaire ne concernait qu'elle.

— Mais...

— Je vous en prie, belle-maman ! dit-elle en resserrant son étreinte autour des doigts de son aînée.

Puis elle posa sur ses genoux les croquis qu'elle tenait dans l'autre main et, redressant lentement la tête, tourna un regard d'un bleu glacial vers Juliette.

— Y a-t-il un endroit où nous pourrions parler en privé ?

— Oui. Suivez-moi.

D'un geste dédaigneux, Natacha jeta les dessins et se leva. La vieille femme hocha la tête, l'air outrée, mais sans faire un geste pour arrêter sa belle-fille, et regarda s'éloigner les deux jeunes femmes.

Dans l'un des petits salons particuliers, Natacha commença à faire les cent pas comme si la contrariété l'empêchait de s'asseoir. Puis elle prit la parole :

— Si j'avais su que cette maison était celle où vous travailliez, je ne serais jamais venue ici. J'ai toujours admiré les toilettes de la comtesse Dolohova, et je lui ai dit que je voulais faire faire ma robe de mariée par son couturier. Cependant, elle ne m'a pas prévenue.

— Sans doute qu'en ne le faisant pas elle espérait me nuire, sans imaginer un seul instant que je pourrais vous adresser la parole. Depuis combien de temps êtes-vous fiancée avec Nikolaï ?

— Depuis très longtemps. Son père et le mien ont décidé que nous devions nous marier. (Natacha prit un siège.) J'aime Nikolaï depuis toujours. Nos fiançailles ont été célébrées officiellement il y a cinq ans, avec la bénédiction du tsar.

Juliette sentit une douleur atroce lui vriller la poitrine.

— Mais si vous saviez que j'existais, c'est qu'il vous a demandé de rompre vos fiançailles.

— Il l'a fait. Mais j'ai refusé.

— Oui, parce qu'il m'aime.

— Pour l'instant, peut-être. Mais cela lui passera. Je ne suis pas idiote, mademoiselle. Je ne me suis jamais attendue à ce qu'il mène une vie de moine, surtout dans une ville comme Paris. Mais j'avais espéré, et je n'étais pas la seule, qu'il aurait su mener ses amitiés amoureuses * avec davantage de discernement. Naturellement, j'ai été contrariée d'apprendre que quelque chose de sérieux s'était noué, mais comme mon père et ma belle-mère me l'ont rappelé, ce n'est pas la première fois ni la dernière qu'un homme perd momentanément la tête pour une jolie femme en pays étranger. (Il y avait une pointe de commisération dans sa voix.) Il vous oubliera très vite, mademoiselle.

— Tout me porte à croire le contraire.

Natacha se pencha légèrement en avant pour donner plus de poids à ce qu'elle allait dire.

— Mais vous serez ici, à Paris, tandis que je serai là-bas, mariée avec lui. Il a toujours été très attiré par moi, et son amour pour vous s'évanouira lorsque nous aurons des enfants. (Elle vit aux pupilles dilatées de Juliette qu'elle venait de lui assener un coup fatal, et éprouva soudain quelque pitié pour elle, malgré son triomphe.) Votre amour pour Nikolaï était voué à l'échec depuis le début. Même si j'avais accepté de rompre nos fiançailles, mon père ne l'aurait pas toléré. Imaginez le scandale, si sa propre fille avait dû s'incliner devant une couturière !

Natacha quitta le salon. Juliette demeura assise, les mains posées sur ses genoux, la tête basse sous le poids d'un immense désespoir. Elle se rappela tout ce que lui avait dit Nikolaï au cours de la dernière heure qu'ils avaient passée ensemble. Elle se souvenait à présent qu'il ne lui avait jamais parlé de mariage. Son plus grand regret était de ne pas pouvoir lui offrir la vie dont il avait rêvé, et il lui avait dit que là-bas les choses ne seraient pas faciles. Elle comprenait à présent : il avait craint de la perdre en lui avouant qu'il n'était pas libre de l'épouser. C'est pourquoi il avait voulu l'emmener avec lui à Saint-Pétersbourg. Peut-être avait-il eu l'intention de lui dire la vérité en cours de route, en espérant que tout l'amour qu'il y avait entre eux suffirait à la décider à rester là-bas avec lui. Lui, qui avait toujours eu tout ce qu'il voulait, n'avait pas su la garder.

Ce fut une vendeuse * qui, croyant le salon libre et s'apprêtant à y installer une cliente, vint interrompre ses méditations. Juliette sortit immédiatement, un sourire d'automate sur les lèvres, et s'en retourna dans le bureau de Denise.

— M'autoriserais-tu à m'absenter quelque temps avant de reprendre le travail ? demanda-t-elle.

— Oui, bien sûr. Où iras-tu ? Veux-tu retourner chez Gabrielle ?

Juliette secoua la tête.

— Non, j'ai besoin d'être au calme. Il me faut un peu de temps pour me ressaisir, après tout ce qui vient d'arriver. Je vais retourner au couvent, chez les sœurs. J'aurai toute la tranquillité dont j'ai besoin là-bas.

— C'est une bonne idée, acquiesça Denise en hochant la tête. (Sa sœur aurait tôt fait de reprendre le dessus au contact des religieuses et de revenir pleine de vigueur et d'idées nouvelles.) Quand pars-tu ?

— Demain matin.

— Ne t'inquiète pas pour le train. Courtois, mon chauffeur, t'y accompagnera.

C'était un geste généreux, que Denise regretta aussitôt, en songeant qu'elle allait devoir se déplacer en taxi. Mais il était trop tard pour revenir sur son offre.

En rentrant à la maison, Juliette s'arrêta à la poste et envoya deux télégrammes. L'un au couvent, et l'autre à Nikolaï pour lui annoncer qu'elle ne viendrait pas le retrouver à Bruxelles et qu'elle avait vu Natacha. Le tout ne représentait que bien peu de mots lorsque le postier les additionna, et pourtant, malgré la brièveté du message, tout était dit. Lorsqu'elle paya la somme qu'on lui réclamait, Juliette s'étonna de constater que ses gestes n'étaient pas les mouvements saccadés d'un automate, malgré le brouillard d'angoisse qui l'enveloppait et l'empêchait d'entendre ou de voir correctement. Cette nuit-là elle ne dormit pour ainsi dire pas.

Au matin, prête à partir, Juliette mit son chapeau et l'attacha solidement au moyen d'une épingle ornée d'une perle. La Mercedes était revenue de la Maison Landelle et le chauffeur était en train de fixer ses valises sur le porte-bagages à l'arrière du véhicule, lorsque la femme de chambre frappa à la porte.

— Mademoiselle, le comte Karasvin vous demande.

L'espace d'un instant Juliette se sentit prise de panique, puis elle s'efforça de reprendre son calme. Sans doute était-il rentré à Paris aussitôt après avoir reçu son télégramme. Il avait probablement voyagé toute la nuit.

— Dites au comte que je ne peux pas le recevoir car je m'en vais.

Tandis que la femme de chambre allait transmettre son message, Juliette commença à boutonner son manteau d'une main tremblante, puis elle enfila ses gants et prit son sac.

— Juliette ! (La voix de Nikolaï retentit dans l'escalier comme un coup de canon.) Je ne partirai pas tant que je ne t'aurai pas vue.

Prenant une longue inspiration, Juliette sortit sur le palier, puis elle s'immobilisa et le regarda du haut de l'escalier en spirale. L'œil hagard, mal rasé, il se tenait un pied posé sur la première marche et une main sur la rampe, comme s'il s'apprêtait à s'élancer vers elle. Derrière lui, la porte grande ouverte sur la rue témoignait de son entrée en force. Avant qu'elle ait pu dire un mot, il s'écria, hors de lui :

— Où diable pensais-tu aller ?

Jusqu'ici, la tension nerveuse ajoutée à la souffrance lui avait permis de retenir ses larmes, mais maintenant qu'elle le voyait si malheureux alors que son amour pour lui demeurait intact, elle dut lutter de toutes ses forces pour ne pas éclater en sanglots.

— C'est fini, Nikolaï.

— Jamais ce ne sera fini entre nous. Nous sommes unis pour la vie.

— Ce n'est pas vrai !

— Je ne te laisserai jamais partir !

Le majordome, alarmé par la fureur passionnée de ce visiteur, décida d'envoyer la femme de chambre quérir du renfort, mais Juliette fit un petit geste de la main pour l'en empêcher et lui intimer de quitter le hall. L'idée que quiconque puisse assister à cette tragique scène d'adieux lui était insupportable.

Restée seule avec Nikolaï, elle fit quelques pas dans sa direction.

— Comment as-tu pu croire un seul instant que j'accepterais de te partager avec une autre ? demanda-t-elle d'une voix cassante.

— Je ne t'aurais jamais demandé une chose pareille ! Le mariage qu'on veut m'imposer restera lettre morte. J'y veillerai. Tu seras toujours la première pour moi. Aussi longtemps que je vivrai.

— Mais tu as aimé Natacha par le passé, puisque tu t'es fiancé avec elle.

— Grand Dieu ! J'étais encore en culotte courte quand tout ceci a été arrangé ! Oui, je l'aimais bien. Oui, je me suis fiancé avec elle lorsque nos parents ont jugé que nous étions en âge de le faire. J'avais dix-neuf ans et elle seize. L'amour ne compte généralement pas dans ce genre d'arrangements. Les couples qui se forment ainsi sont déjà bien contents quand ils arrivent à s'entendre. Natacha et moi étions amis depuis toujours. Je croyais que nous l'étions encore, c'est la raison pour laquelle j'étais certain qu'elle accepterait de me rendre ma liberté lorsque je suis allé la voir.

— Mais elle t'aime.

— J'ignorais à quel point, jusqu'à ce qu'elle se mette en tête de venir à Paris ! Et je t'aime trop pour accepter qu'aucun obstacle puisse se dresser entre toi et moi. Son refus était la dernière chose à laquelle je m'attendais. Je suis même allé trouver le tsar en personne pour lui demander la permission de rompre mes fiançailles avec Natacha !

— Te l'a-t-il accordée ?

— Non ! Mais j'y suis allé tout de même. L'ultime décision lui revenait à elle.

— Pourquoi ne m'as-tu jamais dit la vérité ?

C'était un cri du cœur.

— Je ne t'ai jamais menti ! Et je croyais sincèrement que lorsque je rentrerais à Paris je pourrais t'épouser sur-le-champ. Après quoi je t'aurais tout raconté. Mais cela n'a pu se faire, et une seule issue s'offrait à nous.

— Si tu avais été libre, je t'aurais suivi jusqu'au bout du monde, que nous ayons été mariés ou non. Mais à présent, c'est impossible.

Elle continuait de descendre l'escalier tout en parlant. Puis elle s'arrêta brusquement lorsqu'il lui bloqua le passage, le visage ravagé par le désespoir.

— Je reviendrai à Paris chaque fois que je le pourrai. Ici nous serons libres de mener notre vie comme nous l'entendons. Nous ferons comme si rien ne s'était jamais passé !

— Cesse de rêver, Nikolaï ! s'écria-t-elle, exaspérée, craignant de voir ses jambes se dérober sous elle et de tomber dans ses bras comme elle l'avait fait si souvent auparavant. Va rejoindre la femme qui t'attend depuis cinq ans. Je ne veux plus jamais te revoir !

— C'est impossible, tu ne le penses pas vraiment !

Il lui tendit les bras, la voix brisée par l'amour et le chagrin, et elle craignit une fois de plus que le désespoir qu'elle avait réussi à maîtriser jusqu'ici n'explose, annihilant chez elle toute volonté. Ses larmes, qu'elle n'arrivait plus à contenir, jaillirent brusquement. Elle se mit à le frapper à l'aveuglette de ses mains et de son sac à main, l'atteignant à la joue et aux bras. Comme il reculait, stupéfait, elle s'élança au bas de l'escalier et se précipita hors de la maison. Dehors, le moteur tournait.

— Vite ! cria-t-elle au chauffeur. Il faut que je m'en aille. Roulez aussi vite que vous le pourrez !

Le chauffeur claqua la portière sur elle, avant de bondir derrière le volant. Elle sanglotait sans pouvoir s'arrêter, mais elle réussit tout de même à regarder à travers la vitre arrière tandis que la voiture prenait de la vitesse. Nikolaï courait, les bras grands ouverts, son manteau claquant au vent, mais bientôt la voiture accéléra et il fut distancé.

C'est alors qu'elle le vit s'arrêter et baisser les bras, en proie au désespoir le plus total. A cet instant elle comprit pleinement ce que signifiait avoir le cœur brisé. Les larmes le cachèrent à sa vue, puis il disparut totalement, englouti par le trafic.

14

Juliette resta six semaines au couvent, où elle occupait l'une des chambres mises à la disposition des parents d'élèves en visite. Elle voulait s'assurer que Natacha et Nikolaï auraient quitté Paris lorsqu'elle rentrerait, songeant que ce dernier avait peut-être décidé de repousser son départ.

Son séjour au couvent se révéla moins paisible qu'elle ne l'avait espéré, car les sœurs étaient tout excitées de la revoir et saisissaient le moindre prétexte pour bavarder. Même celles qui ne l'appréciaient pas particulièrement du temps où elle était élève, la trouvant trop indépendante, l'accueillirent comme une bouffée d'air frais venue du dehors. La vieille sœur Berthe, si gentille, était enchantée de sa visite et lui montra les photographies de la nappe d'autel qu'elles avaient brodée ensemble et qui se trouvait désormais à la cathédrale de Chartres. Sur les instances de la mère supérieure, Juliette donna quelques cours de création textile aux élèves. Moyennant quoi, les jours lui semblèrent très courts, contrairement aux nuits qui lui paraissaient interminables. Le sommeil la fuyait, et les souvenirs de Nikolaï l'assaillaient avec une telle force qu'elle se demandait comment il était possible qu'elle ne succombe pas à l'angoisse.

Vers la fin de son séjour, elle se sentit gagnée par une sorte d'appréhension qu'elle s'efforça de refouler, songeant qu'elle était liée au choc émotionnel qu'elle venait de subir. Sur le chemin du retour, elle prit la décision de se jeter à corps perdu dans son métier, le seul antidote capable de combler le vide laissé par l'homme qu'elle aimait.

Denise, impatiente de la voir rentrer, l'accabla immédiatement de travail. Les premières soies, les satins et les velours qu'elle avait dessinés étaient arrivés de Londres, et il fallait à présent choisir les modèles pour lesquels on allait les employer.

Juliette était à Paris depuis une semaine, lorsqu'une violente nausée la surprit un matin au saut du lit. Elle alla vomir dans sa salle de bains avant de regagner sa chambre où elle se laissa tomber sur le tabouret de sa coiffeuse. Son état ne faisait plus aucun doute. Elle était enceinte ! Qui plus est, elle savait exactement quand c'était arrivé. A son retour de Londres, elle et Nikolaï, fous de joie, étaient tombés dans les bras l'un de l'autre et s'étaient laissé emporter par la passion au point que, pour la première fois, il avait oublié de prendre les précautions nécessaires. Elle-même, emportée par son propre désir et peut-être aussi par l'espoir qu'ils seraient bientôt mariés, avait perdu tout contrôle.

Une nouvelle bouffée d'angoisse l'envahit tout entière. Tôt ou tard Nikolaï réaliserait lui aussi qu'elle pouvait attendre un enfant de lui. Allait-il voir là un moyen de la retenir ? Allait-il revenir dans sa vie, brisant à jamais ses chances d'avenir et les siennes ? Elle donna un grand coup de poing sur la coiffeuse. Non, cela ne devait pas arriver !

Péniblement, elle finit de s'habiller. Tant de problèmes allaient désormais se poser ! Denise ne tolérerait jamais la présence d'un enfant dans son intérieur immaculé. D'ailleurs, Juliette elle-même n'avait aucune envie de rester. Elle se souvint, avec gratitude, du petit pécule que lui avait laissé le défunt époux de Denise. Elle n'y avait pas touché. Elle n'aurait jamais imaginé, lorsqu'elle en avait appris l'existence, à quel point il lui serait utile dans un moment qui serait sans doute le plus difficile de sa vie. Cela lui permettrait d'avoir son indépendance et de parer au plus pressé après la naissance du bébé.

Elle pressa ses doigts sur ses tempes. Comment un cerveau qui venait de subir un tel traumatisme pouvait-il réfléchir sainement et faire des projets aussi rapidement ? Peut-être la certitude d'être enceinte faisait-elle instantanément surgir en elle un besoin de protéger coûte que coûte l'enfant à naître ? Quoi qu'il en soit, il lui restait quelques semaines avant que l'on s'aperçoive de sa condition. Cela lui laissait le temps de choisir le bon moment pour l'annoncer à sa sœur qui, à n'en pas douter, réagirait en déversant sur elle des torrents de dégoût et de fureur.

Tout au long de la journée, alors même qu'elle était occupée à dessiner ou à discuter avec des clientes, Juliette sentit son esprit s'évader vers ses problèmes. Toujours en proie au chagrin et au désespoir, elle avait du mal à réaliser pleinement qu'elle était enceinte de Nikolaï. Elle n'aurait su dire si le bébé serait pour elle un réconfort ou au contraire un souvenir permanent et douloureux, en particulier si son fils ou sa fille ressemblait à son père.

Les nausées du matin persistèrent encore quelque temps, mais Juliette se garda bien de révéler son secret à quiconque.

C'est au cours d'une séance d'essayage qu'elle réalisa qu'il était temps d'annoncer la nouvelle à Denise. Dans le miroir, elle surprit la moue de l'essayeuse lorsque celle-ci lui prit son tour de taille une première fois, puis le reprit à nouveau. Fort heureusement, grâce au corset à baleines que Juliette avait commencé à porter pour cacher son état, la différence était trop infime pour pouvoir éveiller les soupçons.

Juliette choisit son moment, un soir que sa sœur et elle étaient seules à la maison, en train de prendre le café après dîner. Pour la première fois Denise ne réagit pas comme Juliette s'y attendait. Elle se contenta de hocher la tête d'un air résigné tout en continuant à tourner sa cuillère dans sa tasse.

— C'est bien ce qui me semblait.

Juliette la regarda, stupéfaite.

— Comment as-tu deviné ?

— Tu avais mauvaise mine ces jours-ci au petit déjeuner et tu ne prenais plus jamais de sauce au dîner. Mais mis à part cela, je suis particulièrement prompte à déceler les changements les plus insignifiants dans un visage ou une silhouette. La mode a développé en moi le sens de l'observation.

— Et moi qui croyais que tu allais être furieuse !

— Je n'irai pas jusqu'à dire que je saute de joie ! répliqua Denise en lui décochant un regard féroce. (Puis elle prit une longue inspiration pour retrouver son calme et poursuivit d'une voix normale :) Comment pourrais-je m'étonner de ce qui t'arrive ? Le comte Karasvin est bel homme, il est viril et séduisant et sa réputation n'est plus à faire. Je n'ai jamais pensé qu'il se contentait de te tenir la main. Et puis il était tellement évident que tu étais folle de lui ! J'ai flairé le danger dès le départ. C'est la raison pour laquelle j'étais farouchement opposée à cette idylle. Mais tu n'as rien voulu entendre.

— Et je n'ai aucun regret.

— Hmm. Pas encore, peut-être. Mais tu ne tarderas pas à comprendre ce que signifie élever seule un enfant.

— Je l'ai déjà compris.

— Nous veillerons à ce qu'il te verse une pension confortable et qu'il subvienne aux besoins de son rejeton.

— Jamais ! protesta Juliette avec véhémence. Nikolaï n'est pas le genre d'homme à renoncer facilement et je crains justement qu'il ne revienne à Paris d'ici peu et découvre que je suis enceinte. (Sa voix se brisa.) Je ne pourrai jamais refaire ma vie si je n'arrive pas à me détacher de lui.

— As-tu envisagé l'adoption ?

— Non ! Jamais je ne me séparerai de mon bébé.

— Une nourrice alors ?

— Non ! s'exclama à nouveau Juliette. Je vais élever mon enfant loin de Paris, quelque part où Nikolaï ne nous retrouvera jamais. Grâce au pécule que m'a laissé Claude, je pourrai avoir mon propre appartement et engager une gouvernante qui s'occupera du bébé quand je serai au travail.

— Et quel genre d'emploi espères-tu trouver ?

— Je vais enseigner le stylisme. J'aime enseigner. J'ai recommencé à donner des cours lorsque j'étais au couvent. Je puis aussi être professeur d'anglais et d'italien.

— Tout ceci est fort bien, fit remarquer Denise sèchement, mais totalement irréaliste.

— Que veux-tu dire ?

— Le pécule de Claude ne te permettra pas de vivre indéfiniment, et tu ne trouveras jamais un emploi qui te permette de gagner décemment ta vie.

— Et pourquoi donc ?

— Parce que aucune école respectable ne te prendra jamais à son service. Sans alliance et avec un bébé sur les bras, tu serais un mauvais exemple pour les élèves. Toi et ton enfant serez des parias. Est-ce là ce que tu souhaites ? Le monde se montre cruel envers ceux qui portent les stigmates de l'illégitimité.

— Eh bien, je m'achèterai une alliance s'il le faut ! répliqua Juliette avec conviction. Mon enfant n'aura pas à souffrir des erreurs que j'aurai pu commettre.

Denise soupira.

— De belles paroles. Mais quel rôle joueras-tu ? Celui de la femme abandonnée ? De la jeune veuve ? De la femme de marin qui attend le retour de son époux disparu en mer ? Tous les employeurs connaissent ce genre de chansons. J'en ai entendu moi-même des quantités.

Les mains de Juliette se crispèrent sur ses genoux.

— Tout ce que je sais, c'est que je ne peux pas rester à Paris, s'écria-t-elle, catégorique.

Denise resta silencieuse un instant puis dit :

— Comment peux-tu être certaine que le comte Karasvin renoncera à te retrouver s'il ne sait pas que tu as un bébé ?

— Cet enfant serait le seul moyen de pression qu'il pourrait avoir sur moi.

— Tu as l'air très sûre de toi.

Juliette baissa la tête et contempla tristement ses mains.

La magnifique bague que Nikolaï lui avait offerte ne scintillait à aucun de ses doigts. Elle l'avait soigneusement emballée et l'avait apportée à l'ambassade de Russie où elle avait demandé à ce qu'elle soit remise personnellement au comte Karasvin, à Saint-Pétersbourg. Elle avait été reçue avec courtoisie et on lui avait assuré que cela serait fait sur-le-champ. Après leur rupture, Nikolaï était sans doute repassé là-bas pour demander qu'on lui fasse suivre son courrier, dans l'espoir qu'elle lui écrirait un jour.

Denise interrompit brusquement sa triste rêverie :

— Fort heureusement, tes projets vont de pair avec les miens. Il n'y a aucune raison pour que tu quittes la Maison Landelle.

Juliette releva la tête, stupéfaite.

— Mais je croyais que tu redoutais le scandale. J'étais persuadée que tu me renverrais dès que tu apprendrais que j'étais enceinte.

Denise poursuivit, exactement comme si sa sœur n'avait pas parlé :

— Je suppose que tu as songé à accoucher dans un lieu où personne ne te connaît. Néanmoins, je ne veux pas que les choses tournent mal à cause d'une sage-femme inexpérimentée. Ce bébé est trop important pour moi et pour l'avenir de la Maison Landelle. Je crois avoir trouvé la solution idéale à tous tes problèmes. Tu iras dans ma villa de Toscane.

— Je croyais que tu avais un locataire à la Casa San Giorgio.

— Il est parti il y a quelque temps. Le couple de gardiens, Antonio et Candida Bonini, prendra soin de toi. Claude est tombé malade là-bas une fois. Un jeune médecin des environs, du nom de Morosini, lui a sauvé la vie. Je sais par les lettres que m'envoie Candida qu'il exerce toujours dans la ville voisine de Lucques. C'est lui qui t'accouchera.

Juliette était sidérée de voir que tout avait été préparé à l'avance sans qu'elle n'en sache rien. La lucidité avec laquelle elle avait fait ses propres projets semblait l'avoir subitement quittée. Complètement abasourdie, elle dit :

— Peut-être est-ce une bonne idée, en effet.

— Mais naturellement ! s'exclama Denise, voyant qu'elle avait l'avantage. Tu vas partir sans délai pour l'Italie. De mon côté, j'expliquerai ton absence en déclarant que ton voyage à Londres s'est avéré tellement bénéfique que j'ai décidé de t'envoyer en mission exploratoire dans différents pays en vue d'ouvrir des succursales à l'étranger. C'est une idée que j'ai fréquemment évoquée devant les gens de mon entourage.

— Quel abominable subterfuge ! s'écria Juliette, consternée.

— C'est pour le bien de ton enfant. Et non pour le tien ! coupa sèchement Denise qui nota avec satisfaction que Juliette ne protestait plus. Pour la même raison, il est important que le bébé porte un nom différent du tien, sans quoi cela risquerait de faire jaser plus tard et de lui créer des problèmes. Sans compter que son père ne doit jamais apprendre la vérité !

Juliette avait l'impression que Denise cherchait à la manipuler mentalement et physiquement. Et cependant, tout semblait aller dans le sens des intérêts du bébé. Elle ne devait pas l'oublier, même si elle se sentait terriblement humiliée de devoir se prêter à cette mascarade.

— Bien que tu ne veuilles pas le mettre en nourrice, poursuivit Denise d'un ton ferme, il serait raisonnable de laisser le bébé à Antonio et Candida pendant quelque temps. Cela te donnerait la possibilité de renouer un peu avec la vie parisienne. (Elle était fermement décidée à laisser le bébé de côté aussi longtemps que possible mais elle devait agir avec doigté pour ne pas braquer Juliette.) Les Italiens adorent les enfants. Allez savoir pourquoi ! C'est une véritable manie, chez eux.

Juliette bondit, décidée tout à coup à avoir son mot à dire dans tout ceci.

— Jamais je ne laisserai mon enfant à des étrangers !

— Bien sûr que non ! Mais les Bonini ne seront plus des étrangers lorsque tu auras passé plusieurs mois avec eux et découvert par toi-même quels braves gens ce sont. (Denise se leva pour passer un bras rassurant autour de la taille de sa sœur.) Après tout, le voyage en Italie depuis Paris n'est plus bien long de nos jours. Les trains sont rapides et fréquents. Tu pourras descendre voir ton enfant aussi souvent que tu le voudras. (C'était une promesse sur laquelle elle avait l'intention de revenir dans quelque temps, car moins Juliette verrait l'enfant et mieux elle se porterait.) Souviens-toi que c'est la seule façon pour toi d'assurer l'avenir de ta progéniture. Cela mérite bien quelques sacrifices, non ?

— Mais est-ce le bon choix ? demanda Juliette, qui se sentait prise au piège.

— Mais naturellement ! D'abord, nous pourrions l'envoyer au pensionnat — il doit bien y en avoir un à Lucques —, où les garçons et les filles reçoivent les premiers rudiments d'éducation. Ensuite ce sera un collège prestigieux en France, et pour finir l'apprentissage et une brillante carrière au sein de la Maison Landelle, en vue, éventuellement, d'en assurer la direction. Que demander de plus ?

Denise avait du mal à dissimuler ses ambitions concernant le bébé. Garçon ou fille, cela n'avait pas la moindre importance, car l'un ou l'autre pouvait également faire carrière dans le monde de la mode. Il fallait saisir l'occasion au vol, car Juliette risquait de ne pas avoir d'autres enfants si elle découvrait qu'il lui était impossible de faire confiance à un homme, après cette première expérience désastreuse.

Juliette pressa ses doigts sur ses tempes, en proie à l'incertitude et néanmoins reconnaissante. Denise, au lieu de la rejeter, faisait tout ce qui était en son pouvoir pour l'aider.

— Excuse-moi, mais je ne me sens pas capable, dans l'immédiat, de faire la moindre promesse ou de prendre des décisions.

— Je ne te demande rien de tel, mentit délibérément Denise. Tu viens de subir un grand traumatisme et ton jugement et ton bon sens pourraient s'en trouver altérés.

Prends ton temps et fais-moi confiance. Et rappelle-toi que nous sommes unies toi et moi par les liens du sang, et que nous devons nous soutenir l'une l'autre en cas de crise. Ne l'oublie jamais, lorsque tu seras en Italie, en train de te prélasser tranquillement au soleil. (Après quoi elle ajouta, très ferme :) S'il devait revenir à Paris, le comte Karasvin n'apprendra jamais que le bébé se trouve à la villa. Je t'en donne ma parole.

Une semaine plus tard, tous ceux qui connaissaient Juliette savaient qu'elle partait en mission pour le compte de la Maison Landelle. Seuls les gardiens de la Casa San Giorgio avaient été informés du véritable motif de sa visite.

Juliette resta plusieurs jours à Florence avant de se rendre à la villa. Elle voulait passer quelques jours seule, pour s'habituer à son nouveau cadre de vie. Tout était arrivé si vite ! Les derniers jours qu'elle avait passés à Paris avaient filé avec une telle rapidité ! Elle avait trouvé un hôtel bon marché près du Ponte Vecchio, et se nourrissait à moindre frais de fruits et de pâtes, pour lesquelles elle s'était découvert une véritable passion. On était au début du printemps et la splendeur des palais de la Renaissance se parait d'une véritable explosion de fleurs. Les visiteurs étrangers étaient nombreux dans la ville, aussi, craignant de croiser quelque visage connu quand elle sortait dans la rue, elle portait un chapeau muni d'une voilette, ainsi qu'une ombrelle. De plus, elle se rendait tôt le matin sur les sites historiques — ou, à tout le moins, à des heures où les visiteurs étrangers y étaient rares.

Elle aurait aimé envoyer une carte postale à Gabrielle et à Derek, qui avaient passé une partie de leur lune de miel à Florence. Mais avant de quitter Paris elle leur avait écrit qu'elle s'absentait quelque temps, sans leur donner aucune explication, uniquement l'assurance que tout allait bien. Elle ne pouvait prendre le risque de révéler sa présence ici à quiconque. Elle avait promis à Denise de lui envoyer toute sa correspondance à Paris, poste restante.

Ayant averti les Bonini par courrier qu'elle arriverait à la villa avec un peu de retard, Juliette entreprit de visiter chaque jour un nouveau musée ou une nouvelle galerie d'art. Et c'est ainsi qu'elle alla admirer, bouche bée, de nombreuses sculptures comme le *David* de Michel-Ange ou la *Marie-Madeleine* de Donatello, qui l'émurent jusqu'aux larmes. Plusieurs tableaux des Offices eurent sur elle le même effet, car elle était extrêmement émotive ces temps-ci. Elle s'efforçait chaque jour d'améliorer son italien et constata que les bases qu'elle avait acquises au couvent étaient excellentes.

Juliette aurait volontiers prolongé son séjour à Florence si elle n'avait craint d'y croiser Nikolaï. Elle était en train de descendre l'escalier du Duomo lorsqu'un homme qui marchait devant elle attira son attention. La même silhouette élégante, des épaules carrées et une épaisse chevelure noire bouclée qui dépassait de son panama... Elle crut que son cœur allait s'arrêter et posa une main sur sa gorge. Puis l'homme se tourna de profil, et elle vit qu'il s'agissait d'un étranger. Presque à l'aveuglette, elle rentra d'un pas chancelant dans la cathédrale et se laissa tomber sur le premier banc qu'elle trouva. Le plus inquiétant, c'est que si ç'avait été Nikolaï, elle se serait élancée vers lui, incapable de se retenir. Lorsqu'elle sortit à nouveau dans le soleil resplendissant, ce fut pour retourner immédiatement à l'hôtel et faire ses bagages, afin de se rendre à la villa le matin même.

Juliette prit le train pour Lucques, puis loua une carriole pour faire le reste de la route. Le voyage était plaisant. La petite route en lacet serpentait entre les vignobles ondoyants, ponctués çà et là de maisons aux toits de tuile et aux façades décolorées par le soleil, et d'antiques ponts de pierre et de verdoyants bosquets, avec à l'arrière-plan un paysage montagneux grandiose. De temps à autre on apercevait le portail d'une belle demeure et le reflet d'une vitre scintillant au soleil, mais la plupart des villas étaient cachées par de hauts murs de pierre.

Elle n'avait jamais vu de photographies de la villa de Denise, à laquelle sa sœur ne semblait guère s'intéresser, hormis pour la louer. Juliette en avait déduit que la bâtisse était de taille modeste et n'offrait qu'un confort relatif. Denise lui avait dit que le parc était très vaste, et lorsque la carriole franchit les grilles elle put voir que sa sœur n'avait pas exagéré. Il y avait de nombreux arbres majestueux, et un jardin à la française dont les massifs couverts de fleurs multicolores épousaient le relief incliné. Puis la villa lui apparut au loin.

Contrairement aux attentes de Juliette, c'était un petit palais à la somptueuse façade ornée de balcons, de loggias et de statues disposées dans des niches. Juliette songea soudain qu'elle aurait dû s'en douter. Claude de Landelle était un homme riche, pour qui rien n'était jamais trop beau. Elle contempla un instant les lieux avec ravissement. Elle se sentait déjà attirée par cette belle et ancienne demeure dans laquelle son bébé allait voir le jour.

La villa se trouvait sur un promontoire qui lui conférait une vue magnifique, et la carriole de Juliette fut aperçue de loin par les Bonini qui l'attendaient déjà sur le perron, devant l'entrée surmontée d'un portique. Le cocher arrêta son cheval et les deux époux s'avancèrent. Le mari s'inclina, tandis que sa femme exécutait une petite révérence.

— *Buon giorno signorina,* dirent-ils à l'unisson.

L'homme était d'allure avenante, avec une carrure large et de petits yeux rieurs, et sa femme était bien en chair avec un air maternel et un visage rond et souriant. Ses cheveux, noirs et brillants comme s'ils avaient été vernis, étaient coiffés en chignon. Derrière le couple se tenaient deux jeunes filles qui n'avaient pas vingt ans. Elles portaient des tabliers blancs impeccables, et lui adressèrent un sourire accompagné d'une petite courbette lorsque Bonini les lui présenta. C'était ses filles, Lucietta et Katarina, qui vaquaient, elles aussi, aux soins du ménage. Juliette s'attarda un instant sur les marches du perron pour admirer le vaste jardin en fleurs, et demanda à Antonio si c'était lui qui en prenait soin.

— Oui, signorina, mais j'ai succédé à un vieil homme du village voisin, qui m'a appris le métier. Il vient chaque jour pour s'assurer que le travail est bien fait.

Elle sourit à cette petite plaisanterie. Candida l'attendait pour lui montrer la villa, et Juliette la suivit dans le hall aux murs lambrissés et au sol de marbre rose. La maison était claire et aérée, les fenêtres garnies de voilages diaphanes et de stores. Dans sa chambre, le plafond était peint et de petits chérubins dorés tenaient une guirlande au-dessus de la tête de lit en bois sculpté. Ensuite Candida lui montra une autre chambre, beaucoup plus sobre celle-là, et garnie d'un lit étroit. Elle servirait pour l'accouchement.

Juliette mit à profit les premières semaines qu'elle passa à la villa pour terminer différents modèles de création textile et de robes qu'elle envoya ensuite à Denise. Avant que ne s'installent les fortes chaleurs d'été, elle fit plusieurs fois le voyage jusqu'à Lucques. La première fois, elle alla voir le docteur Morosini, qui devait accoucher le bébé. Il portait des lunettes cerclées d'or et se montra courtois et attentif, ce qui la rassura pleinement.

— Il n'est pas rare, lui dit-il en se rasseyant derrière son bureau, qu'une jeune femme de bonne famille, comme vous-même, soit envoyée au loin pour donner discrètement le jour à un bébé. Néanmoins, je constate qu'on vous a laissée complètement seule. En temps normal, une infirmière qualifiée ou un parent vous aurait accompagnée. La baronne de Landelle n'y a-t-elle pas songé ?

— Non.

— Et le père ?

— Il épouse quelqu'un d'autre.

Sa voix était étrangement atone, sans la moindre trace de la douleur atroce qui lui ravageait le cœur et qui semblait s'aggraver chaque jour.

— Mais alors, qu'adviendra-t-il du bébé ?

— Je le garderai avec moi !

Elle avait crié, sans même s'en rendre compte.

— Fort bien. (Il s'abstint de tout autre commentaire.)
Prenez de l'exercice chaque jour, en marchant le matin
à la fraîche, et le soir, si vous ne vous sentez pas trop
fatiguée. Reposez-vous à l'heure de la sieste. Mangez rai-
sonnablement et n'écoutez pas les bonnes femmes qui
vous diront de manger pour deux.

Elle suivit ses conseils. Lucques, avec ses trésors d'art
et d'architecture, ses vastes places publiques, ses églises
magnifiques, était une ville qu'elle aurait voulu explorer
indéfiniment, mais lorsque arrivèrent les chaleurs d'été,
elle dut rester à la maison. Elle se trouvait parfaitement
à son aise à la villa, et quand elle avait terminé sa promenade du matin, elle se mettait à l'ouvrage, et elle
envoyait régulièrement des échantillons de son travail à
Paris. Elle devait aussi songer à la layette du bébé, et à
se confectionner des robes, car sa taille commençait à
s'arrondir. Elle avait abandonné la veille de son départ
de Paris les corsets qu'elle avait portés pour cacher son
état. Elle avait acheté des étoffes à Lucques : des cotonnades et des mousselines à bon marché pour elle-même,
dont elle avait fait des robes amples et confortables. A
d'autres moments elle lisait, jouait sur le piano à queue
que Claude avait fait installer ou faisait des patiences avec
Candida qui aimait beaucoup les cartes. Les deux filles
avaient un gramophone et Juliette leur apprenait les dernières danses à la mode à Paris.

Maintenant qu'elle ne pouvait plus se rendre à Lucques, le docteur Morosini venait la voir à la villa. Le
pécule de Claude lui permettait non seulement de pour-
voir à tous ses besoins, mais également de régler ses notes,
qui lui semblaient modestes comparées à celles d'un
médecin parisien. Il se montrait d'ailleurs généreux et ne
la faisait pas payer lorsqu'il se trouvait dans les environs
et qu'il passait à la villa pour prendre de ses nouvelles.

— Comment vous sentez-vous, aujourd'hui ? lui
demandait-il.

Et, chaque fois, elle lui répondait qu'elle se sentait

bien. Parfois ils faisaient quelques pas ensemble dans le jardin, à l'ombre des cyprès, et ensuite il acceptait un rafraîchissement avant de s'en retourner. Elle savait qu'il venait pour lui faire oublier sa solitude, afin qu'elle ne sombre pas dans la dépression. Mais il était loin d'imaginer l'atroce souffrance qui la déchirait intérieurement et contre laquelle elle devait lutter. Elle était toujours contente de le voir, car c'était un homme intéressant, cultivé et parfaitement au courant de la situation mondiale, ce qui leur permettait de discuter de nombreux problèmes abordés dans les journaux que l'un et l'autre lisaient quotidiennement. Pas un seul entrefilet ayant trait à la Russie ne lui avait échappé. Ayant lu tous les livres qu'elle avait apportés avec elle de Paris, c'est avec joie qu'elle accepta ceux qu'il voulut bien lui prêter. Des classiques pour la plupart, dont quelques-uns en français, une langue qu'il parlait assez bien. Plus d'une fois, il lui dit qu'il aurait aimé parler sa langue aussi bien qu'elle parlait la sienne, mais, comme elle le lui fit remarquer, depuis son arrivée en Italie, elle avait eu l'occasion de la pratiquer abondamment...

Durant ses années de pensionnat, les lettres de Denise avaient été rares. Mais à présent, Juliette recevait régulièrement du courrier qui la tenait informée de tout ce qui se passait à la Maison Landelle. Preuve de ce que Denise voulait à tout prix la garder avec elle. Les nouvelles d'ordre personnel étaient réduites à leur plus simple expression. Elles étaient remplacées par des chiffres de vente, et des détails concernant les changements intervenus dans le personnel, ainsi qu'une liste de nouvelles clientes importantes. Les étoffes arrivées de Londres avaient été utilisées pour la fabrication de robes à plusieurs volants, dont le corset ressemblait à une chemise, et des tuniques trois quarts portées sur des jupes. Quelques semaines plus tard, Denise, exultante, lui écrivit que ces nouveaux modèles avaient fait sensation et que les commandes ne cessaient d'affluer. A présent, Juliette entrait dans son septième mois de grossesse. Elle continuait d'envoyer de nouveaux modèles à Denise et en avait deux autres en chantier lorsque sa sœur lui écrivit à nouveau.

Lorsque la lettre arriva, Juliette cessa son travail et alla s'installer dans la loggia, dont la vue sur les montagnes était admirable. Puis, ayant pris place dans un fauteuil en rotin, elle ouvrit la missive. Celle-ci était plus courte qu'à l'ordinaire, et elle réalisa qu'il s'agissait d'une lettre personnelle, chose rare de la part de sa sœur.

Juliette s'attendait à recevoir une telle lettre tôt ou tard. Mais elle n'était absolument pas préparée à apprendre de façon aussi brutale ce qui était arrivé. Sans préambule aucun, Denise lui annonçait que Nikolaï était rentré à Paris.

J'ai entendu dire que le comte Karasvin avait passé la ville au peigne fin pour te retrouver. Puis Denise ajoutait : *bien qu'il soit désormais un homme marié. Lorsqu'il est venu me voir, je lui ai raconté un mensonge, en sachant que cela réglerait cette histoire une fois pour toutes. Je lui ai dit que tu avais avorté et que je t'avais envoyée au loin te reposer quelques mois. A en juger par l'effet que ces paroles ont eu sur le comte Karasvin, tu peux être certaine que tu n'entendras plus jamais parler de lui. J'ai appris depuis qu'il avait quitté Paris le soir même. Je sais que tu voudras me remercier...*

Juliette s'arrêta de lire, laissant échapper un cri de désespoir. Puis elle enfouit sa tête entre ses mains, laissant la lettre tomber sur ses genoux, et se mit à pleurer en silence tandis que déferlaient en elle des vagues de compassion et d'amour pour Nikolaï.

Une demi-heure plus tard, le docteur Morosini la trouva dans ce même état de détresse. Les larmes qu'elle versait en silence avaient quelque chose de préoccupant. Posant sa sacoche à terre, il attira un fauteuil pour s'asseoir auprès d'elle.

— Laissez-moi vous aider. Dites-moi ce qui vous tourmente.

Tout d'abord elle ne réagit pas, puis au bout d'un petit moment elle baissa les mains et, toujours sans le regarder, à demi aveuglée par les larmes, elle lui tendit la lettre qui se trouvait sur ses genoux. Il la prit et la lut entièrement, puis ramassa l'enveloppe qui était tombée à terre et la remit dedans.

— Ne cherchez pas à relire cette lettre, lui conseilla-t-il.

D'une voix hésitante et lourde de chagrin, elle répondit :

— Je ressens la souffrance de Nikolaï comme si c'était la mienne.

Le docteur Morosini soupira en voyant la force de l'amour qui était en elle. Rares étaient les femmes qui pouvaient éprouver de la pitié pour un homme qui les avait trompées. La plupart se seraient réjouies méchamment de son malheur.

Comme si Juliette avait lu dans ses pensées, elle se tourna vers lui et le regarda dans les yeux.

— Nikolaï et moi voulions passer le reste de notre vie ensemble. Personne ne pourra jamais rien y changer.

— Mais maintenant le moment est venu pour vous de songer exclusivement à l'intérêt de l'enfant. Car vous avez compris que tout espoir, aussi ténu soit-il, de voir se produire un miracle s'est à jamais envolé.

Elle secoua la tête, incertaine, en essuyant les larmes qui continuaient à jaillir de ses yeux.

— Est-ce qu'au fond de moi-même j'ai tout de même continué d'espérer, envers et contre tout ? Je n'en sais rien. Je ne le saurai jamais.

Elle se leva lentement et s'approcha de la balustrade, regardant sans le voir le panorama qui s'étirait devant elle.

Le docteur Morosini resta un petit moment sans bouger. Puis, voyant que le flot de ses larmes silencieuses ne tarissait pas, il quitta son fauteuil et s'approcha d'elle pour lui tendre le mouchoir propre qui se trouvait dans sa poche de poitrine. Elle s'essuya les yeux. Il vit qu'il lui avait laissé suffisamment de temps et qu'elle avait enfin pris une décision. S'asseyant à demi sur la balustrade, il attendit, bras croisés, qu'elle parle.

— Je suis libre à présent, dit-elle calmement en se tournant vers lui. Oh ! Je n'oublierai jamais Nikolaï. Lui et moi sommes unis pour la vie. Mais je suis libre d'élever mon enfant dans cette indépendance pour laquelle Nikolaï se bat dans son propre pays. (Elle haussa légèrement les épaules, comme pour s'excuser.) Je dois vous donner l'impression de parler par charades. Vous connaissez si peu ma vie passée.

— Je puis me l'imaginer, pour l'essentiel, même si les détails m'échappent.

Il ne voulait surtout pas qu'elle se sente obligée de les lui dévoiler, mais il espérait que tôt ou tard elle éclairerait sa lanterne. Juliette constituait pour lui une sorte de mystère, et il voulait apprendre à la connaître.

— Je sais à présent que je ne peux pas retourner à Paris, dit-elle d'une voix décidée. Cela impliquerait que je me sépare de mon bébé. Or, je n'ai cessé d'affirmer depuis le début qu'il n'en était pas question, et je vois maintenant que j'ai bien fait.

— Comment se fait-il que vous ayez pu en douter ?

— Je craignais que Nikolaï cherche à revendiquer ses droits paternels et que je ne puisse l'en empêcher. (Voyant la stupéfaction du médecin, elle ajouta :) Peut-être devrais-je vous raconter quelques-unes des circonstances qui ont changé sa vie et la mienne. J'aimerais que vous compreniez. Vous êtes si bon avec moi.

— Vous êtes ma patiente. Votre bien-être me tient à cœur.

Lorsqu'elle lui eut raconté brièvement les faits, il tomba d'accord avec elle. Retourner à Paris serait une erreur. Il en était d'autant plus persuadé que la baronne, avec son arrogance et son caractère emporté, ne lui avait pas plu. Il s'était pris de pitié pour son malheureux époux dont la guérison avait été retardée par l'impatience de Denise à retourner à Paris. Juliette était depuis trop longtemps sous sa coupe. Il était clair que la femme avait l'intention d'accaparer le bébé dès sa naissance pour en faire sa chose, sans se préoccuper des rêves ou des ambitions que l'enfant pourrait avoir plus tard. Au nom de la Maison Landelle, la baronne était prête à tout.

216

— Bien, et maintenant que vous avez décidé de tirer un trait définitif sur Paris, où irez-vous ? demanda-t-il.

Juliette se tourna à nouveau vers les montagnes.

— Il y a un certain nombre de choses que je voudrais régler avant d'y songer. Mais, docteur, ajouta-t-elle avec un petit sourire grave, je vous promets que vous serez le premier à être tenu au courant.

Lorsqu'il fut parti, Juliette écrivit deux lettres. La première, à Denise, lui confirmait qu'elle refusait de se séparer de son enfant et entendait refaire sa vie loin de Paris. Elle implora sa sœur de ne pas briser leurs liens fraternels dans un moment d'emportement, car ceux-ci avaient pris beaucoup d'importance pour toutes les deux depuis qu'elles s'étaient rapprochées. En cachetant l'enveloppe, Juliette songea qu'il y avait toutes les chances pour que Denise fasse une apparition tumultueuse à la Casa San Giorgio, mais elle aurait beau dire ou faire, jamais elle ne la ferait revenir sur sa décision.

La seconde lettre était adressée à Fortuny. Elle lui expliquait sa situation et lui demandait s'il avait une place de couturière pour elle dans son atelier. Il avait déjà eu l'occasion de juger sur pièce de ses capacités. Elle espérait qu'il accepterait de la prendre à son service. Puis elle apposa la mention *Personnel* sur l'enveloppe, afin qu'elle lui fût remise en mains propres.

Cet après-midi-là, lorsque Antonio se rendit à Lucques avec sa carriole pour faire des emplettes, il posta les deux lettres pour elle.

15

Juliette se mit à guetter le courrier chaque jour. Une lettre de Denise lui parvint. Sa sœur ignorait royalement tout ce qu'elle avait pu lui écrire, et n'abordait que des sujets d'ordre professionnel, sauf dans la dernière ligne où elle déclarait qu'elle avait entendu dire que les femmes enceintes étaient sujettes aux lubies, mais qu'après la naissance du bébé Juliette recouvrerait son jugement.

Juliette soupira. Elle était lasse, en ce dernier mois de grossesse. Elle ne se sentait pas capable de répondre dans l'immédiat. Comment Denise pouvait-elle balayer ainsi d'un revers de main la lettre la plus importante que Juliette lui ait jamais écrite ? Tout en continuant à travailler à la création textile que lui réclamait Denise, elle espérait une réponse de Fortuny.

Réalisant que le temps pressait, elle décida d'en revenir à la solution qu'elle avait envisagée quelque temps auparavant, lorsqu'elle était à Florence. La ville comptait plusieurs boutiques de mode élégantes. Aussitôt que son état le lui permettrait, elle se rendrait là-bas pour chercher du travail. Il lui faudrait emmener avec elle quelques échantillons. Heureusement, elle avait emporté de belles toilettes qu'elle avait réalisées elle-même à Paris. Une pensée en amenant une autre, elle songea à sa robe Delphes. Elle n'avait pas eu le courage de s'en séparer malgré tous les souvenirs douloureux que celle-ci évoquait pour elle. C'eût été le vêtement idéal, pour elle, dans son état présent, car les admirables petits plis se seraient étirés généreusement autour de sa silhouette arrondie, mais elle ne se sentait pas capable de la porter à nouveau.

Bien que les fleurs continuent de parer de mille couleurs le jardin en terrasse, l'automne commençait à s'installer dans le paysage grandiose. Les journées étaient plus fraîches et souvent humides, la pluie ne cessait de tomber du matin au soir. Une semaine entière de pluie venait de passer et le soleil de l'après-midi commençait à nouveau à pointer le bout de son nez quand Juliette décida d'aller prendre l'air. Depuis qu'elle avait terminé et expédié à Paris les derniers modèles que lui réclamait Denise, elle était restée enfermée, quasiment prisonnière, à l'intérieur de la maison. A présent elle n'attendait plus que la venue du bébé qui devait avoir lieu dans les prochains jours.

Elle était en train de descendre l'escalier en se tenant à la balustrade lorsqu'elle aperçut un taxi qui arrivait dans sa direction après avoir franchi les grilles. Son cœur chavira. Denise avait finalement décidé de venir. A mesure que le taxi approchait, Juliette se préparait intérieurement à la scène qui allait suivre. Mais, à son grand étonnement, ce fut Marco qui sortit de la voiture avec un grand sourire.

Complètement affolée, elle dut prendre appui sur la balustrade. La lettre qu'elle avait envoyée à Fortuny était personnelle. Le styliste n'avait pas le droit d'en dévoiler la teneur à quiconque, et encore moins de révéler le lieu où elle se trouvait. Il ne lui restait plus qu'à espérer que Marco n'avait pas eu le temps d'écrire à Nikolaï pour l'avertir.

— Ainsi, nous nous retrouvons une fois de plus, lui dit Marco en venant vers elle, le visage rayonnant, comme si la rondeur de son ventre lui avait échappé. Et une fois de plus ça n'est pas à Paris.

— Et ça ne le sera plus jamais, répondit-elle, émue. Mais pourquoi êtes-vous ici ? (Elle posa la main sur son ventre, et regarda Marco d'un air implorant.) Je vous supplie de ne rien dire à Nikolaï. L'enfant que j'attends est le sien et je ne veux pas qu'il l'apprenne !

Son expression était soudain sérieuse.

— Cela fait des mois que je suis sans nouvelles de Nikolaï.

Il n'ajouta pas que, par l'intermédiaire de Russes rencontrés à Venise, il avait eu vent du somptueux mariage célébré à Saint-Pétersbourg.

Elle éprouva un tel soulagement qu'elle en resta sans voix.

— Avez-vous fait un long voyage pour venir jusqu'ici ?

— J'ai quitté Venise tôt ce matin. Fortuny et Henriette étaient en voyage, aussi n'a-t-il dépouillé son courrier qu'hier, tard dans la soirée. C'est Henriette qui a pris elle-même les choses en main après qu'il a discuté avec elle en privé de votre lettre. C'est elle qui a insisté pour qu'il me mette au courant. Après tout, je lui ai souvent parlé de vous par le passé. Et comme elle s'y attendait, j'ai déclaré que je viendrais vous voir sans délai.

— Vous allez au moins passer la nuit ici, n'est-ce pas ?

— Je ne veux surtout pas vous créer d'embarras. J'ai déjà retenu une chambre à Lucques.

— Mais vous êtes mon invité. Je vais demander à Antonio d'aller chercher vos bagages.

Elle avait presque tourné les talons pour s'en retourner dans la villa, quand Candida, qui avait aperçu le taxi, apparut. Elle partit aussitôt avertir son époux. Juliette se tourna à nouveau vers Marco.

— Cela vous ennuierait-il si nous faisions une petite promenade avant que je vous montre votre chambre ?

— Bien sûr que non. Prenez mon bras.

Elle accepta, heureuse de son soutien, et ensemble ils descendirent les marches et prirent l'allée qui menait au jardin.

— Comme vous vous en doutez, dit-elle, j'ai hâte de savoir si Fortuny a une place à m'offrir.

— Oui, il y a une place pour vous dans les ateliers du palais Orfei.

Une fois de plus elle éprouva un immense soulagement. Elle s'arrêta et posa son front sur son épaule, presque incapable de parler.

— Comme c'est généreux de sa part. Et de la vôtre de venir jusqu'ici pour me porter la nouvelle...

— Je voulais vous revoir.

— Même ainsi ? dit-elle, aussitôt sur la défensive, consciente de son ventre énorme.

— Oui, même si j'aurais préféré vous voir mariée avec le père de votre enfant, et heureuse. Jamais je n'aurais imaginé que les choses puissent se terminer un jour entre vous et Nikolaï.

— Et moi je n'aurais jamais pensé que nous puissions être un jour séparés comme nous l'avons été.

Il savait qu'elle lui raconterait les circonstances de leur rupture en temps voulu, et s'efforça pour l'heure de s'en tenir à de menus propos, lui demandant comment s'était passé son séjour à la villa et lui parlant de ses propres voyages.

Ce soir-là, il se remit à pleuvoir et ils s'assirent au coin du feu. Elle lui expliqua ce qui était arrivé et pourquoi elle était venue se cacher ici. La gentillesse et la bienveillance de Marco étaient pour elle particulièrement réconfortantes, car bien que le docteur Morosini fût lui aussi devenu un ami, leurs relations étaient plus impersonnelles, et il n'avait pas connu Nikolaï.

Il lui semblait tout naturel que Marco séjournât à la villa. Il y avait tant de choses qu'elle voulait savoir concernant l'emploi qu'allait lui offrir Fortuny ! Elle débuterait comme couturière, mais le styliste était prêt à la prendre avec lui dans l'atelier de création textile lorsqu'elle aurait complètement recouvré ses forces — c'était un travail pénible qui exigeait qu'on passe de longues heures debout.

— Le palais Orfei est un atelier gigantesque. La boutique Fortuny et les salons de présentation se trouvent au rez-de-chaussée, tandis que les ateliers et les bureaux sont dans les étages. Les appartements de Mariano et Henriette jouxtent les ateliers.

— Quel genre de femme est-ce ?

— Elle est charmante, et très chaleureuse. Elle seconde Fortuny dans tous les domaines de sa création.

C'est dommage que vous n'ayez pas pu faire sa connaissance, le soir où nous nous sommes retrouvés à l'opéra à Londres. Malheureusement, ses amies et elle avaient déjà regagné leurs places. Elle était désolée de ne pas vous avoir rencontrée, car je lui avais raconté dans quelles circonstances vous aviez sauvé la robe Delphes et cela l'avait beaucoup amusée.

— Il faudra que je trouve un petit hôtel bon marché à Venise, en attendant de dénicher un logement convenable pour moi et le bébé. Y en a-t-il un que vous pourriez me recommander ?

— Je le pourrais, mais il y a une autre solution. (Marco fit une pause.) Je ne suis pas venu uniquement pour vous annoncer que vous aviez trouvé un emploi. Il y a une autre raison qui m'amène ici.

Instantanément Juliette sut ce qu'il allait lui dire et sa main se crispa sur le bras de son fauteuil. Elle savait, depuis la première fois qu'ils s'étaient rencontrés, à Lyon, qu'il était très attiré par elle. Il posa sur elle un œil caressant et prit sa main entre les siennes.

— Je vous aime, Juliette. A Lyon, grâce à vous, j'ai réalisé que je devais à nouveau me tourner vers l'avenir, même si les tendres souvenirs du passé resteront à jamais gravés dans mon cœur. Mais à la place qui leur revient, comme faisant partie d'une période révolue de ma vie. Puis Nikolaï est venu vous rendre visite, et j'ai vu d'emblée combien vous étiez épris l'un de l'autre. J'ai compris alors que je n'avais aucune chance. Même si ensuite vous n'avez plus jamais quitté mes pensées.

— Marco… commença-t-elle, mais il lui serra la main avec insistance.

— Laissez-moi finir, je vous en prie, implora-t-il. Puis nous nous sommes revus à Londres et j'ai eu la bonne fortune de pouvoir passer un peu de temps en votre compagnie. Je sais que vous me considérez exclusivement comme un ami, mais l'amitié est une base solide et durable pour un mariage. Je vous demande de bien vouloir être ma femme, et de me laisser donner mon nom à votre enfant. Je l'élèverai comme si c'était le mien. Vous serez toujours ma bien-aimée.

Elle était profondément émue. Cet homme était un être exceptionnel. Il était prêt à adopter le bébé, alors que la plupart des hommes se seraient récriés à l'idée de reconnaître l'enfant d'un autre. Elle lui en était infiniment reconnaissante. Mais si elle éprouvait de l'affection pour lui, il lui était impossible d'envisager de l'épouser.

— Je ne puis accepter, mon cher Marco. Nikolaï comptera toujours beaucoup trop pour moi.

— Je suis prêt à faire le pari qu'avec le temps vous apprendrez à m'aimer suffisamment pour oublier le passé, comme je l'ai fait moi-même. Parce que c'est la seule façon de continuer à vivre. Vous et moi avons éprouvé la terrible souffrance que cause la perte d'un être cher. Cela devrait nous aider à nous rapprocher l'un de l'autre, et à nous comprendre mieux que n'importe quel autre couple.

— Vous risqueriez d'être amèrement déçu, dit-elle, en secouant la tête avec insistance. Et je vois à présent que ce serait une erreur de ma part d'accepter l'offre de Fortuny. Car vous et moi serions amenés à nous voir beaucoup trop souvent. Et ce ne serait pas juste pour vous.

— Mais je veux que vous l'acceptiez ! La plupart des Italiens exigeraient que leur épouse reste au foyer, mais je sais que vous êtes une artiste et que vous avez besoin d'exercer votre créativité. C'est une chose que j'apprécie. J'aimerais être l'époux d'une femme dont les centres d'intérêts coïncident avec les miens. De plus, vous devez songer au bébé, Juliette ! Pensez à ce que cela signifierait pour l'enfant d'avoir un père, un nom dont il pourrait tirer fierté, et un foyer stable et sécurisant que rien ne pourra détruire...

Ses dernières paroles avaient porté. Les yeux de Juliette perdaient peu à peu leur expression farouche. Elle acceptait l'idée qu'en l'épousant elle apporterait à son enfant la sécurité et l'amour paternel dont il avait besoin. Sa résistance faiblit peu à peu. Puis elle finit par acquiescer d'un signe de tête.

— Vous êtes un homme généreux, lui dit-elle d'une voix à peine audible. Je l'ai compris dès la première fois que je vous ai vu. Vous méritez une épouse meilleure que je ne le serai jamais.

— Mais je n'en veux pas d'autre !

Elle lui sourit sans conviction.

— Je puis vous promettre au moins une chose : je vous serai éternellement reconnaissante de ce que vous faites pour mon enfant et pour moi.

— Je donnerais ma vie pour vous ! déclara-t-il avec ferveur.

Il s'inclina et pressa ses lèvres sur sa main pendant un long moment, emporté par l'émotion. Elle se pencha vers lui et lui baisa doucement le front.

Ils se marièrent dans la semaine. La cérémonie eut lieu à l'église Santa Maria della Rosa. Juliette portait une robe de velours bleu nuit et une ample tunique sous une cape, qu'elle avait faites elle-même pendant son séjour à la villa, ainsi qu'un chapeau à large bord qu'elle avait apporté de Paris. Elle avait à la main un bouquet de fleurs cueillies par Lucietta et Katarina dans les jardins de la villa. Elles avaient accompagné leur mère à l'église, et toutes trois portaient leurs plus beaux chapeaux et leurs robes du dimanche. Antonio, droit comme un i dans son meilleur costume, et la moustache relevée en pointes, était leur témoin, ainsi que le docteur Morosini. A la fin de la cérémonie, Marco embrassa Juliette sur les lèvres pour la première fois.

Ensuite, tous regagnèrent la Casa San Giorgio où Candida avait laissé deux femmes s'occuper du repas de noces qu'elle avait préparé presque entièrement toute seule. Juliette insista pour qu'elle s'asseye à la table avec les autres invités, mais elle passa son tablier et reprit aussitôt son rôle de servante.

Ce fut un mariage tout simple, et tous se dispersèrent sitôt le repas terminé. Juliette s'en alla faire sa sieste habituelle et Marco raccompagna le docteur Morosini à son automobile, devant laquelle ils causèrent un petit moment. Antonio ôta son col dur avec un soupir de soulagement pour s'en aller vaquer à ses occupations.

Ce soir-là, lorsque Juliette et Marco s'assirent à nouveau au coin du feu, il lui parla de la maison qu'il avait achetée récemment à Venise.

— Je m'y suis installé il y a trois mois, mais elle n'est pas encore complètement meublée : j'ai passé beaucoup de temps en déplacement à l'étranger. Vous pourrez la décorer à votre convenance. J'aimerais que vous preniez le temps de vous reposer et de profiter du bébé avant de reprendre le travail au palais Orfei.

— Initialement, j'avais compté reprendre le travail aussitôt, mais je ne serais pas mécontente d'avoir quelques semaines à moi, reconnut-elle. Pourquoi avez-vous quitté l'appartement que vous occupiez jusqu'ici ?

À Lyon, il lui avait dit qu'il avait vendu sa première maison après la mort de sa femme, car il ne supportait pas d'y demeurer sans elle.

— Il n'était pas confortable, même si ses fenêtres donnaient directement sur le Rialto, ce qui m'a probablement séduit à l'époque. La nouvelle maison, la vôtre et la mienne désormais, n'offre pas cette vue splendide, mais elle donne sur un jardin intérieur tranquille, et se trouve à deux pas du palais Orfei. Lorsque vous vous sentirez capable de laisser le bébé aux soins d'une gouvernante, il ne vous faudra pas plus de deux minutes pour vous rendre de l'atelier à la maison pour voir si tout va bien.

Ils firent une petite promenade jusqu'à ce que, trop fatiguée par les émotions de la journée, elle déclare qu'elle ne tenait plus sur ses jambes. Marco la raccompagna jusqu'à la porte de sa chambre. Puis il prit tendrement son visage entre ses mains et la regarda au fond des yeux.

— Vous serez heureuse avec moi, dans la nouvelle vie qui s'offre à vous, lui promit-il. Cela prendra un peu de temps, mais vous verrez, tout s'arrangera.

Elle était incapable de s'imaginer heureuse à nouveau,

mais elle accueillit ses paroles avec un sourire grave. Il l'embrassa tendrement, mais sans passion, ce dont elle lui fut reconnaissante. Puis elle lui donna le bonsoir et se retira.

Juliette prit la décision de ne pas envoyer de télégramme à Denise pour lui annoncer son mariage. Sa sœur savait qui était Marco. Elle lui avait raconté qu'ils s'étaient rencontrés à Lyon, puis de nouveau à Londres. Cependant lui télégraphier la nouvelle lui semblait trop brutal. C'est pourquoi elle lui écrivit et lui promit qu'elle continuerait à lui envoyer des modèles. Elle termina sa lettre en exprimant son espoir sincère que Denise viendrait leur rendre visite à Venise, où elle serait toujours la bienvenue.

Juliette écrivit également à Lucille, avec qui elle était restée en contact. Lucille et Rodolphe l'avaient invitée à venir chez eux, à La Nouvelle-Orléans, pour refaire sa vie avec le bébé, mais Juliette n'avait pas voulu semer le désordre dans leur existence tranquille maintenant que Rodolphe était à la retraite.

Il pleuvait encore, lorsqu'au matin elle s'éveilla avec une étrange sensation de courbatures dans tout le corps. Lorsque Lucietta arriva avec le plateau du petit déjeuner, comme elle le faisait chaque jour depuis un mois, Juliette lui demanda d'appeler Candida.

La femme arriva en courant, le visage rayonnant.

— Ça y est ? demanda-t-elle gaiement en joignant ses deux grosses mains vigoureuses.

— Je crois que oui, dit Juliette avec un sourire grimaçant.

Le travail fut long et pénible, mais elle finit par accoucher juste avant l'aube. Marco, qui avait passé presque toute la nuit à faire les cent pas, s'élança au pied de l'escalier monumental quand il entendit le premier vagissement de l'enfant. Après un laps de temps qui lui parut interminable, Candida apparut brièvement en haut de l'escalier, un sourire ravi sur les lèvres, et lui lança pardessus la balustrade :

— C'est un garçon !

Il posa une main tremblante sur ses yeux, submergé par le bonheur. Sa première femme était morte en accouchant d'une fille mort-née, et toute la nuit il avait craint le pire pour Juliette. Lorsque le docteur Morosini descendit, il avait recouvré son sang-froid.

— Comment va Juliette ? demanda-t-il, anxieux.

— Très bien ! Elle a demandé à vous voir.

Le bonheur l'envahit, et il monta l'escalier quatre à quatre.

Un câble fut envoyé à Denise pour lui annoncer que Juliette avait donné naissance à un garçon. Marco retourna brièvement à Venise pour ordonner à sa gouvernante de tout préparer pour la venue de sa femme et de son fils — seuls Fortuny et Henriette étaient véritablement au courant de la situation.

La veille du baptême du petit Michel — prénommé ainsi en souvenir du père de Juliette — une grosse enveloppe arriva. Lorsque Juliette l'ouvrit, elle poussa un cri déchirant. Elle contenait les restes déchiquetés des dernières créations qu'elle avait envoyées à Denise. Bien qu'il n'y ait aucune lettre d'accompagnement, celle-ci signifiait clairement qu'en ce qui la concernait tout était fini entre sa sœur et elle.

16

Deux semaines plus tard, c'est à bord d'un *vaporetto* et de nuit que Juliette vit Venise pour la première fois. Elle tenait Michel dans ses bras. Le bébé était chaudement enveloppé, car la bise soufflait sur les eaux scintillantes du Grand Canal. Malgré l'heure avancée, Juliette fut saisie par l'enchantement de la ville et ses lanternes guère plus lumineuses que les fanaux des siècles passés, qui dansaient comme des feux follets et laissaient entrevoir les porches des antiques demeures et les étroites venelles où ne pouvait circuler aucune voiture, ainsi que d'autres ruelles plus étroites encore, appelées *calli*. Il y avait aussi l'éclat brillant des lustres illuminant les hautes fenêtres des palais de la Renaissance, et elle entendit même la voix d'une femme qui chantait en s'accompagnant d'un luth, comme si le temps s'était arrêté depuis l'époque où les puissants doges régnaient sur Venise.

— C'est en plein soleil que vous auriez dû voir cette ville pour la première fois, s'excusa Marco, devinant que le long voyage l'avait épuisée.

— Non, répondit-elle aussitôt. La cité des Doges ne ressemble à rien de ce que j'ai pu visiter auparavant, et je la trouve étonnante.

— Je suis content qu'elle vous plaise. Êtes-vous sûre que vous n'avez pas froid ? Nous descendons au prochain arrêt.

Ils étaient arrivés par la gare de chemin de fer et

s'étaient embarqués ensuite pour parcourir une partie du canal, en passant sous le pont du Rialto. En chemin, il lui avait montré les édifices présentant un intérêt historique particulier, mais lui avait dit qu'il y en avait de bien plus beaux lorsqu'on remontait vers le palais des Doges qui donnait sur la lagune.

— J'ai promis à Henriette de vous emmener au palais Orfei demain matin, poursuivit-il, et ensuite nous irons jusqu'à mon magasin.

— Je suis impatiente de tout voir.

Marco avait téléphoné pour prévenir de leur arrivée, et un porteur les attendait avec un char à bras lorsqu'ils débarquèrent à la lueur mouvante d'une lanterne. Leurs bagages y furent empilés sauf la malle de Juliette, qui était restée à la gare où on devait la récupérer le lendemain matin. Habituée qu'elle était à la commodité des transports parisiens, Juliette trouva étonnant de devoir se rendre chez Marco à pied. Cependant elle vit une compensation dans le fait qu'ici aucun klaxon tonitruant ne venait troubler le calme ambiant. Marco les mena le long d'une de ces mêmes *calli* qu'elle avait aperçues depuis le *vaporetto*, le porteur et sa charrette fermant la marche. Parfois ils passaient devant une petite niche où brûlait une chandelle au pied d'une madone à l'enfant Jésus. Finalement ils atteignirent une petite place pavée, le Campo San Beneto.

— Voilà le palais Orfei, dit Marco en lui indiquant un vaste palais dont la façade richement ornée se découpait sur la nuit étoilée et qui occupait tout un côté de la place.

Ses hautes et majestueuses fenêtres gothiques jetaient des rectangles de lumière dorée sur les pavés.

— Quelle demeure splendide ! s'écria-t-elle.

Marco sourit.

— Vous aimerez aussi tout ce qui se trouve à l'intérieur. Allons, venez. Notre maison n'est plus qu'à quelques pas.

Tout en le suivant, elle leva la tête en direction des autres édifices bordant la place, en se demandant s'il existait à Venise une seule bâtisse sur laquelle les artisans des siècles passés n'avaient pas exercé leurs talents.

— Voici votre nouvelle maison, Juliette, lui dit Marco.

Avant qu'elle ait eu le temps de lui répondre, la porte s'ouvrit tout grand et un flot de lumière inonda le pavé. Sans doute Lena Reato, la gouvernante, avait-elle guetté leur arrivée.

— *Buona sera, signor y signora Romanelli !*

Avec un sourire, Lena se recula pour les laisser passer. C'était une petite femme dans la cinquantaine, à la poitrine imposante, aux cheveux grisonnants et aux mains habiles.

— Ah ! Le bébé ! Laissez-le-moi, signora, je vais le porter.

Une fois dans ses bras, Michel ouvrit les yeux et cligna des paupières. Elle était aux anges.

— Oh ! Quel beau bébé ! On voit bien que c'est un Romanelli ! En grandissant, ce sera le portrait craché de son père !

Juliette jeta un coup d'œil furtif à Marco, craignant qu'il n'ait été blessé par cette remarque qui venait du cœur, mais il ne parut pas s'en émouvoir. Peut-être avait-il déjà banni Nikolaï de leur vie, comme si ce dernier n'avait jamais existé. Elle songea que c'était pour lui la seule façon d'envisager sereinement l'avenir.

Elle fut soulagée de voir qu'ils avaient des chambres séparées. Lena imaginait sans doute que c'était pour éviter que les pleurs du bébé ne réveillent Marco pendant la nuit.

— J'ai pensé que vous voudriez avoir le berceau de Michel à côté de votre lit, dit-elle à Juliette en lui montrant sa chambre. Ainsi vous pourrez aisément le prendre dans vos bras s'il se met à pleurer un peu fort. Vous voudrez sans doute engager une nourrice de votre choix, cependant j'aimerais vous recommander une nièce à moi, fort capable et consciencieuse.

— Nous en reparlerons demain, dit Juliette en regardant autour d'elle tandis qu'elle ôtait son chapeau et son manteau.

Marco lui avait dit que la maison était peu meublée. Assurément, il n'y avait que des persiennes aux fenêtres et aucun tapis sur le sol de mosaïque, mais le peu qu'elle avait vu de la demeure lui plaisait. Le lit était magnifique et devait probablement dater du dix-huitième siècle. Il était en bois peint vert pâle, orné de fleurs et rehaussé d'or terni. Il y avait une commode assortie, ainsi qu'un élégant petit fauteuil, devant une table à la forme délicate sur laquelle trônait une psyché. La maison elle-même, avec ses portes sculptées et patinées par le temps, était probablement beaucoup plus ancienne et digne d'accueillir les meubles d'époque qu'elle avait aperçus en montant l'escalier. Voyant son regard ébahi, Lena lui dit :

— Le signor Romanelli a hérité tous ces meubles de sa grand-mère, l'an passé. Ils se trouvaient encore au garde-meuble la dernière fois qu'il est passé à Venise pour m'avertir de votre venue.

— Avez-vous connu sa grand-mère ? demanda Juliette, en déboutonnant son corsage pour donner le sein à Michel qui commençait à crier famine.

— Je suis restée de nombreuses années à son service. A sa mort, j'ai dû aller travailler dans une maison où je ne me plaisais pas. Aussi vous imaginez ma joie lorsque le signor Romanelli m'a demandé de devenir gouvernante dans sa nouvelle maison. Je savais qu'il avait l'habitude d'aller et venir constamment pour ses affaires, mais j'ai eu un coup en apprenant qu'il avait une épouse qui allait venir vivre à Venise avec son jeune fils.

— J'imagine, dit Juliette en s'asseyant tandis que la femme installait Michel entre ses bras. Avez-vous hésité à rendre votre tablier ?

— Nullement, signora. Je suis bien contente de le voir enfin père de famille et je ferai de mon mieux pour vous servir.

— J'en suis sûre. J'ai entendu dire que vous étiez très compétente et excellente cuisinière.

La femme était flattée.

— J'ai un bon souper qui vous attend, lorsque vous

aurez fini de nourrir le petit. Pendant que vous dînerez je déballerai vos affaires.

Elle sortit de la chambre et referma la porte derrière elle. Juliette regarda son bébé qui tétait et caressa doucement du bout des doigts le fin duvet noir sur sa tête. Jusqu'à ce qu'il naisse, elle n'avait pas réalisé qu'avec lui elle allait découvrir une nouvelle sorte d'amour qui l'aiderait à combler le vide que Nikolaï avait laissé derrière lui.

Lorsque Michel fut installé confortablement dans son berceau, elle descendit rejoindre Marco qui l'attendait dans un vaste salon meublé d'imposants sofas garnis de coussins à la mode vénitienne, d'un buffet sculpté et de plusieurs consoles.

— Je ne m'attendais pas à trouver un mobilier aussi somptueux ici, dit-elle, admirative. Vous m'aviez laissé entendre que la maison était presque vide, mais ces meubles exigent beaucoup d'espace pour être mis en valeur. Ainsi, c'est votre grand-mère qui vous les a légués ?

— Oui, tous sans exception. Sans doute la maison me semble-t-elle vide parce qu'il y a encore de pleines caisses de pendules, tableaux et autres bibelots au dernier étage !

Il leur servit à tous deux un verre de vin blanc en apéritif.

— Pourrais-je en ouvrir une un jour ? demanda-t-elle aussitôt, curieuse de voir quels trésors celles-ci recelaient.

— Mais bien sûr. Je comptais d'ailleurs que vous le feriez. (Il lui tendit un verre.) Voyons si vous aimez cet *ombra*. C'est un vin très sec.

Juliette leva un sourcil intrigué.

— Pourquoi l'appelez-vous « ombre » ?

— C'est ainsi qu'on l'a toujours appelé à Venise. Jadis, le vin se vendait sur des tréteaux sur la place Saint-Marc, et l'été les gens s'installaient à l'ombre pour le déguster. (Ses yeux s'attardèrent sur elle lorsqu'il leva son verre pour porter un toast.) Dieu fasse qu'aucune ombre d'aucune sorte ne tombe jamais sur cette maison.

Elle but une gorgée, en répétant mentalement son toast. Pour elle, toutes les ombres appartenaient désormais au passé et, dans leur intérêt à tous les deux, elles devaient y rester.

Ils mangèrent assis à un bout d'une longue table, sur deux chaises aux dossiers imposants, les dix autres ayant été repoussées le long des murs. Elle songea que, pour ne pas déparer dans un tel décor, elle aurait dû porter une robe de velours et mettre des bijoux dans ses cheveux, à l'instar des Vénitiennes de la Renaissance. Lorsqu'elle le dit à Marco, il rit et lui dit que lorsqu'elle aurait vécu quelque temps à Venise elle ne s'étonnerait plus de rien. Sa remarque la dérida et lui fit oublier un peu la majesté des lieux. Comme chaque soir, il l'embrassa sur le seuil de sa chambre, et elle se demanda combien de temps encore cela allait durer avant que les choses ne changent.

Au matin, Juliette alla aussitôt à la fenêtre pour voir Venise de jour. Bien que le soleil hivernal brillât dans un ciel bleu pâle et limpide, elle ne distingua pas grand-chose, car la cour était entourée par les hauts murs des maisons voisines et l'unique ouverture visible était l'étroite venelle par laquelle Marco et elle étaient arrivés la veille au soir. Elle jeta un coup d'œil du côté du jardin où des arbres étiraient leurs branches au-dessus d'un patio dans lequel des statues étaient disposées parmi la verdure. Elle se souvint que Marco lui avait dit que Venise recelait quantité de jardins cachés. Celui-ci était l'un d'eux. Elle vit que l'endroit devait être frais et ombragé l'été, lorsque le soleil dardait ses rayons impitoyables sur la ville.

Lorsque Juliette descendit déjeuner, un seul couvert était mis, mais Lena, qui arrivait avec le café, avait un message pour elle.

— Le signor est allé travailler, et il a dit qu'il passerait vous prendre en fin de matinée. Il pensait que vous voudriez vous reposer après le voyage d'hier.

— Je me suis suffisamment reposée durant les dernières semaines de ma grossesse, répondit Juliette en dépliant sa serviette et en l'étalant sur ses genoux. A présent je voudrais profiter au maximum de tout le temps que voudra bien me laisser Michel.

Plus tard, lorsque après avoir baigné et nourri son fils Juliette l'eut remis dans son berceau, elle partit explorer la maison. Dans une pièce du dernier étage, elle trouva les caisses, mais décida d'attendre le lendemain pour commencer à les ouvrir. Il n'était pas encore dix heures lorsque, habillée et prête à sortir, elle alla demander à Lena de veiller sur Michel pendant qu'elle se rendait au palais Orfei où Marco devait la rejoindre plus tard.

Arrivée sur la place, elle alla se poster à côté du puits en forme de champignon, et étudia longuement et attentivement les lieux. Son regard s'attarda un moment sur les balcons soutenus par des lions de pierre et la façade richement sculptée. Au-dessus de la porte monumentale trônait le blason de la puissante famille Pesaro qui avait construit le palais de nombreux siècles auparavant. Dans l'une des maisons se trouvant derrière elle, quelqu'un jouait du piano et la musique emplissait l'air, ajoutant à l'atmosphère du lieu. A la lumière du jour, elle s'aperçut que les hautes fenêtres du palais étaient faites de petites vitres plombées, vraisemblablement d'époque moyenâgeuse, qui jetaient des reflets bleu, argent et or. Elle poussa un soupir d'admiration, et vit deux femmes élégantes qui sonnaient à la porte.

Celle-ci fut ouverte par une femme de belle allure aux traits patriciens : de magnifiques yeux noirs, et une épaisse chevelure châtain coiffée à la mode grecque. Elle portait une jupe de velours vert et une tunique trois quarts imprimée de motifs orientaux, ses manches flottant gracieusement comme des ailes. Une création Fortuny assurément. Elle accueillit les deux visiteuses en les appelant par leurs noms, mais avec une certaine retenue qui laissa supposer à Juliette qu'il s'agissait de bonnes clientes.

La femme allait refermer la porte derrière elles, lorsqu'elle aperçut Juliette et hésita. Puis elle s'approcha d'elle et lui dit dans un sourire :

— Vous êtes sans doute l'épouse de Marco. Je suis Henriette Negrin.

Juliette alla à elle, un sourire radieux sur les lèvres.

— Comment avez-vous deviné ? Marco vous aura dit que j'étais rousse.

— Blond vénitien, plus exactement. Mais je vous en prie, entrez. Où est Marco ?

— Il était convenu qu'il m'accompagnerait ici un peu plus tard, mais j'étais impatiente de voir le palais de jour, répondit Juliette en entrant à la suite d'Henriette.

— Cela nous laisse le temps de visiter la maison avant qu'il n'arrive. C'est un tel plaisir pour moi d'avoir une Parisienne comme voisine ! Je crois que nous avons beaucoup de choses en commun. Marco m'a longuement parlé de vous. Nous nous trouvons actuellement dans la boutique, bien que je doute que vous en ayez jamais vu de semblable auparavant.

Juliette s'était fait exactement la même réflexion. Elle était littéralement subjuguée par ce qu'elle voyait : les étoffes aux motifs exotiques de Fortuny présentaient un riche éventail de couleurs de la Renaissance, saphir, rubis, vert émeraude, la plupart subtilement rehaussées d'or, d'argent, de cuivre ou de bronze. Sous le gigantesque plafond, chaque centimètre de mur était recouvert de tissus multicolores tantôt présentés derrière des vitrines, tantôt retombant en abondantes cascades. En pénétrant plus avant dans la pièce, Juliette vit que les immenses rideaux qui étaient suspendus à des tringles étaient là à la fois en présentation et pour servir de séparation.

— Jamais, de toute ma vie, je n'ai vu une telle profusion de soies et de velours ! s'exclama Juliette.

— Ah ! Bien sûr que non. Toutes ces pièces sont uniques, car il a fallu faire de longues recherches pour découvrir les procédés de fabrication employés par les soyeux vénitiens des siècles passés. Mariano en a découvert le secret et utilise les mêmes teintures végétales pour recréer les mêmes effets spectaculaires.

— C'est une réussite ! s'exclama Juliette en pointant

le doigt en direction d'une pièce d'étoffe écarlate et or digne d'un doge.

— Marco nous a parlé de vos talents exceptionnels de styliste, dit Henriette. Je ne m'étonne donc pas que vous vous intéressiez à ces étoffes. En fait, ajouta-t-elle, l'œil malicieux, lorsqu'il est revenu de Lyon, il ne nous a parlé que de vous.

Tout en disant cela, elle avait mené Juliette vers l'ouverture qui se trouvait sur le côté de la première tenture de séparation aux motifs d'inspiration persane. Derrière celle-ci elle découvrit d'autres trésors, dont plusieurs modèles de la robe Delphes ainsi que d'autres robes Fortuny drapées sur des mannequins *. Un détail qui frappa Juliette car aucune maison de haute couture * n'aurait jamais présenté ainsi ses modèles au public. Et pourtant ces modèles n'en demeuraient pas moins exclusifs ! D'autres créations Fortuny se trouvaient également là : des coussins, des châles, des foulards Knossos, ainsi que des jaquettes du soir d'une élégance incomparable.

— Je n'ai jamais rien vu de semblable, dit Juliette subjuguée, tout en poursuivant la visite.

Parmi les somptueuses draperies, derrière les longues tables anciennes qui servaient de comptoirs, se tenaient de jeunes vendeurs en habits de velours noir et en lavallières, et des jeunes filles vêtues de robes de velours noir également, ornées de grands cols en dentelle de Burano qui leur couvraient les épaules. Juliette songea que leur uniforme s'accordait parfaitement avec l'endroit.

— *Buon giorno,* leur répondit-elle lorsqu'ils la saluèrent.

Il n'y avait encore que trois clientes dans la boutique, mais Henriette lui expliqua que la clientèle n'allait pas tarder à affluer.

— Les étoffes Fortuny, de même que les autres articles qui sont en vente ici, sont très demandées. Les femmes de discernement raffolent de ses robes, même si la plupart d'entre elles ne les mettent que pour prendre le thé. Plusieurs comédiennes les ont déjà portées sur scène. Et en dehors de vous à Paris et de moi ici, les Américaines ont été les premières à s'habiller avec les créations de Fortuny à l'occasion de galas ou de soirées mondaines. Même si jusqu'ici elles passent, par-dessus, une jaquette du soir ou une manteline !

— Je suis fière d'avoir été, comme vous, la première à porter la robe telle quelle. Je n'ai pu, hélas, le faire qu'une seule fois. Ma sœur m'a accusée d'être apparue en public en déshabillé * !

Henriette rit.

— Dieu merci, les mentalités sont en train de changer. Mariano a créé un style intemporel qui transcende les exigences de la mode. Je suis sûre que c'est ainsi que vous considérez votre robe.

— Depuis le premier jour, reconnut Juliette d'une voix grave, j'ai su que je ne pourrais jamais m'en séparer.

— Mariano vous a envoyé l'étiquette manquante, il me semble. J'imagine qu'ayant trouvé cette robe Fortuny dans des circonstances assez inhabituelles — je n'ai jamais su où, ni comment — vous n'avez jamais eu la petite boîte ronde dans laquelle elle est généralement présentée afin que les plis ne se déforment pas.

— Non, en effet.

— Toutes nos clientes en ont une. Il est normal que vous en ayez une, vous aussi.

Henriette alla échanger quelques mots avec l'un des vendeurs, puis s'en revint auprès de Juliette.

— Elle sera prête lorsque vous vous en irez.

— Merci, dit Juliette, qui s'était approchée d'une robe Delphes pour en tâter la soie, devinant que celle-ci avait subi plusieurs bains de teinture avant d'obtenir sa nuance bleu-gris argenté. Elle est extraordinaire. J'ai déjà vu des soies teintes selon le même procédé pour obtenir le même effet dans différentes couleurs.

— C'est une technique que Mariano a lui-même mise au point.

Malgré le temps qu'elle avait passé à admirer les étoffes, Juliette réalisa qu'elles n'avaient toujours pas atteint l'extrémité du magasin.

— Cette boutique est gigantesque.

— C'est l'une des plus vastes de Venise.

Henriette commença à lui raconter l'histoire du palais Orfei, vieux de plusieurs siècles. La puissante famille Pesaro y avait vécu pendant près de deux cents ans avant d'aller s'installer ailleurs. Le palais Orfei avait néanmoins continué à servir de décor à des fêtes somptueuses, de grands banquets, des bals, des concerts et des représentations théâtrales. Et pour finir Fortuny avait réussi à le racheter et à en maintenir la grandeur en y présentant ses propres collections.

Tout en parlant, Henriette avait amené Juliette près de deux portes cachées par une tenture et flanquées de grandes plantes. Au moment où elle lui expliquait qu'il s'agissait d'une entrée dérobée donnant sur un petit canal, une sonnette retentit et l'un des vendeurs se précipita pour ouvrir l'une des portes. Une cliente arrivait en gondole...

— Voilà une façon bien romantique de faire ses emplettes, dit Juliette tandis qu'elle et Henriette revenaient sur leurs pas.

— Je me souviens de m'être fait la même réflexion la première fois que je suis arrivée à Venise. Mais vous prendrez bientôt l'habitude de vous déplacer par voie d'eau aussi naturellement que si vous preniez un taxi ou un omnibus à Paris. Je vais vous montrer le reste du palais, à présent, et ensuite nous irons visiter l'atelier-salon. Nous l'appelons ainsi parce que Mariano aime bien s'installer à un bout pour peindre, tandis que dans l'autre nous recevons nos amis et donnons des soirées. Notre logement, qui jouxte le palais, est assez exigu. (Henriette devança Juliette dans l'escalier.) Vous allez voir quelques-unes des toiles de Mariano, ainsi que ses esquisses et ses sculptures. Il s'intéresse également à la photographie, et il a sa propre chambre noire.

— Quel genre de photographie ?

— Tous les genres, aussi bien les portraits de famille que les paysages. Il en a des cartons pleins dans sa bibliothèque. Inutile de dire qu'il y a des quantités de vues de

Venise à différentes heures du jour, et de moi en robe Fortuny.

Elles montèrent à l'étage, et jetèrent un coup d'œil dans un salon où davantage de robes étaient exposées, puis elles atteignirent une pièce aussi vaste que la boutique, avec plusieurs pièces adjacentes, et une baie vitrée ouvrant sur une loggia. Ici, les tentures de séparation étaient de grands rideaux de velours anciens aux motifs et aux couleurs exotiques. Cependant ils n'avaient pas été tirés, et il était possible de voir la pièce aux proportions majestueuses sur toute sa longueur, et d'apercevoir la partie servant d'atelier à l'autre extrémité. Là-bas, trônait un chevalet sur lequel était posée une toile baignée par la lumière filtrant à travers les vastes fenêtres gothiques. Juliette s'arrêta, béate d'admiration.

Sur toute la longueur, des lampes Fortuny avaient été suspendues au plafond. Elles lui rappelèrent la planète Saturne avec ses énormes anneaux. Le mobilier, patiné par le temps, était admirablement mis en valeur par les murs tendus de soie et les divans de velours sur lesquels s'empilaient une multitude de coussins invitant à la conversation et au rire entre amis.

— J'ai l'impression de voir le palais de quelque souverain oriental, dit Juliette émerveillée.

L'illusion s'en trouvait encore renforcée par la magnificence des manteaux anciens aux riches broderies rehaussées de pierres précieuses qui étaient présentés sur des mannequins * dont le cou en acajou avait été recouvert de soie.

Henriette lui expliqua que la plupart des trésors qui se trouvaient là, les tentures, l'armure, la verrerie vénitienne ancienne et les tapis persans, avaient été légués à Fortuny par son père à sa mort, et qu'il n'avait ensuite cessé de compléter la collection.

Les tableaux et les sculptures de Fortuny étaient encore embellis par le somptueux décor. Juliette, qui étudiait chaque chose avec beaucoup d'intérêt, se retrouva brusquement nez à nez avec une grande toile posée sur un chevalet. Elle fut presque choquée elle-même par sa propre réaction.

— Quel est le titre de celle-ci ?

Henriette, qui avait pris place sur un divan, remarqua combien Juliette semblait fascinée.

— C'est l'une des scènes wagnériennes de Mariano, il l'a intitulée *Le Baiser de Sigmund et Sieglinde*. Comme vous l'aurez sans doute remarqué, il s'agit d'une scène du premier acte de *La Walkyrie*.

Juliette n'arrivait pas à détacher son regard du couple étroitement enlacé dans un baiser aussi violent que le vent qui soulevait la chevelure de la femme et fouettait la tunique de Sigmund. Il avait attiré Sieglinde à lui avec une telle force qu'il avait déchiré sa robe, la laissant à demi nue. Juliette se sentit parcourue tout entière par un frisson. Elle repensa à Nikolaï, et à la façon dont il l'avait serrée contre lui le soir où elle était revenue de Londres. Elle sentait à nouveau son corps, ses bras musclés, et sa bouche avide dévorant la sienne.

— Quelque chose ne va pas ?

La question de Henriette la tira brusquement de sa transe.

— Non ! répondit aussitôt Juliette qui ne voulait surtout pas éveiller sa curiosité. Simplement, je n'ai jamais vu une étreinte amoureuse rendue avec autant d'émotion.

— En effet. Vous pourrez le dire vous-même à Mariano plus tard. Mais je crois que pour l'heure il reçoit quelqu'un qui lui a demandé de restaurer un tableau du Titien. Il lui arrive de restaurer des toiles pour le clergé ou la municipalité. Vous le rencontrerez lorsque sa mère et sa sœur viendront tout à l'heure. (Henriette fit une petite moue comique.) Leurs visites sont rares, car Doña Cecilia Fortuny n'apprécie guère que Mariano s'affiche ouvertement avec une divorcée.

Bien qu'elle s'efforçât de faire comme si la chose était sans importance, Juliette devinait combien les confrontations avec la mère de Fortuny devaient être déplaisantes.

— J'aimerais tellement pouvoir ne pas être obligée de mentir au sujet de Michel, dit-elle de but en blanc.

Henriette fronça les sourcils et se leva du sofa pour prendre Juliette par les bras.

— Votre cas est complètement différent du mien. Vous avez fait ce choix dans l'intérêt du bébé, et non pour vous-même. Le monde est plein de mauvaises langues et un enfant illégitime est marqué à vie dès l'instant qu'il vient au monde. C'est parce que j'ai moi-même souffert du mépris des autres que je voulais que vous ayez la possibilité de refaire votre vie ici. Puis, Marco a eu une idée infiniment meilleure que la mienne.

Juliette inclina la tête, l'air pensif.

— Je lui serai éternellement reconnaissante de ce qu'il a fait pour moi.

Henriette la secoua gentiment par le bras.

— Il mérite plus que de la gratitude. Un homme comme Marco mérite d'être aimé.

Juliette se détourna brusquement.

— Je sais que vous croyez bien faire, dit-elle d'une voix hachée en joignant les mains, mais je vous en supplie, n'en dites pas plus.

Henriette s'excusa :

— Je suis allée trop loin. Je n'en avais pas le droit. Croyez-moi, je vous parlais en amie. Une amie de fraîche date, certes, mais une amie sincère malgré tout.

— Vous ne m'avez pas offensée, je vous assure.

Mais Juliette continuait de détourner la tête.

— Vous semblez bouleversée, dit Henriette en lui passant un bras autour de la taille. Lorsque nous apprendrons à mieux nous connaître, vous verrez que j'ai tendance à en dire trop, parfois. Allons à l'étage supérieur. Je vais vous montrer les ateliers de couture, les manutentionnaires et toutes ces choses avec lesquelles vous étiez déjà familiarisée à Paris. Au dernier étage se trouvent l'atelier de sérigraphie et les planches à imprimer. Le procédé est le même qu'à Lyon. Êtes-vous prête ?

— Oui, bien sûr.

Juliette redressa la tête, l'air décidée.

A l'étage elles trouvèrent un dédale d'ateliers. Seule une porte portait la mention *Interdit au public.*

— C'est ici que sont réalisés les plissés, expliqua Henriette. Le secret de fabrication n'est connu que de quelques employés dignes de confiance et assermentés.

— Savez-vous qu'aucun couturier parisien n'a jamais réussi à le découvrir ?

Henriette éclata d'un rire triomphant.

— Et personne ne le découvrira jamais ! Les contrefaçons sont légion, mais il n'y a qu'un seul procédé Fortuny, et il est exclusif. (Elle jeta un coup d'œil à la montre sertie de diamants épinglée à sa tunique.) Marco sera sans doute arrivé. Allons le retrouver.

Mais Marco, ayant été prévenu que Juliette se trouvait à l'intérieur, était parti à sa recherche. Elles le rencontrèrent dans l'escalier.

— Que pensez-vous du palais Orfei, Juliette ? demanda-t-il. Est-il tel que vous l'imaginiez ?

— Infiniment plus beau ! répondit-elle avec enthousiasme.

Henriette hocha la tête.

— Votre femme a vu tout ce qu'il est possible de voir. Doña Cecilia est-elle arrivée ?

— Oui, c'est la raison pour laquelle je suis venu vous chercher. Elle et Maria Luisa sont avec Don Mariano et ils nous attendent.

Henriette retroussa les lèvres et dit avec un petit soupir résigné :

— Allons-y !

Juliette avait senti que Marco était un peu déçu de n'avoir pas été le premier à lui faire visiter le palais Orfei. Prise de remords, elle mit brusquement sa main dans la sienne pour le consoler, et vit à ses yeux qu'il était profondément touché par son geste spontané. Il pressa gentiment sa main et elle se sentit honteuse de ne rien éprouver en retour.

Tous trois franchirent une porte menant à une grande pièce attenante à l'atelier-salon. Celle-ci surprit agréablement Juliette. Du sol au plafond elle était entièrement peinte en trompe l'œil et représentait un jardin italien, avec ses statues de marbre dispersées parmi les fleurs et la verdure. Comme elle l'apprit plus tard, le décor avait été réalisé par Fortuny lui-même. Ce dernier accourut aussitôt pour la saluer. La mise impeccable, il arborait le costume d'été de serge bleu foncé et la cravate de soie blanche qu'il avait, selon Marco, coutume de porter en toute saison. Aujourd'hui, il portait des chaussures de cuir noir, mais il aurait pu tout aussi bien porter des sandales rouges de sa fabrication. En toute chose il semblait faire autorité, ce qui était, songea Juliette, le trait distinctif des génies.

— Comment allez-vous, signora Romanelli ? demanda-t-il sur le ton jovial et engageant qui était le sien. Ou puis-je vous appeler Juliette ?

— Je vous en prie, Don Mariano.

— Avez-vous fait le tour de la maison ? Parfait. A présent, j'aimerais vous présenter ma mère et mon unique sœur.

Doña Cecilia était une femme austère, de belle allure, élégante dans sa robe de soie noire qui ne ressemblait en rien à une création de son fils. Elle avait des yeux sombres dans un visage ovale avec des pommettes classiques et un menton petit, un long nez fin et aristocratique.

— J'espère que vous vous habituerez vite à Venise, dit-elle à Juliette, et que Paris ne vous manquera pas trop. Le signor Romanelli vous a gardée pour lui beaucoup trop longtemps.

— Il avait ses raisons, répliqua sèchement Juliette. Pour ce qui est de regretter Paris, c'est une ville qu'on n'oublie pas aisément quand on y est né. Quant à Venise, ce que j'en ai vu me laisse penser que j'y trouverai tout ce que je peux souhaiter.

— Voilà qui est bien parlé ! approuva Fortuny en saisissant Juliette par le coude pour la conduire jusqu'à sa sœur, assise à quelques pas de là. Il me semble que les prénoms sont de mise ici. Maria Luisa, j'espère que toi et Juliette serez amies.

Maria Luisa était aussi quelconque que son frère était

beau. La jeune femme invita poliment Juliette à s'asseoir à côté d'elle.

— Êtes-vous musicienne ? demanda-t-elle.

— J'apprécie la musique et je joue du piano, répondit Juliette, mais pas de façon exceptionnelle.

— Comme c'est dommage ! Mon oreille est habituée à n'entendre que la perfection. Je chantais et jouais autrefois, et le public m'acclamait. Mais j'ai cessé lorsque j'ai compris qu'un jour viendrait où je ne pourrais plus exercer mon art à la perfection. A présent je consacre toute mon énergie à lutter. Je lutte pour qu'il ne soit pas fait de mal au plus petit moustique ou à la moindre guêpe.

Elle se lança brusquement dans ce qui était manifestement un discours obsessionnel, le regard enflammé par la ferveur militante.

Seule l'arrivée des rafraîchissements réussit à interrompre ce flot de paroles, et la conversation devint plus générale. Au bout d'un moment Marco et Juliette prirent congé, et Juliette se vit remettre la petite boîte ronde de la robe Delphes. Marco la porta pour elle alors qu'ils se rendaient à pied à son magasin. Elle lui confia combien elle trouvait étranges les sujets abordés par Maria Luisa.

— Elle m'a dit que la seule façon pour elle de dormir correctement était de passer la nuit dans un fauteuil.

Marco haussa les épaules.

— Elle est devenue bizarre après une liaison amoureuse qui a tourné court il y a quelques années. Mais il n'y a pas une once de méchanceté en elle.

— La remarque acerbe de Doña Cecilia concernant notre mariage ne m'a pas échappé.

— J'espère que cela ne vous a pas trop contrariée.

— Pas le moins du monde. Henriette m'avait déjà prévenue qu'elle n'était pas facile.

— Je crois que vous lui plaisez plus que vous ne le supposez. Votre patience à l'égard de Maria Luisa l'a impressionnée. Elle m'a demandé de vous amener chez elle lorsqu'elle fait salon *, à la mode française. Fortuny m'a expliqué que jadis leur maison était le centre de rencontres intellectuelles. Certains peintres, poètes et écrivains parmi les plus prestigieux la fréquentaient. Après la mort de son mari, Paris a progressivement perdu tout attrait pour elle. Sans lui, rien n'était plus pareil à ses yeux. Plus tard elle est venue s'installer à Venise avec Maria Luisa. Et bien que Fortuny ait commencé à se faire un nom à Paris dans le monde du théâtre, entre autres, il est venu avec elle. Il a d'abord loué le palais Orfei, puis l'a acheté.

— J'imagine que Maria Luisa doit poser des problèmes à sa mère.

— Elle est également contrariée — pour reprendre sa propre expression — que Fortuny et Henriette aient choisi de vivre dans le péché.

— Elle en rejette la faute sur Henriette ?

Marco haussa un sourcil amusé.

— Naturellement. Les mères voient rarement les défauts de leurs fils.

Juliette rit avec lui.

— Je tâcherai de m'en souvenir. Je ne veux pas faire de Michel un enfant gâté.

Marco eut envie de lui dire qu'un enfant unique était toujours gâté. Il fallait que Michel ait des frères et sœurs. Mais il ne pouvait pas parler. Pas encore. Pas même bientôt, lorsqu'il aurait le droit légitime de se faire admettre dans son lit. Il fallait qu'il attende le moment où elle viendrait vers lui de son plein gré. Sans quoi, c'était là sa plus grande crainte, le peu d'affection qu'elle éprouvait pour lui risquait de disparaître à tout jamais. Il ne pouvait supporter l'idée d'avoir une femme qui ne le tolérerait que par charité.

Juliette, qui était en train de lui parler d'Henriette, était à mille lieues de se douter qu'il songeait à tout ceci. Ils arrivaient en vue de son magasin qui se trouvait tout près du Grand Canal et qui, comme la plupart des entrepôts, était installé dans un édifice vieux de trois siècles. Les fresques au plafond et sur les murs du vestibule et du bureau de Marco attestaient le passé illustre de l'endroit. Mais tout ici était administré efficacement, et les employés s'affairaient sans relâche.

245

Marco montra à Juliette quelques-unes des étoffes exotiques qu'il importait d'Extrême-Orient, ainsi que les articles qu'il exportait, comme la dentelle de Burano, si délicate qu'elle semblait avoir été tissée par une araignée.

Lorsqu'elle rentra à la maison, sa malle avait été livrée. Elle la déballa elle-même et rangea sa robe Delphes dans sa nouvelle boîte, en veillant à l'enrouler soigneusement afin de ne pas en froisser les plis. Puis elle en referma le couvercle retenu par un ruban et la tint quelques minutes contre son cœur avant de la ranger sur une étagère et de refermer la porte de l'armoire. C'était comme de se séparer une deuxième fois de Nikolaï. Son chagrin lancinant ne s'était pas atténué.

17

La semaine n'était pas terminée que Juliette engageait la nièce de Lena, Arianna, comme nurse. C'était une jeune fille de vingt ans, chaste et pleine de fraîcheur. Le troisième jour elle accourut à la cuisine où Juliette était en train de discuter du menu avec Lena.

— Il y a un livreur à la porte, avec deux grosses malles pour vous, signora.

— Mais la mienne m'a déjà été livrée à mon arrivée, dit Juliette, surprise. Il y a certainement une erreur.

Elle alla aussitôt trouver le livreur. Celui-ci avait la bonne adresse. Les malles avaient été envoyées par Denise depuis Paris. Lorsqu'elle les ouvrit, elle découvrit qu'elles contenaient toutes ses toilettes Landelle, soigneusement emballées dans plusieurs couches de papier de soie. Elle était contente de les récupérer, même si elle aurait aimé savoir quand celles-ci lui avaient été envoyées. Puis elle se souvint que sa sœur n'avait jamais manqué une occasion de faire d'elle une réclame vivante de la Maison Landelle, quelles que soient les circonstances. Elle se mit aussitôt en devoir de lui écrire pour la remercier, et lui tendre une perche de réconciliation en lui promettant de porter ses toilettes, tout en sachant que ses chances de recevoir une réponse étaient malheureusement infimes.

Juliette occupa les semaines qui précédèrent Noël à ouvrir les caisses entreposées au dernier étage et à visiter la basilique, le palais des Doges, ainsi que d'autres hauts lieux de l'architecture vénitienne. Chaudement habillée, elle flânait par les venelles et les placettes. C'est ainsi qu'elle traversa un nombre incalculable de ponts et découvrit de petites églises rarement fréquentées par les touristes, à l'intérieur desquelles se trouvaient des trésors insoupçonnés qui lui procuraient le même plaisir que les chefs-d'œuvre qu'elle avait admirés à l'Académie.

Dans l'église des Scalzi, devant laquelle les gens passaient sans la voir lorsqu'ils se rendaient à la gare, elle découvrit les vastes fresques de Tiepolo à la beauté immense et aux couleurs somptueuses, qui recouvraient entièrement les voûtes de la nef. Elle resta un long moment assise à les admirer, et ne visita rien d'autre ce jour-là. Désormais, chaque fois qu'elle en eut l'occasion, elle entra dans l'église pour s'y recueillir un petit moment en silence.

Marco, qui passait ses journées au bureau, voulait savoir ce qu'elle avait vu de Venise lorsqu'il rentrait à la maison. Le soir, ils se rendaient fréquemment au concert ou au théâtre. Et pour les grandes occasions, ils se joignaient à la foule des spectateurs qui se rendaient en gondole à la Fenice, et prenaient place dans l'une des pittoresques loges à étages pour entendre un merveilleux opéra. Ils fréquentaient également deux autres théâtres qui avaient été transformés en salles de cinéma. Après le spectacle ils allaient souper, le plus souvent au Danieli, qui donnait sur la lagune illuminée par une multitude de falots scintillant dans la nuit, ou bien ils s'arrêtaient chez Florian pour y boire un délicieux chocolat chaud couronné d'une montagne de crème fouettée. Il s'agissait là de sorties d'amoureux, et ils le savaient.

Les épouses des amis de Marco voulaient toutes faire la connaissance de Juliette et les invitaient à des soirées ou à des dîners. Si bien que Juliette se fit quelques nouvelles amies, dont certaines avaient également des bébés ou des enfants en bas âge.

Le soir du nouvel an, Doña Cecilia faisait salon *. C'est Juliette qui insista pour qu'ils acceptent d'y aller bien qu'elle et Marco fussent invités à d'autres soirées où ils se seraient amusés davantage. Et comme chaque fois, il s'inclina devant sa volonté. Elle ne lui confia pas la raison de son choix. Au fond d'elle-même elle redoutait de vivre le même genre de soirée de nouvel an que celles qu'elle avait passées en compagnie de Nikolaï les années précédentes. Elle mit pour l'occasion une de ses toilettes parisiennes brodée de perles, et tout en lissant le satin crème sur ses hanches elle constata avec soulagement qu'elle avait retrouvé une silhouette presque normale...

Marco, en habit de soirée, avait déjà revêtu sa cape et l'attendait dans le hall d'entrée. En descendant l'escalier, elle jeta un petit coup d'œil furtif en direction du salon. Les caisses du grenier, une fois ouvertes, avaient révélé des lustres de cristal vénitien, des portraits des ancêtres de Marco, et quelques jolies pièces de porcelaine, ainsi que divers bibelots qu'elle avait disposés dans les différentes pièces toutes désormais munies de rideaux confectionnés dans de somptueuses étoffes Fortuny.

— Vous êtes très belle, lui dit Marco, admiratif. Je ne vous connaissais pas cette robe. Je pensais que vous mettriez votre robe Delphes.

Il avait pris le mantelet de velours qu'elle portait sur le bras, et tout en pivotant sur elle-même pour qu'il le lui mette sur les épaules, elle se demanda s'il lui arrivait parfois de lire dans ses pensées.

— J'ai une quantité d'autres robes Landelle que vous n'avez jamais vues, répondit-elle d'un ton détaché. Quant à la robe Delphes, je l'ai rangée depuis longtemps. (Elle haussa les épaules et se retourna à nouveau vers lui, son calme et son assurance retrouvés, puis elle lui prit le bras et dit :) Allons, partons. Nous allons être en retard.

Au palais Martinengo, où vivait Doña Cecilia, une foule cosmopolite se pressait dans trois vastes salons disposés en enfilade. Les murs de cette bâtisse donnant sur le grand canal étaient recouverts d'antiques tentures dont les teintes avaient passé avec le temps mais où l'on voyait encore briller des fils d'or et d'argent. Fortuny était présent, bien qu'Henriette ne se trouvât pas à ses côtés, n'ayant jamais été invitée céans. Il ne comptait pas rester très longtemps, car il devait la rejoindre et se rendre avec elle à une soirée que donnaient des amis. Avant de prendre congé, Fortuny fit visiter le palais à Juliette. Il lui révéla la provenance des étoffes les plus intéressantes, et lui parla également des nombreuses toiles de son père se trouvant là.

Marco connaissait un certain nombre des personnes présentes, et à eux deux, lui et Fortuny présentèrent Juliette à tous les convives. Certains d'entre eux étaient des artistes, d'autres appartenaient au milieu de la politique, d'autres enfin étaient des étrangers suffisamment riches pour pouvoir vivre n'importe où dans le monde, et qui avaient choisi de s'établir à Venise. Juliette veilla à ce que la sœur de Fortuny, Maria Luisa, prît part à la conversation animée, et court-circuita gentiment les sempiternelles litanies de la jeune femme. Ce tact n'échappa pas à Doña Cecilia, qui vit sa fille retrouver un peu de l'éclat et du charme qui lui avaient attiré autrefois des soupirants, jusqu'à ce que son excentricité les fasse fuir.

— J'aime la femme de Marco, confia Doña Cecilia à son fils à un moment où ils étaient seuls. J'ai tiré mes propres conclusions au sujet de leur mariage.

— Oh ? Et quelles sont-elles ?

— Lorsque Marco a appris qu'elle était enceinte, il l'a épousée pour faire d'elle une honnête femme. Je l'inviterai à nouveau chez moi.

— Vous, qui êtes tellement pointilleuse quand il s'agit de moralité, Mama ? railla Mariano avec un sourire narquois.

— C'est désormais une épouse respectable, et une mère de famille, mon fils, rétorqua-t-elle avec emphase. Je vais m'intéresser à elle et à son bébé. N'oublie pas, je suis l'une de ces infortunées qui n'ont ni bru ni petits-enfants.

Elle ouvrit son éventail en dentelle d'un petit geste sec et s'en fut retrouver ses invités d'un pas majestueux. Mariano s'éloigna de son côté avec un petit soupir résigné.

Lorsque minuit arriva, on remplit à nouveau les coupes de champagne et Marco partit à la recherche de Juliette. Elle arrivait dans sa direction, Maria Luisa à ses côtés. L'horloge sonna, et toutes les cloches de Venise se mirent à carillonner. On leva les verres au milieu des rires et des chants. L'année 1913 était née.

Juliette voulut rentrer à pied, au lieu de prendre une barque. Il régnait une ambiance de fête sur le Grand Canal. Les bateaux étaient illuminés, et à bord des *vaporetti*, les passagers, la plupart vêtus de costumes chamarrés, soufflaient dans des sifflets et saluaient à grands gestes les gondoles qui passaient. Les feux d'artifice illuminaient le ciel et les flocons de neige qui tombaient en tourbillonnant. Sur la place, les gens valsaient au son des orchestres, et Juliette et Marco dansèrent plusieurs danses avant de regagner la maison.

Ils rentrèrent sans faire de bruit pour ne pas réveiller Michel, qui dormait à présent dans la nursery, à côté de la chambre d'Arianna. Marco alluma la lumière dans le vestibule, et Juliette ôta son mantelet, sur lequel les flocons de neige fondue brillaient comme des paillettes. Puis elle commença à monter l'escalier, son manteau sur le bras.

— Attendez, Juliette ! Buvons une coupe de champagne ensemble avant de nous dire bonsoir.

Elle se retourna et le regarda. Il avait jeté sa cape et son chapeau sur un fauteuil et se tenait une main tendue vers elle. Elle hésita.

— Je crois que j'ai déjà bu plus que de raison. Je commençais à avoir le tournis, la dernière fois que nous avons dansé.

Sa main retomba lourdement.

— Dans ce cas, faites quelque chose d'autre pour moi, dit-il sur le même ton calme. Débarrassez-vous de votre robe Delphes. Maintenant. Ce soir. Je voudrais que nous abordions cette nouvelle année libérés l'un et l'autre des entraves du passé. Je vous achèterai d'autres robes Fortuny. De tous les styles et de toutes les couleurs qui vous feront plaisir. Mais au moins je saurai qu'aucune d'elles n'aura le même sens pour vous.

Elle s'était brusquement raidie, et avait rejeté la tête en arrière. Ça ne pouvait pas être la jalousie qui le poussait à parler ainsi, puisque désormais Nikolaï était pour elle définitivement perdu. Il ne semblait pas en colère non plus. Mais il n'y avait rien dans la maison qui ait appartenu à son épouse décédée et il attendait la même chose de sa part à elle. Elle s'était trahie, au début de la soirée, quand elle lui avait avoué qu'elle avait rangé la robe Fortuny.

Sans un mot, Juliette laissa son mantelet tomber à terre. Puis elle fit demi-tour et commença à redescendre l'escalier pour se rendre au salon. Une fois en bas, elle s'arrêta, et à la lumière du vestibule elle aperçut une bouteille de champagne dans la glace et deux coupes. Il la suivit dans le salon et alluma deux lampes. Ce n'est qu'alors qu'elle lui répondit.

— Ma sœur m'a déjà demandé de me débarrasser de cette robe. Je ne l'ai pas fait alors, et je ne peux pas le faire maintenant.

— Dans ce cas, confiez-la-moi.

— Non ! s'écria-t-elle, en faisant volte-face, une lueur sauvage dans les yeux. Vous la détruiriez !

— Je vous donne ma parole que je ne le ferai jamais.

— Mais alors, pourquoi ?

— Je veux qu'elle disparaisse de notre vie jusqu'au jour où elle ne sera plus pour vous qu'un lointain souvenir, terni par toutes les bonnes choses qui vous seront arrivées entre-temps.

— Votre suggestion n'a aucun sens. La robe est rangée dans sa boîte, mais Michel, là-haut, dans son berceau, est un souvenir bien vivant !

Le visage de Marco se tendit soudain, une veine se mit à battre à sa tempe.

— Michel est mon fils ! Il l'a été depuis l'instant où il est venu au monde. Je l'aime. Il est autant à moi qu'à vous ! Ne me dites plus jamais une chose pareille ! (Il inspira profondément, puis ajouta :) A présent, buvons une coupe de champagne ensemble.

L'air grave, il sortit la bouteille de la glace, la déboucha et versa le champagne dans les coupes. Elle prit celle qu'il lui tendit. Il avait eu l'intention de trinquer, mais il se ravisa et se contenta de tremper ses lèvres dans sa coupe en la dévisageant entre ses paupières plissées, l'air furieux. Elle but d'un trait, comme si ç'avait été de l'eau. Puis elle reposa sa coupe vide d'un geste rageur et, le foudroyant du regard à son tour, sortit précipitamment de la pièce.

C'est presque en courant qu'elle remonta l'escalier, saisissant son mantelet au passage. Une fois dans sa chambre, elle referma aussitôt la porte et tourna la clef dans la serrure, chose qu'elle n'avait jamais faite auparavant. Distraitement, elle se prépara à se mettre au lit. Elle était tendue lorsqu'elle s'allongea parmi les oreillers dans l'obscurité, et dressa l'oreille pour guetter ses pas dans l'escalier, craignant qu'il ne cherche à forcer sa porte.

Lorsqu'elle l'entendit sur le palier elle se redressa d'un bond, le cœur battant, mais ses pas s'éloignèrent et il regagna directement sa chambre.

En apparence, il ne resta aucune séquelle déplaisante de leur querelle. Ni Juliette ni Marco ne firent allusion à l'incident, mais tous deux savaient qu'il était omniprésent dans l'esprit de l'un et de l'autre, car il avait creusé entre eux un fossé qui semblait infranchissable. C'était la première fois qu'il ne l'avait pas embrassée pour lui dire bonsoir. Et bien qu'il ait retrouvé son affabilité de toujours, il mettait encore plus de retenue dans ses étreintes qu'il ne l'avait fait par le passé.

La force du désir qu'il éprouvait pour elle demeurait inchangée. Elle savait, depuis le moment où ils étaient arrivés à Venise, qu'il attendait d'elle un signe lui indiquant qu'elle était prête à devenir son épouse au sens propre du terme, chose qu'elle avait été incapable de faire avant leur querelle, car son être tout entier se révulsait à cette idée. Il eût été aisé de mettre cette aversion sur le compte de la maternité, car elle avait entendu dire que de nombreuses femmes perdaient toute envie de faire l'amour après avoir accouché, parfois pendant plusieurs mois. Mais elle savait qu'il s'agissait d'autre chose. La faute n'en revenait pas à Marco mais à elle-même, car lorsqu'elle l'avait rencontré à Lyon, la première fois, elle l'avait trouvé très séduisant.

En surface, Juliette et Marco continuaient d'entretenir l'illusion et de faire comme si tout allait bien. Ils se parlaient comme avant, échangeaient des nouvelles et riaient de bon cœur quand l'un d'eux avait quelque chose d'amusant à raconter. Tous deux prenaient un grand plaisir à être avec Michel. Et en bon père de famille italien, Marco tirait une immense fierté de son fils, sans voir combien avec ses boucles brunes et le bleu-gris délavé de ses yeux il ressemblait à Nikolaï.

Les invitations ne cessaient d'affluer pour Marco et Juliette. Et même lorsque Marco était en voyage, ou en visite chez M. et Mme Degrange quand ses affaires l'amenaient à Lyon, la jeune femme n'était jamais seule.

Juliette et Marco dînaient chez Fortuny et Henriette, se rendaient à des soirées données au palais Martinengo et recevaient fréquemment. Doña Cecilia s'était beaucoup attachée à Michel, et demandait à Juliette de le lui amener chaque fois que le temps le permettait. Lorsqu'il attrapa la fièvre, elle envoya chaque jour une servante pour s'enquérir de son état. Ce fut un moment difficile pour Juliette et Marco. Le docteur était diligent, mais les médicaments qu'il lui avait prescrits restaient sans effet. Puis, brusquement, l'état de Michel s'aggrava considérablement et il fallut l'emmener à l'hôpital par ambulance fluviale. Juliette et Marco se relayaient constamment à son chevet et bien qu'ils ne cessent de se répéter qu'il y avait encore de l'espoir, leurs visages harassés trahissaient leur immense désarroi. La crise se poursuivit pendant un laps de temps interminable, jusqu'à ce qu'apparaissent les premiers signes d'amélioration. Un matin, le médecin de garde hocha la tête, l'air satisfait.

— Michel n'est pas du genre à renoncer. Il est encore

très faible, mais la température est tombée, c'est encourageant.

Bien que Michel fît des progrès constants, Juliette passait toujours plus de temps à l'hôpital qu'à la maison. Marco avait repris le travail, mais il se rendait directement au chevet du bébé lorsqu'il quittait le bureau. Puis le jour arriva où ils purent enfin le ramener chez eux.

Arianna, qui, comme Lena, avait partagé leur anxiété, insista pour que Juliette lui laisse la garde de Michel pour cette première nuit.

— Vous avez si peu dormi ces derniers jours, signora. Vous avez besoin de repos. Je m'occuperai du petit.

Juliette accepta, pensant dormir comme une souche. Mais il n'en fut rien. A minuit, elle passa une robe de chambre et se rendit à la nursery. Elle y trouva Arianna, endormie dans un fauteuil à côté du berceau. Le grincement de la porte la tira instantanément de son sommeil. Elle regarda aussitôt du côté du berceau, avant de réaliser que Juliette venait d'entrer dans la pièce. Elles échangèrent quelques paroles à voix basse, Juliette s'assura que Michel dormait paisiblement, puis quitta la nursery sur la pointe des pieds.

C'est en regagnant sa propre chambre que Juliette entendit un bruit lointain, comme des sanglots étouffés. Elle s'arrêta et tendit l'oreille, croyant s'être trompée, mais comme elle recommençait à avancer, elle l'entendit à nouveau. Comme la chambre de Lena se trouvait au dernier étage, le son ne pouvait provenir que d'un seul endroit. Elle alla à la porte de Marco et écouta quelques instants. Elle sut alors qu'elle ne s'était pas trompée. Elle tourna la poignée et entra.

Tout comme cela s'était produit avec Arianna, il ne la vit pas entrer, mais cette fois le sommeil n'était pas en cause. Il était entièrement habillé, à l'exception de sa veste, et se tenait assis en bras de chemise, les coudes sur les genoux, la tête entre les mains. Il laissa échapper un nouveau sanglot déchirant. Elle s'approcha de lui, dans un frôlement d'étoffe. Il l'entendit et baissa les mains, levant vers elle son visage ravagé par le chagrin.

— Tout va bien ! s'écria-t-elle pour le rassurer, en posant ses mains sur ses épaules. Michel est guéri, il n'y a plus d'inquiétude à avoir.

Marco lui répondit d'une voix hachée :

— Je sais, mais c'est plus fort que moi. C'est comme si le cauchemar de ces derniers jours m'avait rattrapé. J'ai cru que j'allais le perdre, comme je vous ai perdue.

Devant une telle détresse, elle se sentit gagnée par la compassion et quelque chose qui ressemblait à de l'amour.

— Vous ne m'avez pas perdue ! Et vous ne me perdrez jamais ! J'avais besoin de temps. Peut-être plus que vous et moi ne nous l'étions imaginé au départ. Je suis ici et ne partirai jamais.

Un sanglot s'échappa à nouveau de sa poitrine tandis qu'il la saisissait par la taille, l'obligeant à se cambrer, et pressait son visage contre le sien. Elle prit sa tête entre ses mains, et continua de lui murmurer des paroles réconfortantes. Puis elle chuchota son nom et lorsqu'il releva la tête, elle lui dit doucement :

— Marco, faites-moi l'amour.

Elle n'avait songé qu'à lui rendre sa confiance en lui-même en devenant enfin son épouse. Mais pour elle-même elle n'attendait rien. Le désir charnel avait été tari chez elle par une longue période de désespoir et de dévotion maternelle. Elle n'éprouvait désormais plus ni le besoin ni l'envie de renouer avec de telles émotions.

Lorsque Marco entra dans le lit, nu et vibrant de passion, elle l'accueillit entre ses bras, mue par un élan de pitié, en fermant son esprit au passé. Elle était prête à se soumettre à tout ce qu'il exigerait d'elle, mais rien ne se passa comme elle l'avait imaginé. Il n'y avait chez lui aucune avidité, aucun désir de possession féroce, mais au contraire une infinie tendresse prodiguée par des mains et des lèvres patientes qui peu à peu dénouaient sa tension. Les larmes jaillirent entre ses paupières lorsqu'elle songea à la considération qu'il lui témoignait alors qu'elle ne lui en avait jamais manifesté aucune. Elle entr'aperçut enfin la profondeur de l'affection qu'elle lui portait.

Elle se mit à frissonner sous ses caresses. Avec tact et sensibilité, en usant de tout son savoir-faire, il commença à réveiller lentement mais sûrement sa sensualité endormie depuis si longtemps, et l'attira à nouveau dans une sphère qu'elle croyait à jamais disparue. Elle fut surprise de voir peu à peu tous ses désirs charnels refaire surface. Son corps jeune et sain, longtemps privé de plaisir, sembla échapper à tout contrôle, transporté, comme s'il avait été mû par une volonté propre, par la passion croissante de son partenaire. Il la pressa tout contre lui tandis qu'elle se débattait presque, même lorsqu'elle succomba à la jouissance physique.

Ensuite, lorsqu'il la prit entre ses bras en silence, elle détourna son visage. Puis au bout d'un moment sa tête roula sur l'oreiller et elle plongea ses yeux dans les siens.

— Vous vous êtes montré si tolérant, Marco, dit-elle d'une voix mal assurée. Depuis des mois...

Elle ne termina pas sa phrase et détourna à nouveau les yeux.

Il l'obligea à se retourner.

— Il y a plus d'une façon de manifester son amour, ma chère épouse.

Et une fois de plus elle songea combien il était bon pour elle, et décida qu'à l'avenir elle lui accorderait une partie de son cœur, car il le méritait.

A partir de ce jour, ils ne firent plus chambre à part. Et elle savait que si elle n'atteignait pas l'extase qu'elle avait connue avec Nikolaï, ce n'était nullement de sa faute.

A la réflexion, à mesure que le temps passait, Juliette aurait pu dire à quel moment précis elle avait cessé de regarder vers le passé pour se tourner vers l'avenir. C'était lorsqu'elle avait ouvert la porte de Marco et l'avait trouvé en proie à un profond désespoir.

Peu à peu elle s'habitua à la vie à Venise, les lettres de Lucille et de Gabrielle compensant le fait qu'elle ne recevait jamais de courrier de Denise. Sous peu, Lucille viendrait lui rendre visite. En revanche, il n'y avait guère de chances pour qu'elle voie Gabrielle qui était enfin enceinte après quatre ans de mariage.

Juliette était transportée d'enthousiasme à l'idée de faire visiter Venise à Lucille. La ville lui était devenue aussi familière que Paris. On racontait que ses habitants étaient trop repliés sur sa beauté intemporelle pour s'intéresser aux problèmes qui préoccupaient le reste du monde. Et bien que la ville en donnât l'illusion, Juliette savait qu'il n'en était rien. Les Vénitiens étaient tout aussi angoissés que les autres par la tension qui régnait en Europe, par la menace de guerre et le réarmement massif des nations. Le sujet revenait sans cesse dans les conversations, rendant les gens graves et leur faisant hocher la tête tristement.

Plus futiles, les bavardages des élégantes de la haute société vénitienne tournaient autour de la jupe entravée, qui venait d'être lancée par les couturiers parisiens. Elle avait un chic fou, mais il était impossible de marcher avec un fourreau aussi étroit. De tels discours, de même que n'importe quelle autre remarque ayant trait à la haute couture *, suscitaient chez Juliette une envie croissante de reprendre le travail. Elle en toucha un mot à Marco.

— Avant notre mariage, dit-elle, j'avais l'intention de recommencer à travailler. Michel a plus de six mois maintenant.

Ils se trouvaient dans la pièce qu'elle avait transformée en bibliothèque, car Marco possédait un grand nombre de livres et les siens étaient arrivés de Paris dans des malles.

— C'est comme vous voudrez, lui dit Marco.

Il aurait préféré qu'elle reste à la maison, et regrettait la promesse qu'il lui avait faite lorsqu'il lui avait demandé sa main. Mais il ne pouvait plus revenir sur sa parole.

Elle s'adossa aux rayonnages, les bras croisés, ses doigts pianotant nerveusement sur ses avant-bras.

— Je reconnais que j'ai pris un grand plaisir à m'occuper de Michel, et que j'apprécie le fait de pouvoir disposer librement de mon temps pour me rendre à des manifestations qui m'intéressent. Mais j'éprouve malgré tout le besoin de retourner à la mode d'une façon ou d'une autre.

— Et c'est la raison pour laquelle j'ai mis le petit atelier du dernier étage à votre disposition, dit-il, résigné. Mais je me doutais que vous ne vous contenteriez pas éternellement de peindre des vues de Venise, et que vous songeriez bientôt à reprendre votre travail de styliste.

Elle posa sur lui un œil interrogateur.

— Cela vous ennuie-t-il ?

— Pour être parfaitement honnête, j'ai commencé à voir les choses différemment lorsque nous nous sommes mariés. Mais je ne ferai rien pour vous en empêcher.

— Vous n'avez aucun souci à vous faire. Je ne travaillerais que quelques heures par jour, si Fortuny accepte. Un emploi à temps plein est totalement exclu. Et je n'ai nullement l'intention de vous négliger, vous ou Michel. L'un comme l'autre, vous serez toujours en tête de mes priorités.

— Je n'ai aucun doute à ce sujet.

Au palais Orfei, Fortuny lui prêta une oreille attentive. L'un et l'autre savaient qu'il était hors de question qu'elle commence au bas de l'échelle. Juliette n'était pas une débutante qui avait besoin de faire ses preuves. Il avait vu plusieurs des créations textiles qu'elle avait réalisées dans son atelier. Celles-ci lui avaient confirmé qu'elle avait un instinct très sûr pour le choix des motifs et des couleurs. De plus, il aimait son enthousiasme et était certain qu'elle travaillait bien.

— Henriette a besoin d'une assistante pour la seconder à l'atelier de sérigraphie, mais ayant vu vos créations j'aurais l'impression de commettre une injustice. Vous n'auriez plus la possibilité de laisser s'exprimer votre propre créativité. Et je crains que ce que j'ai à vous offrir ne soit pas en rapport avec votre talent.

— Ça ne serait pas la première fois que je changerais de voie. De couturière je suis devenue mannequin, puis styliste de mode et, pour finir, styliste textile. Le fait de pouvoir renouer avec la mode est déjà une grande satisfaction en soi dans l'immédiat.

— Très bien. Comme vous le savez certainement, nous sommes à une époque de l'année où les visiteurs étrangers affluent à Venise. A eux seuls ils achètent la totalité de ma production saisonnière de robes et de créations textiles. Accepteriez-vous de vendre des robes pour moi ?

Juliette était surprise, mais elle acquiesça.

— Je n'ai jamais été vendeuse * à la Maison Landelle, mais j'ai beaucoup appris là-bas lorsque j'y travaillais. Je serais ravie d'essayer.

— Très bien. Votre poste sera à plusieurs égards équivalent à celui d'une directrice *, dans la mesure où vous serez responsable des salons d'essayage et que des assistants se chargeront d'aller chercher pour vous tous les articles dont vous aurez besoin.

— Il me semble que votre confiance en moi ne connaît pas de limites.

— Vous pouvez vous prévaloir d'une grande expérience au sein de l'une des maisons de haute couture * les plus prestigieuses de Paris, et Henriette n'a pas oublié ce que vous lui avez dit concernant votre expérience là-bas.

— Comme quoi ? interrogea Juliette avec un petit sourire étonné.

Il lui rendit son sourire.

— Comme le jour où vous avez sauvé la situation lorsque des clientes se sont présentées à la Maison Landelle en réclamant des robes Fortuny à cor et à cri.

Juliette rit de bon cœur avec lui.

— Eh bien, ici au moins, je pourrai leur en vendre autant qu'elles en voudront !

— En effet. Il y a une autre chose que j'aimerais vous demander. Demain matin je prends une série de photos d'Henriette dans plusieurs de mes nouvelles robes. Elle a suggéré que vous posiez pour les autres. Accepteriez-vous de le faire ?

Elle hésita. Ce serait la première fois qu'elle porterait une robe Fortuny depuis le dîner en compagnie de Nikolaï. Ce ne serait pas facile, mais c'était un écueil qu'elle se sentait capable de surmonter maintenant qu'elle avait décidé de refaire sa vie. Elle s'empressa d'acquiescer d'un petit signe de tête, de crainte que le cœur ne vienne subitement à lui manquer.

— C'est entendu.

— Merci. Pourriez-vous venir demain matin à dix heures avec votre propre robe Delphes ? J'aimerais beaucoup en avoir une photographie dans mes archives. (Avec un large sourire, il ajouta :) C'est le seul vêtement qui existe en plus d'un exemplaire. (Persuadé qu'elle ne dirait pas non, il dit :) Je suis sûr que vous aimeriez avoir une photo de vous-même dans cette robe. Eh bien, vous l'aurez.

Juliette resta sans voix. Sans le savoir, il venait de lui demander une chose terrible, qu'elle ne pouvait pas faire ! C'était trop ! Juste au moment où elle reprenait sa respiration pour lui dire qu'elle ne pouvait accéder à sa requête, Henriette les interrompit brusquement.

— Mariano ! Venez vite ! (Puis elle vit Juliette et s'excusa d'être entrée en coup de vent.) Je suis désolée. Je ne savais pas que vous étiez ici. Il y a un petit problème dans l'un des ateliers.

— Henriette vous fixera vos horaires de travail demain, lorsque vous vous verrez, lui lança Fortuny par-dessus son épaule tout en suivant Henriette hors de la pièce.

En sortant du palais Orfei, Juliette se rendit à pied au bureau de Marco et lui annonça qu'elle commençait à travailler le lendemain.

— C'est ce que vous souhaitiez, dit-il, et je vous ai dit que j'étais d'accord.

— Merci, Marco. (Elle s'était assise en face de lui, de l'autre côté du bureau, et hésita un instant avant d'ajouter, en le regardant fixement :) Il y a une chose que je voudrais vous dire. Tout d'abord, demain matin, Henriette et moi allons poser pour une séance de photos en vue de la présentation de nouveaux modèles. Don Mariano m'a demandé de porter ma robe Delphes.

Il haussa légèrement les sourcils et se renversa dans son fauteuil à bascule.

— Qu'avez-vous répondu ?

— Je ne lui ai pas répondu, mais je ne le ferai pas.

Marco se leva et fit le tour du bureau. Puis il posa ses mains sur ses épaules et dit :

— J'aimerais que vous fassiez ce qu'il vous demande. Pourquoi pas, d'ailleurs ? Plus rien ne peut plus nous séparer désormais. Et certainement pas une chose qui s'est passée jadis à Paris.

Elle n'en était pas si sûre, même s'il était vrai que Nikolaï ne pouvait désormais plus s'interposer entre Marco et elle. Ils avaient construit une vraie relation. Peut-être devait-elle faire un geste décisif, afin de diminuer l'importance que revêtait la robe Delphes à ses yeux.

— J'aimerais bien choisir un ensemble Fortuny pour moi — la robe, la cape et le sac à main assorti.

Il la considéra un moment avec calme.

— Pourquoi pas deux ? Cela vous changerait, pour une fois, de porter une toilette que vous n'avez pas créée vous-même. Je me ferai une joie de régler la facture.

— C'est très généreux à vous, Marco ! Merci.

Il l'aida à se relever, puis elle lui passa les bras autour du cou lorsqu'il l'embrassa. Elle avait appris à l'aimer bien plus qu'elle ne l'aurait cru possible. Lorsqu'elle le lui avait avoué la première fois, elle avait été surprise par l'ardeur triomphante avec laquelle il lui avait fait l'amour. C'était comme s'il avait exulté à l'idée qu'elle se soumettait enfin totalement à lui. Peut-être n'avait-il jamais réalisé que son souhait le plus cher n'était pas de partager mais de dominer.

Et pourtant, il continuait à se conduire sans égoïsme chaque fois qu'il s'agissait du bonheur de Juliette, et elle lui en était reconnaissante, même si elle n'était pas sûre que cela durerait. Mais elle était beaucoup trop consciente de ses propres défauts pour songer à lui reprocher les siens.

18

Lorsque Juliette se présenta à la séance de photo, Henriette venait juste de finir de poser et s'était rhabillée. Elle montra à Juliette un assortiment de robes à sa taille suspendues à une tringle, derrière un paravent.

— Comme vous le verrez, toutes sont des variations autour d'un même motif, le modèle de base demeurant la robe Delphes, à laquelle Mariano reste très attaché. Ces nouveaux modèles s'ajustent au moyen de cordelettes de soie, et sont tous brodés de perles en verre de Venise.

Laissée seule pour se changer, Juliette ôta la première robe de son cintre. Celle-ci semblait n'avoir aucune forme, jusqu'à ce qu'elle la passe et en lace les petites cordelettes. Elle était en velours noir, aussi douce que la peau d'une pêche, la soie or du buste imprimée d'un motif délicat et brodée de petites perles scintillantes.

— Êtes-vous prête ? lui cria Henriette qui était revenue.

— Oui. (Juliette émergea de derrière le paravent.) Cela convient-il pour la photo ?

Henriette sourit. La jeune femme, qui finissait de nouer les cordelettes en s'inspectant d'un œil critique dans la grande psyché, ajoutait immanquablement une touche de distinction à tout ce qu'elle portait.

— Je crois que vous passerez l'inspection, commenta-t-elle, pince-sans-rire.

— Oh, très bien. Marco voudrait que je choisisse pour moi les deux robes que je préfère. Il sait à quel point je raffole des modèles Fortuny.

Elle était reconnaissante à Marco. Il savait que les robes Fortuny étaient liées pour elle à certains souvenirs...

— Celle que vous portez est ma préférée. Elle a été inspirée par la robe de l'épouse d'un dignitaire du seizième siècle. Elle l'avait mise à l'occasion d'une grande fête donnée ici même, au palais Orfei. Elle était en drap d'or et en dentelle noire. D'aucuns prétendent qu'on n'a jamais vu plus belle robe à Venise.

— Jusqu'à aujourd'hui, peut-être ! déclara Juliette en caressant le velours du bout des doigts.

— Voilà un compliment qui ferait plaisir à Mariano. Mais ne traînons pas. Il vous attend. Allez au studio de photographie. Je vous y rejoindrai plus tard. Bonne chance !

L'ourlet de la robe ondoyant en petites vagues autour de ses chevilles, Juliette se rendit à l'atelier. Fortuny se trouvait sous le voile noir de l'appareil lorsqu'elle entra, mais reparut dès qu'il entendit claquer ses talons.

— Ah, vous voilà, Juliette. Ah, oui. (Il hocha la tête en signe d'approbation.) Très bien. Exactement ce que je voulais. Mettez-vous devant ce rideau et levez les coudes en joignant gracieusement vos mains devant vous. Cela fera ressortir les manches chauve-souris.

Après avoir pris plusieurs photos, il lui demanda de mettre la veste du soir qui allait avec la robe. Henriette vint la lui apporter. Elle était confectionnée dans le même velours noir que la robe, avec une doublure de soie or. Juliette n'aurait pu dire combien de fois Fortuny disparut sous le voile noir pour la photographier dans chacune des robes et des vestes qui avaient été choisies spécialement pour elle. Ensuite elle posa dans des manteaux du soir, et des mantelets richement imprimés : argent sur velours bleu saphir, bronze sur pourpre, or sur carmin. Ils auraient pu figurer sur un tableau de Bellini. Une fois de plus on pouvait voir que Fortuny tirait son inspiration des grands chefs-d'œuvre vénitiens ainsi que de l'art oriental et musulman.

Pour finir, il photographia Juliette dans sa propre robe Delphes. La porter était comme de sentir la caresse du passé. La soie était aussi douce sur sa peau que les mains qui l'avaient caressée, révérée, aimée. Étrangement, toute angoisse à l'idée de devoir la passer à nouveau disparut aussitôt qu'elle aperçut son reflet dans la glace. D'une certaine façon la robe n'évoquait que les bons moments passés avec Nikolaï. Juliette se dit qu'elle avait peut-être enfin réussi à faire table rase de tous ses regrets et qu'elle pourrait désormais se consacrer à son mariage et se tourner vers l'avenir.

Lorsque la robe Delphes eut regagné sa petite boîte ronde et que Juliette se fut rhabillée, elle fit son choix. Elle prit la robe noir et or, ainsi qu'une autre, se composant d'une tunique de soie verte sur une longue jupe plissée. Toutes deux étaient complétées par un somptueux mantelet assorti en forme de cape. Marco, qui arrivait pour un rendez-vous d'affaires avec Fortuny, trouva Henriette et Juliette accoudées au balcon. Elles regardaient la plus vaste des deux cours du palais.

— Eh bien, qu'y a-t-il de si passionnant ? s'enquit-il, ne constatant lui-même rien d'inhabituel.

Henriette répondit :

— Je suis en train de montrer à Juliette le lieu où sa nouvelle robe a fait sensation la première fois.

— Ah ! je vois. A l'occasion des *Miles Gloriosus*. (Lui aussi connaissait bien l'histoire du palais.) A mon avis, la cour ressemblait fort à l'atelier-salon à cette époque. Ses murs étaient recouverts de riches tentures pour les grandes occasions.

Juliette se redressa en soupirant.

— Je pensais exactement la même chose. La moindre création de Fortuny vous transporte des siècles en arrière.

— Et vous aimez cela, n'est-ce pas ? dit Marco.

Elle acquiesça d'un hochement de tête.

— Bien qu'étant moi-même trop contemporaine pour chercher l'inspiration dans les siècles passés, je peux comprendre pourquoi il éprouve le besoin de vivre ici, à Venise. Sans doute ne pourrait-il créer nulle part ailleurs.

Marco jeta un coup d'œil interrogateur à Henriette.

— Qu'en pensez-vous ?

— Je suis absolument d'accord. Rien au monde ne pourra jamais le décider à partir.

Aucun d'eux ne vit quoi que ce soit de prophétique dans ces propos, dont Juliette devait pourtant se souvenir plus tard.

Fortuny lui avait dit la vérité : la saison s'annonçait chargée. Venise regorgeait de visiteurs étrangers de toutes les nationalités. Ils descendaient dans les meilleurs hôtels et prenaient d'assaut les salles de théâtre, de concert et de cinéma. A tel point qu'il n'était pas toujours facile pour les habitants de la ville de se procurer des places. Mais Marco avait toujours soin de retenir des billets longtemps à l'avance pour tous les spectacles qui faisaient envie à Juliette. Notamment les tragédies filmées en costumes d'époque, dans la réalisation desquelles les Italiens excellaient tout particulièrement, même si, personnellement, il préférait les sujets et les décors plus contemporains.

Juliette pensait souvent que le palais Orfei, avec ses nombreuses tentures, dont certaines ornaient les plafonds d'immenses volutes resplendissantes, aurait été le lieu idéal pour une reconstitution historique. Elle imaginait aisément une vamp de cinéma se prélassant sur un divan recouvert d'une peau de tigre et de coussins de soie. A cela près, naturellement, qu'il n'y avait pas la moindre trace de fourrure dans le palais Orfei, Fortuny ne semblant guère apprécier ce type d'ornement.

Les femmes riches accouraient à sa boutique. Certaines étaient capricieuses et exigeantes, en tous points semblables à celles qui fréquentaient la Maison Landelle. Mais jamais Juliette ne se laissait abattre par ce qu'elles pouvaient dire ou faire. Vendre des robes à ces femmes constituait un défi qu'elle prenait plaisir à relever. Si l'une d'elles chicanait parce que tel ou tel coloris n'était pas à son goût, Juliette lui présentait un nuancier avec toutes les subtiles variations de tons sélectionnées spécialement par Fortuny pour chaque robe. Aucune autre modification n'était tolérée, quelle que soit l'insistance de la cliente.

— Après tout, expliquait Juliette, non sans satisfaction, chaque robe est un chef-d'œuvre en soi. On ne saurait y ajouter ou en retrancher un détail. Pas plus que s'il s'agissait d'un Rembrandt ou d'un Titien.

Cet argument coupait court à toute discussion, et l'on procédait alors à la vente.

Nombre de clientes confiaient à Juliette qu'elles auraient volontiers renoncé à leurs gaines à baleines si la forme de leur poitrine avait été parfaite. Mais ce disant, elles ne voyaient même pas que les robes de Fortuny étaient destinées à flatter les formes tout en les révélant. Une jeune Américaine lui raconta qu'elle avait entendu dire qu'au moyen de deux mouchoirs, une jeune New-Yorkaise du nom de Mary Phelps Jacobs s'était confectionné une sorte de carcan qui ne soutenait que la poitrine. Mais on ne trouvait rien de semblable sur le marché, si bien qu'il fallait se contenter d'un corset.

Il n'était pas rare de voir des groupes de jeunes Américaines encadrés par des chaperons. Elles effectuaient un voyage en Europe pour couronner en beauté la fin de leurs études avant de se fiancer. Elles auraient bien aimé acheter les modèles en demi-teintes que leur présentait Juliette. Mais invariablement, leurs chaperons s'y opposaient, prétextant que les robes étaient beaucoup trop sophistiquées.

La première fois que cela arriva, l'assistante qui aidait Juliette à ranger les toilettes lui dit d'un ton blasé, lorsque le groupe fut parti :

— Bah, elles reviendront acheter, vous verrez, signora.

— Que voulez-vous dire ?

— N'avez-vous pas remarqué que deux ou trois d'entre elles n'ont manifesté ni déception ni colère ? Elles vont revenir en secret pour faire leurs emplettes dès qu'elles trouveront le moyen de fausser compagnie à leurs chaperons.

Juliette émit un petit rire surpris.

— Et je ferais exactement la même chose si j'étais à leur place, reconnut-elle.

Bien que Juliette ne travaillât pas l'après-midi, elle apprit le lendemain matin que trois des jeunes filles étaient effectivement revenues, pour faire des emplettes. Fort heureusement, elles n'arrivèrent pas toutes à la même heure. Après cela, Juliette apprit à les reconnaître et à mettre de côté les modèles qui leur avaient plu.

Un matin, elle était en train d'envelopper un mannequin dans une cape, lorsque Henriette lui remit une grande enveloppe.

— Voici vos photos dans votre robe Delphes. Mariano y a mis également celles qui ont été envoyées à la presse, songeant que vous aimeriez en avoir un tirage.

— Oh, oui. Merci !

Ce soir-là, Juliette montra les photos à Marco. Il en choisit une sur laquelle elle portait sa nouvelle robe Fortuny verte. Elle l'avait déjà mise deux fois, et remporté un franc succès. La photo fut placée dans un cadre d'argent et posée sur le bureau de Marco à côté de celle de Michel.

Juliette travaillait depuis deux mois chez Fortuny, lorsque Marco et elle allèrent au cinéma pour voir Mary Pickford dans *Le Chapeau de New York*. En première partie du programme il y avait les actualités montrant le roi d'Italie passant les troupes en revue, un coureur automobile remportant une course à bord d'une Bugatti, le pape, et, pour finir, le tsar et la tsarine de Russie et leurs enfants assistant à la célébration en plein air des trois cents ans de règne des Romanov. A la suite de la famille impériale se pressait un certain nombre de personnalités en chapeaux hauts de forme et leurs épouses. L'un d'eux tourna la tête brusquement, comme s'il avait craint quelque incident, peut-être même un attentat contre le tsar, car récemment le Premier ministre avait péri victime d'un attentat à la bombe. Juliette reconnut l'homme avant même que la caméra ne le saisisse de face et ne s'attarde sur lui. Nikolaï !

Elle se raidit brusquement et s'agrippa aux accoudoirs de son fauteuil. Marco avait reconnu Nikolaï, lui aussi. Il lui prit aussitôt la main et la retint serrée dans la sienne. Il sentit qu'elle tremblait.

— Comment vous sentez-vous ? demanda-t-il à voix basse.

Les actualités s'achevaient tandis que résonnaient les dernières notes de la mélodie russe que la pianiste et le violoniste qui se trouvaient dans la fosse d'orchestre avaient entamée.

— Bien, répondit-elle dans un murmure, en se renversant dans son fauteuil. J'ai été surprise, voilà tout. C'est étonnant de reconnaître quelqu'un que l'on connaît sur un écran de cinéma.

— Voulez-vous que nous partions ?

Elle secoua la tête et ôta sa main. La pianiste et le violoniste entamèrent un nouvel air en rapport avec le film. Juliette regardait l'écran, mais sans rien voir. Elle luttait pour refouler le brusque sursaut d'amour qui s'était emparé d'elle, l'obligeant à regarder la réalité en face : le temps n'avait en aucune façon diminué la passion qu'elle éprouvait pour Nikolaï. Elle s'était leurrée en s'imaginant l'avoir oublié. Sur l'écran, Mary Pickford recevait le nouveau chapeau des mains du jeune pasteur, provoquant des commérages, mais Juliette ne voyait que le visage de Nikolaï, plus beau que jamais, le sourcil légèrement froncé. Il lui avait semblé apercevoir vaguement une femme à son bras. Natacha, sans doute. Son épouse... Cette pensée l'aida à retrouver son sang-froid lorsque la séance prit fin.

Alors qu'elle et Marco rentraient à pied, elle parvint à dire d'une voix à peu près normale que Nikolaï avait l'air en forme, et que son parrain le tsar le tenait probablement en haute estime pour l'avoir nommé à un poste aussi important, parmi tout un parterre de hauts dignitaires d'une autre génération. Marco acquiesça, mais se souvint, non sans jalousie, avec quelle force elle avait réagi. Aucun d'eux ne fit plus jamais allusion à l'incident, mais ni l'un ni l'autre ne l'oublièrent...

Lorsque Lucille arriva à Venise, Juliette alla bien sûr la chercher. Elles s'embrassèrent avec effusion. A la première occasion, Lucille regarda Juliette, l'air inquiet, et dit :

— M'as-tu pardonnée de t'avoir caché la lettre du comte Karasvin ?

— Mais bien sûr, voyons ! J'espère que ça ne t'a pas empêchée de dormir ? (Juliette avait eu un choc en entendant prononcer le nom de Nikolaï de façon si inattendue, mais elle ne put résister à l'envie de tenter d'avoir de ses nouvelles.) As-tu vu le prince Vadim quand tu étais à Paris ?

— Non. Lui et sa femme ainsi que de nombreux autres Russes, d'ailleurs, sont rentrés à Saint-Pétersbourg pour apporter leur soutien au tsar, en cette période de troubles. Oh, ma chérie, comme il fait bon te revoir !

Ce soir-là, Lucille assista avec joie au bain de Michel, que Juliette lui donnait elle-même. Elle venait de le mettre dans son berceau lorsque Marco rentra du bureau. Ils avaient prévu de dîner dehors. Lorsque Lucille descendit au salon après s'être changée, elle portait à la main un paquet enveloppé de papier de soie. Autour des épaules, elle avait jeté un châle transparent que Juliette, vêtue de sa robe noir et or, reconnut instantanément.

— Puis-je savoir où tu as acheté ce châle ?

— Denise me l'a donné. Ils font partie de la nouvelle ligne d'accessoires de la Maison Landelle. (Lucille lui tendit le paquet.) Elle t'envoie ceci.

Juliette s'assit pour déballer son cadeau. C'était un autre châle avec un autre motif, dans un coloris différent. Mais tout comme celui de Lucille, il s'agissait d'une de ses propres créations.

— Ces motifs sont les derniers que j'avais envoyés à Denise, dit-elle d'une voix morne. En apprenant mon mariage avec Marco, elle m'avait renvoyé tous mes croquis, déchirés en mille morceaux.

Lucille s'assit à côté d'elle avec un soupir.

— Denise n'aurait jamais jeté un modèle aussi parfait sans en faire faire au préalable une copie, tu le sais bien. Même si à l'époque elle voulait que tu croies qu'elle les avait tous détruits.

— Elle ne m'a pas envoyé une seule ligne depuis.

— Elle me l'a dit. Et, outre le plaisir de te revoir et de faire la connaissance de ton mari et de ton bébé, je suis venue ici en qualité de médiateur.

Le visage de Juliette se durcit soudain.

— Tu vas sans doute me trouver cynique, mais je suis persuadée que Denise attend quelque chose de moi.

— Elle ne veut que la réconciliation. Elle regrette son emportement. Je sais que tu as toutes les raisons du monde de repousser ses avances, mais elle a traversé une période très difficile récemment. Elle m'a dit que M. Pierre avait eu une attaque et qu'il ne pourrait peut-être plus jamais reprendre le travail. L'homme qui le remplace ne semble pas faire l'affaire, et à cause de lui elle a déjà perdu plusieurs clientes importantes.

Juliette eut un geste las.

— Inutile d'en dire plus. Denise veut que je crée pour elle, mais au lieu de le dire franchement, elle essaye d'abord de m'amadouer en me faisant croire que je lui manque.

Lucille soupira à nouveau.

— Je ne cherche pas à excuser Denise, mais je crois sincèrement qu'elle t'aurait écrit avant que toutes ces catastrophes ne se produisent si son amour-propre ne l'en avait empêchée. Ma visite lui a fourni l'occasion qu'elle attendait. Elle dépend de toi beaucoup plus qu'elle ne se l'imagine. Elle avait placé en toi tous ses espoirs d'avenir.

— Mais elle doit bien comprendre que je ne retournerai jamais à la Maison Landelle ? Ma vie est ici à présent.

— Je le lui ai déjà dit. Elle sait que les choses ne peuvent plus être comme avant. Elle demande simplement que tu recommences à créer pour elle — des robes et des textiles.

— Simplement ! répéta Juliette hors d'elle, en bondissant sur ses pieds pour arpenter la pièce. Je travaille chez Fortuny désormais. Ne le lui as-tu pas dit ?

— Si. Je lui ai expliqué combien, dans tes lettres, tu semblais heureuse d'être retournée au monde de la mode. Ne crois pas que Fortuny n'ait pas gagné son respect. Elle a vu de très grandes dames porter ses créations, dont certaines parmi ses propres clientes.

— Mais comment pourrais-je continuer à travailler pour la Maison Landelle ? A l'époque où je pensais partir en Russie, j'ai dit à Denise que je serais trop éloignée de la capitale de la mode pour pouvoir continuer à créer. Certes, les Italiennes sont très friandes de mode, mais il m'arrivera la même chose ici.

— Elle pense que tes idées n'en seront que plus fraîches.

— Mais je passe toutes mes matinées au palais Orfei. Il ne serait pas correct de créer pour une maison de couture.

— Ta sœur le sait parfaitement. Simplement, elle traverse une mauvaise passe. Je ne l'ai jamais vue si abattue. Je crois que tout son goût pour le travail l'a quittée depuis son accident.

Juliette se retourna d'un bond vers Lucille.

— Un accident ?

— Son automobile a dérapé sur la chaussée mouillée et a percuté un mur. Elle a eu les deux jambes cassées. Elle marche encore avec des béquilles.

— Mais pourquoi ne m'as-tu pas avertie plus tôt ? s'indigna Juliette.

— C'est arrivé juste au moment où je me suis embarquée pour la France. Je suis allée voir Denise à l'hôpital et lorsqu'elle est rentrée chez elle je me suis installée là-bas au lieu de descendre à l'Hôtel Ritz. C'est la raison pour laquelle il m'a fallu tant de temps pour venir à Venise. Et c'est aussi la raison pour laquelle j'ai repoussé mon départ pour l'Amérique. Je retournerai la voir à Paris lorsque je partirai d'ici.

Juliette, assise en silence, faisait machinalement tourner les bagues qu'elle portait aux doigts. Au bout d'un moment, elle dit :

— Qu'attend-elle de moi au juste ?

— Elle veut une nouvelle collection complète pour le printemps prochain. Tu aurais pour tâche de dessiner tous les modèles et de lui donner des idées.

— Je ne peux rien décider tant que je n'aurai pas parlé à Fortuny.

— Et Marco ? Verrait-il une objection à ce que tu retournes avec moi à Paris pour voir Denise lorsque je m'en irai ?

Juliette leva un sourcil.

— Je fais tout ce que je peux pour Marco, mais je ne suis pas sa chose. Si j'accepte ce nouveau travail, je n'aurai d'autre choix que de me rendre à Paris. (Puis elle ajouta en souriant :) En attendant, je vais te montrer Venise, même s'il te faudrait plusieurs années pour découvrir ne serait-ce que le quart des trésors qu'elle recèle.

Lorsque Juliette fit part à Fortuny des projets de sa sœur, il l'écouta attentivement sans l'interrompre. Il était à son chevalet et avait posé sa palette et ses pinceaux pour l'écouter.

— Dans la mesure où je ne me considère pas comme faisant partie du monde parisien de la mode, dit-il d'une voix affable, il n'y a aucune raison pour que vous n'accep- tiez pas la mission qui vous est confiée. Si c'est ce que vous souhaitez, il est normal que vous le fassiez. Je ne veux en aucune façon être un obstacle entre vous et votre sœur.

— Vous êtes très compréhensif, dit-elle en songeant à Marco qui avait accepté ce nouveau projet avec une cer- taine réticence.

— Avez-vous déjà une idée précise de la nouvelle col- lection Landelle ?

— Oui, dit Juliette, dont le visage s'illumina brusque- ment. Naturellement, mes modèles ne seront en aucune façon copiés sur les vôtres, même si, inévitablement, vous m'aurez influencée.

— Je considère cela comme un compliment.

Elle savait qu'elle pouvait lui faire confiance et qu'il garderait pour lui tout ce qu'elle lui dirait.

— Je me suis rendue plusieurs fois sur l'île de Burano où l'on fabrique de la dentelle. Et je vais emmener Lucille avec moi la prochaine fois que j'y retournerai. Certaines de ces dentelles sont véritablement admirables et j'aimerais les examiner de plus près, car j'ai l'intention de lancer une collection de robes d'après-midi et du soir entièrement confectionnées avec ce matériau. Ensuite, pour la prochaine collection, la verrerie vénitienne devrait me fournir les coloris les plus extraordinaires pour les lainages et les velours d'hiver. Songez à ce bleu franc et à ce rouge chatoyant !

Fortuny sourit.

— Que vous en soyez consciente ou non, vous êtes en train de trouver votre véritable voie. Un esprit artistique comme le vôtre ne devrait jamais stagner.

— Ça n'est pas en travaillant ici que cela risque de m'arriver !

— Mais vous avez dû éprouver quelque frustration à vendre des robes qui ne sont pas de votre création ?

— Non ! Je suis tellement heureuse de pouvoir à nouveau travailler dans la mode !

— Vous serez toujours la bienvenue au palais Orfei, Juliette. J'espère qu'Henriette et moi continuerons à vous voir aussi souvent que par le passé. Et rappelez-vous, si vous avez besoin d'un conseil, je serai toujours prêt à vous aider.

— Vous êtes un véritable ami, Don Mariano.

Lucille prit un grand plaisir à visiter Burano. Pour s'y rendre, il fallait traverser une petite lagune aussi bleue que le ciel sans nuage. Les dentellières travaillaient à domicile, tandis que leurs filles et petites-filles, assises en rang d'oignons sur les bancs de l'école, apprenaient les secrets du métier.

Tandis que Juliette vaquait à ses occupations, fixant les prix et les dates de livraison avec les fournisseurs, Lucille, de son côté, achetait châles et voilettes, parements et mouchoirs brodés de dentelle fine comme de la toile d'araignée pour en faire des cadeaux à son retour en Amérique. Pour finir elle acheta un voile de mariée pour l'une de ses petites-filles. Celui-ci mesurait près de trois mètres de long et était orné d'un délicat motif de boutons de rose.

— Je me réjouis de voir que tout s'est arrangé pour toi, dit Lucille à Juliette lorsqu'elles furent assises côte à côte sur la banquette de bois du *vaporetto* qui les ramenait à Venise. Marco est un homme charmant et ton fils est adorable. Bientôt Denise et toi serez réconciliées, et cela me fait tellement plaisir. (Elle posa une main maternelle sur celle de Juliette.) Avec le comte Karasvin tu n'aurais pas été heureuse, tu sais.

Elle ôta sa main brusquement en voyant que Juliette tournait vers elle un regard bouleversé.

— Crois-tu que j'aie trouvé le bonheur sans lui ?

— Mais tu es une femme comblée ! s'écria Lucille, d'une voix mal assurée.

— Et j'en rends grâce au Ciel chaque jour. Mais le bonheur que j'ai connu avec Nikolaï est de ceux qui n'arrivent qu'une fois dans toute une vie, dit Juliette d'une voix radoucie, en s'efforçant de sourire. Pardonne-moi. Je ne voulais pas te faire de peine après la merveilleuse journée que nous venons de passer ensemble. J'aurais mieux fait de me taire.

Il y eut un long silence avant que Lucille réponde.

— Je suis heureuse que tu l'aies connu. Lorsque nous étions à Paris, j'ai failli t'avouer que j'avais, moi aussi, rencontré un homme qui m'a brisé le cœur. Plus tard, j'ai réalisé que même si nous nous étions mariés il ne m'aurait jamais été fidèle.

— L'as-tu jamais revu lors de tes visites à Paris ?

— Non, tu étais encore enfant lorsqu'il est mort.

Il y eut un moment de silence.

— Tu veux dire que tu étais amoureuse de mon père ? s'exclama Juliette, incrédule.

Lucille acquiesça d'un petit signe de tête résigné.

— C'était un grand séducteur, lorsqu'il était jeune. J'étais complètement folle de lui. Nous avons connu une passion tumultueuse lui et moi, et puis un jour j'ai commis l'erreur fatale de le présenter à ma meilleure amie. (Elle secoua promptement la tête pour la rassurer.) Oh, ta mère ne savait rien. Elle ignorait ce que j'éprouvais. Ils se sont regardés dans les yeux, et à partir de cet instant toutes les autres femmes ont cessé d'exister pour lui. Et j'ai vu tous mes espoirs s'effondrer.

— Tu as été demoiselle d'honneur à leur mariage.

— Oui, et ç'a été le jour le plus pénible de toute mon existence. Rodolphe m'a demandé ma main le soir même et j'ai accepté.

— As-tu jamais cessé d'aimer mon père ?

— Non, mais cela ne veut pas dire que je n'ai pas fait de mon mieux pour aimer Rodolphe. Si cela peut te consoler, je puis t'assurer que ce genre de passion finit par s'estomper avec le temps, et que l'angoisse et le chagrin disparaissent.

Juliette était profondément émue.

— J'ai toujours pensé que nous étions des âmes sœurs toi et moi, malgré notre différence d'âge, mais j'ignorais jusqu'ici la raison pour laquelle tu redoutais que je tombe amoureuse de Nikolaï.

— Tout compte fait, je crois que la journée aura été bonne pour toutes les deux. Pendant que nous y sommes, je te demanderai de ne plus m'appeler tante ✻. Cela me fait me sentir vieille ! A l'avenir tu m'appelleras par mon prénom.

Elles éclatèrent de rire et l'atmosphère se détendit. Puis un coup de sirène leur annonça que le *vaporetto* arrivait à quai.

Juliette avait décidé d'emmener Michel avec elle lorsque Lucille et elle se rendraient à Paris. A la même période, Marco devait, lui aussi, partir en voyage d'affaires et elle ne voulait pas le laisser à la maison sans l'un ou l'autre de ses parents. Mais Marco ne l'entendait pas de cette oreille.

— Le voyage et le dépaysement risquent de perturber Michel, protesta-t-il. Ce ne serait pas bon pour lui. Et puis vous serez très prise.

— Je vous ai dit pourquoi je ne voulais pas le laisser ici. Arianna pourrait venir avec nous. Cela me semble une solution raisonnable.

Marco finit par accepter, mais non sans essayer au préalable de modifier les dates de son voyage d'affaires. Cependant la chose s'avéra impossible.

Le voyage jusqu'à Paris se passa sans problème. A dix mois, Michel était un enfant facile et le déplacement ne le perturba pas. Juliette dit à Lucille que, sitôt arrivée à Paris, elle télégraphierait à Marco pour le rassurer. Lorsqu'elles se présentèrent à la maison du faubourg Saint-Germain, Denise vint les accueillir dans le vestibule en s'aidant d'une canne. Elle avait abandonné ses béquilles, mais leur expliqua qu'elle avait encore besoin de beaucoup de repos. En dehors de cela, elle était en voie de guérison. Rassurée par la lettre de réconciliation que Juliette lui avait envoyée, et toute ragaillardie à l'idée qu'une fois de plus elle avait eu gain de cause, Denise embrassa sa sœur avec effusion.

— C'est un nouveau départ ! Plus de querelles entre nous !

Lorsqu'elle eut salué Lucille, elle aperçut Michel dans les bras d'Arianna. Sa première pensée fut que la ressemblance avec les Karasvin était flagrante.

— Ce sera un bel homme plus tard, prédit-elle avec assurance.

— Il ne vous causera aucun souci, signora, dit Arianna en italien.

Elle avait surpris le regard froid et spéculateur de la baronne. Celle-ci n'avait pas manifesté la moindre parcelle de tendresse vis-à-vis du bébé.

Denise se tourna vers Juliette.

— J'ignore ce qu'a dit ta nurse, mais j'ai fait préparer deux chambres, tout en haut, pour elle et le bébé.

Elle était tout sourire à nouveau.

— Dès que Lucille et toi vous vous serez changées,

nous prendrons des rafraîchissements et nous bavarderons. N'oublie pas de descendre les esquisses que tu auras apportées avec toi. Il n'y a pas de temps à perdre.

En montant l'escalier, Juliette et Lucille échangèrent un regard complice. Denise n'avait pas changé, et elle ne changerait jamais.

Au cours des jours qui suivirent, Juliette n'eut pas le temps de dire ouf. Elle alla voir M. Pierre et le trouva presque entièrement guéri et impatient de reprendre le travail. Il avait appris que Juliette allait à nouveau collaborer avec la Maison Landelle et se montra aussi enthousiaste que Denise lorsqu'elle lui parla de la collection entièrement en dentelle. A la Maison Landelle, Juliette eut tôt fait de découvrir la raison du manque d'intérêt et de motivation de son remplaçant. Denise avait omis de dire au nouveau styliste qu'il n'était engagé que sur une base temporaire jusqu'au retour de M. Pierre. Juliette comprenait son ressentiment. Denise avait trompé Lucille, comme elle l'avait trompée elle-même, pour arriver à ses fins. La situation n'était nullement aussi désespérée qu'elle l'avait laissé entendre. Denise avait cessé de se servir d'une canne le jour même de leur arrivée et elle avait également cessé de boiter dans l'heure suivante.

— J'aurais dû me douter que Denise avait une fois de plus cherché à tromper son monde, afin d'obtenir satisfaction, confia Juliette à Lucille. Si seulement, pour une fois, elle pouvait agir avec franchise au lieu d'avoir constamment recours à des subterfuges !

— Tu as parfaitement le droit de revenir sur ta décision si tu le souhaites.

Juliette sourit en secouant la tête.

— C'est trop tard. Denise savait que même si je ne lui avais pas fait la promesse de recommencer à travailler pour elle, j'aurais été d'emblée gagnée par l'exaltation de la mode parisienne en revenant ici.

Tout en parlant à Denise de ses nouveaux modèles, Juliette fit allusion à la jeune Américaine qui avait eu l'idée de créer un support pour la poitrine permettant de séparer les deux seins.

— Ta ligne de lingerie est tellement ravissante ! Au lieu d'armatures métalliques descendant sur les hanches et l'estomac et emprisonnant le buste dans une carcasse rigide, tu pourrais séparer les deux seins. Cela permettrait à la poitrine de garder une forme naturelle qui s'accorderait mieux avec la mode floue qui est en vogue aujourd'hui. J'ai dessiné plusieurs de ces soutiens-gorge séparés, et j'en ai réalisé quelques-uns pour moi-même. Le support vient de la coupe et des coutures.

Denise était intriguée.

— Explique-moi ça.

Juliette déboutonna son corsage et dénuda ses épaules, laissant apparaître les fines bretelles de sa chemise pour lui montrer ce qu'elle avait réalisé. Elle n'avait pas utilisé de mouchoirs, mais de la soie imprimée selon ses propres motifs. Denise, qui tirait fierté de sa lingerie féminine, était sûre que ce nouveau modèle serait bien accueilli par les jeunes femmes bien faites.

— Je vais y réfléchir, dit-elle.

Sa sœur venait de lui donner une idée hautement lucrative qu'elle entendait bien mettre à profit.

Juliette n'avait pas passé vingt-quatre heures à Paris que toutes ses anciennes amies et connaissances demandaient déjà à la voir. Elle disposait de peu de temps, mais réussit malgré tout à en rencontrer certaines et à téléphoner aux autres. Toutes voulaient savoir comment était la vie à Venise, et si Paris ne lui manquait pas trop. Dans un registre beaucoup plus grave, elle entendait parler, où qu'elle aille, de la menace qui pesait sur la France depuis que l'Allemagne procédait à un réarmement massif. Tous les jeunes gens avec qui Juliette avait discuté de la situation déclaraient qu'ils avaient l'intention de s'engager en cas de conflit.

— Nous nous battrons jusqu'à la mort ! s'écriaient-ils avec ferveur.

Mais elle espérait du fond du cœur qu'une telle catastrophe ne se produirait jamais.

Le dernier jour de son séjour à Paris, Juliette se rendit seule, à pied, à l'atelier de Nikolaï. La ville était pour elle pleine de souvenirs. Lorsqu'elle roulait dans la nouvelle automobile que Denise avait achetée en remplacement de celle qui avait été accidentée, elle regardait défiler les restaurants où elle et Nikolaï avaient dîné et dansé ensemble, les cafés à la terrasse desquels ils s'étaient assis pour boire un café ou un verre, en parlant de tout et de rien et de l'amour qu'ils éprouvaient l'un pour l'autre. Elle passa devant le théâtre où il l'avait accostée, ainsi que devant les salles où ils avaient applaudi le danseur Nijinski et la comédienne Sarah Bernhardt, et assisté à de nombreux concerts et pièces de théâtre. Lorsqu'elle atteignit l'atelier, elle trouva la porte verrouillée par un cadenas et les volets clos. Il s'en dégageait un air d'abandon.

Elle posa ses deux mains à plat sur la porte, non pas pour la pousser mais pour s'y reposer et méditer en silence, la tête baissée et les yeux fermés, comme si elle avait voulu retourner en arrière. Elle ne laissait rien transparaître de la violence des émotions qui la submergeaient. Elle entendait presque Nikolaï s'approcher pour ouvrir tout grand la porte et la prendre de toute sa force dans ses bras.

Les gens qui passaient la regardaient, mais elle n'y prêtait pas attention. Lorsqu'elle se retourna enfin pour s'en aller, elle sut qu'elle ne reviendrait jamais plus à cet endroit.

Lorsque Juliette arriva à Venise, Marco l'attendait sur le quai de la gare. Elle l'aperçut la première, car le compartiment dans lequel elle se trouvait avec Arianna l'avait dépassé sans qu'il ait eu le temps de les voir. Elle descendit du train, Michel dans ses bras, s'attendant à le voir se tourner vers elle avec un sourire, mais à la place elle le vit partir en courant dans l'autre sens. L'expression affolée de son visage n'avait pas échappé à Juliette. Il avait eu peur qu'elle ait changé d'avis à la dernière minute et ne soit pas revenue. Sans perdre une seconde elle tendit Michel à Arianna.

— Attendez-moi ici, dit-elle.

Elle se hâta en direction de Marco, se frayant un chemin parmi la foule de passagers qui arrivait en sens inverse, en direction du *vaporetto* et des gondoles qui attendaient. Lorsqu'elle fut à nouveau assez près pour voir l'anxiété sur son visage, elle se sentit envahie par une vague de compassion. Elle comprenait à présent pourquoi il avait hésité à la laisser partir avec Michel : il avait craint qu'elle ne revienne jamais. Il ne lui faisait donc toujours pas confiance ! Peut-être la réaction violente qu'elle avait eue en voyant Nikolaï aux actualités l'avait-elle ébranlé davantage qu'il ne l'avait laissé paraître.

— Marco ! lança-t-elle, en se mettant à courir et en agitant une main pour attirer son attention.

Mais il ne la voyait toujours pas et continuait à jeter des regards de plus en plus affolés à l'intérieur des wagons. Elle accéléra le pas, bousculant des gens au passage dans sa hâte de mettre fin à son tourment. Heureusement qu'elle avait su dire non aux exhortations de Lucille et de Denise qui voulaient qu'elle prolonge son séjour à Paris !

Ce n'est que lorsqu'il eut atteint le bout du train et qu'il se retourna, l'air consterné, qu'il l'aperçut enfin. La joie et le soulagement inondèrent brusquement ses traits. Il se précipita vers elle pour la serrer contre son cœur.

— Dieu merci, vous êtes là !

Elle sentit ses mains qui tremblaient lorsqu'il lui prit le menton pour l'embrasser sur la bouche.

Cette nuit-là, elle n'eut pas recours à la méthode contraceptive simple que le docteur Morosini lui avait enseignée avant qu'elle ne quitte la villa toscane. Elle aurait préféré attendre un certain temps avant d'avoir un autre bébé, mais l'heure était venue de donner à Marco l'ultime marque de confiance dont il avait besoin.

19

Au printemps 1914, Denise lança sa nouvelle collection tout en dentelle dont l'allure fluide et naturelle était rehaussée par des manteaux de soie imprimés de fleurs et des chapeaux à la ligne sobre et au bord élégamment relevé. Marco avait fourni la dentelle de Burano à Denise, ainsi que les soies sélectionnées par Juliette pour les manteaux. Denise continuait de faire imprimer les créations textiles de Juliette en Angleterre, y compris les dernières qu'elle avait réalisées, mais pour le reste elle s'approvisionnait auprès de Marco qui pratiquait des prix intéressants.

Étant sur le point d'accoucher, Juliette n'avait pas pu assister à la présentation de la collection. Denise lui envoya plusieurs numéros du *Figaro* ainsi que de divers autres journaux parisiens où il était question, entre autres, du succès remporté par sa collection. Tout comme dans les journaux vénitiens, les nouvelles rapportées par la presse française étaient alarmantes. La course à l'armement en Europe battait son plein. En Russie, des dizaines de milliers de travailleurs s'étaient mis en grève, et les États-Unis et le Mexique menaçaient d'entrer en guerre à la suite d'altercations survenues à Vera Cruz.

Juliette était en train de replier le journal français qu'elle venait de lire lorsque Marco entra dans la chambre. Elle lui adressa un sourire distrait tout en continuant à méditer sur les nouvelles.

— Il n'y a rien de tel que de lire les journaux de son propre pays, dit-elle. Les grands titres sont les mêmes partout, mais on trouve çà et là des entrefilets ayant trait aux affaires intérieures. Si tant est que l'on puisse qualifier d'entrefilet l'article consacré à la visite officielle du roi George V en France. J'en avais lu quelques échos dans la presse de Venise, mais *Le Figaro* fait une description détaillée de l'accueil chaleureux réservé au couple royal par les Parisiens. (Son visage reprit une expression grave.) Cela montre combien la France et la Grande-Bretagne cherchent à se rapprocher face à la menace allemande.

— J'aimerais bien lire ces journaux, moi aussi, avant qu'ils ne partent à la poubelle. Qu'en est-il de la collection de printemps de la Maison Landelle, les gazettes sont-elles élogieuses ?

Elle se mit péniblement debout.

— Oui, même si la chose peut paraître futile au milieu de toutes ces nouvelles dramatiques. Mais peut-être est-ce l'une des raisons pour lesquelles la collection a remporté un tel succès. Les femmes cherchent à se rassurer en soignant leur beauté et leur élégance. Elles pensent peut-être qu'ainsi elles pourront préserver une touche de bon sens au milieu de toute la folie engendrée par les hommes.

— Dans ce cas, espérons que la touche de bon sens fera tache d'huile.

— Vous ne m'avez pas l'air très optimiste ? dit-elle gravement.

— Ma chère, pas plus que mon prochain je ne saurais prédire ce qui va arriver. (Il la saisit par les coudes et l'attira aussi près de lui que possible sans appuyer sur son ventre rebondi, et la regarda au fond des yeux.) Mais tant qu'un gredin ne s'avise pas de tirer la première balle, il y a encore un espoir pour que les choses rentrent dans l'ordre.

— Vous voulez dire que la moindre altercation à un poste-frontière pourrait mettre le feu aux poudres ? (Elle n'attendait pas de réponse, et ajouta aussitôt :) Il y a un certain temps déjà que je me suis fait la même réflexion. Je me suis toujours efforcée de me tenir au courant, même si, je l'avoue, ce genre de nouvelles ne m'aident guère à dormir sur mes deux oreilles. (Ses yeux s'embuèrent.) Je suis inquiète pour vous. Si la guerre éclate, l'Italie sera-t-elle entraînée dans le conflit ?

— C'est peu probable. Dans ce pays, l'opinion publique est dans l'ensemble hostile à la guerre. Vous n'avez rien à craindre en ce qui concerne l'Italie.

— La France ne sera peut-être pas aussi chanceuse, dit-elle gravement.

— Espérons que tout rentrera dans l'ordre. (Il jugea opportun de changer de sujet.) J'étais venu vous dire que les échantillons de soie orientale que vous m'aviez demandés avaient été livrés hier.

— Ah, très bien !

Au prix d'un effort, elle tourna ses pensées vers les créations textiles qu'elle avait réalisées dans son atelier pour la collection d'hiver de la Maison Landelle.

— Je crois que ceux qui sont brodés vont vous plaire.

— Où sont-ils ? demanda-t-elle.

— Je les ai montés dans votre atelier, pensant vous y trouver.

— Je faisais une pause. (Elle sourit et, croisant ses mains derrière sa tête, s'étira nonchalamment.) Je deviens de plus en plus paresseuse.

— Non, mais je crois que vous passez trop de temps à l'atelier.

Ces dernières semaines, il ne laissait jamais passer une occasion de l'inciter à renoncer au stylisme.

— Mais je suis assise tout le temps, et je ne fais aucun effort physique. (Elle regrettait sa remarque désinvolte.) Je vais monter jeter un coup d'œil aux échantillons.

Juliette se rendit à l'atelier. Bien qu'en apparence Marco semblât faire de son mieux pour l'aider, elle savait qu'il aurait préféré qu'elle se consacre exclusivement aux affaires domestiques. Il avait changé depuis qu'ils étaient mariés. Sans doute souhaitait-il renouer avec les traditions de son pays. C'est à contrecœur qu'il avait accepté qu'elle travaille chez Fortuny, et elle le savait. Mais il n'était pas homme à revenir sur sa parole, et elle avait cru de bonne foi qu'il finirait par l'accepter. Cependant son ressentiment n'avait fait que s'aggraver. Et il le lui témoignait de diverses façons, dont il n'était lui-même probablement pas conscient. C'est cette situation qui l'avait incitée à travailler à nouveau pour Denise. De cette façon au moins, elle n'avait pas besoin de sortir de chez elle pour rester en étroit contact avec le monde de la mode. Et pourtant, là encore, elle sentait un certain malaise chez Marco. Bien que sa grossesse l'eût comblé, elle savait qu'il n'accepterait jamais qu'elle retourne à Paris sans lui.

Les échantillons étaient étalés sur la table de l'atelier. Certains offraient les teintes profondes et chatoyantes qu'elle avait exigées, les autres étaient trop pâles, malgré un rose nacré intéressant qui pouvait être utilisé. Tandis qu'elle faisait glisser l'étoffe entre ses doigts, elle songea que la collection d'hiver était la plus belle qu'elle ait jamais réalisée à ce jour. Et si la guerre venait à éclater, elle pourrait au moins, grâce à ses créations, brandir bien haut la bannière de la mode, ce qui, en soi, était une façon pour les Parisiens de garder la tête haute devant l'agresseur, quel qu'il soit.

En mai 1914, Juliette donna naissance rapidement et sans difficulté à une petite fille. Aussitôt qu'elle vint au monde, celle-ci devint pour Marco la prunelle de ses yeux, bien que cela ne diminuât en rien l'affection qu'il portait à Michel. Il voulait que la petite porte le nom de feu sa mère, si bien qu'elle avait tout juste un mois lorsqu'elle fut baptisée Sylvana.

Marco se sentait enfin un homme comblé. Après une longue période d'incertitude, il avait enfin trouvé le moyen de retenir Juliette à la maison, solidement amarrée par des responsabilités domestiques qui ne lui permettraient plus jamais de songer à travailler à l'extérieur. Et lorsque d'autres bébés viendraient au monde, il lui serait encore moins possible de se consacrer à ses créations, jusqu'au jour où elle y renoncerait complètement. Amoureux comme il l'était de Juliette, il se demandait comment il avait pu lui promettre de la laisser libre de continuer à travailler lorsqu'ils seraient mariés. Mais il aurait fait n'importe quoi pour qu'elle devienne sa femme, et n'avait pas réalisé combien il allait devenir possessif à mesure que le temps passait. C'était devenu entre eux une pomme de discorde, elle consciente de ses réticences croissantes, et lui de son exaspération lorsqu'il cherchait à la museler.

Mais tout ceci était désormais terminé. Dorénavant tout allait rentrer dans l'ordre. Denise avait réussi à mettre un obstacle entre Juliette et son travail au palais Orfei. Et il se sentait d'autant mieux disposé à l'égard de sa belle-sœur qu'il savait combien sa déception serait amère lorsque les croquis de Juliette cesseraient d'affluer.

— Demandons à Denise d'être la marraine de Sylvana, proposa-t-il à Juliette, le premier jour où elle descendit prendre le petit déjeuner après avoir accouché. Cela devrait dissiper les derniers malentendus qui pourraient subsister entre vous.

Juliette était ravie.

— Je suis contente que vous me le proposiez. Je vais lui écrire aujourd'hui même.

Lorsque Denise reçut son invitation, elle y vit d'emblée une occasion de jouer les tatas-gâteaux. Elle retrouva l'espoir de voir un jour l'un ou l'autre des enfants Romanelli faire carrière au sein de la Maison Landelle. Elle avait déjà fait un premier pas dans cette direction en persuadant Juliette de retravailler pour elle. Cela fait, même à distance, il ne lui restait plus qu'un tout petit pas à franchir pour que les enfants entrent à leur tour dans le métier. Une fois de plus Denise se voyait déjà endoctrinant les enfants, afin de leur montrer la voie qu'ils devraient choisir à l'avenir.

Elle ne savait qu'apporter à sa nièce comme cadeau de baptême. Jusqu'ici, pour ce genre d'occasions elle avait toujours offert des ronds de serviette gravés au nom du bébé. Mais cette fois elle voulait quelque chose de spécial. Tout à coup elle eut une idée. La Maison Landelle allait devenir une société par actions. Elle allait céder gracieusement des parts à Sylvana et à Michel, ainsi qu'à Juliette. Quant à Marco, il pourrait acheter les siennes. Elle poserait une condition cependant : les parts ne pourraient être revendues qu'à l'intérieur de la famille. Elle laisserait à ses hommes de loi le soin de tout organiser. Elle jubilait. Elle avait enfin fait son nid !

Lorsque Denise arriva à Venise, il ne lui fallut pas longtemps pour voir que le mariage de Juliette semblait heureux. S'il ne l'avait pas été, elle n'aurait pas hésité à la persuader de rentrer avec elle mais manifestement la chose n'était pas envisageable. Elle essuya un autre revers lorsque Marco s'opposa à son projet d'offrir des parts aux enfants.

— C'est très généreux à vous, dit-il, mais je préférerais que vous les gardiez jusqu'à ce qu'ils aient atteint leur majorité. Si Juliette souhaite entrer en possession des siennes, je n'y vois pas d'inconvénient, mais pour ma part, je préfère m'abstenir de tout investissement à l'étranger pour l'instant.

— Mais c'est absurde ! explosa Denise. Notre maison de haute couture * est l'une des plus prospères de Paris, et l'a toujours été.

Juliette intervint.

— Ne le prends pas mal, je t'en conjure, Denise. Ne commençons pas une nouvelle querelle. Marco et moi-même n'avions nullement l'intention de t'offenser. J'accepte de bon cœur les parts que tu m'as réservées et je t'en remercie. Mais je suis d'accord avec Marco, il est encore trop tôt pour en faire cadeau aux enfants. Quant à lui, il est libre de faire comme il l'entend.

Denise se perdait en conjectures. Son stratagème était-il cousu de fil blanc ? Bah, tout au moins avait-elle réussi à entortiller Juliette. Dans l'immédiat, elle devait s'estimer satisfaite, et dès que les rumeurs de guerre se seraient dissipées elle essaierait à nouveau de convaincre Marco. Il fallait à tout prix qu'elle évite de se le mettre à dos.

— Je pensais bien faire, dit-elle.

Le lendemain elle acheta un pendentif en diamant pour Sylvana et une montre en or pour Michel. Ils leur seraient remis lorsqu'ils seraient en âge de les porter.

Bien que Denise eût pu jouir de tout son confort chez les Romanelli, elle préféra descendre au Grand Hôtel des Bains, au Lido, souhaitant rester à distance des trépidations de la vie de famille. C'était également le meilleur endroit pour faire la réclame des toilettes en dentelle de la dernière collection Landelle, car la clientèle qui descendait ici était très chic. Nombre de ses clientes lui avaient dit qu'elles se sentaient aussi gracieuses que des cygnes dans leurs nouvelles toilettes, et elle éprouvait la même sensation au contact de la dentelle légère effleurant ses bras et son corps comme une brise marine. Pour le baptême, elle avait choisi une robe de dentelle cannelle. Elle était heureuse d'être marraine mais soulagée que ce soit une amie de Juliette qui porte le bébé. Fortuny et Henriette étaient également présents. A l'idée de les rencontrer, Denise avait manifesté quelque inquiétude, mais Juliette l'avait rassurée.

— Fortuny ignore de quelle façon je suis entrée en possession de la robe Delphes. Je ne lui ai jamais dit où je l'avais trouvée.

Denise fut soulagée. Elle voulait visiter le palais Orfei afin d'examiner de près tous les modèles de robes et d'étoffes exposés là-bas, mais la chose n'aurait pas été possible si Juliette l'avait trahie. Au lieu de quoi, Henriette l'invita personnellement.

— Je vais vous montrer les lieux moi-même, proposat-elle.

A la grande déception de Denise, il ne lui fut pas possible de voir l'atelier où le mystérieux plissé était réalisé. Sa jalousie vis-à-vis de Fortuny s'en trouva décuplée. Elle trouvait injuste que la Maison Landelle dût se plier sans exception à toutes les nouvelles tendances de la mode, redoutant à chaque instant de se faire chiper une idée par un concurrent indélicat, alors que Fortuny s'en tenait à un seul prototype et prospérait malgré tout. Elle avait même découvert qu'il avait fait breveter son modèle, considérant qu'il s'agissait d'une invention révolutionnaire en matière d'habillement. Et pourtant, tout portait à croire qu'en dépit de l'engouement que connaissaient ses robes et des critiques que Denise avait pu lire à leur sujet dans quelques magazines haut de gamme, sa clientèle était extrêmement restreinte en comparaison de la sienne ou de celle de ses confrères parisiens. Une chose était sûre, en tout cas. Il ne serait jamais un concurrent sérieux pour aucun d'eux.

Peu avant son départ, Denise décida de rendre l'hospitalité qui lui avait été offerte au palais Orfei, en invitant Fortuny, Henriette, Juliette et Marco à dîner au Grand Hôtel des Bains. Le souper fut somptueux et la soirée des plus conviviales. Ils prirent le café sur la terrasse, sous le ciel étoilé. Un orchestre jouait, et les petites vagues de l'Adriatique frappaient mollement le rivage à quelques mètres de là. Ils étaient assis à bavarder, lorsqu'un Français dans la cinquantaine, qui s'en revenait d'une promenade dans le parc en fumant le cigare, les aperçut et, les reconnaissant, s'arrêta pour leur adresser un sourire. Henriette fut la première à le voir tandis qu'il s'approchait de leur table.

— Ça par exemple ! Regardez, Mariano ! C'est Jacques Vernet ! (Puis se tournant vers les autres, elle expliqua :) C'est un vieil ami parisien. Il y a longtemps que nous ne nous sommes pas vus.

— Invitons-le à se joindre à nous, suggéra aimablement Denise.

Elle avait aperçu l'étranger, un homme de grande taille, le cheveu grisonnant, pas très beau, mais avec une silhouette svelte qui mettait en valeur un costume impeccable provenant indéniablement de Savile Row. De tels hommes avaient toujours des épouses s'habillant avec goût. Et Denise ne laissait jamais passer une occasion d'améliorer son chiffre d'affaires.

Tandis que les présentations étaient faites, un maître d'hôtel apporta un fauteuil en rotin et Jacques prit place entre Henriette et Denise. Le nouvel arrivant était trop bien élevé pour aborder des sujets d'ordre personnel.

Mais Denise apprit pourtant qu'il était à la tête d'une grosse affaire de construction mécanique basée en Normandie, et qu'il disposait également d'un bureau et d'un pied-à-terre à Paris. Il ne fit mention d'aucune épouse, mais il avait très certainement une maîtresse, et la Maison Landelle habillait les maîtresses de certains hommes parmi les plus distingués de la capitale.

— Vous êtes en visite à Venise, madame la baronne ? demanda-t-il.

— Oui, je suis venue pour le baptême de ma nièce, répondit Denise. Il ne m'a pas été facile d'abandonner mes responsabilités, mais pour rien au monde je n'aurais manqué une fête de famille aussi importante.

— Je comprends. Ainsi donc vous êtes également dans les affaires. (Il semblait intéressé.) Serait-il indiscret de vous demander dans quel domaine ?

Après cela la glace fut brisée entre eux et bien que la conversation prît bientôt un tour plus général, Jacques sembla s'intéresser particulièrement à Denise, sollicitant à plusieurs reprises son opinion sur divers sujets. Lorsque Marco, voyant que la nuit était encore jeune, proposa qu'ils aillent faire un petit tour du côté des tables de jeu, Denise fit en sorte de marcher aux côtés d'Henriette lorsqu'ils rentrèrent à l'intérieur de l'hôtel.

— M. Vernet n'a fait aucune allusion à son épouse, remarqua-t-elle le plus naturellement du monde.

— Oh, mais c'est parce qu'il est divorcé. Il a épousé une Américaine de New York, à l'occasion d'un voyage qu'il a fait là-bas lorsqu'il était étudiant, et l'a ramenée en France dans ses bagages. Le mariage houleux a tenu tant bien que mal pendant près de dix ans, puis elle est retournée en Amérique. Depuis, il ne s'est jamais remarié, même s'il a entretenu quantité de liaisons amoureuses avec des femmes qui l'auraient volontiers épousé.

Denise sourit. Une ribambelle de maîtresses successives était encore plus appréciable que tout le reste. Une fois qu'un homme riche avait ouvert un compte dans une maison de couture, il voulait que toutes ses femmes aillent s'habiller là-bas. A bien des égards les hommes

étaient enclins à la routine, en particulier lorsqu'ils vieil-
lissaient.

La salle de jeu où Denise et les autres prirent place
était d'une élégance saisissante : Fortuny en avait réalisé
la décoration. Les murs étaient tendus de ses admirables
soieries d'un rouge profond animé de motifs grecs peints
à l'or au pochoir. Denise songea qu'il n'y avait rien
d'étonnant à ce que Fortuny se contentât d'un seul
modèle de robe, si l'essentiel de ses revenus provenait de
ces commandes monumentales. Marco lui avait dit que
nombre de musées et de galeries d'art avaient découvert
que les étoffes de Fortuny mettaient admirablement en
valeur les pièces exposées. Même les églises avaient
commencé à lui commander de grandes tentures pour
habiller les murs dénudés et rehausser les autels de
grande taille. Trois des plus grands théâtres parisiens
avaient des rideaux de scène de sa création.

La chance semblait être de la partie ce soir-là pour
Denise et Jacques, même si les autres perdaient à chaque
fois. Cela créa une sorte de complicité entre eux.

— Nous avons dû nous porter chance mutuellement,
plaisanta Jacques. Jouerons-nous encore demain soir ?

— Certainement ! s'écria Denise sans réfléchir.

Jacques invita également les autres, mais Fortuny avait
un engagement, de même que Marco, et Juliette et Henriette n'avaient aucune envie de venir seules. Denise réalisa trop tard qu'elle aurait dû réserver ses deux dernières
soirées à sa sœur. Malheureusement il ne lui était plus
possible de repousser la proposition de Jacques. Puis elle
songea à une autre façon de passer encore un peu de
temps en compagnie de Juliette.

— Pourquoi ne viendrais-tu pas demain, avec Michel ?
Tu n'auras qu'à prendre le *vaporetto* et nous passerons la
journée à la plage. J'ai réservé une tente à mon nom,
nous pourrons nous baigner. C'est ce que j'ai fait chaque
jour depuis mon arrivée. (Denise se tourna ensuite vers
Jacques.) Peut-être aimeriez-vous vous joindre à nous, et
faire la connaissance de mon neveu ?

— Avec plaisir.

Jacques ne vint les rejoindre sur la plage qu'après midi. Entre-temps, les deux sœurs avaient nagé et déjeuné légèrement d'une salade dans la salle à manger garnie de plantes vertes. Michel s'était endormi à l'ombre de la tente, fatigué d'avoir joué toute la matinée sur le sable et d'avoir pataugé dans les vagues avec sa mère. Un maître d'hôtel installa un transat pour Jacques à côté de Juliette et Denise. Il s'assit avec un soupir de contentement.

— Quelle journée merveilleuse ! Pas trop chaude, avec une petite brise légère. J'ai passé la matinée à l'église des Frari et à la Salute. Quelle merveille !

— Est-ce votre première visite à Venise ? s'enquit Denise.

— Non, je suis déjà venu, mais c'est une ville que l'on ne se lasse pas d'admirer.

— Vous voyagez toujours seul ?

Il eut un sourire charmant.

— Non, mais cette fois j'ai éprouvé le besoin de le faire. (Il aperçut un maître d'hôtel qui approchait avec un plateau sur les bras.) J'ai commandé des orangeades.

Il y avait un quatrième verre pour Michel, et Juliette expliqua qu'il dormait à l'intérieur de la tente.

— Il va bientôt se réveiller. Je vais le poser à l'intérieur. Il le boira plus tard.

— Je ne sais pas si vous vous en souvenez, dit Jacques lorsqu'elle se fut rassise dans son transat, mais nous nous sommes déjà rencontrés.

— Vraiment ? dit Juliette surprise. Mais où était-ce donc ?

— A l'ambassade de Russie, à l'occasion du bal du premier de l'an. Vous étiez avec le comte Karasvin.

Juliette eut un petit haut-le-corps.

— En effet, reconnut-elle prudemment. Mais comment se fait-il que je n'en aie aucun souvenir ?

— J'étais dans un groupe de gens lorsque les présentations ont été faites. Il n'y a aucune raison pour que vous vous souveniez de moi dans la mesure où nous n'avons pas dansé ensemble, ni même parlé. Mais je puis vous dire, signora Romanelli, que vous n'êtes pas une femme que l'on oublie facilement.

Bien que Denise fût jalouse par nature, l'intérêt que les hommes portaient aux autres femmes la laissait indifférente dans la mesure où elle n'avait jamais éprouvé le moindre sentiment amoureux. Cependant, elle n'appréciait guère de devoir partager l'attention de son convive avec une autre.

— Vous connaissez bien le comte Karasvin ? demanda-t-elle, sachant qu'il s'agissait d'un sujet que sa sœur ne voudrait pas approfondir.

— Non, mais il m'a été présenté par sa tante, la seconde épouse du prince Vadim. C'est une Parisienne.

— J'ai fait sa connaissance à l'occasion du même bal, répondit sèchement Denise.

— Oh, vous y étiez aussi, chère madame. (Il était confus.) Mais nos chemins ne se sont pas croisés, sans quoi je ne vous aurais pas oubliée, je puis vous l'assurer.

— Vous êtes pardonné, dit-elle, soudain radoucie. Il y avait au moins six cents convives ce soir-là. Avez-vous vu le comte Karasvin avant qu'il ne quitte Paris ?

— Mais bien sûr. D'ailleurs, il n'y a pas si longtemps je l'ai croisé à Vienne.

— La comtesse était-elle avec lui ?

— Non. D'après ce que j'ai pu comprendre, ils mènent des vies séparées.

— Oh, mon Dieu !

Denise jeta un regard furtif du côté de Juliette et vit que sa sœur s'était détournée. Les coudes posés sur les bras de son fauteuil, elle avait posé ses deux mains sur sa bouche. Denise réalisa soudain, non sans inquiétude, que si elle continuait à parler de Nikolaï, Jacques risquait de remarquer la ressemblance qui existait entre Michel et le Russe. Il fallait l'éviter à tout prix. S'éventant soudain de la main, elle dit :

— Je crois que je souffre un peu de la chaleur. Auriez-vous l'obligeance de me raccompagner jusqu'à l'hôtel, monsieur Vernet ?

— Certainement.

Aussitôt debout, il l'aida à se relever en lui tenant la main. Juliette s'était levée d'un bond, affolée elle aussi, mais Denise la rassura.

— Reste, Juliette. Il ne faut surtout pas réveiller Michel. Je vous verrai tous les deux demain.

Après avoir raccompagné Denise à sa suite, Jacques s'en revint à la plage, mais Juliette et son fils n'y étaient plus.

Lorsque Denise quitta Venise, Jacques fit le voyage avec elle jusqu'à Paris. Il aimait son esprit caustique, et ce sens de l'initiative qui lui avait permis de se faire une place dans le monde impitoyable de la mode. Mais ce qu'il appréciait par-dessus tout, c'était qu'elle ne cherchait nullement à lui faire les yeux doux, comme c'était généralement le cas des veuves de son âge. Il avait enfin rencontré quelqu'un d'aussi égoïste que lui-même. Il avait hâte de la revoir. Mais avant cela il devait aller faire un tour à l'usine, car il se consacrait désormais entièrement à la production d'armement pour le compte du gouvernement. La France se préparait activement à faire face à toute éventualité.

20

Après le départ de Denise, la vie reprit son cours normal chez les Romanelli. Juliette était à nouveau libre de disposer de son temps comme elle l'entendait. Elle avait déjà une foule d'idées concernant la prochaine collection de printemps, mais elle avait grandement le temps de les coucher sur le papier, et entendait dans l'immédiat se consacrer entièrement à son bébé et à Michel. Cette année, le mois de juin était particulièrement chaud et étouffant. Des amis partis en voyage à l'étranger lui avaient proposé leur villa au bord de la rivière Brenta pour le reste de l'été, et Juliette aurait volontiers accepté pour elle-même et pour les enfants, si Marco n'était intervenu.

— Attendez jusqu'au mois d'août, lui dit-il, car alors je serai en mesure de vous accompagner.

— Mais vous pourriez venir le vendredi et passer les week-ends avec nous, répondit-elle, en songeant combien il serait agréable d'être à la campagne à cette époque de l'année, et combien il serait salutaire pour Michel et le bébé de respirer du bon air.

Mais Marco ne voulut rien savoir. Il ne voulait pas rentrer le soir dans une maison vide et trouver un lit froid. Si bien que leur séjour à la campagne fut repoussé...

Le mois d'août était encore loin lorsqu'un matin, au petit déjeuner, Marco déplia le journal que Lena posait toujours à côté de son assiette, et s'écria en découvrant les gros titres :

— Mais c'est une catastrophe !

Juliette reposa la cafetière qu'elle tenait à la main.

— Qu'y a-t-il ? demanda-t-elle, affolée.

— L'archiduc François-Ferdinand, héritier de l'Empire austro-hongrois, a été assassiné par un fanatique serbe à Sarajevo, la capitale de la Bosnie ! Sa femme est morte, elle aussi ! Il ne manquait plus que ça ! Les Balkans ont de tout temps fait figure de poudrière.

— Que va-t-il se passer ?

— C'est écrit ici, dit-il, tout en continuant de lire l'article. L'Autriche a l'intention de prendre des mesures de répression à l'encontre de la Serbie, au risque de créer des remous pour le reste de l'Europe. (Abaissant soudain son journal, il la considéra d'un œil grave et dit :) Si cela signifie leur envoyer des troupes, je crains le pire. L'Allemagne est l'alliée de l'Autriche et la Russie ne manquera pas d'intervenir, si les Balkans sont menacés. (Voyant son visage qui se décomposait, il lui dit, pour la réconforter :) Quoi qu'il arrive, l'Italie restera neutre. De cela au moins, nous pouvons être sûrs.

Mais elle ne songeait pas à l'Italie, bien qu'elle se félicitât intérieurement de ce que son mari fût hors de danger. Si la guerre éclatait, Nikolaï irait se battre, cela ne faisait aucun doute.

Chaque jour les journaux rapportaient des nouvelles catastrophiques. Vers la fin du mois de juillet, la Serbie, ayant rejeté l'ultimatum de l'Autriche, se mobilisa. Le lendemain, l'Autriche lui déclarait la guerre. Marco était dans son bureau quand sa secrétaire entra. Il était très occupé et lui jeta un coup d'œil impatient.

— Qu'y a-t-il, signora Massari ?

— Il y a un monsieur qui désire vous voir, signore.

Sans cesser d'écrire, il lui dit :

— Je vous ai dit que je ne recevais que sur rendez-vous aujourd'hui. Demandez-lui son nom et dites-lui de repasser demain.

— Je l'ai fait, signore, mais il a insisté. Il s'agit du comte Karasvin.

Le stylo de Marco s'immobilisa brusquement dans sa main, mais il ne releva pas immédiatement la tête.

— Que veut-il ? demanda-t-il sèchement. Vous l'a-t-il dit ?

— Il m'a simplement expliqué qu'il n'était pas venu pour affaires, mais qu'il était certain que vous voudriez bien le recevoir.

Lentement, Marco reposa son stylo et se renversa dans son fauteuil.

— Faites entrer le comte Karasvin.

Aussitôt que la secrétaire eut le dos tourné, Marco ouvrit promptement un tiroir et y rangea les deux cadres en argent avec les photographies de Juliette. Il n'avait pas la moindre idée de ce que lui réservait l'entrevue qui allait suivre, mais il était fermement décidé à protéger son épouse du passé. Il referma le tiroir et se leva pour accueillir le visiteur indésirable. Nikolaï, habillé sobrement, s'approcha du bureau en souriant.

— Comment allez-vous, Marco ? demanda-t-il en lui tendant la main. Cela fait plaisir de vous revoir.

Non sans réticence, Marco saisit la main vigoureuse qu'il lui tendait. Il trouva Nikolaï inchangé. La beauté de ses traits était rehaussée par son hâle d'été, sa silhouette athlétique aux épaules carrées n'était nullement alourdie par l'embonpoint. Marco, lui, était conscient que sa propre taille s'était épaissie au cours des deux dernières années.

— Quelle agréable surprise ! Asseyez-vous. J'ai peur de ne pouvoir vous consacrer que quelques minutes.

D'un geste sec, il ouvrit ostensiblement le boîtier de sa montre en or et la consulta avant de se rasseoir dans son fauteuil à bascule.

— Je le sais, votre secrétaire m'a prévenu. (Nikolaï prit la chaise qui lui était offerte.) Mais je ne vous retiendrai pas longtemps. Vous avez l'air en pleine forme.

— Vous de même. Votre épouse vous accompagne-t-elle ?

— Non, Natacha est en Russie. Elle est allée passer l'été dans la maison de campagne de ses parents. (Nikolaï n'ajouta pas qu'elle passait plus de temps en compagnie de sa belle-mère qu'elle ne l'avait fait avant leur mariage, éprouvant constamment le besoin de s'épancher auprès d'une âme compatissante.) J'ai passé les trois derniers mois tout seul, d'abord à Budapest, puis à Vienne.

— Vous étiez là-bas en mission diplomatique ?

— Disons plutôt que j'étais l'un des nombreux observateurs étrangers qui ont pour mission de garder l'œil et l'oreille ouverts tout en échangeant des politesses à l'ambassade et au palais.

— Comment se porte Vienne ces jours-ci ?

— Vienne est tout entière embrasée par la fièvre patriotique. Partout on acclame les soldats. Des petites cocardes ornent les gâteaux au chocolat, et les valses ont cédé la place aux marches militaires. J'ai vu le vieil empereur François-Joseph peu après les funérailles de l'archiduc. On l'aurait dit vieilli de vingt ans.

— L'assassinat a été perçu comme un affront terrible. Êtes-vous allé à Paris cette année ?

Marco craignait que Nikolaï n'ait eu vent de son mariage avec Juliette. Quoi qu'il arrive, il était fermement décidé à les empêcher de se voir. Il était également décidé à cacher l'existence de Michel à Nikolaï, sans quoi ce dernier risquait d'en venir à des conclusions qui pouvaient mettre leur avenir en péril. Bien que foncièrement honnête, Marco était capable de mentir avec conviction et sans le moindre scrupule lorsque les circonstances l'exigeaient.

— Vous passiez le plus clair de votre temps là-bas, naguère, si je ne m'abuse ?

— Oui, tout ceci est révolu depuis que le devoir m'a rappelé en Russie et que j'ai épousé Natacha. Je ne suis pas retourné à Paris depuis la fois où j'y ai vainement cherché Juliette. Je n'ai jamais pu retrouver sa trace. La baronne de Landelle n'a jamais voulu me dire où elle se cachait. Et vous ?

Marco secoua la tête.

— Depuis que nous nous sommes vus, je ne suis jamais allé au-delà de Lyon.

Il était soulagé de constater que Nikolaï n'était pas au courant de son mariage avec Juliette. Ainsi, il ne chercherait pas à faire pression sur lui pour essayer de la voir. Cependant tout danger n'était pas encore écarté, et il avait déjà pris la décision d'expédier Juliette et les enfants à la villa le soir même. Nikolaï n'irait jamais les chercher là-bas.

— Comptez-vous rester longtemps à Venise ?

Nikolaï haussa les épaules.

— Non. Vingt-quatre heures tout au plus.

Marco se détendit et commença à respirer plus librement, tout en haussant un sourcil navré.

— Vraiment ? Dois-je comprendre qu'il s'agit d'une mission diplomatique éclair ?

— Nullement. Je suis ici pour affaires personnelles. C'est pour cette raison que je suis venu directement ici, aussitôt après avoir retenu une chambre à l'hôtel.

Nikolaï mit la main dans la poche intérieure de son veston et en sortit une page de journal pliée qu'il étala sur le bureau sous les yeux de Marco.

— Regardez cette photo de magazine.

Marco l'avait déjà vue. C'était une des photos que Fortuny avait prises de Juliette dans sa robe Delphes. Celle-ci avait été publiée dans plusieurs revues de mode cosmopolites quelque temps auparavant.

— On dirait Juliette.

— Mais c'est elle !

— La légende est en français. La photo a-t-elle été prise à Paris ? (Marco la lut entièrement, bien qu'il en connût déjà le contenu. Ni le nom de Juliette ni celui du photographe n'y figuraient.) La légende ne le dit pas, reprit-il, tout en se renversant à nouveau dans son fauteuil. Mais en quoi cela vous intéresse-t-il ? Je croyais que tout était fini entre vous et Juliette.

Nikolaï secoua la tête.

— Pas tant qu'elle et moi serons vivants.

Le sang de Marco ne fit qu'un tour. Il songea qu'il

était aisé, à cet instant, de liquider purement et simplement le Russe avec la première arme qui lui tomberait sous la main. Puis il réalisa qu'il était en train de jouer avec un crayon qui se trouvait sur son bureau et qu'il était sur le point de le casser en deux. Il le reposa et dit :

— Si mes souvenirs sont exacts, Juliette ne partageait pas ce point de vue. Nous avons échangé quelques lettres elle et moi, mais il y a si longtemps déjà. Dans la dernière, elle me disait qu'elle quittait la France pour aller vivre avec un vieux couple d'amis à La Nouvelle-Orléans.

Les paupières de Nikolaï se plissèrent, puis il dit, incrédule :

— Vous voulez parler de Lucille Garnier et de son mari ?

— C'est cela. Vous avez leur adresse ?

Marco commençait à regretter d'avoir été trop clair dans ses indications.

— Non. Et puis, de toute façon, un échange épistolaire n'était pas ce que j'avais en vue. Je suis venu ici pour retrouver Juliette. Je savais qu'elle chercherait à m'éviter, mais j'étais sûr que vous pourriez me dire où elle se trouvait. Je ne m'attendais pas à ce qu'elle se soit exilée si loin.

Nikolaï se releva d'un bond, les sourcils froncés, les poings serrés, profondément enfoncés dans les poches de son veston.

— Je vois qu'il s'agit pour vous d'une amère déception. (Marco se leva à son tour, feignant la commisération.) Je n'ai pas revu Juliette depuis la fois où je l'ai rencontrée à Londres, lorsqu'elle était chez son amie Gabrielle. Qu'est-ce qui vous a fait penser qu'elle se trouvait à Venise ?

— Il m'a semblé logique que Fortuny, qui est photographe au même titre que peintre et styliste, ait choisi de photographier ses propres robes dans sa propre maison de couture.

— Je crains que vous ne vous soyez dérangé pour rien. Juliette n'est pas ici.

Nikolaï hocha la tête, l'air absent.

— Où qu'elle soit, je lui souhaite d'être heureuse. J'avais espéré la revoir au moins une fois.

On frappa un coup à la porte et la secrétaire entra.

— Le signor Torrisi est là qui demande à vous voir, signore.

Marco fit un petit signe de tête à la secrétaire.

— Le comte Karasvin s'apprêtait justement à partir. (Il donna une tape sur l'épaule de Nikolaï tout en le raccompagnant à la porte.) Je regrette de devoir vous expédier ainsi, mon ami. (Voyant que tout s'était bien passé, Marco éprouvait de la pitié pour lui.) Que diriez-vous d'aller souper ensemble ? Rendez-vous au Danieli. Nous y prendrons un verre avant le dîner.

— Cela ne peut pas mieux tomber, dit Nikolaï. C'est justement là que je suis descendu.

— Parfait. J'ai oublié de vous demander : est-ce la première fois que vous visitez Venise ?

Tous deux s'étaient arrêtés devant la porte entrouverte du bureau.

— J'y suis venu une fois, il y a très longtemps.

— Dans ce cas, je vous conseille d'aller passer deux ou trois heures à l'Académie. C'est un endroit tranquille qui recèle quelques chefs-d'œuvre parmi les plus beaux du monde. Ensuite vous retournerez à l'hôtel où je passerai vous prendre.

— C'est une excellente idée. A plus tard, donc.

Marco referma la porte de son bureau aussitôt que Nikolaï eut tourné les talons. Compte tenu de l'itinéraire que devait emprunter le Russe pour se rendre à l'Académie et ensuite à l'hôtel, il ne risquait pas de tomber nez à nez avec Juliette. Celle-ci serait déjà rentrée à la maison après avoir fait ses emplettes, car elle attendait la visite de Doña Cecilia et de Maria Luisa cet après-midi.

Tandis qu'il s'en retournait à son bureau, Marco vit que Nikolaï y avait abandonné la page de magazine. Il la chiffonna et la jeta avec un geste rageur dans la corbeille à papier. Il n'aurait jamais dû accepter que Juliette pose pour ces photos de mode ! Jusqu'ici il s'était montré beaucoup trop tolérant, c'était évident. Il avait agi comme un collégien transi d'amour et non pas comme un mari responsable.

Il ouvrit le tiroir et en sortit à nouveau les cadres en argent. Dans le plus grand des deux l'ancienne photo de Juliette et de Michel avait été remplacée par une photo récente où elle était avec les deux enfants. Cette vision le radoucit. Il était encore prêt à tout lui accorder sauf deux choses : la laisser s'évader du foyer où elle était désormais tenue par ses obligations familiales, et tolérer qu'elle revoie son amant. Elle était à lui et à lui seul désormais. Il la possédait à tous les sens du terme, et il était de plus en plus conscient de l'instinct de meurtre qui s'emparait de lui chaque fois qu'un autre homme s'intéressait d'un peu trop près à elle.

Il reposa soigneusement les deux photos sur son bureau en les disposant selon son angle préféré. Puis il s'assit et donna un coup de téléphone avant de presser la sonnette pour annoncer qu'il était prêt à recevoir le visiteur suivant.

Juliette était en train de jouer avec Michel dans le jardin, à l'ombre d'un arbre, lorsque Arianna lui apporta le message téléphonique de Marco. Il n'avait pas pour habitude de faire un dîner d'affaires qui n'ait été programmé longtemps à l'avance, mais elle se dit qu'il devait s'agir de quelque chose d'important. Combien de fois ne lui avait-il pas dit qu'il n'y avait rien de tel qu'un bon repas bien arrosé pour rattraper un contrat qui semblait a priori perdu !

A présent, Arianna avait emmené Michel pour lui faire faire la sieste à la nursery et Sylvana dormait dans son berceau. Avant d'échanger sa jupe et son corsage du matin contre une robe d'après-midi, Juliette décida d'aller rendre à Henriette un livre que cette dernière lui avait prêté, et qui lui avait beaucoup plu. Bien qu'elle ne fût qu'à quelques pas du palais Orfei, Juliette eut soin de mettre un chapeau de paille, car à l'heure de la sieste le soleil de juillet était impitoyable. Le palais était probablement fermé à cette heure-ci, mais elle passerait par la cour intérieure.

Juliette traversa le Campo San Beneto inondé de soleil et passa devant l'entrée principale du palais Orfei pour longer l'étroite *calle* qui se trouvait sur le côté de la vaste demeure. Elle atteignit l'antique portail gothique et entra dans la cour intérieure où des pots de fleurs s'alignaient le long des murs jusqu'au premier étage du vaste escalier de pierre. Juliette monta promptement à la loggia puis poussa la porte ornée de vitraux donnant sur l'atelier-salon.

— Henriette ! appela-t-elle joyeusement, en ôtant son chapeau de paille et en le jetant sur un fauteuil de cuir.

Henriette sortit de derrière une lourde tenture.

— Oh ! C'est vous, dit-elle légèrement confuse.

— Le livre était excellent...

La voix de Juliette s'éteignit brusquement. Arrivant du dehors inondé de soleil, elle n'avait pas remarqué d'emblée la mine contrariée de son amie. Puis son être tout entier devina soudain la raison de cet embarras.

— Nikolaï est ici ! dit-elle dans un souffle, tandis que son cœur se mettait à battre à tout rompre.

— Il est arrivé il y a environ dix minutes. (Henriette parlait à voix basse.) Il est allé voir Marco, qui a prétendu ne pas savoir où vous étiez. Mais Nikolaï Karasvin n'est pas le genre d'homme à renoncer facilement. D'autant qu'il est venu de loin pour vous retrouver.

— Lui avez-vous... ?

C'est à peine si Juliette était capable d'articuler sa question.

— N'ayez crainte. Je ne lui ai rien dit, si ce n'est que je savais où vous habitiez. Comme je refusais de lui donner votre adresse, il a insisté pour que je vous téléphone. Je m'apprêtais à le faire et à vous demander si vous acceptiez de le revoir. Mais vous pouvez encore vous retirer, il n'est pas trop tard. Ces tentures étouffent tous les bruits. Même s'il vous a entendue parler, il n'aura pas reconnu votre voix.

Juliette secoua la tête. Elle était étrangement calme.

— Il sait que je suis ici, dit-elle simplement. Il n'a pas besoin de m'entendre pour cela. Il m'attend.

D'un geste mécanique, elle remit le livre entre les mains d'Henriette et se dirigea vers le milieu de l'atelier-salon où elle s'arrêta pour regarder à l'autre bout de la gigantesque galerie. Elle aperçut Nikolaï qui la regardait de loin, éclairé de dos par les flots de lumière qui se déversaient à travers les vitraux de l'immense fenêtre qui était derrière lui.

— Je t'ai enfin retrouvée, Juliette.

Il n'y avait aucun triomphe dans sa voix. Rien qu'un immense soulagement.

Elle demeura parfaitement immobile, en songeant à toutes les fois où ils s'étaient jetés dans les bras l'un de l'autre. Le temps, et tout ce qui était arrivé depuis leur rupture, avait mis de la distance entre eux, comme s'ils n'avaient jamais vécu la folle et dévorante passion de l'amour.

— Tu n'aurais pas dû venir ici, dit-elle calmement.

Le bruit d'une porte qui se refermait lui indiqua qu'Henriette les avait laissés seuls.

— Il fallait que je te revoie.

Il n'avait pas fait le moindre geste, à part lever les mains et les laisser retomber en signe de réconciliation.

— Qu'est-ce qui t'a incité à venir me chercher à Venise ?

Elle commença à avancer vers lui à pas lents, en gardant un visage totalement inexpressif pour ne pas trahir son émotion.

— Une photo de toi dans ta robe Delphes, que j'ai trouvée par hasard dans un magazine.

— A Saint-Pétersbourg ?

— Non. A Vienne. Un pur hasard. C'était à l'ambassade de France. Une femme que je n'avais jamais vue de ma vie a fait tomber toute une pile de magazines qu'elle tenait dans ses bras au moment où je franchissais le seuil de la porte. Je l'ai aidée à les ramasser. L'un d'eux s'était ouvert à la page où figurait ta photo. Lorsque je lui ai dit que je te connaissais, la femme m'a dit que je pouvais la prendre. C'est ainsi que j'ai eu l'idée de venir te chercher jusqu'ici. Je dirais que ce concours de circonstances est la preuve que nous étions destinés à nous revoir.

Elle ne lui répondit pas. Lentement, elle s'arrêta de marcher et s'immobilisa. Elle ne se tenait plus qu'à quelques pas de lui, à présent, et la chaude lumière du soleil l'inondait tout entière, nimbant d'or et de bronze ses cheveux légèrement décoiffés.

— Henriette m'a dit que tu avais parlé à Marco.

— Il semblait fermement décidé à ce que toi et moi ne nous revoyions pas. J'imagine que tu l'auras mis en garde, tout comme tu as recommandé à Henriette Negrin de ne pas me dire où tu te cachais.

— Je n'ai pas eu besoin de le faire. L'un et l'autre savent qu'entre nous tout est terminé depuis longtemps. Depuis Paris.

— Comment peux-tu dire une chose pareille ! s'écria-t-il soudain avec véhémence. Toi et moi sommes faits l'un pour l'autre, et rien ne pourra jamais nous séparer !

— Tu sembles oublier que tu es marié avec Natacha, répliqua-t-elle sèchement.

— Notre mariage est resté lettre morte, exactement comme je l'avais prédit ! s'exclama-t-il. Et pourtant, Dieu m'est témoin que j'ai fait tout ce que j'ai pu ! Mais même si je ne t'avais pas aimée, cela n'aurait jamais marché entre nous.

— Mais tu avais fait ton choix.

Juliette s'entendit prononcer ces mots aussi froidement que si elle avait été une étrangère. Ce n'était nullement par esprit de revanche, mais pour les aider l'un et l'autre à survivre à ces retrouvailles et à s'en retourner vivre ensuite chacun de son côté. Elle vit sur son visage la même expression de désespoir que le jour où il s'était mis à courir derrière l'automobile qui l'avait emporté loin de lui. Comme par le passé, elle se demanda comment il était possible que son cœur ne s'arrêtât pas de battre, tant son chagrin était immense.

— Pourquoi n'as-tu pas gardé notre enfant ? s'écria-t-il soudain, la voix brisée. J'aurais veillé à ce que toi et lui ne manquiez jamais de rien !

— Tu auras d'autres enfants.

— C'est trop tard. Je n'aurai jamais d'héritier. Les médecins m'ont dit que Natacha était stérile. Pour notre enfant, fille ou garçon, j'aurais fait l'impossible. Je n'aurais jamais fait pression sur toi si tu avais manifesté le désir de partir vivre de ton côté, comme tu l'as fait. J'aurais respecté ta décision.

— Tu dis cela maintenant ! s'écria-t-elle. Mais à l'époque, tu ne l'aurais pas fait.

— C'est vrai, reconnut-il. Mais j'ai mûri entre-temps. Je ne suis plus aussi sûr désormais de pouvoir obtenir tout ce que je veux. Et je vous aurais aimés de loin, toi et l'enfant, s'il l'avait fallu.

Elle faillit tout lui avouer. Elle songea à son fils qui n'était qu'à quelques minutes à pied, et qui était peut-être en train d'ouvrir ses yeux gris, des yeux de Karasvin. Son enfant chéri qui se réveillait toujours avec le sourire. Elle songea qu'elle n'avait jamais rien fait de plus cruel dans toute sa vie. Comment pouvait-elle cacher à cet homme l'existence d'un fils qui revêtait pour lui une telle importance ? Mais elle n'osait pas avouer. Si elle parlait, il voudrait voir Michel au moins une fois, et Marco ne le lui pardonnerait jamais. La vie paisible de son foyer, celle qu'elle avait souhaitée pour son fils et pour sa fille, s'en trouverait ruinée.

— Nous avons dû, l'un et l'autre, faire notre chemin séparément dans la vie. A présent nous devons en rester là, sans penser à ce qui aurait pu arriver. (Sa voix s'étrangla dans sa gorge, et elle se mit à trembler.) Les décisions que j'ai prises alors, je les ai prises dans l'intérêt de tous.

Il crut que son désarroi était lié au souvenir douloureux de l'avortement. Il s'approcha, suffisamment près pour pouvoir la prendre dans ses bras, mais ne la toucha pas. Elle avait baissé les yeux, s'efforçant de refouler la vague d'amour et de compassion qui déferlait en elle, menaçant de la submerger tout entière.

— Regarde-moi, lui dit-il gentiment.

Elle craignait qu'il ne réussît à lire son secret dans ses yeux. Le moment était venu d'utiliser l'unique moyen de défense dont elle disposait contre lui. Les cils brillants de larmes, elle finit par faire ce qu'il lui demandait, et dit :

— Je suis la femme de Marco, Nikolaï.

Il serra violemment les lèvres, sans manifester la moindre surprise.

— C'est d'emblée ce que j'ai soupçonné en entrant dans son bureau. Et tous ses efforts maladroits pour contrôler mes déplacements dans Venise n'ont fait que confirmer mes soupçons. Je ne cherche pas à te séparer de lui. Comme je te l'ai dit, je suis venu te dire adieu. Après tout, tu ne m'en as pas donné l'occasion lorsque nous étions à Paris. Je voulais m'assurer que tout allait bien pour toi.

— Est-ce tellement important ?

Son calme résigné avait quelque chose de déconcertant.

— Je serais allé au bout du monde s'il l'avait fallu.

Elle sut soudain pourquoi.

— Tu es sûr que la Russie va entrer en guerre !

Il hocha lentement la tête.

— C'est la raison pour laquelle je repars dès demain là-bas. J'ai été rappelé d'urgence. Le tsar a ordonné la mobilisation générale. C'est un long combat qui s'ouvre devant nous.

— Mais les combats ne devraient pas se prolonger très longtemps, protesta-t-elle. Jusqu'ici toutes les querelles qui ont éclaté entre les différentes nations ont trouvé rapidement une issue.

— Jusqu'ici il ne s'agissait que d'échauffourées. Mais cette fois-ci la situation est différente.

— Tu parles comme si la guerre était inévitable, dit-elle sur un ton qu'elle voulait désinvolte.

— Souviens-toi, tu ne cessais de me taquiner au sujet de mon âme slave.

Il lui saisit les deux mains, ses yeux cherchant les siens.

— Je n'ai rien oublié. Ni ton rire, ni les heures que

nous avons passées ensemble, ni ton corps plein de désir...

— Arrête ! dit-elle en retirant ses mains d'un geste brusque, et en se détournant prestement.

Elle s'agrippa à une tenture en inclinant la tête. Il la suivit, lui donnant le temps de recouvrer son calme.

— Je t'en prie, essaye de ne pas te fâcher comme tu l'as fait la dernière fois à Paris, implora-t-il doucement. Pas aujourd'hui. Pas cette fois.

Elle avala sa salive avec difficulté.

— Nous parlions de l'imminence de la guerre, s'efforça-t-elle de dire, souhaitant en revenir à un sujet qu'elle se sentait capable d'aborder. La Russie n'a rien à craindre. Aucune nation n'osera jamais l'attaquer.

— Napoléon l'a fait, fit-il remarquer sèchement.

— Mais c'était il y a plus d'un siècle ! s'exclama-t-elle en faisant volte-face.

— Les hommes ne tirent jamais les leçons du passé. A présent, c'est l'Allemagne qui menace la Russie. Et je suis inquiet, car nous avons beau disposer d'un réservoir humain colossal, nous avons négligé de nous réarmer.

— Seras-tu mobilisé ?

— Je m'enrôlerai dès mon retour.

A présent tout était limpide pour elle. Il avait voulu la revoir une dernière fois car il n'espérait pas survivre à la guerre. Tous les doutes qui avaient pu subsister dans son esprit quant à la possibilité d'un conflit armé avaient été balayés d'un seul coup par la gravité de ses propos. Elle réalisa que l'un et l'autre avaient continué d'espérer en secret qu'un jour leurs chemins se croiseraient à nouveau. Et peut-être que, contrairement à elle, il n'avait jamais renoncé et qu'il s'était décidé à la retrouver le jour où il avait compris que cet espoir ne leur était plus permis.

— Je prierai pour toi, Nikolaï.

Elle était incapable de détourner les yeux de son visage.

— Je t'en remercie. A présent, je sais que je n'ai plus de souci à me faire pour toi. Tu es en sécurité ici. Même Napoléon n'a jamais tourné ses canons vers Venise.

Un sourire effleura les coins de sa bouche.

Elle réussit tant bien que mal à le lui rendre. Ils continuèrent à se regarder dans les yeux quelques instants encore. C'est alors que tout l'amour qu'elle éprouvait pour lui et qu'elle avait refoulé de toutes ses forces depuis qu'elle avait quitté la Toscane la submergea. Lorsqu'il lui tendit les bras, elle s'y laissa tomber malgré elle. Sa bouche reçut la sienne avec ferveur, et ils échangèrent un baiser passionné.

Lorsque Henriette s'en revint à l'atelier-salon, elle vit que la porte vitrée était entrouverte et se dirigea directement vers la loggia. Se penchant par-dessus le balcon, elle aperçut Nikolaï et Juliette qui se disaient adieu. Il la tenait tendrement enlacée entre ses bras protecteurs. Au moment où Henriette allait se retourner pour leur laisser quelques instants d'intimité, ils échangèrent un baiser plein d'ardeur puis se séparèrent. Il ouvrit ensuite la porte qui donnait sur la *calle*, et se tourna une dernière fois vers Juliette avant de disparaître. Juliette resta clouée sur place, écoutant le bruit de ses pas qui s'éloignaient. Puis elle se jeta contre la porte, et y appuya la joue comme si des chaînes invisibles et douloureuses l'y avaient obligée.

La première pensée d'Henriette fut de s'élancer vers elle, mais elle se retint juste à temps. Il n'y avait rien qu'elle eût pu dire ou faire pour aider Juliette. Son passé, avec son cortège tumultueux d'amour et de souffrance, l'avait rattrapée et heurtée de plein fouet. Il fallait à présent lui laisser le temps de retrouver le courage et la volonté nécessaires pour affronter la minute, puis l'heure, puis le jour qui allaient suivre, et enfin le reste de sa vie.

Henriette entra à nouveau dans l'atelier-salon et commença à faire les cent pas. Au bout d'un moment Juliette reparut. Elle était livide, mais ses yeux étaient secs. Henriette s'élança aussitôt vers elle et lui passa un bras réconfortant autour des épaules.

— Voulez-vous une tasse de café ? Ou un thé peut-être ? demanda-t-elle, pleine de sollicitude.

— Non, je ne veux rien, merci. Il faut que je rentre, à présent. (Juliette saisit son chapeau mais ne le mit pas.

Au lieu de cela, elle le fit tourner machinalement entre ses doigts.) Nikolaï est retourné à l'hôtel pour prendre ses bagages. Il devait dîner avec Marco, mais il va laisser un message pour se décommander. C'est aussi bien. Ainsi Marco ne saura pas que Nikolaï m'a retrouvée en dépit de ses efforts pour l'en empêcher. Cela ne ferait que l'angoisser et le contrarier.

— Je le pense aussi.

— Nikolaï et moi ne nous reverrons plus jamais. A l'heure qu'il est, il a regagné le *vaporetto* qui doit l'emmener à la gare. (Juliette adressa un regard plein de gratitude à Henriette.) Je suis si heureuse que Nikolaï et moi ayons pu nous retrouver dans ce merveilleux salon, loin de nos vies respectives !

— Je suis contente pour vous, dit Henriette en passant un bras sous celui de Juliette pour l'accompagner jusqu'à l'entrée principale, en prenant soin de ne pas passer par la cour intérieure pour ne pas lui rappeler des souvenirs douloureux.

Juliette avait presque traversé le Campo San Beneto lorsqu'elle s'arrêta brusquement pour regarder en direction de la *calle* qui longeait le palais Orfei, de l'autre côté de la place. Celle-ci menait à un pont et à un passage couvert débouchant sur une jetée du Grand Canal où étaient amarrées des gondoles. De là, elle pourrait apercevoir Nikolaï lorsqu'il passerait en *vaporetto*. Rien qu'un bref coup d'œil, un dernier regard amoureux avant qu'il ne disparaisse pour toujours de sa vie.

Mais elle n'irait pas seule ! Nikolaï ignorait tout de Michel, mais ça n'était pas une raison pour que son fils ne vît pas son père au moins une fois dans sa vie. Michel ne pouvait pas comprendre, et il n'en garderait sans doute aucun souvenir, mais elle se souviendrait et remercierait éternellement le Ciel de lui avoir donné cette chance unique.

Elle se mit à courir comme une folle pour franchir les quelques mètres qui la séparaient de la maison.

— Michel ! s'écria-t-elle en entrant comme une flèche dans le vestibule. Où es-tu ?

Elle se précipita à l'étage, à la nursery. Sylvana dormait à poings fermés dans son berceau, mais Michel n'était pas dans son lit, qui avait été refait. Pensant qu'elle le trouverait probablement en train de jouer dans le jardin, elle dévala l'escalier aussi vite qu'elle l'avait monté. Elle n'avait pas atteint la dernière marche qu'Arianna parut dans le vestibule et lui dit :

— Signora...

— Où est Michel ?

— Dans le salon, signora. Doña Cecilia lui a apporté un nouveau joujou. Ils vous attendent depuis près d'une heure.

Juliette s'arrêta net, totalement désemparée.

— J'avais complètement oublié qu'elles devaient venir ! (Elle se souvint alors qu'elle avait eu l'intention de s'absenter dix minutes tout au plus lorsqu'elle était allée rapporter le livre.) Lena a-t-elle servi les rafraîchissements ?

— Oui, signora.

Réalisant qu'elle tenait toujours son chapeau à la main, Juliette le jeta dans un coin et traversa le vestibule tout en remettant promptement de l'ordre dans ses cheveux. Michel s'élança vers elle aussitôt qu'elle pénétra dans le salon.

— Regarde, maman !

Il brandit un singe de bois monté sur un bâton auquel il fit exécuter des sauts périlleux en riant aux éclats.

Elle le prit dans ses bras.

— Quel enfant gâté tu es ! (Puis se tournant vers ses invitées :) Je suis absolument navrée de ne pas avoir été là pour vous recevoir. Malheureusement il s'agissait d'un cas de force majeure.

Doña Cecilia et Maria Luisa étaient assises côte à côte sur un divan de brocart. Devant elles des rafraîchissements servis dans un magnifique service de cristal et de porcelaine reposaient, intacts.

— Je n'en doute pas, dit Doña Cecilia de bonne grâce, bien qu'elle fût contrariée d'avoir été obligée d'attendre. Personne ne la faisait jamais attendre ! Elle était également surprise par l'apparence de son hôtesse. Des mèches folles s'échappaient du chignon de Juliette, et au lieu d'une robe d'après-midi, elle portait une simple jupe de coton rayée et une blouse ordinaire.

— Michel nous a beaucoup amusées, dit Maria Luisa. Nous vous attendions pour prendre les rafraîchissements.

— Je crains malheureusement de devoir m'absenter à nouveau, s'écria tout à coup Juliette. J'espère que vous voudrez bien m'excuser une fois de plus ! Je vous promets que ce ne sera pas long.

Elle s'élança hors de la pièce. Il n'y avait pas une minute à perdre. Michel, qui avait laissé tomber son nouveau joujou, émit un long sanglot. Arianna se précipita pour le ramasser, mais elle n'eut pas le temps de le lui rendre, car Juliette s'élançait déjà sans chapeau hors de la maison, son fils dans les bras. Stupéfaite, Arianna jeta un coup d'œil furtif à l'intérieur du salon où Doña Cecilia et sa fille échangeaient un regard consterné, visiblement outrées par la désinvolture de leur hôtesse.

Son fils sanglotant contre elle, Juliette traversa la place à toutes jambes et s'engouffra dans la *calle* qui longeait le palais.

— Tout va bien, Michel, s'exclama-t-elle sans cesser de courir. Tu retrouveras ton petit singe en rentrant à la maison. Nous allons aller voir les bateaux.

Il aimait bien les bateaux. Ses sanglots s'arrêtèrent et il passa ses bras autour du cou de sa mère lorsqu'ils traversèrent le pont sans ralentir leur allure. Lorsqu'ils atteignirent enfin l'étroite jetée de bois, elle le fit asseoir sur la rambarde tout en le tenant fermement.

Il n'était pas trop tard. Le *vaporetto* était encore loin. Michel lui tournait le dos, et regardait les gondoles qui défilaient sous ses yeux. Une main en visière, Juliette essayait de distinguer les passagers qui se trouvaient à bord, mais le petit bateau était encore trop loin pour qu'elle pût discerner Nikolaï. S'il se trouvait à tribord, la cabine les séparerait, mais au moins Michel et elle seraient près de lui pour la dernière fois. Elle ne voulait pas qu'il aperçût Michel, et prit soin de rester dans l'ombre...

A présent elle pouvait le voir. Il se tenait à la proue, son costume clair et ses cheveux noirs et bouclés le distinguant du reste des passagers. Heureusement, il était accoudé au bastingage à tribord et lui tournait le dos. Voyant qu'il n'y avait aucun risque, elle décida de longer la jetée. Elle souleva Michel et l'assit sur sa hanche.

— Gros bateau ! s'écria-t-il en montrant du doigt le *vaporetto*.

Il aimait ces bateaux qui crachaient de la fumée et se mit à gesticuler joyeusement.

Lorsque le *vaporetto* fut presque à leur hauteur, Nikolaï changea de position et traversa le pont pour admirer les belles façades des palais se trouvant derrière Juliette et Michel. Elle retint son souffle, certaine qu'au moindre geste un peu brusque il l'apercevrait. Mais lorsqu'elle fit un pas en arrière, il saisit brusquement le bastingage et regarda fixement dans sa direction et celle de l'enfant qu'elle tenait dans ses bras. Elle cessa alors de lutter contre ce qui était manifestement le destin, et hissa Michel un peu plus haut.

— Fais bonjour au monsieur qui a les cheveux noirs, Michel.

Aussitôt le bambin obéit et se mit à rire tant et plus lorsqu'il vit que la réponse était immédiate. Les gestes de Nikolaï étaient lents et réservés tout d'abord, puis ils devinrent exubérants lorsqu'il vit Juliette qui hochait la tête en agitant un bras pour lui confirmer qu'il s'agissait bien de leur fils à tous les deux. Il mit ses mains en porte-voix et s'écria :

— Comment s'appelle-t-il ?

— Michel ! lança-t-elle en retour, sachant qu'il se souviendrait que c'était le nom de son père. Il aura deux ans en septembre.

Nikolaï rejeta la tête en arrière, fou de joie d'apprendre que Juliette avait gardé son enfant. A présent, le *vaporetto* s'éloignait rapidement, et elle vit Nikolaï fendre la foule des passagers pour se rendre à la poupe. De là, il continua

313

à leur faire signe jusqu'à ce qu'il ne lui fût plus possible de les apercevoir.

— Adieu, mon amour, murmura-t-elle, tandis que les larmes inondaient ses joues.

Michel lui jeta un regard affolé, tandis que sa bouche se tordait et que sa lèvre inférieure se mettait à trembler.

— Ne pleure pas, maman, implora-t-il, répétant presque mot pour mot les paroles que son père avait prononcées quelques instants auparavant, tout en essuyant maladroitement ses larmes avec la paume de ses mains.

Il ne l'avait jamais vue pleurer.

Elle le serra tout contre elle pendant quelques instants, puis elle essuya ses yeux avec sa main tout en lui adressant un sourire réconfortant.

— Allons, tout va bien à présent ! Tu t'es bien amusé ?

— Oui, dit-il, en retrouvant le sourire. (Comme elle l'emportait loin de la jetée, il se retourna dans ses bras pour continuer d'agiter les mains en direction du trafic fluvial.) Michel reviendra bientôt. Avec maman.

— Oui, promit-elle.

Bien qu'elle sût que des invitées l'attendaient à la maison, elle se sentait incapable de se hâter. Elle avait la tête pleine de tous les événements qui venaient de se dérouler. Non seulement elle avait revu Nikolaï, mais elle lui avait présenté son fils. C'était comme si tout cela avait été inévitable, et elle s'en félicitait. Sans doute était-ce un réconfort pour un homme qui partait affronter la mort sur le champ de bataille, de savoir qu'il avait eu un fils de la femme qu'il aimait.

Elle reposa Michel à terre, et il se mit à trotter à ses côtés, en parlant des bateaux. Il avait un vocabulaire étendu pour son âge, même s'il mélangeait bien souvent le français et l'italien, car elle tenait à ce qu'il soit bilingue et lui parlait toujours français quand ils étaient seuls tous les deux. Elle le reprit dans ses bras lorsqu'ils arrivèrent à proximité de la maison, en souriant à son babil et en l'embrassant sur la joue. Lorsqu'ils entrèrent dans le vestibule, Arianna apparut au sommet de l'escalier, soulagée de la voir revenir enfin de sa folle escapade.

— Vous vous sentez bien, signora ? demanda-t-elle, inquiète.

— Mais oui, bien sûr. (Apercevant le singe posé sur une console, elle le prit et le tendit à Michel.) Attends-moi ici, et nous irons ensuite retrouver nos invitées.

Elle jeta un rapide coup d'œil dans la glace. Elle n'avait pas le temps de se recoiffer. Elle se contenta de remettre un peu d'ordre dans ses mèches folles et de lisser une fois de plus son chignon avec ses mains. Puis elle prit Michel par la main et l'entraîna dans le salon. Mais ses invitées n'y étaient plus et le plateau avait disparu. Elle entendit la porte se refermer derrière elle et lorsqu'elle se retourna, elle vit Marco qui se tenait sur le seuil. Michel s'élança vers lui.

— Regarde le singe, papa !

Marco lui sourit.

— Il est drôle. Prends-le et va jouer avec, je voudrais parler avec maman. (Tandis que l'enfant s'asseyait à terre, Marco s'approcha de Juliette. Il avait des éclairs dans les yeux.) Où diable étiez-vous passée ? Je suis rentré plus tôt que prévu, du fait que mon dîner d'affaires a été annulé, et j'ai trouvé Doña Cecilia et Maria Luisa qui s'apprêtaient à partir. Toutes deux semblaient très contrariées et mécontentes. Vous les aviez invitées et vous n'étiez même pas là pour les recevoir !

— Je sais. Je suis impardonnable. Une hôtesse ne devrait jamais oublier ses invités, mais c'est pourtant ce qui est arrivé. J'irai les voir demain pour leur faire des excuses.

D'une main nerveuse, Juliette remit une mèche folle à sa place.

— Mais il y a certainement une raison pour que vous ayez totalement oublié cette visite ? insista-t-il.

— Je suis allée rendre un livre à Henriette...

— Doña Cecilia m'a dit que vous étiez arrivée en trombe pour disparaître tout aussi vite en emmenant Michel avec vous.

— Oui. Voir les bateaux.

— Les bateaux ? s'écria Marco, incrédule. Alors que vos invitées vous attendaient ici !

315

Assis par terre, Michel leva un regard joyeux vers son père.

— Michel a fait bonjour aux bateaux. Maman aussi. Maman a pleuré. Beaucoup, beaucoup.

Marco décocha un regard noir et féroce à Juliette. Puis il alla vers l'enfant et le prit dans ses bras.

— Tu vas monter voir Arianna, dit-il en ouvrant la porte et en reposant Michel à terre.

Puis il le regarda traverser le vestibule et monter l'escalier. Après quoi il referma la porte et lança à Juliette, depuis l'autre bout de la pièce :

— Qui avez-vous vu chez Fortuny à part Henriette ?

— Nikolaï Karasvin. (Elle se laissa tomber de biais sur un fauteuil, sentant ses jambes se dérober sous elle, et s'agrippa au dossier.) Je ne vous mentirai pas comme vous lui avez menti.

Le visage empourpré de fureur, les poings serrés, Marco s'avança vers elle, menaçant.

— Comment avez-vous osé le rencontrer ? Si j'ai menti à Karasvin, c'était pour vous protéger. Je ne voulais pas qu'il vous importune. Ou qu'il vous persuade de me quitter !

— N'ai-je pas fait la promesse de rester toujours à vos côtés ?

— Mais je savais qu'il essayerait de vous enlever à moi ! Comment pouvais-je être sûr de quoi que ce soit alors qu'il m'a dit que vous et lui étiez éternellement inséparables ?

D'un geste las, elle posa une main sur son front.

— On ne peut pas changer le passé, mais l'avenir nous appartient à vous et à moi. Après la naissance de Sylvana, j'ai cru que vous me feriez enfin confiance. Je pensais que vous aviez appris à me connaître assez pour savoir que je ne ferai jamais rien qui puisse nuire à mes enfants.

— Mais vous auriez pu vous enfuir, et emmener Michel !

Soudain excédée, elle répliqua sèchement :

— Jamais ! Il porte votre nom ! J'en ai par-dessus la tête de vos tirades de mari jaloux.

Elle voulut se lever, mais il la saisit violemment par les poignets.

— Vous avez emmené Michel avec vous, aujourd'hui ! Pour voir les bateaux ! Ou était-ce pour rejoindre Karasvin sur le *vaporetto* qui dessert la gare ?

— Non !

Elle se raidit soudain, cherchant à reculer, mais ne parvint pas à lui faire lâcher prise.

— Mais alors, pourquoi avez-vous pleuré ? Parce que vous êtes arrivée trop tard ? Qu'il avait déjà quitté Venise ? Que vous aviez laissé passer votre chance ?

— Non ! Non ! Non ! (Elle se débattit, en vain, pour se libérer.) J'ai pensé que Michel avait le droit de voir son père au moins une fois dans sa vie, même de loin.

— Et Karasvin, l'a-t-il vu ?

— Oui !

Le coup partit, avec une telle violence qu'elle recula en titubant, les yeux écarquillés par la douleur, puis s'écroula à terre en heurtant de la tête le coin d'une table d'ébène. Marco attendit qu'elle ouvre à nouveau les yeux pour lui dire qu'il allait la chasser, la renvoyer à son Russe, qu'elle ne reverrait plus jamais ses enfants...

— Levez-vous ! rugit-il enfin, bouillant de rage.

Mais elle ne bougea pas. Il se pencha vers elle, et découvrit avec horreur qu'il y avait du sang sur ses cheveux. Soudain dévoré de remords, il tomba à genoux pour la mettre doucement en position assise, tout en calant sa nuque avec son bras.

— Mon amour ! Oh, mon Dieu, qu'ai-je fait !

La prenant dans ses bras, il se hâta vers la porte. Manœuvrant la poignée avec difficulté, il réussit à l'ouvrir et à sortir dans le vestibule. Puis il cria d'une voix tonitruante qui résonna dans l'escalier :

— Lena ! Arianna ! Appelez le médecin, vite. Votre maîtresse a eu un accident !

Il entendit les femmes se hâter, tandis qu'il montait les escaliers quatre à quatre pour porter Juliette jusqu'à la chambre à coucher. Là, il l'étendit sur le lit et ouvrit un tiroir dont il sortit une pile de mouchoirs propres pour panser sa tête meurtrie. Puis il s'assit près d'elle, en tenant sa main inerte dans la sienne. Jamais il ne s'était senti aussi malheureux, aussi coupable.

Bien que le médecin ne demeurât qu'à quelques pas, il sembla à Marco qu'il mettait une éternité à arriver.

21

— Ma femme mettra-t-elle longtemps à se remettre, docteur ? demanda Marco d'une voix angoissée, tandis qu'il regagnait le rez-de-chaussée en compagnie du médecin.

Il avait fallu quatre heures à Juliette pour reprendre connaissance, et une infirmière avait été engagée pour lui donner des soins.

— Allons au salon, signore. Nous pourrons y parler tranquillement, répondit le médecin.

Marco lui montra le chemin. Il était encore sous le choc du drame qu'il avait provoqué.

— Voulez-vous un cognac ?

Marco sentait qu'il en avait désespérément besoin, et à son grand soulagement le médecin l'invita à se servir bien que lui-même n'en voulût point. Il jeta un coup d'œil furtif en direction de l'endroit où Juliette était tombée et constata avec soulagement que le sang avait été nettoyé.

— Je n'ai pas pour habitude d'intervenir dans les affaires privées de mes patients, dit le médecin, mais la plaie que la signora Romanelli porte à la tempe droite aurait pu être provoquée par un coup violent, et la coupure qu'elle porte à la joue par une bague. Elle aura vraisemblablement un hématome et un œil au beurre noir.

Marco émit un petit grognement et avala une rasade de cognac.

— Je ne l'ai jamais frappée auparavant. Je ne sais pas ce qui m'a pris.

— La colère, sans doute, dit le médecin d'un ton entendu. Sa guérison dépendra de la patience et de la compréhension que vous lui témoignerez. Oubliez le motif de votre querelle. Il faut qu'elle soit au calme pendant quelques jours, et surtout, il faut lui éviter toute contrariété.

Lorsque le médecin fut parti, Marco appela un fleuriste et commanda toutes les roses rouges qui se trouvaient dans sa boutique. Lorsque celles-ci lui furent livrées, il les monta aussitôt à Juliette, qui murmura qu'elles étaient très belles avant de refermer à nouveau les paupières.

Dès le lendemain, aussitôt que ses amies apprirent qu'elle avait eu un accident, la chambre se transforma en une véritable serre. Elle demanda à voir les enfants. On l'autorisa à prendre son bébé dans ses bras pendant dix minutes. Michel semblait intrigué par le bandage qui lui entourait la tête. Il se débattit avec rage lorsque Arianna l'emmena à nouveau et s'échappa de la nursery pour venir tambouriner à coups de poing à la porte de sa mère. Le vacarme transperça la tête endolorie de Juliette, mais le désarroi de Michel l'inquiéta. Elle craignait qu'on ne le laisse plus jamais entrer et demanda à ce qu'il vienne faire la sieste à côté d'elle, le lendemain. Aucune visite n'était autorisée, et en dehors du médecin, elle ne vit que Marco lorsque ce dernier rentra du bureau. Le matin, elle dormait encore lorsqu'il quitta la maison, et au cours de la journée il téléphona à quatre reprises pour prendre de ses nouvelles.

Il prit la place de l'infirmière au chevet de sa femme lorsque celle-ci se retira pour les laisser seuls. Il y avait vingt-quatre heures à peine qu'il avait frappé Juliette, et il était toujours dévoré par le remords.

— Vous sentez-vous mieux ? demanda-t-il en prenant la main de sa femme et en la serrant tendrement dans la sienne.

— Oui, murmura-t-elle avec difficulté, car le côté droit de sa figure était enflé et l'empêchait d'articuler.

Les rideaux avaient été tirés pour éviter que la lumière ne lui fatigue les yeux. Dans la pénombre elle devinait son visage tourmenté et anxieux. Cependant elle ne se sentait pas encore d'humeur à lui pardonner.

— Je pourrai bientôt me lever et reprendre mes occupations.

— Oui, sûrement, dit-il avec l'enthousiasme forcé qu'on affecte généralement au chevet d'un malade.

Puis il secoua la tête dans un geste désespéré, envahi brusquement par un tourbillon d'émotions, au bord des larmes.

— J'aurais pu vous tuer !

— J'ai la vie chevillée au corps. Ce qui est fait est fait, mais vous n'aviez aucune raison de me frapper. Cela ne doit plus jamais se produire.

Ses yeux semblaient le mettre en garde.

— J'ai perdu la tête.

— Je le sais, et je peux le comprendre, mais rien de tout ce que vous redoutez n'arrivera. Nikolaï ne reviendra jamais pour reprendre Michel. J'allais vous le dire, dans le salon. Même si Nikolaï survit à la guerre qui menace d'éclater — et je prie que ce soit le cas — je ne le reverrai plus jamais.

Il plissa les paupières, incrédule.

— Mais il a vu Michel ! Vous me l'avez dit ! N'a-t-il pas compris ?

— Si, bien sûr, mais il a également réalisé que lui et moi avions pris deux chemins différents. Nous nous sommes dit adieu, pour toujours. Il lui suffit de savoir que je vais bien et qu'il a un fils.

Marco savait qu'il aurait dû s'arrêter de lui poser des questions et la laisser se reposer. Mais il y avait quelque chose qui lui trottait dans la tête et le tourmentait tant qu'il lui fallait une réponse immédiate.

— Êtes-vous restée seule avec Karasvin tout le temps que vous étiez au palais ?

Elle ferma les yeux, à bout de forces. Allait-elle devoir

recommencer à lutter contre le doute qui le dévorait intérieurement ?

— Henriette était là lorsque je suis arrivée, puis elle est sortie pour nous permettre de parler en privé.

— Où étiez-vous ?

— Dans l'atelier-salon. (Elle savait qu'il allait songer aux tentures de séparation et aux divans moelleux.) Je suis entrée par la loggia.

— Combien de temps êtes-vous restée seule avec Karasvin ?

Il avait conscience de se comporter comme un inquisiteur. Mais, comme la veille, il était mû par une jalousie qu'il n'était pas capable de maîtriser.

Elle ouvrit à nouveau les paupières et le regarda droit dans les yeux depuis l'oreiller de dentelle où elle reposait.

— J'ai perdu la notion du temps. C'est la raison pour laquelle j'ai oublié mes invitées. Pourquoi ne me demandez-vous pas franchement si je vous ai trompé ?

Elle était si faible que sa réponse murmurée était à peine audible. Il eut l'élégance de prendre l'air déconfit.

— Nous en reparlerons une autre fois, quand vous irez mieux.

— Non. Finissons-en une fois pour toutes. (Elle s'obligea à s'asseoir et manqua presque s'évanouir sous l'effort.) Ce que vous craignez n'est pas arrivé. Je suis *votre* épouse. Rien n'a changé entre vous et moi. Et si Michel a vu Karasvin, il n'en est pas moins votre fils.

Elle se laissa retomber lourdement sur les oreillers, un bras sur les yeux, comme si elle voulait se protéger de toute turbulence. Marco bondit sur ses pieds et se pencha vers elle avec sollicitude.

— Je vous crois. Je voulais simplement me l'entendre dire. N'importe quel mari en aurait fait autant. (Il reposa son bras sur le couvre-pieds et baisa ses paupières.) Je vous laisse vous reposer à présent.

Lorsqu'il fut sorti de la chambre, Juliette ouvrit péniblement les yeux. Elle lui avait dit la vérité, mais pourrait-il jamais chasser la suspicion de son esprit ? C'était comme si la toile de leur mariage s'était brusquement mise à se craqueler. Elle ferait tout ce qui était en son pouvoir pour la réparer. Les liens qui l'unissaient à Nikolaï étaient éternels, mais ses sentiments pour Marco demeuraient inchangés.

Juliette descendit pour la première fois par une matinée du mois d'août. Ce jour-là les journaux annonçaient que l'Italie avait l'intention de rester neutre. Ils annonçaient également que l'Allemagne avait déclaré la guerre à la Russie et que le premier échange de coups de feu avait eu lieu. Elle eut une pensée compatissante pour les femmes des deux camps, dont elle se sentait très proche, après avoir elle-même fait ses adieux à Nikolaï.

Le téléphone sonna, et elle alla répondre. Comme elle s'y attendait, c'était Marco qui voulait savoir si elle n'était pas trop fatiguée d'avoir fait l'effort de s'habiller pour descendre. Elle le rassura, mais il insista pour qu'elle aille s'étendre sur le sofa, coupant ainsi court à leur conversation téléphonique qui se résuma à une brève remarque sur la gravité de la situation. Tout au moins lui assura-t-il que l'Italie ne prendrait pas part au conflit.

Elle retourna s'étendre sur le sofa. Depuis la veille on lui avait ôté ses fils, et elle ne portait plus qu'un petit pansement qu'elle dissimulait sous un foulard de mousseline noué sur le côté de sa tête, et dont les pointes retombaient librement. Son visage avait désenflé, mais une légère ecchymose persistait encore, qu'elle s'était efforcée de cacher avec de la poudre de riz. Henriette devait passer la voir plus tard, mais avant cela elle attendait la redoutable vieille dame qu'elle avait si gravement offensée la dernière fois. Sa visite ne la réjouissait guère, mais celle-ci en avait exprimé le vœu par écrit.

Lorsque Doña Cecilia arriva, elle coupa aussitôt court aux excuses de Juliette, montrant, ce qui n'était pas chose courante, le côté le plus chaleureux de sa personnalité.

— N'en parlons plus, Juliette. En y repensant par la suite, je me suis souvenue que les jeunes mamans qui viennent d'accoucher sont parfois prises de lubies. Sylvana n'avait encore que quelques semaines. Je ne m'étonne d'ailleurs pas que cette journée se soit terminée par un accident. Vous avez glissé, m'a-t-on dit, et vous vous êtes cognée à la tête. C'est pourquoi j'ai conseillé à Maria Luisa d'attendre encore un peu avant de venir vous voir. Une visite à la fois est, au début, amplement suffisante.

— Peut-être votre fille pourrait-elle venir demain ?

Juliette ne voulait pas que Maria Luisa se sente abandonnée une deuxième fois.

— Fort bien. Cela lui fera plaisir.

Doña Cecilia lui sourit.

Le mal était réparé. Juliette voulait y voir un signe de ce que sa vie quotidienne avait enfin repris son cours normal. Marco était on ne peut plus à l'aise avec elle, depuis la conversation qu'ils avaient eue dans la chambre. A tel point qu'elle commençait à se demander si ses inquiétudes étaient réellement fondées.

Il se montra plein de sollicitude le lendemain, lorsqu'il vint la trouver pour lui annoncer une mauvaise nouvelle avant de se rendre au bureau. Elle venait de finir son petit déjeuner au lit, un luxe auquel elle espérait mettre fin aussitôt que le médecin l'y autoriserait. Elle était en négligé et s'apprêtait à prendre le bain qu'on était en train de lui faire couler.

— Les gros titres des journaux sont particulièrement alarmants, ce matin, lui annonça-t-il gravement. Et je préfère que vous soyez préparée.

Elle fit quelques pas dans sa direction.

— Est-ce ce que je craignais ?

Il hocha la tête à regret.

— L'Allemagne a déclaré la guerre à la France.

— Mon cher pays ! murmura-t-elle, consternée.

Elle lui était reconnaissante de le lui avoir dit et aussi de l'avoir prise dans ses bras pour la réconforter.

Inéluctablement, le Kaiser, faisant fi de la Grande-Bretagne qui menaçait d'intervenir pour protéger la neutralité de la Belgique et la côte française, avait foulé le sol belge afin d'envahir la France. La déclaration de guerre de la Grande-Bretagne avait immédiatement suivi. De son côté, l'Autriche, alliée de l'Allemagne, avait agi de la même façon envers la Russie et la Serbie. C'était comme si un vent de folie s'était brusquement mis à souffler de toutes parts.

Depuis le mois de juillet, les nuées de touristes désertaient Venise, tels des oiseaux migrateurs. Désormais, la moindre embarcation faisant escale à Venise était prise d'assaut par des étrangers désireux de regagner à tout prix leur patrie. Les hôtels s'étaient vidés, les restaurants et les boutiques de souvenirs étaient déserts, et les gondoliers voyaient s'envoler la plus grosse partie de leurs revenus. Même les Vénitiens acceptant de mauvaise grâce l'afflux annuel des touristes déploraient les raisons de cet exode massif. La majorité des étrangers qui ne fuyaient pas étaient des gens établis à Venise de longue date, et qui ne voulaient s'en aller sous aucun prétexte. Fortuny était de ceux-là. Bien qu'il tirât une immense fierté de ses origines et de son héritage espagnols et qu'il demeurât loyal à sa terre natale, il avait quarante-trois ans et n'était plus en âge d'être mobilisé, même si l'Espagne n'avait pas opté pour la neutralité. Il n'avait aucune raison de partir.

— Son amour pour Venise, confia Henriette à Juliette, prendra fin le jour où il rendra son dernier soupir.

Lorsque Juliette fut à nouveau capable de sortir, elle saisit la première occasion pour se rendre à l'église des Scalzi. A présent la guerre se déroulait sur plusieurs fronts et tous les camps avaient enregistré des pertes. Sous les magnifiques fresques de Tiepolo, elle pria une fois de plus pour Nikolaï, et pour tous les jeunes Français qu'elle connaissait et qui étaient certainement partis se battre. Elle avait présente à l'esprit la récente menace de guerre proférée par l'Allemagne et l'Autriche envers l'Italie qui avait refusé de leur prêter main-forte, et priait également pour un rapide retour à la paix et une meilleure compréhension entre les nations.

Après s'être recueillie un long moment dans l'église, Juliette sortit à nouveau dans le soleil éclatant. Elle avait convenu de retrouver trois amies, Angelina, Isabella et

Elena, chez Quadri, sur la place Saint-Marc. En temps normal, en haute saison, il était difficile d'y trouver une table, car les touristes les prenaient d'assaut pour pouvoir contempler la basilique étincelante d'or et de couleurs et le va-et-vient des passants. Pourtant, aujourd'hui, ses amies n'avaient eu que l'embarras du choix. Il restait de nombreuses tables vides autour d'elles lorsqu'elles lui firent signe de la main en la voyant approcher, tandis que les pigeons effarouchés s'envolaient sur son passage.

— Eh bien, que prendrez-vous ? lui demanda Isabella lorsqu'elles se furent saluées. Une glace, peut-être, ou un café ? Ou les deux ?

C'était l'une des premières amies que Juliette s'était faites à Venise, une femme vive et gaie, aux cheveux bruns et aux formes épanouies, épouse d'un homme d'affaires prospère et mère de cinq enfants.

— Les deux, dit Juliette. J'ai tout mon temps, aujourd'hui.

— Pas de travail, en ce moment ? s'enquit Angelina.

Juliette l'avait rencontrée au palais Orfei, car c'était une amie d'Henriette. Elle-même était peintre et portait toujours des robes floues qui convenaient parfaitement à son style. Agée d'une quarantaine d'années, et dotée d'une intelligence vive, c'était la plus âgée du groupe. Elle avait un fils étudiant en médecine et un mari officier dans la marine italienne.

— Non, la Maison Landelle a reçu mes modèles d'hiver depuis longtemps déjà, et j'ai pratiquement fini d'apporter toutes les retouches à la nouvelle collection de printemps.

— Quel genre de retouches ?

Isabella avait commandé les glaces, le café devant être servi ensuite.

— Il me semble que d'ici au printemps, la guerre aura influencé le mode de vie de toutes les femmes concernées. La jupe entravée est définitivement révolue. J'ai gardé une jupe étroite, mais avec des plis à l'arrière permettant une totale liberté de mouvement. Les lignes de la collection sont très sobres, à l'exception des robes du soir. J'ignore tout des champs de bataille, mais j'imagine que les soldats en permission voudront retrouver des femmes plus élégantes et féminines que jamais.

— Naturellement.

Elena avait le même âge que Juliette. C'était une jolie jeune femme, aux allures de passereau, toujours habillée à la dernière mode et dont la jupe entravée était tellement étroite qu'elle était obligée de marcher à tout petits pas. Sans enfant pour l'instant, elle avait épousé un célèbre ingénieur deux fois plus âgé qu'elle. Elle avait des nouvelles à leur communiquer :

— Mon mari voit le vôtre aujourd'hui, Juliette. Il va y avoir une grande conférence avec tous les conservateurs des musées, des galeries d'art et des églises.

— Marco m'a dit qu'il avait une rude journée en perspective, mais il n'est généralement pas très loquace quand il est plongé dans son journal du matin.

Elena en savait un peu plus.

— Marco étant expert en textiles, on l'a chargé de fournir une très grande quantité de bâches en vue de protéger efficacement toutes les œuvres d'art de la ville.

Isabella, qui portait une cuillerée de glace à la fraise à sa bouche, s'arrêta soudain, l'air consternée.

— Ai-je bien compris ce que cela implique ?

Juliette, voyant son émotion, s'efforça de la rassurer.

— Il s'agit d'une simple mesure préventive. Les menaces de l'Allemagne et de l'Autriche ne sont peut-être qu'une tentative d'intimidation, mais on ne sait jamais.

— Mais toutes les nations d'Europe disent que la guerre sera finie d'ici Noël.

— Je doute que le Kaiser soit de cet avis, fit brièvement remarquer Juliette, en se remémorant les propos de Nikolaï.

— J'en doute aussi, approuva sèchement Angelina. Car même si notre pays est divisé entre ceux qui préféreraient s'allier avec l'Allemagne afin de sauver l'Italie, et ceux qui refusent catégoriquement toute ingérence, nous ne devons pas oublier que les Autrichiens ne seraient pas mécontents de pouvoir à nouveau occuper Venise. Cette ville est terriblement proche de son vieil ennemi.

Isabella, le visage pourpre de colère, repoussa sa glace, son plaisir soudain gâché.

— Ils ne s'imaginent tout de même pas que leur aigle impérial va à nouveau flotter sur Venise ! Cela ne fait pas cinquante ans qu'ils ont été chassés. Ma mère se souvient encore des couvre-feux, et de l'interdiction qui leur était faite de venir ici, place Saint-Marc, quand résonnaient leurs fanfares militaires. Quelle arrogance ! Les histoires que racontait ma grand-mère étaient bien pires encore. Des viols, des emprisonnements et bien d'autres choses. A en croire les journaux, les Allemands ne se conduisent pas mieux vis-à-vis de ces pauvres Belges, et ils ont pris Bruxelles hier.

Elena regrettait d'avoir abordé le sujet de la guerre. Cela gâchait le plaisir des retrouvailles.

— Les choses devraient changer, maintenant que les Anglais ont débarqué. Comment vont vos enfants, Isabella ? Lorenzo est-il guéri de son rhume ?

Isabella adorait parler de ses enfants. Son expression changea aussitôt, et elle se remit à manger sa glace. Et plus tard, lorsque le petit groupe se sépara, ce fut sur une note plus gaie.

Contre toute espérance, la guerre ne prit pas fin à Noël. Et lorsque débuta l'an mil neuf cent quinze, les combats faisaient toujours rage. Venise changeait d'allure à mesure que la menace de conflit se précisait. Les quatre chevaux de bronze de la basilique furent enlevés pour la première fois depuis que Napoléon les avait confisqués, avant que la France ne les rende, comme il se devait.

Juliette et Marco se trouvaient parmi la foule silencieuse lorsque la grue ôta un à un les chevaux du dessus de la porte de la basilique. Le matin même il l'avait emmenée au palais des Doges pour lui montrer comment l'une des bâches qu'il avait fournies avait été tendue sous les précieux plafonds peints avant que ceux-ci ne soient retirés avec mille précautions.

— Qu'en sera-t-il des fresques de Tiepolo, dans l'église des Scalzi ? demanda-t-elle, en songeant à aller les revoir avant qu'elles ne soient elles aussi déplacées.

— Elles resteront là où elles sont, répondit Marco. Les experts les ont examinées. Elles sont peintes sur une fine couche de plâtre qui tomberait en miettes si on tentait de les bouger. Il y en a d'autres, ailleurs, qui ne pourront pas non plus être déplacées.

Une fois les chevaux enlevés, on commença à protéger la façade de la basilique. Peu à peu, celle-ci disparut derrière les tentures et les sacs de sable. Pour Juliette et pour beaucoup d'autres, c'était comme si une lampe s'était éteinte au cœur même de Venise. D'autres monuments reçurent semblable traitement, mais aucun sur une échelle aussi importante. Les lions de pierre de Saint-Marc, et toutes les autres statues extérieures disparurent sous des sacs de sable. Les vitraux irremplaçables de toutes les églises furent ôtés, ainsi que ceux de la basilique.

Dans une ville construite sur l'eau, qui ne comprenait ni caves ni entrepôts souterrains, le transfert en lieu sûr de chefs-d'œuvre inestimables était un travail de titan. L'empaquetage se faisait pour l'essentiel au moyen d'algues séchées. Il en fallait des quantités prodigieuses. Les toiles les plus grandes étaient roulées sur elles-mêmes puis insérées dans des étuis cylindriques, les plus petites étant rangées à plat dans des caisses. Quelques objets de grande valeur dont la forme ne permettait pas le transport furent entreposés au palais Orfei, sous la responsabilité de Fortuny.

Si l'on se trouvait dans la rue, après minuit, on pouvait voir des ponts flottants, construits spécialement, et remorqués le long du Grand Canal. Alors que le transport fluvial était réduit à son minimum, ces vaisseaux transportaient des wagons de marchandises jusqu'aux débarcadères afin d'y charger les précieuses cargaisons. Elles seraient ensuite transportées par chemin de fer.

Il était tard lorsque Juliette, qui s'en revenait avec Marco d'une soirée donnée par Angelina, s'arrêta sur le pont de l'Académie pour regarder passer l'un de ces wagons bourrés à craquer de marchandises. Comme toujours, il était escorté par des soldats en armes qui devaient l'accompagner jusqu'à sa destination secrète. C'était une chaude nuit du mois de mai et elle s'était accoudée au parapet de bois, nullement pressée de rentrer.

Marco, qui avait continué à marcher, s'arrêta brusquement en voyant qu'elle ne le rejoignait pas et revint sur ses pas. Il l'aperçut, dans sa robe Fortuny noir et or, sa cape brodée rejetée en arrière, ses bras d'une blancheur laiteuse luisant à la lueur des réverbères.

— Que faites-vous ? demanda-t-il, impatient.

La soirée, en ce qui le concernait, n'avait pas été bonne. Le mari d'Angelina se trouvait là, son vaisseau ayant jeté l'ancre dans la lagune, et trois de ses compagnons avaient été invités pour la soirée. Ils s'étaient empressés auprès de Juliette et l'un d'eux lui avait témoigné une attention jugée excessive par Marco, l'invitant à danser chaque fois qu'il le pouvait. Bien que la conduite de Juliette ait été irréprochable, la jalousie de Marco s'était réveillée, ranimant en lui le doute qui ne l'avait jamais totalement quitté. Quelque chose dans l'allure et le profil de l'officier lui avait rappelé Nikolaï, et il craignait qu'elle n'ait été sensible à cette ressemblance.

Juliette l'avait rejoint.

— Je regardais l'un de ces wagons, rien de plus.

Pour l'apaiser, elle posa une main sur son bras lorsqu'ils se remirent en route. Elle trouvait qu'il avait eu tort de la regarder avec insistance lorsque l'officier l'avait invitée à danser. Alors qu'elle aurait pu passer une soirée exquise, il la lui avait gâchée sans raison. Et ça n'était pas la première fois. Elle avait fait tout ce qu'elle avait pu pour consolider leur mariage, et juste au moment où elle croyait avoir réussi, voilà qu'il prenait la mouche pour un oui pour un non.

Ils firent tout le reste du chemin sans échanger un mot, le silence se dressant entre eux comme un mur. Son cœur chavira brusquement lorsqu'ils montèrent se coucher, tandis qu'elle le précédait dans l'escalier. Aussitôt que la porte de leur chambre fut refermée, empêchant tout bruit de filtrer à l'extérieur, elle s'en prit à lui, furieuse.

— Quand allez-vous cesser de me punir ?

Il n'avait pas besoin de lui demander ce qu'elle voulait dire. Hors de lui, il ôta son manteau d'un geste rapide et le jeta sur un fauteuil.

— Ainsi donc, c'est à lui que vous pensiez !

Elle le regarda, interdite.

— De qui voulez-vous parler ?

— Ce Russe de malheur ne quittera donc jamais votre esprit ?

— Il semble ne jamais quitter le vôtre, rétorqua-t-elle, furieuse. Allez-vous gâcher le reste de nos existences parce que vous n'êtes pas capable de tirer un trait sur le passé ?

— Je l'ai fait quand je vous ai ramenée avec moi de Toscane, répondit-il sur le même ton excédé. C'est vous qui avez ravivé le passé pour nous deux. Vous avez eu un rendez-vous galant avec ce Russe ! Vous avez emmené Michel avec vous pour le voir partir ! (Il se détourna, la voix pleine d'amertume.) De grâce, ne me parlez pas de tirer un trait sur le passé alors que vous faites tout pour le garder vivant !

Elle bondit et s'interposa entre lui et la commode sur laquelle il s'apprêtait à poser les boutons de col fermant son plastron empesé.

— Je vois. Vous allez éternellement me reprocher ce qui s'est passé cet après-midi-là !

— Qui pourrait m'en vouloir ?

Il la contourna et déposa les boutons ornés de perles dans leur écrin de velours.

— Moi, je vous en veux de ne pas me croire ! Mais cela ne changera rien. Je resterai ici, quoi que vous puissiez dire ou faire, et vous ne réussirez pas à vous débarrasser de moi ! Nos enfants ne grandiront pas avec leur père d'un côté et leur mère de l'autre. Et nous allons nous conduire en personnes civilisées, même si vous en arrivez à me haïr !

— Que dites-vous ? Je ne pourrai jamais vous haïr ! (Il

331

était sérieusement ébranlé. Ses paroles avaient subitement fait surgir en lui une vision de ce que serait la maison sans elle. Il eut l'impression qu'on lui arrachait le cœur.) Je ne pourrai jamais vivre sans vous, rugit-il, en la saisissant par les bras et en la secouant si fort que sa tête retomba en arrière. Je vous aime ! Si seulement je pouvais être absolument sûr de vous !

La sonnerie du téléphone retentit brusquement. A cette heure tardive, elle les prit tous deux par surprise, semblant mettre un terme à la crise qui venait d'éclater entre eux. Il la relâcha et fit un pas en arrière.

— Cela va réveiller les enfants, dit-elle instinctivement d'une voix redevenue soudain normale.

Il hocha la tête et s'élança dans l'escalier pour aller répondre. Elle alla s'asseoir devant sa coiffeuse et ôta le collier et les boucles d'oreilles d'émeraudes que lui avait offerts Marco en cadeau de mariage, et les posa dans le premier tiroir de sa boîte à bijoux.

Lorsqu'elle l'entendit remonter lentement l'escalier, elle avait passé sa chemise de nuit et supposa qu'il était resté un moment en bas pour fumer une cigarette. Lorsqu'il entra dans la chambre, elle vit à son expression qu'il avait reçu une terrible nouvelle. Elle devina de quoi il s'agissait avant même qu'il ne le lui dise.

— C'était Angelina, dit-il d'une voix sourde. Son mari et ses officiers ont reçu ordre de regagner leur bateau. L'Italie a renoncé à la neutralité. Nous sommes en guerre avec l'Autriche.

Elle se précipita vers lui et jeta ses bras autour de son cou.

— C'est un geste courageux, mais comme je regrette qu'il ait fallu en arriver là.

Il la serra contre lui.

— C'est peut-être aussi bien. Cela nous permettra au moins de savoir où nous en sommes. Il est toujours plus facile d'affronter l'adversité que de se perdre en conjectures comme nous l'avons fait jusqu'à présent.

— Vous m'avez rappelé que vous m'aviez ramenée ici avec vous de Toscane, dit-elle d'une voix pressante. La graine que vous avez semée lorsque vous m'avez demandé de vous épouser a germé depuis longtemps, et donné le jour à toute la tendresse que j'éprouve aujourd'hui pour vous. Songez aux épreuves que nous avons traversées côte à côte, et à tout ce que nous avons bâti ensemble ! Essayons d'effacer une fois pour toutes les différences qui nous séparent. Aujourd'hui, plus que jamais, nous devons rester unis dans l'amour.

C'était un plaidoyer passionné. Il la regarda au fond des yeux, sentant le doute se dissiper peu à peu. Que n'aurait-il pas fait pour qu'il disparaisse tout à fait !

— Oui, Juliette, répondit-il d'une voix chaude.

Il l'attira à lui et la tint un long moment enlacée dans un baiser passionné. Après quoi, il lui fit l'amour aussi tendrement que la première fois.

22

Les jours suivants, au bureau, Marco fit tous les préparatifs nécessaires en vue de son départ à la guerre. Il avait honoré toutes les commandes relatives aux bâches de protection, et celles-ci avaient redonné un coup de fouet à ses affaires qui, depuis l'invasion de la Belgique par l'Allemagne, commençaient à battre de l'aile. La plupart de ses ouvriers avaient déjà rejoint les rangs des engagés volontaires, et il n'avait d'autre choix que de fermer boutique jusqu'à ce que la guerre soit terminée. Il en avait parlé à Fortuny dont le chiffre d'affaires avait également enregistré une chute vertigineuse au cours des derniers mois. Tout au moins le styliste avait-il de quoi s'occuper dans un autre domaine : le palais Orfei abritait désormais le consulat d'Espagne et il avait été nommé consul honoraire pour toute la durée des hostilités.

Marco fit part à Juliette de son intention de s'engager.

— J'aurai certainement le grade d'officier, dit-il, car dans ma jeunesse j'ai suivi un entraînement militaire volontaire. Comment vous ont-ils accueillie, à l'hôpital, lorsque vous leur avez proposé vos services ?

Elle secoua la tête, l'air déçue.

— Ils n'ont pas voulu de moi, car je n'ai aucune expérience. Et puis là-bas, comme partout, toutes les infirmières sont des religieuses.

— Vous aurez certainement d'autres occasions de faire du volontariat. (Il prit ses mains dans les siennes.) Je veux que vous sachiez que toutes mes affaires sont en ordre et que vous et les enfants ne manquerez de rien au cas où je...

— Non ! l'interrompit-elle brusquement. Vous nous reviendrez quand la guerre sera finie.

— Mais naturellement ! s'écria-t-il d'un ton enjoué.

La porte s'ouvrit et Arianna entra avec Sylvana. Celle-ci tenait à la main la poupée de chiffon dont elle ne se séparait jamais. Marco sourit à sa fille et lui tendit les bras. Sylvana réussit à faire quelques pas mal assurés en direction de son père qui la prit dans ses bras et l'assit sur ses genoux. Il l'embrassa sur la joue. C'était une jolie petite, qui lui ressemblait avec ses cheveux aux reflets dorés et ses yeux bruns.

— Quand comptez-vous partir ? demanda anxieusement Juliette.

— Dès que possible. Mais nous avons encore quelques jours devant nous.

— Nous n'en laisserons pas perdre une seule miette ! déclara-t-elle, craignant de voir le temps filer à tire-d'aile.

Lorsque l'entrée en guerre de l'Italie était devenue imminente, un second exode avait eu lieu. Il concernait les étrangers qui allaient bientôt devenir des ennemis. Un plaisantin avait accroché un panneau *propriétés à louer* à l'extérieur des consulats évacués d'Allemagne et d'Autriche.

Toutes les mesures avaient été prises pour que la ville soit bien défendue. On avait installé des batteries antiaériennes depuis un certain temps déjà, ainsi qu'un dispositif de mines dormantes, de crainte que les sous-marins ennemis ne cherchent à pénétrer dans la lagune. Des sentinelles montaient la garde à tour de rôle sur les toits du palais des Doges, ainsi qu'en d'autres points culminants de la cité. Celle-ci fut bientôt aussi pleine de soldats et de marins qu'elle l'avait été jadis de visiteurs étrangers. La loi martiale fut décrétée, et le black-out instauré.

Venise, qui en temps normal n'était pas éclairée par autre chose que les lumières des cafés, des restaurants, et des cabarets, devint si sombre les soirs sans lune que les premières victimes de la guerre furent ceux qui, perdant leurs repères habituels, tombaient dans les canaux et se noyaient avant qu'on ait eu le temps d'entendre leurs cris et de leur porter secours. Les chaudières des *vaporetti* étaient éteintes au coucher du soleil, et interdiction était faite aux gondoles et aux autres bateaux de s'éclairer, ce qui fut cause de nombreux accidents, notamment pour ceux qui ne prenaient pas garde aux cris d'avertissement des gondoliers. Juliette faisait partie de ceux qui trouvaient insupportable de devoir se claquemurer chaque soir derrière des volets clos, alors qu'en temps normal on les laissait ouverts pour laisser passer la fraîcheur.

Quelques jours seulement après que l'Italie eut déclaré la guerre, de nombreux Vénitiens, dont Juliette, s'éveillèrent au bruit inhabituel d'un vol d'insectes d'une espèce inconnue qui s'approchait dans la lumière dorée du petit matin. Ils ne tardèrent pas à comprendre de quoi il retournait. Les aéroplanes autrichiens lâchèrent leurs bombes au-dessus de l'arsenal. Les dégâts matériels furent quasiment nuls, mais la ville était en état de choc. Certes, tous s'attendaient à des bombardements. Mais l'attaque aérienne était une expérience totalement nouvelle pour les populations civiles.

— Nous aurions dû nous en douter après ce qui est arrivé à Ypres, et à d'autres villes belges, fit remarquer Marco, l'air grave. Juliette, êtes-vous sûre de ne pas vouloir partir avec les enfants chez Lucille tant qu'il est encore possible de prendre un bateau pour l'Amérique ?

Les belles-sœurs de Marco, établies aux États-Unis, avaient déjà écrit pour inviter sa femme et ses enfants à venir séjourner chez elles, et Lucille, de son côté, lui avait demandé de venir la rejoindre à La Nouvelle-Orléans.

Juliette secoua la tête, l'air résolu.

— Je vous ai déjà dit que je ne voulais pas partir. L'Italie et la France sont mes deux patries. Je ne veux pas les déserter, et surtout, je veux être là lorsque vous reviendrez en permission.

Voyant que sa décision était prise une fois pour toutes,

il renonça à la faire changer d'avis. Mais il fit de son mieux pour leur aménager un abri sûr en cas de raid aérien. Le petit salon qui lui servait de bureau ne disposait que d'une seule fenêtre. Il fut décidé que celle-ci serait murée. Plusieurs bâches de protection semblables à celles qui avaient servi à protéger les monuments furent clouées autour des baies vitrées de façon à empêcher les éclats de verre de blesser quiconque en cas d'explosion.

Puis Marco dut se mettre en route. Il fit ses adieux aux enfants, puis à Arianna et à Lena qui pleuraient à chaudes larmes. Pour finir, il s'en alla rejoindre Juliette, qui l'attendait dans le salon. A son grand soulagement, celle-ci ne pleurait pas, même si l'angoisse de la séparation se lisait dans ses yeux. Elle lui tendit ses mains et il les prit dans les siennes. Ils échangèrent un sourire, chacun cherchant à réconforter l'autre.

— Finissez-en une fois pour toutes avec cette guerre, Marco. J'ai hâte de vous voir rentrer à la maison.

— Vous pouvez compter sur moi.

Ni l'un ni l'autre ne savait trop que dire. Ils profitèrent au maximum de ces derniers instants, jusqu'au baiser final. Ensuite, elle l'accompagna dans le vestibule, et lorsqu'il eut ouvert la porte il l'embrassa une dernière fois. Sur la place, il se retourna pour lui faire un signe d'adieu.

Après qu'il fut parti, elle referma la porte et se rendit au jardin où les enfants étaient en train de jouer. Ne voulant pas les troubler, elle s'efforça de cacher son émotion. Marco allait bientôt se rendre sur le champ de bataille, et voilà qu'elle se retrouvait séparée des deux hommes qui comptaient le plus pour elle, chacun à sa façon.

Après le départ de Marco, il y eut à nouveau deux raids aériens. L'un des avions ennemis volait si bas que ceux qui avaient des jumelles virent le pilote lâcher sa bombe. De nombreuses églises furent endommagées. Au Tyrol, des combats acharnés opposèrent les armées italienne et autrichienne, et les blessés commencèrent à affluer. Une fois de plus, Juliette retourna proposer ses services à l'hôpital, mais en vain. Plusieurs de ses amies avaient quitté la ville avec leurs enfants, cherchant refuge dans des zones moins exposées en cas de bombardement. Isabella en était, de même qu'Elena, qui avait récemment découvert qu'elle était enceinte.

Juliette organisa un groupe avec celles qui étaient restées. Ensemble, elles confectionnaient des bandages, tricotaient des chaussettes, des écharpes et des chandails pour les soldats, et faisaient la collecte des dons pour la Croix-Rouge, ainsi que pour d'autres organisations caritatives, en agitant des boîtes en fer-blanc dans les rues de la ville. Juliette se joignit également à l'Union des Travailleuses, qui avait son siège dans le somptueux cadre de la Fenice. Là, elle distribuait le gros drap vert-de-gris à des femmes qui l'emportaient chez elles pour confectionner des uniformes militaires. Comme il s'agissait d'un travail rémunéré pour le compte de l'État, elle-même ne cousait pas, car les femmes qui se retrouvaient sans ressources depuis qu'elles avaient perdu leur emploi dans l'hôtellerie, la restauration ou ailleurs, étaient légion.

Les nouvelles de la guerre étaient désastreuses. Juliette lut, à son grand désarroi, que les troupes austro-allemandes avaient vaincu la Serbie et étaient entrées en Pologne où elles avaient fait de nombreux prisonniers. Elle espérait que Nikolaï ne se trouvait pas parmi eux. Londres subissait les attaques aériennes des zeppelins ; en Belgique, dans les tranchées britanniques et allemandes, les bombardements faisaient rage, et l'Italie était à présent également en guerre avec la Turquie.

En octobre il y eut un nouveau raid aérien sur Venise. Une bombe tomba sur l'église des Scalzi et les admirables fresques de Tiepolo furent à jamais détruites. Il fallut quelque temps à Juliette pour se remettre de ce choc. Le trou béant dans la toiture avait été recouvert de toile goudronnée et la nef était pleine de décombres. Tout au moins n'y avait-il pas eu de pertes humaines, même si quatre femmes avaient été blessées. Juliette songea qu'il aurait pu y en avoir une cinquième si elle s'était trouvée là comme elle en avait eu l'intention. Mais les deux enfants commençaient à peine à se remettre de la rougeole, et ce jour-là Sylvana avait été particulièrement agitée.

Lorsque les autorités lancèrent un appel à la population pour réquisitionner les locaux vides afin d'en faire des hôpitaux, Juliette décida de son propre chef de mettre les bureaux de Marco à leur disposition. Après une inspection, ils furent déclarés conformes. Elle alla ensuite consulter le portier, et tout le stock restant de marchandises, les fichiers, ainsi que le mobilier furent entreposés au dernier étage, laissant vacant tout le reste de l'immeuble. Elle n'avait pas eu le temps de demander son autorisation à Marco, car la distribution du courrier était anarchique et les lettres arrivaient avec beaucoup de retard ou devançaient celles qui avaient été écrites antérieurement. Elle lui écrivit cependant pour le mettre au courant, et lorsqu'elle reçut enfin son consentement, l'immeuble était déjà entièrement converti en hôpital. La plupart des opérations avaient lieu dans l'hôpital principal, et les patients qui se trouvaient là étaient pour l'essentiel des hommes en voie de guérison qui avaient été transférés d'urgence afin de laisser la place libre aux nouveaux blessés.

Juliette leur rendait visite, et apportait des livres et des magazines aux convalescents pour les distraire. Souvent elle s'asseyait à leur chevet pour les aider à écrire une lettre à leur famille, car si certains ne pouvaient pas tenir une plume du fait de leurs blessures, d'autres étaient illettrés. C'était des hommes simples des campagnes qui, jusqu'à ce qu'ils aient été appelés sous les drapeaux, n'avaient jamais quitté leur village natal, souvent situé dans des contrées reculées où rien n'avait changé depuis des siècles. Ils ne comprenaient pas pourquoi la guerre avait éclaté et regrettaient leurs petits carrés de vigne et leurs fermes, autant que leurs femmes et leurs enfants.

Juliette parla d'eux à Angelina.

— Il doit y avoir des centaines de milliers d'hommes comme ceux-là de part et d'autre du front. En temps normal, ils ne se voudraient aucun mal. Mais ils se battent parce que leur patrie l'exige. Dans quel enfer nous ont plongés ces chefs d'État ivres de pouvoir ! s'écriat-elle en martelant à coups de poing les bras du fauteuil sur lequel elle était assise. Quand tout cela va-t-il finir ?

1916 arriva, sans donner le moindre signe d'amélioration. Les blessés continuaient d'affluer dans des proportions telles qu'on vit apparaître des affiches proposant une formation accélérée d'infirmière. Juliette s'inscrivit d'emblée, tout comme plusieurs de ses amies, dont Angelina. Une religieuse leur apprit comment faire les bandages, comment prendre la température, laver un malade alité et toutes les tâches élémentaires qu'elles allaient devoir accomplir. Lorsque tout ceci fut maîtrisé, on emmena Juliette et les autres à l'intérieur du nouvel hôpital, l'ex-Hôtel Victoria. Vêtues d'uniformes d'auxiliaires, elles furent placées sous les ordres d'une infirmière qualifiée, chargée de superviser leur travail au début. La religieuse qui surveillait Juliette se nommait sœur Ursula.

— Vous pouvez commencer à changer les pansements sur les jambes de ce patient, signora Romanelli.

Juliette regarda en direction de l'homme que la sœur lui avait indiqué, et sentit son cœur se serrer de compassion. Il était jeune, dix-sept ans à peine, son visage était livide et ses yeux cernés. Il portait une chemise de nuit rayée trop grande pour lui et une couverture lui recouvrait les jambes. Elle alla chercher les pansements que la sœur lui indiqua et les posa sur une compresse stérile à côté du malade.

— Vous êtes débutante, n'est-ce pas ? lui dit-il, en guise de salut. C'est votre premier jour à l'hôpital ?

— Oui, répondit-elle avec un sourire. Mais j'ai appris à faire les pansements et vous n'avez pas de crainte à avoir !

Avec un sourire amer, il dit :

— Oh, moi je n'ai pas peur, mais vous...

Elle était en train d'ôter la couverture lorsqu'il prononça ces mots, et elle eut un choc qu'elle parvint à peine à dissimuler en découvrant qu'il avait les deux jambes amputées sous les genoux.

— Où est-ce arrivé ? demanda-t-elle d'une voix calme en s'agenouillant pour commencer sa besogne.

— Au Tyrol.

Le sang, en séchant, avait collé les vieilles compresses, et elle le vit serrer les poings lorsqu'elle commença à les ôter délicatement. Il blêmit, mais ne cria pas. A la place, il se mit à la provoquer.

— Je parie que dans une minute vous allez tourner de l'œil !

— Et moi, je vous parie que non !

— La dernière débutante l'a fait. Elle est tombée, boum, à la renverse.

Lorsque les plaies furent entièrement dénudées, Juliette fut à deux doigts de suivre l'exemple de celle qui l'avait précédée, mais elle se cramponna et poursuivit sa tâche avec acharnement, gardant son sang-froid tout en continuant à plaisanter avec le malade. Cela les aida tous deux à passer ce moment difficile.

Ce fut une journée éprouvante. Il y avait tant d'hommes atrocement mutilés ! Leur courage était pour elle une leçon d'humilité, et ce qui, en d'autres circonstances, eût pu lui apparaître comme une corvée monstrueuse et répugnante, devint une tâche qu'elle accomplissait de bon cœur afin de soulager un peu leur souffrance. Nombre d'entre eux souffraient également d'engelures provoquées par le froid intense qui régnait dans les montagnes. Certains hommes avaient trop mal pour se rendre compte de ce qui leur arrivait, mais les autres se montraient reconnaissants, et cherchaient à plaisanter. Elle eut tôt fait de s'habituer aux trois journées qu'elle passait chaque semaine à l'hôpital — étant mère d'enfants en bas âge, on ne lui en demandait pas plus. Lorsqu'elle proposa de venir plus souvent, l'infirmière chef lui rappela sèchement que les jeunes enfants avaient besoin de la présence de leur mère.

On était en mars, lorsqu'un matin Juliette se rendit avec Michel à la boutique Fortuny. Il y avait dans sa salle à manger un tableau qu'elle n'aimait guère et qu'elle voulait remplacer par une tenture du styliste. Michel, qui en temps normal n'aimait pas faire les courses, était toujours d'accord pour l'accompagner au palais Orfei où il pouvait jouer à cache-cache derrière les rideaux et les draperies. A trois ans et demi, c'était un grand et solide gaillard qui sous des allures d'angelot cachait un tempérament espiègle.

— Sois sage, lui dit Juliette lorsqu'ils entrèrent.

— Oui, maman.

Il n'y avait pas d'autres clients et seulement deux vendeuses, qui s'ennuyaient de n'avoir rien à faire et se réjouirent de pouvoir jouer avec lui. Tous les jeunes gens s'étaient enrôlés dans l'armée et les ateliers étaient quasiment déserts du fait de l'absence de commandes.

Elle s'était presque décidée pour une tenture en forme de *H* ornée de motifs rouge, bleu nuit et or d'inspiration persane, lorsque les sirènes se mirent à hurler. Encore un bombardement aérien !

— Michel, viens vite ! s'écria-t-elle en lui tendant la main. Nous rentrons à la maison.

De l'étage arrivait un bruit de pas précipités. C'était les quelques employés de l'atelier qui avaient abandonné leurs postes et descendaient se mettre à l'abri. Quelques instants plus tard, Juliette et son fils traversaient la place en toute hâte. Le bruit sourd des batteries antiaériennes résonnait dans le pâle ciel de mars. Un peu plus loin elle aperçut un officier de l'armée qui s'appuyait sur une béquille et qui arrivait dans leur direction. C'était Marco ! Il l'avait vue lui aussi !

— Juliette ! s'écria-t-il, fou de joie. Michel !

Elle se mit à courir et franchit la distance qui les séparait bien plus vite qu'il n'aurait pu le faire lui-même.

— Que vous est-il arrivé ? demanda-t-elle affolée, alors qu'il les embrassait tous deux.

— Oh, rien de grave, répondit-il en les entraînant promptement.

Une fois à la maison, Michel fila prévenir Lena, Arianna et sa sœur aussitôt que Juliette lui eut ôté son manteau. Elles se trouvaient dans la pièce qui servait d'abri.

— Papa est là ! leur annonça-t-il en sautant de joie. Sylvana, papa est là !

Arianna et Lena lui adressèrent un regard amusé. C'était elles qui avaient dit à Marco où il pourrait trouver sa femme et son fils, lorsqu'il était arrivé à la maison. Mais ne voulant pas lui gâcher son plaisir, elles ne le lui dirent pas.

— Voilà une excellente nouvelle, sourit Arianna, en prenant Sylvana sur ses genoux — la petite semblait quelque peu affolée à l'idée de revoir Marco après une aussi longue absence.

Sans cesser de sauter de joie, Michel retourna dans le salon où ses parents se tenaient toujours enlacés. Au même moment, une bombe explosa, et fit vibrer les vitres de la maison. Marco se tourna en souriant vers son fils et lui prit la main.

— Viens, Michel, allons rejoindre les autres. (Puis s'adressant à Juliette, il demanda :) Y a-t-il des raids de nuit ?

— Très rarement. On dit que les canaux de Venise rendent plus visibles les objectifs visés, mais heureusement les tirs ennemis manquent de précision.

Ce qui semblait être le cas du présent bombardement. Plus tard, on leur raconta que toutes les vitres d'un entrepôt avaient explosé et qu'un passage secret avait été endommagé, mais le reste des bombes avait disparu au fond de la lagune. Entre-temps, Juliette avait appris comment Marco avait été blessé. Une balle lui avait transpercé la jambe, brisant l'os, mais celui-ci s'était bien ressoudé.

— Le plus moche, c'est que c'est arrivé la veille de mon départ en permission. Cela a retardé d'autant mon retour à la maison.

Il préféra ne pas lui dire qu'il avait perdu beaucoup de sang et qu'il avait frôlé la mort. En fait, sa guérison avait pris beaucoup plus de temps qu'elle n'aurait pu se l'imaginer.

— Mais où vous a-t-on soigné ? demanda-t-elle,

contrariée d'apprendre qu'il n'avait pas été rapatrié à Venise.

— D'abord dans un hôpital de campagne, sous une tente, et ensuite dans un entrepôt situé dans un village assez éloigné d'ici. Comment se passent vos journées ? Vous ne me donnez guère de détails dans vos lettres.

— Mon travail est éprouvant, et puis vous ne savez que trop bien ce qui s'y passe.

Il hocha la tête d'un air grave. Comme tous les soldats qui venaient passer quelques jours en famille loin des horreurs de la guerre, il n'avait aucune envie d'en parler, si ce n'est pour donner des nouvelles d'autres officiers que Juliette connaissait.

— Et vos créations ? Y a-t-il du nouveau de ce côté-là ?

— Non, si ce n'est que la liaison postale entre Paris est devenue tellement aléatoire que les lettres mettent des semaines à arriver, sans parler de celles qui n'arrivent jamais. Mais le travail m'aide à me détendre. Je vais passer chaque minute que je peux grappiller dans mon atelier. Je continue à me faire des vêtements pratiques, des jupes qui s'arrêtent trois centimètres au-dessus de la cheville.

— Il y a certaines étoffes que Denise doit avoir du mal à se procurer.

— Sans aucun doute. Quand on lit ses lettres, ajouta Juliette avec un sourire, on croirait que le Kaiser a déclaré la guerre rien que pour l'embêter ! Tout comme Fortuny, son chiffre d'affaires a chuté. Certains grands couturiers parisiens se sont engagés et sont partis se battre.

— Dieu du ciel ! Quel changement cela doit être pour eux ! s'exclama-t-il, l'air affligé.

Assise à côté de lui sur le sofa, elle lui avait passé les bras autour du cou et l'embrassait pour essayer de chasser les souvenirs douloureux qui lui revenaient à l'esprit. Cette nuit-là, il s'éveilla deux fois en proie à d'affreux cauchemars, en agitant les bras et en criant des ordres. Elle le prit contre elle et l'embrassa pour chasser ces visions horribles. Une fois, après lui avoir fait l'amour, il se mit à pleurer, le visage enfoui contre sa poitrine, en respirant sa douce odeur, en se demandant comment il allait trouver la force de repartir.

Et pourtant, il dut s'en retourner à la guerre. Il avait cessé de se servir de sa béquille et le médecin militaire l'avait déclaré apte. Juliette avait fait de son mieux pour rendre son séjour à la maison aussi agréable que possible. Elle avait dû se rendre à l'hôpital pour continuer son service, mais il avait passé de bons moments avec les enfants, les emmenant parfois faire un tour en *vaporetto,* ou voir un navire de guerre amarré dans la lagune. Il les accompagnait aussi dans les magasins de jouets. Là il leur permettait de choisir ce qui leur faisait envie, à condition que ce soit raisonnable. Et avant de les ramener à la maison, il les emmenait déguster une glace ou un gâteau à la crème. Il les gâtait tellement que lorsque arrivait l'heure des repas ils n'avaient plus aucun appétit, au grand dam d'Arianna qui craignait de ne pouvoir leur faire retrouver de bonnes habitudes après son départ.

Il était parfois avec les enfants quand il allait attendre Juliette à la sortie de l'hôpital, mais lorsqu'il était tard, il venait seul. Une fois, alors qu'ils s'en retournaient à la maison, ils eurent une brève querelle, la seule de toute sa permission. Il lui posa de but en blanc une question qui la laissa sans voix.

— Avez-vous eu des nouvelles de Karasvin ?

Elle le regarda, stupéfaite.

— Non. C'est une page de ma vie qui est définitivement tournée. Il ne m'écrirait pas de toute façon, même si par miracle une lettre pouvait arriver de Russie en pleine guerre.

— J'ai entendu dire que cela arrivait parfois, par l'intermédiaire de la Croix-Rouge. Karasvin pourrait également choisir la voie diplomatique.

— Non. Il doit être au plus fort de la bataille quelque part sur le front de l'est. Je n'ai reçu aucune lettre et je ne m'attends pas à en recevoir.

Extérieurement, Marco semblait satisfait de sa réponse, mais elle réalisa à son grand désespoir que les choses ne changeraient jamais entre eux. Le doute qui le rongeait semblait ne jamais devoir le quitter, et allait refaire surface tout au long de leur vie commune.

Le dernier jour de sa permission, Juliette changea ses horaires à l'hôpital afin de pouvoir être avec lui. Ils passèrent la journée avec les enfants, comme il le souhaitait, et les emmenèrent voir un spectacle de marionnettes. Le soir, ils dînèrent en tête à tête, et plus tard il lui fit l'amour.

Lorsque Juliette s'éveilla le lendemain matin, il était déjà parti. Une enveloppe à son nom était posée sur la table de nuit. Elle s'assit, balaya une mèche de cheveux de devant ses yeux, et lut la lettre. Il lui disait de ne pas lui en vouloir. Il ne s'était pas senti la force de lui dire au revoir. Il terminait en l'embrassant, ainsi que les enfants.

Rejetant précipitamment les couvertures, elle courut à la fenêtre au cas où il serait encore en vue, mais il avait disparu.

23

Lorsque la nouvelle d'une nouvelle offensive autrichienne au Tyrol tomba, Juliette se mit à se ronger
d'inquiétude pour Marco. Parfois, incapable d'attendre
les journaux, elle se rendait place Saint-Marc où la foule
s'assemblait chaque soir pour entendre le dernier
communiqué lu à haute voix. Avec les autres elle cria et
pleura de joie en apprenant que les Italiens avaient forcé
les lignes autrichiennes à Trentino. D'autres succès de
l'armée italienne suivirent, mais la liste des morts ne cessait de s'allonger. Parmi les blessés qui arrivaient à Venise
par trains entiers, se trouvaient des prisonniers de guerre
autrichiens, qui étaient soignés au même titre que les
autres soldats, mais dans des salles à part, surveillées par
des sentinelles.

A mesure que l'été avançait, l'armée italienne continuait de remporter des petits succès. Juliette s'était assise
les pieds en l'air dans le salon pour se reposer et lire le
journal, chose qui lui arrivait rarement. Elle était seule
dans la maison. Lena était sortie et avait emmené les
enfants avec elle, car Arianna s'était mariée avec un marin
qu'elle fréquentait depuis un certain temps. Tous étaient
allés à la noce. Bien que son époux fût reparti en mer
depuis, Arianna avait pris un petit appartement et travaillait avec d'autres femmes dans une usine rattachée à
l'arsenal.

Lorsque la sonnette retentit, Juliette posa son journal

en se demandant qui pouvait bien venir troubler sa solitude. Elle traversa le vestibule pavé de marbre vert et ouvrit la porte. Une femme entièrement vêtue de noir se tenait sur le seuil. L'espace d'une seconde, Juliette sentit son cœur se serrer, comme si l'étrangère en deuil était venue lui apporter de mauvaises nouvelles, mais au même instant la femme lui sourit, dissipant ses craintes. Il émanait une grande douceur de son visage. Elle devait avoir dans les soixante ans, des cheveux grisonnants, des traits aristocratiques et un port très digne.

— Bonjour *, dit-elle, avant de poursuivre en français : Ai-je l'honneur de m'adresser à la signora Romanelli ? Je suis la signora Ottoni, veuve de feu Carlo Ottoni, de Venise. C'est Doña Cecilia qui m'a donné votre adresse. Je vous demande d'excuser ma visite impromptue. Mais j'avais tellement hâte de faire votre connaissance !

— Entrez, je vous en prie, dit Juliette en s'écartant pour la laisser passer.

— Il y a longtemps que je ne suis pas venue à Venise, expliqua la veuve lorsqu'elle et Juliette se furent assises l'une en face de l'autre. Non pas que je l'aie voulu ainsi, car il fut un temps où nous passions trois mois par an dans notre palais, sur le Grand Canal. Mais malheureusement la santé de mon époux s'est mise à décliner et nous sommes allés nous installer en Suisse, où l'air est paraît-il salutaire. Bien qu'y étant préparée, la récente disparition de mon époux m'a profondément ébranlée.

— Mes sincères condoléances.

La visiteuse inclina la tête en signe de gratitude. En dépit de son patronyme italien, son français ne révélait pas la plus petite trace d'accent. Cependant, Juliette était convaincue qu'il ne s'agissait pas d'une compatriote.

— Carlo était un aventurier et un voyageur, poursuivit la femme. Et chaque fois que c'était possible, je l'accompagnais. Je lui disais toujours qu'il devait descendre de Marco Polo. (Son petit sourire indiqua à Juliette qu'il s'agissait sans doute d'une vieille plaisanterie entre eux.) Mais bien que nous ayons voyagé dans le monde entier, son cœur n'a jamais quitté Venise. Il était très préoccupé lorsque l'Italie est entrée en guerre, mais il était également fier de ce geste courageux, et il a fait de grosses donations aux combattants. Je suis venue à Venise pour réaliser sa dernière volonté : il voulait que le palais Ottoni soit converti en hôpital. Tout l'équipement, depuis les lits jusqu'au bloc opératoire, sera financé grâce à un legs spécial dont la gestion m'a été confiée.

— Voilà qui est très généreux ! s'écria Juliette. Et je sais de quoi je parle, car je soigne les blessés trois fois par semaine à l'hôpital de l'Hôtel Victoria.

— C'est ce que Doña Cecilia m'a dit. Je suis allée la voir hier, sitôt après mon arrivée. Il y a des années, à Rome, mon mari et moi avons fait sa connaissance ainsi que celle de feu son époux, Fortuny y Marsal. C'était sans l'ombre d'un doute l'un des plus grands peintres que l'Espagne ait jamais porté. Carlo lui a acheté un grand nombre de toiles qu'il a léguées au musée du Prado, à Madrid, afin de compléter la collection Fortuny y Marsal.

— Encore un geste magnifique ! Vous connaissez certainement aussi Don Mariano et Maria Luisa ?

— Oh, bien sûr. Maria Luisa est venue m'attendre à la gare, hier, mais je n'ai pas encore eu l'occasion de revoir son frère. (Elle croisa ses mains gantées sur ses genoux.) Je ne vous ai toujours pas expliqué la raison de ma visite. Doña Cecilia m'a dit que vous aviez converti les bureaux de votre époux en hôpital de guerre, tout comme je souhaite le faire avec le palais.

— Je les ai simplement mis à la disposition des autorités médicales, après quoi j'ai fait ôter le stock de marchandises et le mobilier pour les entreposer au dernier étage. Et pour finir, j'ai engagé des femmes de ménage pour nettoyer à fond les locaux.

— Voilà qui en dit long sur votre esprit pratique. Et vous savez à qui vous adresser pour effectuer ce genre de travaux ! (La signora Ottoni fit un petit geste implorant.) Je serai franche avec vous. Je ne suis plus toute jeune, cela saute aux yeux, et je ne sais pas du tout comment je dois m'y prendre pour créer cet hôpital. Naturellement, je dois entreprendre toutes les démarches légales, mais avant cela j'ai besoin que vous m'aidiez. J'avais espéré que Maria Luisa le ferait. Mais, malheureusement, elle a beaucoup changé depuis la dernière fois que je l'ai vue, et la chose ne me paraît pas possible.

— Avant de vous donner ma réponse, je voudrais vous rappeler qu'un juriste pourrait se charger de toutes les démarches à votre place et servir également d'intermédiaire entre vous et les autorités médicales.

— J'en suis convaincue, et je suis également convaincue que mon mari aurait souhaité que je procède ainsi, mais cela voudrait dire que l'entreprise m'échapperait totalement. (La veuve ajouta d'une voix émue :) C'est sans doute la dernière chose que je pourrai faire pour Carlo, c'est pourquoi je voudrais m'y consacrer entièrement du début à la fin.

— Je comprends.

— Eh bien, que pensez-vous de ma proposition ?

Le visage de Juliette s'épanouit dans un sourire radieux.

— Ce sera pour moi un plaisir de pouvoir vous aider.

La signora Ottoni leva les mains au ciel, visiblement soulagée.

— C'est merveilleux ! C'était la réponse que j'attendais. Vous avez tous mes sincères remerciements.

— Le palais est-il meublé ?

— Oui. Un vieux gardien et sa femme y habitent.

— Y demeurez-vous actuellement ?

— Non. Je suis l'hôte de Doña Cecilia. Elle m'a invitée aussitôt que je lui ai dit que je venais à Venise. Je ne suis pas encore allée au palais. Peut-être pourriez-vous m'y accompagner demain matin ? J'aimerais que nous nous attelions à la tâche sans tarder.

— Mais bien sûr. Je ne reprends pas mon service avant après-demain. Vous n'imaginez pas quel soulagement ce sera pour la ville de disposer d'un autre hôpital. (Juliette était sincère.) Le flot des blessés est incessant. Un grand nombre d'entre eux sont en état de choc, à cause des tirs d'obus. En plus de toutes leurs autres misères...

— Accepteriez-vous de travailler comme infirmière dans mon hôpital ?

— Oh, j'en serais ravie. Mon transfert ne devrait poser aucun problème.

La signora Ottoni acquiesça d'un signe de tête, visiblement satisfaite.

— Je me sentirai moins seule si vous êtes à mes côtés. Voyez-vous, à notre grand regret, Carlo et moi n'avons jamais eu d'enfants. Lorsque j'ai su de quelle mission il m'avait investie, j'ai songé combien il aurait été merveilleux d'avoir une fille pour me seconder. Et vous voilà soudain.

— Je ferai de mon mieux...

Les voix des enfants retentirent dans l'entrée. Ils étaient de retour. Quelques instants plus tard, la porte du salon s'ouvrit à la volée et Michel arriva en courant, Sylvana à sa suite. Ils saluèrent poliment la veuve mais Lena vint bientôt les chercher. Juliette et sa visiteuse se mirent à parler de Paris, et de la Maison Worth où la signora Ottoni s'habillait chaque fois qu'elle se rendait là-bas. Lorsque la veuve lui demanda comment elle et Marco s'étaient rencontrés, Juliette répondit à sa question, et la signora Ottoni lui raconta comment elle et Carlo s'étaient fiancés quelques jours seulement après avoir fait connaissance.

— C'était à Nice. J'y allais chaque année avec mes parents et mes frères et sœurs, dans notre villa. Comme tous les autres Russes de la cour, nous fuyions le blizzard glacé de notre pays pour gagner les rivages hospitaliers de la Méditerranée.

— Ainsi donc, vous êtes russe, signora ! s'exclama Juliette. Cela explique pourquoi vous parlez le français aussi couramment.

— Ah, je vois que vous savez que le français est la langue des aristocrates, et que le russe n'est utilisé que pour s'adresser aux domestiques. Je me souviens qu'étant enfant je m'étais étonnée de cette coutume, car le russe est une langue vivante et imagée, mais on m'avait fait taire aussitôt. C'était un sujet tabou.

— Avez-vous encore de la famille, là-bas ?

La veuve acquiesça.

— Ceux de ma génération commencent à se faire rares, mais j'ai des quantités de neveux et de nièces. Juste avant que la guerre n'éclate, Carlo et moi avons reçu la visite du fils de ma sœur cadette. Alexandre est l'un de mes neveux préférés, et Dieu sait s'ils sont nombreux. Ils sont tous sur le front. Je n'ai revu personne de ma famille depuis la visite d'Alexandre, mais l'un de mes beaux-frères est ministre du tsar et me fait parvenir les lettres de mes sœurs par le canal diplomatique. C'était du moins le cas lorsque j'étais en Suisse, et j'espère qu'il va continuer pendant que je serai ici. Ainsi, le courrier ne souffrira pas de retard.

— Votre neveu est-il resté longtemps ?

— Malheureusement non. Il était allé à Vienne avec un ami, lequel s'était rendu à Venise pour une brève visite, et ils avaient convenu de se retrouver dans une gare afin de faire ensemble le long voyage de retour.

Juliette n'éprouva pas la moindre surprise en entendant ces mots et en réalisant ce qu'ils impliquaient. On n'échappait pas à son destin.

— Connaissiez-vous l'ami de votre neveu ? demanda-t-elle d'une voix égale.

— Oui, naturellement. En Russie nous sommes des millions, mais les cercles aristocratiques sont relativement restreints, et tôt ou tard nous finissons tous par nous connaître, tout au moins de vue. Je connais la famille de Nikolaï Karasvin depuis des années. Alexandre et Nikolaï, ainsi que plusieurs de leurs amis, se sont enrôlés dans le même régiment à leur retour en Russie. Avant que je quitte la Suisse l'une de mes sœurs m'a écrit que le père de Nikolaï était mort. Il est triste de songer que son fils est parti à la guerre et qu'il n'a même pas d'héritier au cas où le pire viendrait à se produire.

Elle s'interrompit brusquement, voyant que Juliette avait porté une main à son visage, comme pour en ôter la pâleur subite.

— Vous ne vous sentez pas bien ?

Juliette laissa retomber sa main sur ses genoux.

— Un peu de fatigue, sans doute.

La signora Ottoni fut rassurée.

— Comment s'en étonner avec la vie que vous menez ! Et dire que je suis venue pour vous donner encore plus de travail.

— J'aime me sentir occupée, s'empressa de répondre Juliette. Vous n'imaginez pas à quel point.

— Je vais m'en aller et vous laisser vous reposer.

— Oh, non. Je vous en prie. Restez, nous allons prendre des rafraîchissements.

La veuve s'était déjà levée.

— Ce ne seront pas les occasions qui manqueront.

Elles convinrent d'un rendez-vous pour le lendemain puis Juliette raccompagna la veuve jusqu'à la porte. Lorsqu'elle s'en retourna au salon, elle aperçut son reflet livide dans le miroir. Si elle avait su qu'il existait un lien, aussi ténu soit-il, entre la signora Ottoni et Nikolaï, aurait-elle accepté de la seconder aussi spontanément ? Il lui aurait été facile de trouver quelqu'un de compétent pour la remplacer. Mais il était trop tard, à présent, pour revenir sur sa parole.

Elle passa une main dans ses cheveux, et s'arrêta au milieu du salon, en proie au désespoir. La volonté de Nikolaï était-elle si forte qu'elle entendrait toujours parler de lui au moment où elle s'y attendait le moins ? Même Marco l'avait évoqué, avec colère, lors de sa permission. Les choses allaient-elles continuer ainsi jusqu'à la fin de sa vie ? N'allait-elle jamais connaître la paix du cœur ?

Le lendemain matin, Juliette sortit de bonne heure pour faire ses emplettes, comme elle avait pris l'habitude de le faire dernièrement. Avec le rationnement et le manque de vivres, il fallait passer des heures à faire la queue, souvent en vain car il ne restait plus rien quand on franchissait enfin le seuil de la boutique. Lorsqu'elle arriva à la maison avec ses maigres provisions, une jeune fille du nom de Catarina Bellini l'attendait. La veille au soir, sachant qu'elle allait avoir une journée particulièrement chargée en raison de la création du nouvel hôpital, elle avait demandé à Lena si elle connaissait quelqu'un qui pourrait la seconder pour les tâches ménagères et pour s'occuper des enfants. Lena avait fait appel à Catarina, dont les anciens patrons avaient quitté Venise pour une zone plus sûre.

— Pouvez-vous commencer à travailler immédiatement ? lui demanda Juliette après avoir pris connaissance de ses références.

Timide, brune et souriante, Catarina avait déjà conquis Michel et Sylvana. Elle sourit, son visage se creusa de fossettes, et elle répondit :

— Oh, oui, s'il vous plaît, signora.

Juliette, soulagée de voir que Lena allait avoir une aide consciencieuse, partit aussitôt après pour se rendre au Conseil de l'Ordre médical où, comme elle s'y attendait, on lui dit de revenir avec la signora Ottoni, le jour même, à quatre heures. Cela lui laissait tout le temps nécessaire pour faire le tour d'inspection du palais Ottoni. Comme convenu, elle passa prendre la nouvelle bienfaitrice de la ville, et elles se rendirent ensemble au palais.

— Vous avez vu comme le gondolier s'est montré empressé, murmura la signora Ottoni à Juliette tandis que leur embarcation fendait les flots. Dire qu'autrefois, à cette heure-ci, il était quasiment impossible de trouver une gondole !

— C'est vrai. Ils n'ont plus de travail, répondit Juliette.

Elle savait que les rares gondoliers qu'on trouvait encore étaient pratiquement réduits à l'indigence et qu'ils subsistaient, eux et leurs familles, grâce au repas quotidien distribué par la soupe populaire.

— Je vais lui donner un bon pourboire.

— Il vous en sera reconnaissant.

— Nous devrions trouver le palais en ordre. Le gardien est un septuagénaire, mais son épouse a vingt ans de moins que lui, et a toujours parfaitement entretenu la maison. Je leur ai envoyé un message à mon arrivée pour les prévenir que j'allais venir inspecter les lieux, mais que je ne séjournerai pas au palais.

— Allez-vous retourner en Suisse lorsque tout sera réglé ?

— Pas tant que la guerre ne sera pas terminée. Il me tarde tant de rentrer en Russie ! L'une de mes nièces et son mari se sont installés dans la maison où je suis née. Celle-ci est si grande que nous pourrions tous y loger sans jamais nous croiser, si nous n'en éprouvions pas l'envie.

— La Russie était déjà en crise avant la guerre. Que se passera-t-il si des émeutes venaient à nouveau à éclater, une fois la paix revenue ?

— Cela n'arrivera pas, lui assura la signora Ottoni. Il n'y a rien de tel qu'un ennemi commun pour unir un peuple. Et nos paysans ont fait preuve d'une bravoure exemplaire. (Elle releva soudain la tête.) Ah, nous voici arrivées !

Devant elles se dressait le palais du quinzième siècle, avec sa somptueuse façade ornée de fenêtres gothiques et de balcons de pierre délicatement ouvragés. Le gardien se tenait sur le seuil, et malgré son grand âge il fit quelques pas en direction des deux femmes pour les aider à débarquer.

— C'est un honneur de vous revoir, signora, dit-il avec une petite courbette à l'ancienne mode.

— Comment allez-vous, Giovanni ?

— Bien, signora, mais ma femme me manque.

— Oh, mon Dieu ! Vous êtes en deuil ?

— Non, non, rassurez-vous. Mais elle est tombée dans l'escalier il y a un an, et s'est cassé la hanche. Elle est partie vivre chez ma fille, où elle va rester, car elle ne pourra plus jamais marcher. (Le bonhomme n'avait pas l'air trop abattu.) Alors je me débrouille tout seul.

Ses efforts pour garder la maison en ordre n'avaient pas été aussi fructueux qu'il se l'imaginait. La frange verdâtre au bas des bâches recouvrant les meubles du vaste hall d'entrée était là pour en attester.

— Qu'est-il arrivé ? s'enquit la signora Ottoni, contrariée.

— Nous avons eu des inondations cet hiver.

La signora Ottoni hocha la tête, l'air navré, tout en commençant à monter le grand escalier plein de toiles d'araignée qui menait à la salle de bal. Elle entra, sa longue jupe noire balayant la poussière qui recouvrait le sol de mosaïque rose, et s'arrêta au milieu pour jeter un coup d'œil nostalgique autour d'elle. Juliette la rejoignit. La vaste pièce était magnifique. Toute lambrissée d'or, elle possédait un plafond bleu turquoise. Deux grands lustres vénitiens de cinq pieds de diamètre y scintillaient, malgré l'épaisse couche de poussière. Une scène en trompe l'œil représentait plusieurs personnages magnifiquement vêtus à la mode d'antan, qui souriaient et regardaient par-dessus une balustrade garnie de corbeilles de fleurs.

— J'ai tant de bons souvenirs ici, dit la signora Ottoni tristement avant de redresser brusquement les épaules. Et j'en aurai bien d'autres, d'un genre moins futile, lorsque des marins et des soldats y auront été soignés et guéris ! Combien de rangées de lits pourrions-nous installer dans cette salle de bal ?

— Trois, dit Juliette. Une de chaque côté et une au milieu. Ce qui laissera toute la place nécessaire pour aller et venir entre les lits.

Ceci marqua le début de tout ce qu'il fallut faire pour transformer le palais en hôpital. Le gardien donna son congé. Il approuvait l'initiative, mais se déclara trop vieux pour supporter de tels changements. Juliette n'eut aucun mal à trouver les bras nécessaires pour ôter les meubles et nettoyer les locaux. Le palais comptait plusieurs toiles magnifiques que la signora Ottoni laissa en place pour le plaisir des patients et du personnel soignant. Juliette, en uniforme, prit son service lorsque les premiers blessés commencèrent à arriver. Et après quelques petits tâtonnements, le nouvel hôpital se mit à fonctionner sans problème.

La signora Ottoni décida de ne plus retourner en Suisse. Elle connaissait peu de gens là-bas, car elle s'était presque exclusivement consacrée à soigner son époux, d'abord chez eux, puis dans la clinique où il avait été admis. L'hôpital du palais Ottoni était devenu le centre de son existence. Elle loua un appartement dans le voisinage. Chaque jour, elle rendait visite aux malades, leur faisant la lecture, écrivant leurs lettres, les aidant à boire, ou à manger quand ils n'étaient pas capables de tenir une cuillère. Ce qu'elle faisait pour les malades, c'était un peu comme si elle le faisait pour son mari, ce qui était pour elle une consolation.

Parmi la deuxième vague de blessés qui arriva à l'hôpital, se trouvaient quelques soldats russes. Ils avaient été faits prisonniers par les Autrichiens, mais à l'occasion de leur transfert dans un autre camp, ils s'étaient retrouvés sous les feux de l'armée italienne, au moment où celle-ci lançait l'assaut sur les lignes autrichiennes. Juliette alla de lit en lit pour regarder le visage de chaque homme, et quand ils étaient recouverts de bandages, elle lut leur nom sur leur fiche d'identification. Nikolaï n'en était pas...

Puis, juste au moment où elle allait quitter l'hôpital, une infirmière vint lui dire qu'un officier russe se trouvait dans l'une des petites salles qui avaient été installées à l'étage. Elle monta les escaliers quatre à quatre, mais aussitôt qu'elle eut franchi le seuil elle sut qu'il ne s'agissait pas de Nikolaï. Elle s'approcha du lit du malade, lut son nom sur sa feuille de température et lui dit en français :

— Comment vous sentez-vous, capitaine Rostov ?

Il avait perdu un bras et était très faible, mais néanmoins heureux de pouvoir parler avec elle.

— Bien mieux depuis que je suis dans ce lit. Quand je vous entends, j'ai l'impression d'être à nouveau à Paris.

— Vous connaissez ma ville natale ?

— J'y suis allé pour ma lune de miel.

Elle sourit.

— Il n'y a pas meilleur endroit au monde pour ce genre de choses.

— Pourquoi êtes-vous partie si loin ?

— J'ai épousé un Italien. Puis-je vous demander si

vous avez jamais rencontré un certain Nikolaï Karasvin ?
J'ai fait sa connaissance à Paris. Il est dans l'armée russe,
et j'aurais voulu savoir s'il allait bien.

L'officier fronça les sourcils, l'air songeur, puis secoua
la tête.

— Non, je suis désolé, son nom ne me dit rien.

Ils bavardèrent quelques instants encore, et il lui parla
de sa femme et de ses enfants. Lorsque Juliette s'en alla,
il lui fit promettre de revenir le voir — une faveur, car il
ne faisait pas partie de ses patients. En redescendant, elle
songea que c'était elle, cette fois, qui avait choisi de parler
de Nikolaï, même si c'était sa volonté à lui qui l'y avait
poussée.

En dépit des soins attentifs qui leur furent prodigués,
plusieurs soldats russes moururent. La signora Ottoni
leur tint la main dans leurs derniers moments. Ceux qui
ne souffraient que de blessures légères étaient heureux
de pouvoir parler avec une compatriote, bien qu'elle fût
issue d'une classe devant laquelle ils s'étaient toujours
inclinés. Tout ceci était effacé par ses paroles douces et
certains d'entre eux, au milieu de leur délire, s'imagi-
naient qu'elle était leur mère. Elle avait espéré que le
capitaine serait en mesure de lui donner des nouvelles de
ses neveux qui se trouvaient actuellement sur le front,
mais comme cela s'était passé avec Juliette, il fut incapable de l'aider. A sa grande surprise, et à sa grande consternation, il lui avoua ouvertement que le tsar l'avait déçu.

— Il a voulu prendre personnellement le commande-
ment de l'armée et le résultat a été catastrophique. Nous
avons subi des pertes considérables à cause de son incom-
pétence. Des centaines de milliers d'hommes ont déjà été
tués. Les épreuves qu'endure notre armée sont inimagi-
nables. Bien sûr, on ne peut pas rendre le tsar responsable de tout — le manque de munitions, la famine qui fait
des ravages parmi les soldats, les bottes percées et les
vieilles baïonnettes. Mais saviez-vous que la famine sévit
partout dans le pays ? Il n'y a pas que l'armée qui crève
de faim.

— La situation est catastrophique !

— Mais cela va bientôt être pire encore. La vieille ran-cœur des paysans n'a pas disparu. Il y a de nombreux éléments rebelles dans l'armée. Je connais des officiers dont la loyauté vis-à-vis du tsar est plus que douteuse. Et les succès que nous avons remportés face à l'armée austro-allemande et aux Turcs ne suffiront pas pour apaiser le mécontentement qui gronde parmi les soldats et la population civile.

La signora Ottoni garda pour elle tout ce qu'il lui avait dit sur le tsar, sa propre loyauté l'empêchant de proférer la moindre parole à son encontre. Elle raconta simplement à Juliette les tourments endurés par les soldats et vit que le regard de la jeune femme s'assombrissait soudain.

Juliette continuait d'écrire régulièrement à Marco, sachant combien il aimait recevoir les lettres qu'elle lui envoyait, ainsi que les dessins réalisés spécialement pour lui par les enfants. Même si ceux de Sylvana n'étaient rien de plus que des gribouillages au crayon de cire... Juliette n'avait pas la moindre idée de la date à laquelle il rentrerait enfin chez lui.

Un matin, deux lettres de l'étranger arrivèrent ainsi qu'une lettre de Marco. Elle la lut en premier. La seconde missive portait un timbre français, et venait de Denise. Le ton en était désespéré. Son dernier mannequin l'avait quittée quelques mois auparavant pour participer à l'effort de guerre, de même que la plupart de ses couturières. Seules restaient une demi-douzaine de vieilles femmes. Les quelques clientes qui lui étaient encore fidèles portaient les mêmes toilettes d'une saison sur l'autre. Les nouvelles commandes étaient pratiquement inexistantes. Elle ne pouvait plus continuer à fabriquer les soutiens-gorge créés par Juliette et qui s'étaient si bien vendus, car plus personne ne pouvait se permettre d'acheter de lingerie fine, si bien qu'elle avait dû fermer l'atelier. De nombreuses maisons de haute couture * avaient fermé, et elle-même n'espérait pas pouvoir garder la Maison Landelle ouverte au-delà du mois prochain. Elle terminait sa lettre par une remarque acerbe sur les Allemands qui l'avaient totalement ruinée. Parmi toutes ces doléances, elle glissa un mot au sujet de Jacques Vernet qui passait le plus clair de son temps dans ses usines d'armement, mais qui venait à Paris assez souvent et l'emmenait dîner ou danser.

La troisième lettre venait de Gabrielle. Elle avait été écrite en août, trois mois plus tôt. Elle lui apprenait que Derek avait été tué au cours de la bataille de la Somme et qu'il avait reçu la croix de guerre à titre posthume. Gabrielle disait que la famille de Derek lui avait été d'un grand soutien. Sa petite fille était sa seule joie. Dans la dernière ligne de sa lettre elle espérait sincèrement que tout allait bien pour Juliette, que la guerre serait bientôt terminée et qu'elles pourraient se revoir. Juliette replia la lettre et pleura de compassion pour son amie.

La guerre continuait de faire rage. Il semblait à Juliette et aux autres ménagères vénitiennes que tout était rationné. Les denrées arrivaient en portions tellement congrues qu'à moins de se lever à l'aube pour aller faire son marché, on ne trouvait ni poisson, ni fruits, ni légumes, sans parler de la viande désormais rarissime. Elles savaient que la situation était la même pour tout le monde, y compris en Allemagne...

De nombreux étrangers rencontraient d'autres problèmes que ceux du ravitaillement. C'était le cas de Fortuny et de sa mère qui, dans l'incapacité de puiser dans les ressources dont ils disposaient à l'étranger, se trouvaient dans une situation financière inextricable. Doña Cecilia s'était séparée d'une partie de ses œuvres d'art, et la signora Ottoni avait dû prendre un appartement plus petit. Quant à Fortuny, il s'était vu contraint de vendre les biens auxquels il tenait le plus.

— Pas les esquisses de Goya ! s'écria Juliette, consternée lorsque Henriette lui exposa la situation.

Il les lui avait montrées une fois. Elles étaient d'une beauté et d'une force remarquables.

— Si, hélas, soupira Henriette en croisant les bras et en s'appuyant de tout son poids sur la table sculptée de l'atelier-salon. Il le fallait. Tous les ateliers sont fermés désormais. La boutique est encore ouverte, mais les clients sont si rares ! C'est moi qui les sers. (Elle jeta un regard autour de la vaste pièce.) Comme c'est silencieux. Vous souvenez-vous de l'animation qui régnait ici lorsque Mariano et moi y donnions des soirées avant guerre ?

— Je m'en souviens. Je me souviens également des Américains qui avaient insisté pour que Don Mariano parte en Amérique avant que la guerre n'éclate, afin de pouvoir continuer à travailler là-bas. N'a-t-il aucun regret ?

— Non. Il est décidé à rester à Venise coûte que coûte.

— C'est un homme remarquable à bien des égards. Continue-t-il à créer ?

— Oh ! oui, dit Henriette avec un sourire énigmatique. Il attend son heure. La guerre finira un jour. Toutes les guerres finissent un jour. A mon avis, sa robe Delphes continuera d'être admirée longtemps après que le Kaiser aura été balayé de la mémoire collective.

— Je pense que vous avez raison.

Juliette n'allait plus guère dans son propre atelier, ne disposant pas de suffisamment de temps. Elle s'affairait du matin au soir, car quand elle n'était pas à l'hôpital elle avait trente-six choses à faire. Elle s'efforçait de rendre visite à Doña Cecilia chaque fois qu'elle le pouvait. En dépit de tous les efforts de Juliette, Maria Luisa s'était totalement retranchée dans un monde intérieur peuplé d'obsessions.

Le soir, à bout de forces, Juliette sombrait dans un profond sommeil. Le soir du nouvel an, elle s'endormit sans assister à l'avènement de 1917, et se réveilla au matin en espérant que celui-ci allait apporter la paix. Une lettre de Marco l'attendait lorsqu'elle descendit. Elle lui annonçait qu'il serait bientôt de retour, en permission.

Juliette alla l'attendre à la gare. Il était taciturne et semblait exténué, mais après deux semaines passées à la maison son état s'améliora sensiblement. Elle lui avait beaucoup manqué et il lui faisait l'amour souvent et passionnément, et peu après son départ elle se demanda si elle n'était pas à nouveau enceinte.

Elle en eut la certitude le premier avril, peu après l'abdication du tsar et la montée en puissance des bolcheviks. Une bombe à retardement venait d'être allumée.

24

Étant enceinte, Juliette dut cesser son travail à l'hôpital. C'est le cœur gros qu'elle rendit son uniforme et rassembla ses maigres possessions. Parmi celles-ci se trouvait une carte postale que lui avait envoyée un patient. Elle représentait une infirmière rousse, embrassée par un malade alors qu'elle s'apprêtait à lui administrer une potion. Elle avait pour légende : *Le meilleur des remèdes...* Elle sourit en la rangeant avec les autres souvenirs qu'elle gardait précieusement. Le jeune homme qui la lui avait envoyée n'avait que vingt ans lorsqu'il avait trouvé la mort lors d'une offensive italienne à Trieste.

En apprenant la venue d'un nouveau bébé, Marco réagit exactement comme elle se l'était imaginé. Dans sa lettre il n'était question que du troisième enfant qui allait considérablement enrichir leur existence. Outre l'immense fierté qu'il tirait d'être père, il était évident que l'idée d'une naissance au milieu de ce chaos l'aidait à garder espoir. Juliette, quant à elle, n'avait nullement envisagé d'avoir un autre enfant avant la fin de la guerre, mais c'était arrivé, et elle savait qu'elle n'en aimerait pas moins son bébé lorsque celui-ci paraîtrait.

Elle fronça les sourcils en lisant la suite de sa lettre. Il insistait pour qu'elle parte immédiatement se réfugier en Toscane avec les enfants. Là-bas, dans la villa, elle serait bien soignée, comme elle l'avait été jadis. Il était très inquiet de les savoir depuis si longtemps dans une ville exposée aux bombardements. Juliette lui aurait volontiers obéi. Les autorités encourageaient d'ailleurs les citadins à quitter la ville pour des zones moins exposées, car Venise, avec son gigantesque arsenal et ses canaux protégés, constituait une cible de choix pour l'adversaire. Mais il lui était impossible de partir. Elle avait failli faire une fausse couche, et devait garder le lit.

— Il faut que vous restiez couchée jusqu'à ma prochaine visite, lui avait dit le médecin. Ensuite, si tout va bien, vous serez autorisée à vous lever, à condition de vous reposer beaucoup, les jambes en l'air. Et cela jusqu'à ce que je sois certain que votre bébé arrivera à terme. A mon avis, il y a longtemps que vous auriez dû cesser votre travail à l'hôpital. Mais ce qui est fait est fait. A présent, nous devons essayer d'éviter le pire.

Lorsque Juliette répondit à Marco, elle s'efforça de le rassurer au sujet des bombardements. Les aéroplanes italiens prenaient le plus souvent le dessus, grâce à leurs batteries antiaériennes. Et elle lui rappela que Venise avait son as de l'aviation, un héros qui défendait vaillamment la ville avec son escadron. Pour finir, elle lui promit de quitter les lieux avec les enfants si cela s'avérait nécessaire, dès que le bébé serait né. Lorsque Marco lui écrivit à nouveau il ne chercha pas à discuter les ordres du médecin. Et elle réalisa combien d'espoir il mettait dans la naissance de son nouvel enfant.

Pour Juliette, le bon côté de cette grossesse était qu'elle pouvait se consacrer entièrement à Michel et Sylvana, sans avoir à courir à droite et à gauche. Depuis toujours, elle et Marco s'étaient efforcés de donner le goût de la lecture aux enfants. A présent elle prenait tout le temps nécessaire pour apprendre à lire à Michel, alors que jusqu'ici elle n'avait pu lui consacrer que de brefs instants. Elle lui enseigna également quelques rudiments de calcul. Sylvana, quant à elle, était capable de réciter toutes les lettres de l'alphabet et d'identifier ses propres initiales, ainsi que celles de ses proches, sans oublier *P* pour *Papa,* naturellement.

Chaque mois de la grossesse de Juliette semblait marqué par un événement tragique — entre autres, l'entrée en guerre des États-Unis. Tout au long des mois d'août et de septembre il régna à Venise une tension sans précédent. Les combats avaient redoublé d'intensité à San Gabriele et Bainsizza, les lignes de défense italiennes. Lorsque les Autrichiens battirent finalement en retraite, les Vénitiens poussèrent un gros soupir de soulagement et laissèrent libre cours à leur liesse en apprenant qu'une fois de plus leur ville avait réussi à repousser une attaque terrestre.

Juliette songeait parfois que, même si elle n'avait pas été personnellement concernée par le sort de Nikolaï, les journaux lui auraient de toute façon donné toute l'information nécessaire sur le déroulement de la guerre en Russie. Son cœur se serra lorsqu'elle apprit que le tsar et la tsarine et leurs enfants avaient été exilés en Sibérie. Les Alliés craignaient que la Russie ne se retire de la guerre, du fait de l'agitation croissante qui secouait le pays. Les Russes avaient essuyé un revers cuisant à la bataille de la Riva. C'était, disaient les journaux, en raison du mécontentement régnant parmi les soldats, et des désertions massives...

On était à la fin octobre lorsque Juliette, qui s'était péniblement tirée du lit pour se baigner et s'habiller, s'arrêta soudain et tendit l'oreille. Un grondement inquiétant et lointain arrivait sur Venise. Se précipitant à la fenêtre, elle ouvrit les persiennes à la volée. C'était le bruit du canon !

Cela s'était déjà produit auparavant, lorsque le vent soufflait dans la bonne direction. Mais cette fois le bruit était beaucoup plus proche. Elle alla aussitôt dans la chambre des enfants. Ceux-ci dormaient à poings fermés. Dès qu'elle fut habillée, elle descendit et tomba nez à nez avec Lena et Catarina qui s'en revenaient de dehors, où elles étaient en conversation avec deux ouvriers. Catarina salua Juliette à la hâte et monta aussitôt réveiller les petits, confuse d'avoir négligé son travail.

Debout au pied de l'escalier, Juliette remarqua d'emblée l'expression grave du visage de Lena.

— Que se passe-t-il ?

— Personne ne le sait vraiment. Mais on raconte qu'il y aurait eu une grande bataille à Caporetto.

— Mon mari est là-bas ! s'écria Juliette, dont le visage devint couleur de cendre. On l'y a envoyé tout récemment !

Avec un petit tss... tss... compatissant, Lena s'approcha d'elle et lui dit :

— Allez vous mettre à table, signora. Je vais vous servir le café. Tout ira bien, ne vous inquiétez pas. Essayez de manger un peu. Pensez à votre bébé.

Plus tard, ce matin-là, Lena se rendit place Saint-Marc pour entendre les derniers communiqués, et apprit qu'une bataille de grande envergure avait effectivement eu lieu à Caporetto. Il s'agissait d'un combat décisif, toute la ville le savait. Car désormais les Autrichiens risquaient de pointer leurs canons sur Venise...

— Il faut que nous fassions les bagages de façon à pouvoir partir à tout moment, dit aussitôt Juliette.

Elle n'avait pas envie d'attendre d'être sur le point d'accoucher pour se mettre en route, même si tout était provisoirement rentré dans l'ordre.

— Je vais m'en occuper, signora, dit Lena. Et Catarina fera les bagages des enfants.

— Moi, je m'occupe de la layette, dit Juliette. Nous saurons bientôt quelle a été l'issue des combats.

Tout au long de la journée le canon gronda. Juliette ne cessa de penser à Marco. L'après-midi elle emmena les enfants voir Henriette.

— Êtes-vous venue pour vous assurer que nous n'avions pas fui ? plaisanta celle-ci.

Elle avait apporté du café pour Juliette et pour elle, et donné une pomme à chaque enfant.

— Non, je sais bien que ça n'arrivera jamais. Je suis venue vous dire que j'emmenais toute ma marmaille en Toscane demain.

— Voilà une bonne nouvelle. Si le pire devait arriver, Venise ne se laissera pas prendre facilement. Il vaut mieux que vous et les enfants soyez partis.

366

— Puis-je vous confier la clef de la maison ? Au cas où Marco reviendrait pendant notre absence, il ne se retrouvera pas à la rue.

Henriette acquiesça d'un petit signe de tête, et Juliette lui remit la clef.

— Vous pouvez compter sur moi. Si Marco rentre, c'est d'abord ici qu'il viendra vous chercher.

Il allait sans dire que le retour de Marco impliquait une défaite pure et simple à Caporetto.

Le soir, Lena retourna écouter le dernier communiqué, et s'en revint en toute hâte pour dire ce qu'elle avait entendu.

— Tous les étrangers ont reçu ordre de quitter la ville. Seul le consul britannique a refusé de quitter son poste !

— Don Mariano et Henriette en feront certainement autant, dit Juliette.

— Un train a été affrété spécialement pour le transport des étrangers. Ils ne seront autorisés à emporter que des bagages à main. Vous êtes française, signora. Vous et vos enfants pouvez prendre ce train. Je vais vous aider à tout préparer !

Juliette ne bougea pas du fauteuil dans lequel elle était assise. Elle secoua simplement la tête et dit :

— C'est impossible. Souvenez-vous, je suis italienne par mon mariage. Je n'ai plus de passeport français. Non, nous allons faire comme nous avons dit. Nous allons prendre le premier train pour la Toscane demain matin. Comme je vous l'ai déjà expliqué, je suis restée en contact avec le gardien et sa femme. Ils savent que nous risquons d'arriver d'un moment à l'autre.

— Mais il y aura des centaines de gens qui chercheront à fuir Venise demain. Tous ceux qui n'auront pas réussi à partir aujourd'hui. Je vais aller sur-le-champ à la gare pour acheter les billets. S'il y a le moindre problème, j'irai trouver le chef de gare. C'est un vieil ami.

Juliette alla chercher son porte-monnaie et donna l'argent nécessaire à Lena.

— Cela devrait largement suffire. En chemin, je vous prie de passer chez la signora Ottoni pour lui demander si elle veut se joindre à nous. Elle est italienne par mariage, elle aussi, et ne trouvera sans doute pas de place dans le train spécial.

— Entendu. Puis-je vous demander une faveur ? Arianna peut-elle venir avec nous ? C'est ma nièce, et j'ai toujours veillé sur elle comme sur ma propre fille depuis que ses parents ont disparu.

Juliette puisa un peu plus d'argent dans son porte-monnaie.

— Naturellement. J'aurais dû y songer moi-même. Catarina passera la voir chez elle pour le lui demander.

— Notez bien que je ne sais pas si elle acceptera de venir. Umberto, son mari, est en permission pour l'instant. Son bateau a eu une avarie. Il se peut qu'elle ne veuille pas partir avant qu'il ait repris la mer.

— Dans ce cas nous lui donnerons l'adresse de la villa pour qu'elle vienne nous y rejoindre plus tard. Je suis sûre que son mari l'y encouragera.

Une nuit de velours enveloppait Venise lorsque Lena sortit à nouveau, emmenant Catarina avec elle. Prudentes, elles rasaient les murs en longeant les étroits trottoirs qui bordaient les canaux, de crainte de rentrer en collision avec quelqu'un arrivant en sens inverse, et poussaient le *Scia ohè* des gondoliers qu'on n'entendait plus guère ces temps-ci. C'était devenu une habitude depuis les noyades des premiers jours du black-out, et la réponse d'usage était *Premi eh !*

Peu après elles se séparèrent. Catarina se rendit chez Arianna, et Lena chez la signora Ottoni. Celle-ci se dit touchée par la proposition de Juliette, mais refusa d'abandonner son hôpital. A la gare, Lena aperçut des sentinelles qui montaient la garde, et barraient l'accès.

— C'est bouclé pour la nuit, lui dit un soldat lorsqu'elle demanda à entrer pour parler au chef de gare. Allez-vous-en, signora. Un convoi de blessés est en train d'être déchargé.

— C'est pour cela que je suis venue, mentit-elle effrontément, décidée à passer coûte que coûte. Il m'a envoyé chercher. Je suis infirmière.

Avec son opulente poitrine, son allure proprette et son petit chapeau respectable, elle était convaincante. Les sentinelles la laissèrent entrer, et elle partit comme une flèche en direction du quai où elle se figea brusquement, atterrée par le spectacle qui s'offrait à elle. Les lanternes tamisées donnaient tout juste assez de lumière pour qu'on pût deviner le flot incessant des civières qui sortaient du train pour être transportées à bord des ambulances fluviales et des *vaporetti* chargés d'acheminer les blessés vers l'hôpital le plus proche. Ce n'était que des râles à vous fendre l'âme, sanglots pathétiques, quintes de toux caverneuses. Tels de pâles fantômes, les religieuses déambulaient entre les civières que transportaient soldats et civils volontaires. Le chef de gare était parmi eux. Arrivés directement du champ de bataille, les blessés portaient encore leurs uniformes. Ceux-ci étaient repoussants de saleté, tout maculés de sang et de boue. Ceux qui étaient capables de marcher, aidés par des religieuses, avaient perdu leurs bottes et portaient des bandages autour de la figure et des yeux.

Lena se laissa tomber sur un banc, voyant qu'elle ne pouvait rien faire au milieu de ce chaos, et craignant de gêner par sa présence. La scène qu'elle avait sous les yeux lui en disait long sur la bataille de Caporetto. En temps normal, les blessés étaient d'abord dirigés sur des hôpitaux de campagne, mais cette fois, leur flot était tel qu'il avait submergé les installations du front. Venise elle-même n'était désormais plus qu'un vaste hôpital...

Lorsque tous les blessés eurent enfin été transférés, Lena aperçut son ami qui s'en retournait dans son bureau. Elle s'élança dans sa direction.

Il s'était laissé tomber sur son fauteuil, les coudes sur la table, la tête entre les mains. En l'entendant entrer, il se renversa sur son siège et leva vers elle un visage hagard.

— Ces pauvres gosses, dit-elle d'une voix tremblante. Cette horrible toux !

Il hocha la tête.

— N'en as-tu pas deviné la raison, Lena ? L'ennemi a utilisé du gaz moutarde, à Caporetto.

Elle posa une main horrifiée sur ses lèvres et se laissa tomber sur la chaise la plus proche. Il lui fallut quelques instants pour se remettre de cette nouvelle.

— Il ne faut pas que la signora Romanelli l'apprenne. Son mari est là-bas.

— A-t-elle eu son bébé ?

— Non, pas encore. C'est la raison pour laquelle il faut que je l'emmène loin de Venise le plus vite possible. Dans une villa, près de Lucques.

— Ne me demande pas de te procurer des billets à l'avance, protesta-t-il d'une voix lasse. Le premier arrivé est le premier servi. Je suis dérangé à longueur de journée, ici et à la maison, tout le monde veut partir avant tout le monde.

Elle rapprocha sa chaise et posa les deux mains à plat sur son bureau, l'air suppliant.

— Toi et moi sommes de vieux amis, Roberto. Nos chères vieilles mamans étaient amies, elles aussi. Nous avons joué ensemble lorsque nous étions enfants. Et puis ne suis-je pas la marraine de ta fille qui est partie vivre à Naples ? Tu ne peux tout de même pas me refuser cela ?

Il la considéra un petit moment avec une certaine irritation.

— Tu me demandes l'impossible. Le convoi d'étrangers qui est parti tout à l'heure était le dernier que je puisse garantir. La priorité est donnée aux convois de malades, et à juger par ce qui vient d'arriver, ils vont être nombreux. (Il jeta un petit coup d'œil à l'horloge murale.) Il y en a un autre qui devrait être là d'un moment à l'autre. Il m'est impossible de dire s'il y aura ou non des trains au départ dans les jours à venir.

— Tu dois bien en avoir une petite idée, insista-t-elle.

Il soupira.

— D'après l'indicateur des chemins de fer, le train qui t'intéresse devrait partir demain soir à huit heures. Mais tu devras tenter ta chance.

— Je prends six billets pour Lucques, dit-elle aussitôt. S'il y a un contretemps, il y aura toujours moyen de les changer.

A sa grande satisfaction, elle le vit ouvrir un tiroir et en sortir un carnet de tickets spéciaux qu'il commença à remplir.

— Il y a un changement à Florence, dit-il d'une voix mécanique en les lui tendant. (Puis, voyant qu'elle ouvrait son porte-monnaie pour le payer, il fit un geste négatif.) Je ne sais même pas si tu auras un train. Si tu en as un, tu payeras la compagnie des chemins de fer quand la guerre sera finie.

— Merci, Roberto.

Lorsqu'elle arriva à la maison Romanelli, Catarina était déjà rentrée. Comme elle s'y attendait, celle-ci lui dit qu'Arianna ne voulait pas quitter Venise tant que son mari n'avait pas repris la mer. Lena renvoya Catarina chez Arianna pour lui porter un billet de train au cas où elle changerait d'avis.

Le lendemain, elles passèrent la journée à défaire les lits, afin de faire une dernière lessive. Lorsque Venise avait été bombardée, la première fois, Juliette avait mis tous les bibelots en porcelaine en lieu sûr, et quand elle décida d'en faire autant pour l'argenterie, Catarina la relaya et se fit aider par les enfants qu'elle chargea d'aller quérir tous les objets de petite taille. Ensuite on mit des provisions pour le voyage dans un panier et la maison commença à prendre l'allure austère des bâtisses vides. Au loin, on entendait toujours le grondement du canon. A midi, des aéroplanes autrichiens effectuèrent un vol de reconnaissance au-dessus de la lagune, mais trois appareils italiens les prirent en chasse et réussirent à les abattre après une courte bataille de l'air qui fut observée au sol avec beaucoup d'émotion.

En fin d'après-midi, Lena retourna voir Roberto afin de s'assurer que leur train partait bien à huit heures. Il le lui confirma, car bien que les convois de malades aient la priorité, il était devenu vital d'évacuer la population civile de Venise dans les plus brefs délais.

— Les dernières nouvelles sont-elles si mauvaises ? s'enquit-elle, redoutant le pire.

Il hocha la tête, avant de s'élancer hors de son bureau

tandis qu'un nouveau train de blessés entrait en gare. C'est le cœur lourd qu'elle s'en retourna à la maison où elle trouva Fortuny et la dame française, venus faire leurs adieux à la famille.

Henriette et Juliette tombèrent dans les bras l'une de l'autre.

— Vous allez nous manquer, dit Henriette.

— J'espère que nous serons bientôt de retour, répondit Juliette d'une voix rendue rauque par l'émotion.

Fortuny l'embrassa sur les joues.

— Je l'espère, moi aussi. Et en attendant, prenez bien soin de vous !

Il n'y eut pas d'autres visites. La plupart des amies de Juliette étaient parties au cours des derniers mois. Le moment de quitter les lieux arriva enfin. La petite troupe emporta avec elle ses bagages à main. Le cœur lourd, Juliette ferma la porte à clef derrière elle.

Tandis qu'elle attendait le *vaporetto* qui devait les emmener à la gare, Juliette se mit à penser à Nikolaï. Où était-il ? Les bolcheviks semblaient avoir trouvé un chef du nom de Lénine. Depuis que le journal de Venise avait été réduit à une double page, les nouvelles de la guerre en Italie occupaient presque tout l'espace au détriment des nouvelles de l'étranger qui se retrouvaient réduites à leur plus simple expression. Elle avait pourtant lu cette information relative à la Russie le jour même. Lena interrompit brusquement le fil de ses pensées.

— Voici le *vaporetto* ! Êtes-vous sûre que ce sac n'est pas trop lourd ?

— Mais pas du tout, dit Juliette en le prenant à la main, prête à embarquer.

Lorsque le bateau accosta, elle fit d'abord monter les enfants et Catarina, avant de faire signe à Lena qui portait le reste des bagages et les provisions pour le voyage en train. Elle allait monter à son tour lorsque, tout à coup, elle réalisa qu'elle avait oublié sa robe Delphes. Sans crier gare, elle recula d'un pas.

— Vite, signora ! lui lança Lena, inquiète.

Juliette recula encore.

— J'ai oublié quelque chose ! Partez devant ! Nous avons tout le temps. Je vous rattraperai à la gare !

Puis elle tourna les talons et s'en revint à la maison aussi vite qu'elle le put. Par précaution, elle avait confié tous les billets à Lena sauf le sien, de peur que, dans la cohue, son état ne lui permît pas d'avancer aussi vite que les autres. Pourquoi n'avait-elle pas songé plus tôt à sa robe ? Probablement parce que Lena s'était occupée de son bagage à elle, alors qu'elle s'était occupée de celui du bébé.

Mais il était hors de question qu'elle abandonne sa robe ! Si les Autrichiens bombardaient Venise, la maison risquait d'être détruite. Et s'ils prenaient la ville, ils se livreraient certainement au pillage des bâtisses vides. Sans prendre le temps de souffler, Juliette s'engouffra en toute hâte dans la longue *calle* qui longeait le palais Orfei. Il ne lui restait plus que la place à traverser. Mais comme celle-ci lui paraissait grande !

Elle était à bout de souffle lorsqu'elle atteignit enfin la maison. Elle entra. L'électricité avait été coupée mais il y avait des bougies et des allumettes dans le vestibule. A la lueur vacillante d'une chandelle, elle commença à monter l'escalier. Arrivée à mi-chemin, elle dut s'arrêter pour reprendre haleine. La maison était extraordinairement silencieuse. On n'entendait pas même le grincement familier des meubles et des boiseries. Et pourtant le chaud silence de la nuit était peuplé de souvenirs presque audibles. Elle avait l'impression d'entendre les pas de Michel, les pleurs de Sylvana, les conversations d'amis rassemblés autour de la table, le tintement des verres, le rire profond de Marco, et le bruit atroce du coup qu'il lui avait donné dans sa colère et qui avait continué de résonner dans sa tête longtemps après. Même Nikolaï était ici et la hantait, comme il l'avait hantée pendant des mois après qu'elle l'eut revu, la tenant éveillée la nuit, après que Marco lui eut fait l'amour.

Elle reprit son souffle et continua de gravir l'escalier. Dans sa chambre, elle se hissa sur un petit tabouret afin d'attraper la boîte Fortuny qui se trouvait sur une étagère tout au fond de la penderie. Lorsqu'elle fut redescendue, elle ouvrit la boîte et sortit la robe Delphes qui se déploya entre ses doigts. Elle la fourra précipitamment dans son sac, puis rangea la boîte d'un geste rapide et referma la porte du placard.

Elle avait quitté la chambre et se dirigeait vers l'escalier, lorsqu'une douleur subite la transperça tout entière, manquant la faire tomber. La bougie lui échappa des mains lorsqu'elle s'agrippa à la rampe pour se retenir. La flamme s'éteignit au contact du mur. Plongée dans l'obscurité totale, elle entendit le choc sourd de son sac qui dégringolait une à une les marches de l'escalier.

La douleur commençait à se dissiper mais une autre survint presque aussitôt, sans lui laisser le temps de faire un geste. Il fallait coûte que coûte qu'elle arrive jusqu'au téléphone qui se trouvait dans le vestibule ! Elle reprit sa pénible descente en se cramponnant des deux mains à la rampe, de peur de tomber. La douleur se dissipa à nouveau, pour revenir avec plus de force, la faisant transpirer à grosses gouttes. Cela serait-il arrivé si elle n'avait pas couru pour retourner à la maison ? Elle qui croyait avoir encore huit ou neuf jours devant elle ! Allait-elle avoir la force de se traîner jusqu'au vestibule ? L'obscurité était totale, et elle avait l'impression de descendre au fond d'un précipice.

Contrainte de s'arrêter entre deux contractions pour reprendre son souffle, elle se mit à penser aux enfants arrivant à la gare tout excités à l'idée de prendre le train. Tout au moins, avec Lena, étaient-ils en bonnes mains. Juliette savait que si elle n'arrivait pas à temps, Lena et Catarina poursuivraient le voyage jusqu'à la villa pour mettre les enfants à l'abri. Lena serait furieuse de n'avoir pas été prévenue, et penserait qu'il s'agissait d'un coup monté de sa patronne pour ne pas les accompagner. Tout, d'ailleurs, semblait l'indiquer. La façon quasi théâtrale, et inconsciente alors, dont elle s'était reculée au moment d'embarquer, en gardant avec elle la layette du bébé. Son geste, en apparence délibéré, serait interprété comme une façon d'éviter une scène pénible avec les enfants qui, autrement, auraient refusé de partir sans elle. Lena penserait qu'elle avait l'intention de venir les rejoindre plus tard. Elle s'efforcerait de consoler les enfants qui, une fois oubliée l'excitation du voyage, commenceraient à la réclamer.

Combien de temps faudrait-il avant qu'elle puisse les rejoindre avec le bébé qui était sur le point de naître ? Légèrement surprise, Juliette constata que son cerveau continuait à fonctionner parfaitement, en dépit des douleurs fulgurantes provoquées par les contractions.

Était-elle encore loin du palier ? La sage-femme qui l'avait accouchée de Sylvana n'avait pas le téléphone, car c'était un luxe que la plupart des gens ne pouvaient pas s'offrir, mais un coup de fil à Henriette suffirait à mettre la machine en branle. Fortuny irait lui-même quérir de l'aide.

Sa main rencontra la surface sculptée du pilastre de l'escalier. Elle avait réussi ! Soulagée, elle descendit la dernière marche, mais au lieu du sol de marbre, son pied rencontra quelque chose de mou. Au même moment, elle réalisa qu'il s'agissait de son sac de voyage. Mais c'était trop tard. Sûre d'elle, elle s'était laissée tomber de tout son poids sur le sac qui se déroba. Elle se sentit basculer et poussa un cri en ramenant instinctivement ses bras sous son ventre pour ne pas heurter de plein fouet le sol de pierre. Elle atterrit sur la hanche avec un choc sourd qui l'ébranla des pieds à la tête, puis, entraînée par la force de sa chute, elle alla heurter le pied de la table du vestibule.

Pendant quelques instants, elle fut incapable de bouger. Des larmes coulaient entre ses paupières closes. Le carillon égrena les huit coups de huit heures et les autres horloges de la maison lui répondirent par un tintement mélodieux. A la gare, le train allait partir. Elle imaginait Lena se penchant par la fenêtre dans l'espoir de la voir arriver à la dernière minute.

Cela ne risquait pas d'arriver ! Juliette s'accorda quelques instants de précieux répit entre deux contractions avant de se redresser lentement et de se mettre en position semi-assise. Le téléphone n'était pas loin. S'agrippant d'une main au bord de la table, elle partit avec l'autre à sa recherche et l'attira à elle. Elle posa le cornet contre son oreille et attendit que l'opératrice lui réponde. Rien ne se passa. Elle dut attendre la fin d'une violente contraction pour raccrocher énergiquement le combiné plusieurs fois de suite afin d'obtenir la ligne. Mais celle-ci avait été coupée. La raison en était évidente : compte tenu de la situation militaire, seules les liaisons téléphoniques vitales pour la nation étaient assurées.

Elle se laissa retomber sur le sol glacial, et s'entendit pousser un cri déchirant lorsque la douleur la happa tout entière, la précipitant dans des ténèbres encore plus profondes. Elle était à deux doigts de sombrer dans l'inconscience, mais réussit malgré tout à lutter. Le bébé était en train de naître et il mourrait si elle perdait connaissance ! Ce devait être un garçon, car seul un enfant du sexe mâle pouvait causer une telle souffrance morale et physique à sa mère. Elle n'entendit pas la clef tourner dans la serrure, mais au prix d'un effort ultime et déchirant elle parvint à expulser le bébé, et entendit son vagissement sonore.

Ce n'est qu'au matin que Juliette eut un compte rendu détaillé de ce qui s'était produit lorsque Lena ne l'avait pas vue arriver à la gare. Entre-temps, elle avait dormi plusieurs heures dans son lit, refait à la hâte. La veille au soir, Fortuny en personne l'avait portée jusqu'à sa chambre aussi facilement que si elle avait été une enfant.

— Mais dites-moi tout d'abord, y a-t-il des nouvelles de Caporetto ? demanda Juliette étendue parmi les oreillers, en jetant un coup d'œil en direction du berceau où reposait son fils.

— Je n'ai rien entendu, mentit Lena, jugeant le moment mal choisi pour lui annoncer que Caporetto était tombé, que l'armée italienne avait été mise en déroute et que des milliers de soldats avaient été faits prisonniers par l'ennemi.

— J'ai l'impression que les canons se sont tus. Croyez-vous que les Autrichiens aient battu en retraite ?

— Espérons-le, dit promptement Lena. Puis-je vous demander quel nom vous allez donner à votre fils ?

— Mon mari voulait l'appeler Riccardo, en hommage à son père.

— C'est un joli nom. Un nom de brave.

— Oui, c'est vrai. Vous savez, je ne me souviens que d'une des choses que vous m'avez dites hier soir. Vous m'avez dit qu'Arianna allait se charger de Michel et de Sylvana.

— Vous étiez complètement affolée, croyant que je les avais laissés seuls avec la jeune Catarina. (Lena ôta le plateau du petit déjeuner et alla le poser sur une console à l'extérieur de la chambre, tout en continuant à parler à travers la porte entrouverte.) Je n'aurais jamais fait une chose pareille ! Le train était bondé, de nombreux passagers étaient debout, mais Roberto nous avait gardé des places assises. Juste au moment où le convoi allait démarrer nous avons vu Arianna qui arrivait en courant sur le quai. (Elle revint dans la chambre et s'approcha du lit pour lisser le drap de dessus.) J'étais en train de vous guetter par la fenêtre, et c'est ainsi que je l'ai aperçue.

— Et son mari ?

— Il avait été rappelé plus tôt que prévu et elle avait eu juste le temps de le raccompagner jusqu'à son bateau avant de venir à la gare. Je lui ai dit de prendre ma place, et que vous et moi les rejoindrions après la naissance du bébé. Mais lorsque Mme Negrin a ouvert la porte, je ne m'attendais pas à le trouver déjà né !

— Mais qu'est-ce qui vous a subitement poussée à revenir ?

— J'ai soudain compris ce qui était arrivé. Vous n'aviez rien oublié ! Ce n'était qu'une excuse. Vous aviez senti venir les premières contractions, et n'avez pas osé voyager. Mais je pensais que vous seriez allée directement au palais Orfei. Et quand je me suis présentée là-bas, Mme Negrin a commencé à avoir, elle aussi, de sérieuses inquiétudes à votre sujet.

Lena n'était pas peu fière d'avoir deviné ce qu'elle croyait être la vérité, et Juliette ne chercha pas à la contredire.

— J'étais tellement soulagée lorsque j'ai vu vos deux visages penchés au-dessus de moi à la lueur d'une lanterne !

— Après cela, je ne crois pas m'être jamais autant démenée de toute mon existence ! dit Lena en levant les mains en l'air dans un geste expressif. Remettre le courant ! Trouver les ciseaux pour couper le cordon ! J'ai crié à Madame Negrin d'aller chercher du linge propre pour envelopper le bébé, et une couverture pour vous. Elle courait en tous sens, elle aussi. Dès qu'il a été possible de vous déplacer, elle a couru au palais pour chercher Don Mariano. Ils ont dit qu'ils passeraient en fin de matinée pour prendre de vos nouvelles.

Lorsque Fortuny et Henriette arrivèrent, Lena leur dit que Juliette n'était pas au courant de la débâcle de Caporetto.

— Je n'ai pas eu le courage de l'avertir. Peut-être pourriez-vous le faire vous-même, madame Negrin. Mais demain seulement ? Aujourd'hui, elle est trop fatiguée.

— Oui, vous avez raison, dit Henriette. Elle a besoin d'une journée et d'une nuit entières de repos. Je repasserai la voir ce soir, et demain matin je la mettrai au courant des dernières nouvelles.

Elle commença à gravir l'escalier et Fortuny sortit la bouteille de champagne qu'il avait apportée avec lui.

— S'il vous plaît, veuillez monter quatre coupes à champagne dans la chambre de la signora Romanelli. Je voudrais que vous vous joigniez à nous pour porter un toast à la naissance du bébé.

Tout en apportant les coupes sur un plateau, Lena songea que, bien que les Autrichiens ne fussent qu'à cinquante kilomètres à peine de Venise, Fortuny n'avait rien perdu de son élégance habituelle. Il portait la cravate de soie blanche et les souliers de cuir qu'il avait déjà la veille au soir lorsqu'elle l'avait surpris au coin du feu. Sans doute serait-il tout aussi élégant au milieu des bombardements. Pas un grain de poussière n'aurait osé se poser sur le chapeau mou très chic qu'il avait ôté d'un geste large en pénétrant dans le vestibule.

Juliette, en dépit de sa grande fatigue, prit beaucoup de plaisir à recevoir ses amis et les remercia pour tout ce qu'ils avaient fait pour elle la veille au soir.

— C'est Lena qu'il faut remercier, répliqua Henriette, en s'asseyant au bord du lit. Sans elle, je n'ose pas imaginer comment tout ceci se serait terminé.

— Je lui serai éternellement reconnaissante, dit Juliette en adressant un sourire plein de gratitude à Lena, que cette avalanche de compliments dérangeait.

Fortuny porta un toast en l'honneur de Riccardo, de Marco et de la victoire. Il y avait chez lui un tel charisme et une telle assurance que même Lena se prit à rêver que les choses finiraient par s'arranger malgré tout.

Comme toutes les femmes qui viennent d'accoucher, Juliette passa les dix jours suivants dans sa chambre, à se faire dorloter. Un télégramme d'Arianna arriva enfin le cinquième jour, et la rassura au sujet des enfants. Ils étaient arrivés à bon port et s'étaient installés dans la Casa San Giorgio.

La marine italienne ne cessait de renforcer les défenses autour de Venise, et sur le Grand Canal on ne voyait plus que des soldats. Le marché était désert, et dans les rues autrefois si animées tous les rideaux des boutiques avaient été baissés. Les églises avaient été momentanément converties en abris où se pressaient les milliers de réfugiés venus des campagnes dévastées par les combats. La première fois que Juliette sortit après son accouchement, elle se rendit place Saint-Marc et fut atterrée par le spectacle qui s'offrait à elle. Une autre vague de réfugiés était arrivée le matin même, avec gosses et bagages. Certains avaient même amené leurs animaux. Et tous s'entassaient ici, comme le faisaient jadis les touristes étrangers qui arrivaient en ville. Les prêtres, les religieuses et les volontaires leur distribuaient des rations de survie.

La tension créée par cet afflux de nouvelles bouches à nourrir fut soulagée lorsque des bateaux commencèrent à transporter les civils vers des zones moins exposées. Juliette, son bébé et Lena obtinrent un sauf-conduit et s'apprêtaient à quitter la ville lorsque la signora Ottoni arriva, éplorée. Elle avait les yeux rouges d'avoir pleuré.

— Qu'est-il arrivé ? s'exclama Juliette en lui passant un bras réconfortant autour des épaules et en l'entraînant vers le salon où elles s'assirent côte à côte sur un sofa.

— J'ai reçu une terrible nouvelle. (La signora Ottoni pouvait à peine parler.) Je voulais vous mettre au courant avant votre départ. Mon neveu, Alexandre, a été tué.

— Oh, ma pauvre amie ! s'écria Juliette pleine de compassion.

— C'est le consul britannique en personne qui me l'a annoncé. J'ignore comment la nouvelle est arrivée jusqu'à lui, je sais simplement qu'elle lui a été communiquée par un ami commun diplomate en Suisse.

— Vous a-t-il dit où la tragédie était survenue ?

— Non, simplement qu'Alexandre et deux de ses amis, Anatole Suchkin et Nikolaï Karasvin, étaient tombés sous les balles ennemies alors qu'ils cherchaient à rallier leur armée en déroute. Trois braves jeunes gens fauchés par la mort.

Elle éclata en sanglots, incapable de réprimer son chagrin.

Juliette, complètement abasourdie et choquée, sentit son cœur chavirer. Puis, sans un mot, elle vacilla et, basculant lentement en avant, tomba à terre, inconsciente.

25

Juliette avait rejoint Michel et Sylvana à la Casa San Giorgio depuis plusieurs semaines, lorsqu'elle reçut une lettre des autorités militaires lui confirmant ce qu'il était advenu de Marco à Caporetto. Candida Bonini arriva en courant avec le télégramme.

— Voici ce qui vient d'arriver, signora.

Dévorée d'anxiété, elle regarda la jeune femme décacheter l'enveloppe d'une main fébrile. Puis elle vit Juliette qui fermait les paupières et poussait un soupir de soulagement en pressant le télégramme froissé contre sa poitrine.

— Mon mari est vivant, Candida. Il a été fait prisonnier, mais il est vivant !

— Oh, je suis tellement contente pour vous !

Candida s'en fut à toutes jambes annoncer la bonne nouvelle aux autres. Elle était contente d'avoir à nouveau des hôtes à la villa, en particulier les enfants, car Antonio et elle s'ennuyaient de leurs filles depuis que celles-ci s'étaient mariées et étaient parties vivre au loin.

Lorsque l'été enveloppa à nouveau les collines de Toscane d'une vapeur dorée, le vent commença à tourner sur les champs de bataille. En Russie, la révolution faisait rage. Le malheureux tsar et son épouse, ainsi que toute leur famille, avaient été massacrés avant que l'armée blanche, conduite par les aristocrates, ait pu venir à leur rescousse, et la lutte à mort avec les bolcheviks battait son plein. Juliette pleura amèrement la perte de Nikolaï. Elle n'avait personne à qui se confier, pas même le docteur Morosini qui avait rejoint les rangs de l'armée en qualité de médecin militaire. Parfois elle sortait sur le balcon pour admirer la vue grandiose, et repensait à tout ce qui s'était passé depuis le premier jour où elle était arrivée à la villa. Pour la deuxième fois de son existence, elle allait devoir rassembler toutes ses forces afin de faire face à l'avenir. La guerre avait tout changé, les gens comme les choses. Et elle sentait que, de part et d'autre du front, les femmes allaient devoir reconstruire une vie nouvelle et sécurisante pour les hommes qui s'en reviendraient ébranlés par les horreurs des combats. Mais les femmes avaient changé, elles aussi. Elles avaient rompu avec le style de vie d'avant-guerre. Elles étaient sorties de leurs foyers pour contribuer à l'effort de guerre et remplacer les hommes dans de nombreux secteurs de l'industrie. Il aurait été souhaitable que les deux sexes se retrouvent désormais sur un pied d'égalité, mais de retour à la maison les hommes exigeraient sans doute que la vie reprenne exactement comme par le passé. Peut-être même exigeraient-ils davantage.

Elle avait écrit à Marco, par l'intermédiaire de la Croix-Rouge, pour lui annoncer la naissance de Riccardo, et ce n'est que beaucoup plus tard qu'elle avait reçu sa réponse. Quelques lignes dans lesquelles il exprimait sa joie. Elle était soulagée à l'idée qu'il allait rentrer dans une maison qui n'avait pas été ravagée par les bombes ou les flammes. Au moment où la situation semblait désespérée pour Venise, les choses s'étaient brusquement arrangées. Les lignes italiennes disloquées avaient réussi à se reformer, et les soldats britanniques et français étaient arrivés en renfort. L'aviation italienne, qui avait tant fait pour protéger Venise lors des bombardements, était soutenue par l'aviation alliée, et ensemble elles avaient déversé un déluge de feu sur l'ennemi.

En novembre, peu après le premier anniversaire de Riccardo, l'armistice fut signé. La guerre était enfin terminée. Juliette, terrassée par la grippe espagnole qui déferlait sur l'Europe, ne put participer aux réjouissances.

Dans son délire elle n'entendit pas sonner les cloches de la victoire, et ne sut pas que Michel et Sylvana étaient eux aussi malades et alités dans la chambre voisine. Lena et Candida firent de leur mieux pour les soigner avec l'aide d'Arianna, pendant que Catarina s'occupait de Riccardo dans une autre partie de la maison. Un vieux médecin, sorti momentanément de sa retraite pour aider à enrayer l'épidémie, hocha la tête un soir en déclarant d'un air grave :

— Je crains que la signora Romanelli et le jeune Michel ne passent pas la nuit.

— C'est ce qu'il croit, marmonna Lena d'un ton bourru dès qu'il eut tourné le dos. Mais je suis sûre qu'il se trompe.

Toute la nuit, elle et Candida prodiguèrent des soins aux malades. Peu avant minuit, Arianna s'était mise à chanceler sur ses jambes et à présenter les premiers symptômes de la grippe, si bien qu'il avait fallu la mettre au lit. Lorsque l'aube commença à poindre, l'espoir revint, lui aussi. Et le lendemain on eut la certitude que la mère et l'enfant s'en sortiraient. Sylvana, de son côté, était déjà en voie de guérison. Arianna n'était pas encore remise que Candida tomba malade à son tour, et malgré les soins attentifs qu'on lui prodigua elle mourut en une semaine. Puis ce fut au tour d'Antonio, dont la femme fut enterrée avant qu'il commence à se remettre. Dès qu'il fut en état de voyager, Lucietta, sa fille, vint le chercher pour l'emmener vivre avec elle et son mari à Rome.

C'est à Juliette qu'il incomba de fermer le portail de la villa lorsqu'elle et ses enfants, ainsi que les trois femmes, s'en retournèrent à Venise. La clef fut remise à un avocat de Lucques qui jusqu'ici s'était chargé d'encaisser les loyers. Revenu tout récemment du front, ses affaires n'étaient pas encore tout à fait en ordre.

— La baronne de Landelle souhaite-t-elle que je lui trouve de nouveaux gardiens ? demanda-t-il.

— C'est probable, dit Juliette, mais voilà plusieurs

mois que je n'ai aucune nouvelle d'elle. Néanmoins, tout devrait bientôt rentrer dans l'ordre, et vous allez pouvoir lui écrire.

La dernière lettre que Juliette avait reçue de Denise lui annonçait que la Maison Landelle avait définitivement fermé ses portes. Sa sœur se retrouvait criblée de dettes et plus que jamais encline à s'apitoyer sur son propre sort.

Venise semblait pâle et éthérée sous son manteau de neige. Les lanternes qui avaient recommencé à luire se reflétaient doucement dans les flocons qui tourbillonnaient. Il faisait nuit et un froid de canard lorsque Juliette et tout son petit monde s'engagèrent dans la *calle* longeant le palais Orfei. Michel et Sylvana étaient fatigués et énervés après ce long voyage. Riccardo, dont le caractère s'affirmait de jour en jour, avait lui aussi manifesté sa mauvaise humeur. Puis il était tombé d'épuisement, et dormait à présent, chaudement enveloppé entre les bras de Juliette.

Elle jeta un coup d'œil en direction du palais Orfei lorsqu'ils atteignirent la place. Henriette lui avait écrit qu'elle et Fortuny s'étaient mariés dans l'intimité en présence de deux témoins. Juliette se demandait ce qui les avait poussés à franchir le pas après seize ans de vie commune, mais c'était leur choix et elle le respectait.

Juliette et les femmes qui l'accompagnaient s'attendaient à trouver une maison déserte, un antre glacial après des mois d'abandon, mais les fenêtres étaient allumées.

— Doña Henriette est décidément une voisine exemplaire ! s'écria Juliette. Lorsque je lui ai dit à quelle heure nous serions de retour, je ne pensais pas qu'elle viendrait exprès pour tout préparer et nous accueillir !

Elle remit Riccardo entre les bras de Catarina et ouvrit la porte avec sa clef. Elle s'attendait à voir Henriette, mais ce fut Marco qui arriva comme une flèche du salon. Elle se jeta dans ses bras avec un cri de joie.

— Oh, mon chéri ! s'exclama-t-elle, en fermant les paupières de bonheur, tandis qu'il la serrait dans ses bras après l'avoir embrassée. Vous êtes revenu ! Vous êtes vivant ! J'aurais tellement voulu être là pour votre retour !

— Je suis rentré il y a une semaine à peine, mon amour, répondit-il avec un sourire. (Il se tourna vers Michel qui tirait sur sa veste avec insistance et le souleva de terre.) Et toi, comme tu as grandi, mon garçon !

— J'étais à la campagne, papa ! dit Michel en lui passant les bras autour du cou. Promets-moi de ne plus jamais t'en aller !

— Je te le promets, dit Marco en se baissant pour prendre Sylvana dans son autre bras.

Puis il embrassa les deux enfants sur les joues. Juliette reprit Riccardo à Catarina et attendit que Lena et Arianna puis Catarina aient fini de saluer son mari. Marco se tenait sous le lustre, et elle remarqua qu'il avait beaucoup maigri et que ses cheveux avaient blanchi par endroits. Il n'était pas en uniforme mais portait un costume bleu marine qui ne lui allait plus aussi bien qu'avant-guerre. Son visage reflétait la joie immense qu'il éprouvait à se retrouver parmi les siens, mais lorsqu'il reposa Michel et Sylvana à terre et se tourna vers l'enfant qu'elle tenait entre ses bras, un bonheur quasi extatique transfigura ses traits. Il lui tendit les bras et elle y plaça Riccardo.

— Mon fils ! soupira-t-il en contemplant le visage du bambin endormi.

Michel revint aussitôt à la charge, furieux.

— Moi aussi, je suis ton fils, papa !

— Mais bien sûr ! dit Marco en ébouriffant la crinière de l'enfant sans toutefois quitter des yeux le bébé.

Voyant la détresse dans les yeux de Michel, Juliette fit diversion et l'entraîna au loin.

— Allons, montons nous changer, dit-elle en le prenant par la main et en commençant à monter l'escalier, laissant Marco emmener Riccardo au salon.

Sylvana était elle aussi presque arrivée au sommet de l'escalier, impatiente de retrouver ses poupées.

— Michel, dit gentiment Juliette, essaye de comprendre. Riccardo est né depuis plus d'un an et papa ne l'a jamais vu.

— Il l'a appelé son fils, dit Michel en baissant la tête, l'air renfrogné.

— Papa t'appelle aussi son fils.

— Non, il m'a dit « mon garçon ».

— C'est exactement la même chose. La vie ne va pas être facile pour papa après tous ces mois passés dans cet horrible camp de prisonniers où il n'a pas mangé à sa faim. As-tu remarqué comme il avait maigri ? Il faut que nous fassions tout notre possible pour l'aider à se sentir à nouveau bien parmi nous. Promets-moi de faire tout ton possible.

— Oui, maman, dit-il en hochant la tête, bien que sa rancœur ne l'ait pas quitté.

En haut, tous les lits avaient été faits. Henriette avait pris les choses en main dès le retour de Marco. Lorsque Lena entra dans la cuisine chaude et accueillante, elle y trouva des pâtes et de la sauce prêtes à être servies.

Ils prirent place tous ensemble autour de la grande table de la cuisine. C'était la première fois que Marco mangeait ici, mais les circonstances étaient exceptionnelles. Il ouvrit une bouteille de bon vin et commença à servir. En arrivant à côté de Michel, il s'arrêta et en versa un peu dans le verre de l'enfant.

— Tu as été l'homme de la famille pendant mon absence, tu mérites bien un coup à boire.

Un sourire radieux illumina soudain le visage de Michel, et les adultes rirent de bon cœur en le voyant se rengorger comme un paon. Juliette, qui le connaissait comme sa poche, devina qu'il pensait à Riccardo qui, lui, n'avait pas droit à ce traitement de faveur.

Au cours du dîner on échangea des nouvelles, et Juliette apprit que jusqu'ici Henriette et Fortuny avaient échappé à l'épidémie de grippe espagnole, de même que Doña Cecilia. Mais Maria Luisa, elle, avait été très malade. Marco voulait qu'ils lui racontent comment s'était passé leur séjour à la villa et fut désolé d'apprendre la tragédie qui avait frappé les Bonini. Ce n'est que lors-

que les enfants furent couchés que lui et Juliette passèrent au salon pour bavarder au coin du feu. Il y avait du
courrier pour elle, dont elle aurait préféré remettre la lecture au lendemain pour pouvoir se consacrer entièrement
à Marco, mais ce dernier lui indiqua une lettre de Denise
qui leur était adressée à tous deux et qu'il avait déjà lue.

— Comment va-t-elle ? demanda-t-elle, inquiète, en
prenant la lettre.

— Bien, répondit-il sèchement.

La première phrase informait Juliette que Denise avait
épousé Jacques Vernet peu après la fermeture de la Maison Landelle et que ce dernier avait honoré toutes ses
dettes.

Lui et moi apprécions les bonnes choses de la vie, écrivait
Denise, *et il a fait fortune en vendant des armes pendant
cette abominable guerre qui, Dieu merci, est enfin terminée.
Tu n'imagineras jamais par quoi je suis passée. Fort heureusement tout ceci est enfin terminé Jacques est le plus généreux
des hommes. C'est un soulagement pour moi de n'avoir plus
à supporter les caprices des clientes, les chamailleries des mannequins dans la cabine *, les crises de nerfs dans les ateliers et
tous les autres soucis qui vont de pair avec la direction d'une
maison de haute couture *. A mon tour, à présent, de jouer
les clientes difficiles !*

Juliette lut jusqu'au bout. Rien ne pourrait jamais
changer Denise, pas même la guerre. Elle replia la missive.

— Il semblerait que ma sœur ait atteint le but ultime
de son existence. Elle va enfin pouvoir jeter l'argent par
les fenêtres !

Marco se tenait devant le feu, ce qui accentuait les
contours anguleux de son visage amaigri.

— Nous n'aurons plus de commandes de la Maison
Landelle, dit-il, l'air maussade. Encore un client qui disparaît définitivement.

Elle alla vers lui et passa une main sous son bras.

— Essayez de ne pas vous tourmenter. La situation
risque d'être momentanément difficile, mais tout finira
par s'arranger.

— Mais quand ? Dans combien de temps ? (Il était d'humeur sombre.) Je suis allé deux jours de suite au bureau afin de reprendre contact au plus vite avec mes anciens clients. Les locaux sont vides, les malades et le personnel soignant sont partis.

— Vous n'auriez pas dû aller là-bas. Vous n'êtes pas encore assez robuste !

— J'avoue que je n'ai pas pu rester longtemps. Au bout d'un moment, je ne tenais plus sur mes jambes.

— Vous irez bientôt mieux, vous verrez.

— Si vous voyiez dans quel état ils ont laissé les locaux ! Les malades ont épinglé des gravures et des photographies sur les fresques. Dans certaines salles on a planté des clous et posé des étagères de fortune.

— Je l'ignorais. J'en suis navrée !

Il posa une main réconfortante sur la sienne.

— Vous n'avez rien à vous reprocher. Vous avez bien fait de mettre les lieux à la disposition des malades. J'aurais fait de même. Mais ce n'est pas le plus grave. Les greniers ont été vidés, et toute la marchandise a été volée. La police pense que cela s'est produit au moment où la pénurie battait son plein. Je vais devoir repartir de zéro. Je regrette de devoir vous annoncer cela sitôt après votre retour, mais nous allons devoir veiller aux dépenses du ménage. Au dîner, Arianna a dit qu'elle retournerait vivre chez elle demain, et je crains que Catarina ne doive en faire autant.

— Oh, non ! Elle n'a nulle part où aller.

— Dans ce cas, il faudra qu'elle se fasse embaucher par quelqu'un qui pourra la loger.

— Fort bien. (Elle savait combien la jeune fille serait déçue.) Mais à une condition, il faut que ce soit un endroit où elle sera bien traitée.

Il eut une moue agacée.

— Je viens de vous dire que nous devions nous passer de ses services au plus tôt.

— La situation financière est-elle si catastrophique ?

— J'ai simplement dit qu'il nous fallait veiller à la dépense compte tenu des circonstances.

— Oui, je comprends. Vous pouvez compter sur moi. Demain vous vous reposerez et j'irai à l'entrepôt pour remettre les choses en ordre. Ensuite, je pourrai vous seconder au bureau. Il y a beaucoup de choses que je pourrais faire. Il ne devrait pas me falloir bien longtemps pour apprendre à taper à la machine.

L'enlaçant d'un bras, il secoua la tête et dit :

— Non, c'est mon domaine. Le vôtre est ici, sous ce toit.

Dans un brusque accès de lucidité, elle réalisa qu'il était revenu à la maison fermement décidé à l'empêcher d'outrepasser les limites dans lesquelles il avait toujours voulu la maintenir. A l'avenir il entendait régner en maître absolu et prendre tout seul les décisions du ménage. Les longs mois d'oisiveté et de souffrance qu'il avait passés dans le camp de prisonniers lui avaient donné l'occasion de songer au passé et aux erreurs qu'il croyait avoir commises. Elle comprenait à présent pourquoi il avait tant insisté pour que Catarina s'en aille. Ses raisons n'étaient pas exclusivement financières. En agissant ainsi il espérait soumettre encore un peu plus sa femme. Elle s'était attendue à le voir revenir accablé par tout ce qu'il avait vécu, mais nullement aigri. Elle comprit alors que la tâche qui l'attendait serait beaucoup plus ardue qu'elle ne se l'était imaginé.

Pour comble de malchance, lorsqu'ils montèrent se coucher, elle vit qu'en défaisant les bagages Lena avait étalé la robe Delphes sur le lit, ignorant sans doute où elle devait la ranger. Marco saisit la robe d'un poing rageur.

— Que fait cette robe ici ? s'écria-t-il, furieux.

Juliette pâlit soudain, craignant qu'il ne la déchire.

— Je l'avais emportée avec moi. Mais je vais la ranger.

Elle tendit la main vers lui, mais le poing de Marco se resserra davantage.

— Vous ne pouviez emporter que le strict nécessaire lorsque vous avez quitté Venise ! Et vous avez trouvé le moyen d'emporter cela !

— Mais elle est si légère !

— Vous auriez dû prendre quelque chose de plus utile ! (Le visage pourpre de colère, il ajouta :) Mais bien sûr, vous ne pouviez abandonner votre précieux souvenir ! Et vous n'avez pas songé à emporter les robes Fortuny que je vous avais offertes !

— J'avais emmené une photographie de vous !

— Et plusieurs de Karasvin, je suppose !

— Je les ai détruites il y a longtemps, à la villa, quand vous m'avez demandé ma main. Je n'en ai pas gardé une seule !

— Eh bien, vous auriez dû vous débarrasser de cette robe par la même occasion ! Mais je vais la brûler sur-le-champ !

Il allait se diriger vers la porte lorsqu'elle poussa un cri qui le figea sur place.

— Non ! s'écria-t-elle en se prenant la tête entre les mains et en éclatant en sanglots. Nikolaï est mort ! Il est mort au combat !

L'immense chagrin qu'elle avait caché et refoulé pendant si longtemps explosa soudain pour se répandre en un océan de larmes. Lentement, comme si tout ceci avait été trop lourd à porter, elle se laissa tomber à genoux, incapable de maîtriser les violents sanglots qui la secouaient tout entière. Marco la regardait pleurer, totalement abasourdi. Il était au désespoir. Il avait les nerfs à fleur de peau, et même ce soir, alors qu'ils étaient enfin à nouveau réunis, il n'avait pu se maîtriser. La guerre l'avait totalement anéanti, il était rongé intérieurement par la culpabilité bien connue de ceux qui s'en reviennent sains et saufs alors que tant de leurs camarades ont perdu la vie. D'horribles images de mort l'assaillaient sans répit. Seule cette femme qu'il aimait, et dans le sein de laquelle il aurait voulu se réfugier, pouvait l'aider à oublier toutes les tortures morales qu'il endurait, et ses sanglots lui étaient insupportables.

Il jeta la robe au loin et se baissa pour l'aider à se relever et la prendre dans ses bras. Elle laissa tomber sa tête contre son épaule et continua à pleurer. Il se mit à lui caresser les cheveux et à lui murmurer des paroles réconfortantes, en pleurant lui aussi. Lorsqu'il recula, elle ne fit pas un geste, et garda la tête baissée lorsqu'il commença à la déshabiller pour la mettre au lit. Elle s'endormit presque aussitôt, tant elle était épuisée. Et toute la nuit, il la tint serrée entre ses bras.

Lorsque Juliette se réveilla, tard le lendemain matin, elle était seule. Sans doute Marco avait-il donné ordre de la laisser dormir. Elle se redressa et vit qu'il avait renoncé à détruire la robe Delphes et l'avait posée sur un fauteuil. Sans doute ce geste était-il destiné à lui faire oublier leur querelle mais elle savait qu'il faudrait encore longtemps avant que ses nerfs ébranlés guérissent et lui permettent de retrouver son calme et sa sérénité.

Catarina alla s'installer chez Arianna comme convenu, et trouva à se faire employer dans un hôtel qui avait été transformé en hôpital et qui était en train d'être réaménagé en vue d'accueillir à nouveau des touristes. D'autres hôtels étaient dans le même cas, et certains en profitaient pour revoir leur décoration et renouveler leur mobilier. Contrairement aux autres villes qui avaient vécu la guerre, Venise savait qu'elle serait à nouveau visitée par ceux qui pourraient se permettre de voyager dès que la menace de la grippe espagnole serait écartée. Celle-ci continuait à faire des victimes, comme partout ailleurs en Europe, mais Venise avait connu de nombreuses épidémies tout au long de son histoire et aucune n'avait jamais réussi à anéantir la reine de l'Adriatique.

Une fois ôtés les sacs de sable et les bâches de protection, le lion de Saint-Marc refit son apparition un peu partout dans la ville, puis on commença à réparer les dégâts occasionnés par les obus. Les ateliers de Fortuny avaient rouvert et les commandes commençaient à nouveau à affluer, y compris de la part des plus grands hôtels qui voulaient une décoration aussi somptueuse que celle du palais Orfei. Les affaires de Marco commençaient elles aussi à reprendre, mais pas aussi vite que celles de Fortuny, car bien que ses fournisseurs d'Extrême-Orient fussent aussi impatients que lui de renouer les échanges, les prix avaient flambé et tout était beaucoup plus cher que par le passé.

À la maison, Juliette découvrit qu'il lui était impossible d'offrir à Marco la même vie qu'avant-guerre. Toutes ses pires craintes s'étaient réalisées. Elle savait qu'il l'aimait toujours, c'est pourquoi elle s'efforçait, au prix d'un gros effort, de ne pas perdre patience lorsqu'il devenait totalement déraisonnable. Parfois elle avait l'impression que les choses commençaient à s'arranger à mesure qu'il recouvrait ses forces, et puis soudain tout se mettait à nouveau à basculer. Il était incapable de repousser les sombres nuages de la dépression qui s'amoncelaient au-dessus de sa tête, le rendant insupportable avec son entourage. Pas plus qu'il ne pouvait dissimuler la fierté qu'il tirait de Riccardo au point d'en négliger ses autres enfants. C'était Riccardo qu'il allait voir en premier lorsqu'il rentrait du bureau. C'était Riccardo qu'il faisait sauter en l'air, et qu'il cajolait et appelait « mon fils ». Juliette lui en ayant fait la remarque, il s'efforçait d'appeler Michel de la même façon, mais le garçon ne pouvait s'empêcher de remarquer des différences, et le sentiment de rejet qu'il avait éprouvé au moment de leurs retrouvailles s'était désormais enraciné en lui. Sylvana, placide et souriante, comme toujours, n'avait pas remarqué que l'affection de son père allait tout entière à son petit frère, mais Michel aurait fait n'importe quoi pour attirer l'attention de Marco. Et lorsqu'il voyait qu'il n'y arrivait pas, il se mettait à faire le pitre à table ou ailleurs, jusqu'à ce que les nerfs de Marco craquent et qu'il rentre dans une colère épouvantable.

— Essayez de vous montrer plus patient avec Michel, implora Juliette comme elle le faisait si souvent, un jour que l'enfant avait été renvoyé en pleurs dans sa chambre.

— Il a besoin d'être discipliné, voilà, rétorqua sèchement Marco. Il a été trop gâté à la villa, avec toutes ces femmes qui le traitaient comme un pacha.

— Ce n'est pas vrai ! Le problème vient de vous ! Il est tellement évident que vous préférez Riccardo à Michel ou à Sylvana.

— Jamais de la vie ! s'écria Marco, outré. Si c'était le cas, Sylvana se montrerait aussi rebelle que Michel.

Juliette avait l'impression de parler à un mur lorsqu'elle essayait de faire entendre raison à Marco. Elle en vint à penser que la lettre qu'elle lui avait envoyée pour lui annoncer qu'il avait eu un garçon avait été pour lui comme un flambeau resplendissant dans les ténèbres, un sentiment qui ne l'avait jamais quitté depuis.

En avril, Juliette et Marco emmenèrent les enfants à la fête de Saint-Marc. Ce jour-là, la basilique restaurée irradiait toute sa glorieuse splendeur tel un joyau scintillant au soleil. Toutes les œuvres d'art et les trésors qui avaient été ôtés pour être mis en sûreté n'avaient pas encore retrouvé leur place, et les quatre chevaux de bronze manquaient à la façade. Mais ils y seraient bientôt à nouveau. Sur la place Saint-Marc se pressait toute une foule de Vénitiens en liesse auxquels s'étaient joints un grand nombre de touristes. Avec le déclin de la grippe espagnole, ceux-ci s'étaient mis à affluer, et sur le Grand Canal les gondoliers avaient recommencé à chanter leurs ballades pour les jeunes couples en voyage de noces.

Il y avait des orchestres et toutes sortes de divertissements. Pour plus de sécurité, Riccardo, qui n'en était qu'à ses premiers pas, était juché sur les épaules de Marco. A la grande joie de Michel, Marco se fraya un chemin parmi la foule afin que lui et Sylvana puissent admirer de près jongleurs, acrobates et clowns. Ensuite, il lui acheta la belle auto rouge qu'il convoitait depuis longtemps, et choisit une poupée pour sa sœur, et une petite balle en peluche pour son petit frère. Ils allèrent ensuite déguster des glaces chez Florian, et plus tard Marco laissa Michel décider où ils iraient manger. Ce dernier choisit de déguster des plats chauds à l'étalage d'un marchand ambulant. Lena emmena ensuite Riccardo à la maison pour faire la sieste, tandis que les autres continuaient à se divertir. Et lorsque la nuit tomba, le ciel s'illumina d'un splendide feu d'artifice.

— Quelle merveilleuse journée nous avons passée, dit

Juliette, pleine de gratitude, lorsqu'ils s'en retournèrent à la maison.

Marco tenait Michel par la main, ce dont elle se félicita, voyant qu'il avait enfin accepté de prendre en compte ses remarques concernant le garçon.

— Et nous recommencerons quand les chevaux de bronze auront retrouvé leur place à la basilique, dit Marco. N'est-ce pas, Michel ?

— Oh oui, papa ! s'écria Michel en sautant de joie.

Lorsque tous les enfants furent couchés, Juliette partit à la recherche de Marco et le trouva affalé sur le sofa du salon, un verre de cognac à la main. Elle lui trouva l'air fatigué. S'asseyant sur un pouf, elle croisa les mains sur ses genoux et lui sourit.

— Les enfants se sont tous endormis avec leurs nouveaux joujoux sur l'oreiller. Ils se sont amusés comme des fous.

— Moi aussi. Prenez donc un verre de cognac, Juliette, et servez-m'en un autre.

— Très bien.

En temps normal elle ne buvait que du vin, mais elle avait le sentiment qu'il voulait qu'elle reste au salon avec lui. Elle trouva la carafe sur un guéridon, ainsi qu'un deuxième verre. Lorsqu'elle lui prit son verre des mains, elle se pencha pour l'embrasser sur le front. Elle eut un petit mouvement de recul en découvrant qu'il était brûlant. Elle s'écria :

— Mais vous n'êtes pas bien ! Vous avez la fièvre !

— Et pourtant j'ai des frissons.

— Vous avez pris froid. Pas étonnant que vous ayez l'air fatigué ! Fini le cognac. Montez tout de suite vous mettre au lit, je vous apporte un citron chaud avec du miel.

Il lui obéit sans protester. Comme elle se rendait à la cuisine pour préparer le breuvage, une crainte atroce lui étreignit le cœur. Au cours des trois dernières semaines, il n'y avait eu que deux cas de grippe espagnole. Mais Marco en présentait tous les symptômes.

En pleine nuit elle dut appeler le médecin. Le lendemain, ses pires appréhensions se confirmèrent. Marco s'affaiblissait d'heure en heure, en proie à une fièvre dévorante. Les mois passés dans les tranchées et en détention avaient eu raison de sa robuste santé. Il fut la dernière personne à mourir de la grippe espagnole à Venise. Michel était inconsolable, et criait son indignation.

— Pourquoi est-ce arrivé ? Juste au moment où papa recommençait à m'aimer !

Juliette songea que le père qu'elle lui avait donné lui avait été enlevé beaucoup trop tôt. Son chagrin à elle était immense. Contrairement à son amour pour Nikolaï, qui avait surgi au premier regard, ses sentiments pour Marco étaient nés de la gratitude et s'étaient peu à peu transformés en tendresse et en amitié. Mais ils n'en existaient pas moins. Les deux hommes lui avaient laissé des souvenirs...

26

L'année touchait à sa fin lorsque Juliette retourna travailler comme vendeuse au palais Orfei. Elle n'avait nullement besoin de gagner sa vie, comme Marco lui en avait jadis fait la promesse, mais la mode continuait d'exercer sur elle une attraction irrésistible. Michel, allait à l'école et Arianna, qui avait depuis peu accouché d'un bébé, lui avait proposé de garder Sylvana et Riccardo chez elle, un arrangement qui lui semblait idéal.

Après la disparition de Marco, Juliette mit des mois à sortir du long tunnel de la dépression, mais lorsqu'elle recommença à travailler elle se sentit revivre. Ses amies étaient soulagées de la voir reprendre goût à l'existence. Elle avait promptement cessé de porter le deuil, sachant que Marco aurait souhaité qu'elle garde son souvenir intact en parlant de lui d'une façon enjouée et naturelle. Cependant, elle était incapable d'oublier le cri déchirant de Michel, qui avait vécu la mort de Marco comme un abandon. Un jour, alors qu'elle était veuve depuis un an, il lui demanda si elle comptait se remarier bientôt.

— Il y a des tas d'hommes, fit-il remarquer. Et tous n'ont pas encore d'enfants. Tu peux sûrement trouver quelqu'un qui voudrait une famille. Je suis sûr que papa serait d'accord.

Elle sourit, bien qu'elle fût émue aux larmes de voir combien la présence d'un père manquait à son fils.

— Je suis désolée, Michel, mais je ne veux pas me

remarier. Comme je te l'ai déjà dit une fois, j'étais à peine plus vieille que toi lorsque j'ai perdu mes deux parents, et je sais ce que tu ressens. Néanmoins je te promets de faire tout ce que je pourrai pour toi et Sylvana et Riccardo.

Déçu, il hocha la tête en réprimant un sanglot et lui jeta les bras autour de la taille. Elle le tint serré tout contre elle. Un jour, lorsqu'il serait plus grand, elle lui dirait qui était son vrai père. Peut-être même se souviendrait-il du jour où il avait fait adieu de la main à un homme qui se trouvait à bord d'un bateau à vapeur. Et s'il ne changeait pas trop en grandissant, elle pourrait même lui dire à quel point il ressemblait à Nikolaï Karasvin.

Cette même année 1920, Fortuny ouvrit une succursale à Paris, non loin de l'immeuble qui abritait autrefois la Maison Landelle, rue Pierre-Charron. C'est là que Nikolaï avait aperçu Juliette pour la première fois, une coïncidence qui ne lui avait pas échappé. Elle était persuadée que Fortuny allait conquérir Paris en un clin d'œil, car depuis peu les ventes avaient décuplé de façon phénoménale.

Avant la guerre, les ventes de Fortuny étaient loin d'égaler celles des grands couturiers parisiens, car ses robes n'attiraient que les clientes qui pouvaient se permettre une certaine extravagance vestimentaire. Cependant, peu après l'armistice, tous les yeux se tournèrent brusquement vers le palais Orfei. Peut-être les femmes qui avaient acheté leurs robes avant-guerre en avaient-elles chanté les louanges, et déclaré que celles-ci étaient intemporelles et donc indémodables malgré les mutations rapides de la mode. D'autres se souvenaient d'avoir vu ces vêtements aux lignes fluides lors d'une exposition, ou sur un magazine. Et elles avaient rêvé de posséder un jour l'une de ces illustres créations hispano-vénitiennes. Et les femmes, y compris celles qui ne les avaient jamais vues, ne juraient plus que par les robes Fortuny, créant ainsi une demande sans précédent en dépit du fait que, comme l'avait constaté Marco, le prix du brocart lyonnais et de la soie du Japon s'était envolé. Fortuny ne pouvait désormais plus maintenir les prix raisonnables qu'il pratiquait avant-guerre.

Le modèle Delphes restait l'article le plus demandé, bien qu'il existât d'autres modèles dans des teintes subtiles et changeantes, qui étaient de véritables chefs-d'œuvre de perfection. Car Fortuny, qui ne cessait d'expérimenter, avait atteint des sommets en matière de teinture et de création textiles. Certains de ces nouveaux modèles possédaient des manches longues et fluides épousant gracieusement la forme du bras, mais la plupart étaient sans manches et de forme tubulaire, avec des tuniques tombant en pointes sur les hanches et parfois également sur le devant et dans le dos. D'autres, à l'instar des robes que portaient les femmes de la Grèce antique, avaient un buste croisé mettant en valeur le galbe de la poitrine. Aucune femme de goût n'aurait pu résister à de tels vêtements.

Les artistes de théâtre et de cinéma, ainsi que les femmes de la haute société, étaient de plus en plus nombreuses à se faire peindre dans leur robe Fortuny. Les fiancées choisissaient de se marier dans ses fourreaux de soie plissée blanc nacré, complétés par un simple voile classique retenu par un bandeau très chic entourant le front. Les magazines de mode envoyaient des représentants de Paris ou de Londres, Milan ou New York, pour interviewer Fortuny et prendre des photos. Le magazine très sélect qui avait publié les photos grâce auxquelles Juliette et Nikolaï s'étaient brièvement revus les avait rééditées en se vantant d'avoir su entrevoir le succès international de Fortuny bien avant ses concurrents. Cette fois, ce furent les enfants de Juliette qui s'étonnèrent de voir une photo d'elle en robe Delphes, un vêtement qu'ils ne lui connaissaient pas.

Vers la fin de la même année, la guerre civile qui mettait la Russie à feu et à sang prit fin avec le triomphe de l'armée rouge, et les Russes blancs commencèrent à s'expatrier un peu partout dans le monde. Dix millions d'hommes avaient perdu la vie dans ce qu'il était désormais convenu d'appeler la Grande Guerre, et on ignorait combien d'autres, y compris les Britanniques et les Français venus en aide aux Russes blancs depuis l'armistice, étaient tombés, alourdissant encore le terrible bilan.

Pour Juliette, le moment fort de l'été fut la visite de Gabrielle et de son nouvel époux, Harry Scott-Moncrieff. Ils étaient en voyage de noce. La fille de Gabrielle, Elizabeth, était restée en Angleterre chez la mère de Derek, très attachée à l'enfant de son fils disparu. Harry était beaucoup plus âgé que ne l'était Derek, et tout comme lui il s'était distingué sur le champ de bataille. C'était un gentleman anglais typique, dont la famille vivait depuis des générations dans un manoir du Sussex qui était désormais la nouvelle demeure de Gabrielle. En voyant l'attitude paternelle de Harry, celle-là même que Gabrielle semblait inspirer à tous les hommes, Juliette comprit qu'elle n'avait pas de souci à se faire pour elle. Juliette aurait aimé recevoir également la visite de Lucille, mais sa vieille amie avait définitivement renoncé à voyager. Elle ne pouvait plus quitter Rodolphe qui, avec les années, était devenu très dépendant. Quant à Denise, elle envoyait de temps à autre une carte postale, généralement de Monte-Carlo, où les riches avaient coutume de se réunir pour se donner du bon temps.

L'une de ces cartes postales, postée de Londres, dans laquelle Denise lui disait qu'elle et Jacques avaient assisté aux courses à Ascot et à la régate de Henley, arriva le matin où Juliette alla visiter les nouveaux ateliers de Fortuny, installés dans un ancien couvent, sur l'île de la Giudecca. Son nom ornait le fronton de l'édifice ainsi que la sonnette de bronze de la porte d'entrée.

Tandis qu'elle attendait qu'on vînt lui ouvrir, Juliette eut le sentiment que Fortuny allait lui proposer de travailler ici, et d'abandonner le poste qu'elle occupait depuis bientôt deux ans à la boutique. Il était dans le hall, en train de parler avec l'un des employés, lorsqu'elle entra, et il lui adressa de loin un petit signe de tête amical.

— Lorsque vous aurez fait le tour des ateliers, Juliette, retrouvez-moi ici et nous rentrerons ensemble en ville.

Tout ce qu'elle vit l'intéressa. Dans les vastes salles aérées donnant sur la lagune, les ouvriers avaient commencé à utiliser le nouvel équipement mis au point par Fortuny pour imprimer des cotonnades, ces dernières se prêtant particulièrement bien à l'usage qu'il voulait en faire. En utilisant des matériaux meilleur marché, sans pour autant renoncer à la qualité de ses méthodes de fabrication, il espérait commercialiser ses créations sur une plus grande échelle. Juliette, qui ignorait encore à quelle tâche il comptait l'employer, supposa qu'elle serait chargée de retoucher les imprimés au pinceau avant leur acceptation finale.

Lorsqu'elle et Fortuny reprirent ensemble le *vaporetto*, elle le complimenta sur sa nouvelle entreprise. Il sourit, visiblement satisfait par la façon dont se présentaient les choses.

— Je ne vois pas pourquoi le coton serait moins beau que la soie ou le velours, dont je continue à superviser moi-même la fabrication au palais Orfei. Je voulais vous voir parce que j'ai une proposition à vous faire. J'aimerais que vous preniez le temps d'y réfléchir avant de me donner votre réponse. Rien ne presse, d'autant que cela impliquerait pour vous des bouleversements importants. Accepteriez-vous d'échanger votre poste de vendeuse à Venise contre le même poste à Paris ?

Elle était complètement interloquée. Une telle possibilité ne l'avait pas effleurée. Mais brusquement elle éprouva une sorte de bouillonnement intérieur, comme si, sans même s'en rendre compte, elle attendait depuis toujours le moment où elle pourrait enfin retourner vivre en France.

— Pourquoi me proposez-vous une chose pareille ? réussit-elle enfin à articuler.

— Parce que vous êtes parisienne, et que vous êtes une vendeuse expérimentée capable de prendre des initiatives, et qu'à l'exception d'Henriette et de moi-même, vous êtes probablement la personne qui connaît le mieux les créations Fortuny. Je vous demanderai donc de bien vouloir réfléchir à ma proposition.

Il n'aborda pas la question des émoluments, sachant que ceux-ci n'influeraient pas sur sa décision, même si sa situation financière s'en trouverait grandement améliorée. L'important était de savoir si Paris continuait à compter pour elle plus que Venise, et si elle se sentait capable de déraciner ses enfants, bien que ceux-ci fussent bilingues, et de quitter les amis qu'elle s'était faits ici. Pour lui, l'avenir restait encore incertain, en raison des nombreux projets qu'il avait en tête : des quantités d'idées nouvelles qu'il lui fallait mettre noir sur blanc, dont, entre autres, plusieurs concepts révolutionnaires en matière d'éclairage et de décors de théâtre. A cinquante et un ans, malgré des cheveux, une moustache et une barbe de plus en plus grisonnants, il se sentait capable de relever tous les défis avec le même enthousiasme et le même amour pour la beauté qui le portaient depuis sa naissance.

Il fallut une semaine à Juliette pour prendre sa décision, bien qu'elle ait su ce qu'elle serait dès le premier instant. Elle annonça la nouvelle à Michel et à Sylvana. Chacun l'accueillit selon son propre tempérament. Michel était toujours d'accord pour se jeter tête baissée dans l'aventure, et il avait hâte de découvrir cette ville de Paris dont sa mère lui avait tant parlé. De plus, il était impatient de pouvoir circuler à bicyclette, chose qui ne lui était pas possible à Venise. Sylvana, placide comme toujours, rechigna à l'idée de devoir quitter ses amies, mais elle se consola en songeant qu'elle s'en ferait bientôt d'autres. Elle ignorait encore qu'elle possédait le don d'attirer les gens à elle, un charme et un magnétisme qui toute sa vie durant lui amèneraient des amis et, le moment venu, l'amoureux de son choix. Quant à Riccardo, à quatre ans il était encore trop jeune pour avoir la moindre opinion sur la question.

La maison trouva promptement acquéreur. Juliette refusa de se séparer de ses métiers à tisser et les expédia à Paris, ainsi que divers objets, et deux portraits de famille dont Marco aurait probablement voulu qu'ils aillent à son fils et à sa fille plus tard. La belle-sœur de Juliette, en mission en Afrique, n'avait rien voulu garder hormis une très belle nappe brodée en dentelle de Burano, pour en faire cadeau à la petite église de sa mission comme nappe d'autel. Tout le reste fut expédié aux frères de Marco établis aux États-Unis, qui avaient accepté de bon cœur ces trésors de famille.

De nombreux amis organisèrent des fêtes en l'honneur de son départ et tous firent le serment de se revoir. Elle alla faire ses adieux à Maria Luisa, puis à Doña Cecilia, qui avait joué un rôle si important dans la vie de Don Mariano, en l'éveillant de bonne heure à la beauté des arts. Bien qu'elle sût qu'elle aurait l'occasion de revoir Fortuny et Henriette lorsque ceux-ci viendraient à Paris, Juliette sentit son cœur se serrer à l'idée qu'elle allait devoir les quitter. Le plus dur fut de se séparer de Lena, qui avait tant compté pour elle. La brave femme avait catégoriquement refusé de quitter sa terre natale. Elle vint à la gare, le dernier jour, pour dire adieu à Juliette et aux enfants.

— Si jamais vous changiez d'avis, dit Juliette depuis la fenêtre du compartiment lorsqu'ils furent installés dans le train, prévenez-moi et je viendrai vous chercher.

Lena secoua la tête.

— Non, non, signora. Ça me fait mal au cœur de vous voir partir avec les enfants, mais je ne veux pas me séparer de Catarina, d'Arianna et du petit Emilio. De toute façon, il est grand temps que j'arrête de travailler. Umberto m'a trouvé un petit appartement près de chez eux.

Le train démarra, et Lena se mit à courir le long du quai en faisant adieu aux enfants à travers la vitre jusqu'à ce que la vitesse les emporte. Restée sur le quai, elle sécha les larmes qui inondaient ses joues.

A Paris, Juliette et les enfants séjournèrent quelque temps dans la maison des Vernet que Jacques et Denise avaient mise à leur disposition en apprenant leur retour. Conformément aux dispositions testamentaires de Claude, Denise avait dû renoncer à sa demeure du faubourg Saint-Germain lorsqu'elle s'était remariée. Mais sa nouvelle maison était encore plus vaste et plus luxueuse, avec une salle de bal, et Denise avait deux fois plus de domestiques. Elle et Jacques étaient en croisière dans les Caraïbes à bord d'un yacht privé.

Juliette n'était pas mécontente de pouvoir prendre son temps pour choisir un appartement et une école pour Michel et Sylvana. Elle engagea également une nourrice expérimentée pour s'occuper du plus jeune. Un agent immobilier se chargea de sélectionner des maisons pour elle et l'emmena ensuite les visiter. Une fois, ils passèrent devant l'emplacement de l'ancien atelier de Nikolaï, mais celui-ci avait disparu et avait été remplacé par une bibliothèque. Lorsqu'elle eut visité tous les appartements, elle en choisit un de belle taille dans un immeuble datant de la grande transformation de Paris par le baron Haussmann, et qui se trouvait à deux pas du 67, rue Pierre-Charron.

Lorsque Juliette entra pour la première fois dans la prestigieuse Maison Fortuny, elle eut l'impression de se retrouver au palais Orfei, si ce n'est qu'ici les salons y étaient plus petits. Toutes les tentures, draperies, lampes exotiques et même les éclairages étaient les mêmes qu'à Venise. Certaines robes, présentées sur des mannequins * à la façon Fortuny, resplendissaient de toutes leurs tumultueuses couleurs, tandis que d'autres semblaient aussi délicates que des sucreries. Fortuny avait créé un autre fabuleux décor des Mille et Une Nuits, mais en plein cœur de Paris cette fois.

Le gérant, un homme affable, vif et alerte, était exactement comme Juliette se l'était imaginé. Ils échangèrent un regard respectueux, chacun ayant entendu Fortuny parler en termes élogieux de l'autre. Puis ils parlèrent du travail de Juliette. Celle-ci devait se charger exclusivement de la vente des robes de soie plissée, des capes et des accessoires.

Avant d'entrer dans ses nouvelles fonctions, Juliette se fit couper les cheveux à la nouvelle mode. Depuis la fin de la guerre, la taille basse avait fait son apparition et les jupes avaient raccourci au point qu'on les portait désormais juste en dessous du genou. Cette nouvelle longueur mettait en valeur ses jambes fuselées et ses chevilles fines, et Juliette n'était pas mécontente de voir que la mode féminine telle qu'elle la concevait, et telle que Fortuny la pratiquait à sa façon depuis longtemps, commençait enfin à s'imposer. Cela lui procurait un sentiment de liberté semblable à celui qu'elle avait éprouvé à sa sortie du couvent, il y avait si longtemps, alors que la vie commençait tout juste à s'offrir à elle. A présent, elle avait trente ans, et trois enfants. C'était l'une de ces veuves tant redoutées par les célibataires en ces temps d'après-guerre où les hommes étaient devenus rares. Et pourtant, bien qu'elle ne manquât pas de compagnie masculine, ses rêveries romantiques allaient à un amour qui ne reviendrait jamais.

Juliette avait toujours pris plaisir à travailler au palais Orfei, et rien n'était différent à Paris, si ce n'est qu'une grande partie de la clientèle se composait de nouveaux riches * ayant fait fortune pendant la guerre. Il y avait également des clientes qu'elle avait connues du temps où elle travaillait à la Maison Landelle, ainsi que des étrangères, en particulier des Américaines. Seule l'aristocratie russe était absente. Paris était l'une des capitales d'Europe et d'ailleurs où les Russes blancs avaient trouvé refuge lorsqu'ils avaient fui leur pays par milliers. Tous, hormis quelques rares exceptions, s'étaient retrouvés ruinés lorsque leurs biens et leurs terres avaient été confisqués par le nouveau régime. Ils s'étaient vus contraints d'accepter n'importe quel travail, et il était devenu courant de voir des grands-ducs ou des princes de sang occuper les fonctions de chasseur ou de chef de rang dans les restaurants parisiens. Une Romanov proche parente de l'ancien tsar chantait dans un café de la Rive gauche et attirait beaucoup de clients.

Lorsque Jacques et Denise s'en revinrent au printemps, ils donnèrent une grande soirée. Deux cents convives gesticulèrent au rythme effréné d'un orchestre de jazz. Juliette était du nombre. Beaucoup de ses amis étaient présents et, au cours de la soirée, elle reçut une invitation pour se rendre à une exposition consacrée spécialement à l'œuvre de Rodin. Ce dernier était mort lorsqu'elle était encore à Venise.

C'était un événement majeur, et tous les billets avaient été pris d'assaut. De nombreuses personnalités étaient présentes, et notamment le président. Tous étaient en tenue de soirée, les jeunes femmes arborant des robes courtes. Pour l'occasion, Juliette avait choisi une robe Fortuny en coton qui épousait chacun de ses mouvements dans un mélange de fauve, vert et or.

Elle était en train de rire et de bavarder avec ses amis, une coupe de champagne à la main, lorsqu'elle eut tout à coup la vague impression d'être observée. Elle tourna machinalement la tête, et sentit soudain son cœur tressaillir. Elle manqua presque pousser un cri et lâcha sa coupe qui tomba à terre et se brisa à ses pieds. Parmi la foule dense qui se pressait autour des sculptures elle avait entr'aperçu Nikolaï, plus vieux et pourtant inchangé, sous une statue de Balzac. Ses yeux croisèrent un instant les siens, puis la foule s'interposa à nouveau entre eux et il disparut de son champ de vision.

— Qu'y a-t-il, Juliette ? Ça ne va pas ?

Elle se tourna machinalement vers ses amis, sans les voir.

— Non, non ! Tout va bien. (Les mots semblaient se bousculer dans sa bouche.) Simplement, j'ai aperçu quelqu'un que je n'avais pas vu depuis longtemps. Veuillez m'excuser. Il faut que je lui parle.

— Je vous accompagne, insista son cavalier, inquiet, en la prenant par le coude.

— Non ! s'exclama-t-elle, en se dégageant vigoureusement. Attendez-moi ici. Je reviens.

Consterné, il la regarda enjamber les éclats de verre et se frayer un chemin parmi la foule. Lorsqu'elle atteignit la statue de Balzac, Nikolaï n'y était plus. Elle eut alors l'idée de la contourner et, comme elle s'y attendait, vit qu'il s'était retiré dans un recoin silencieux, loin de la cohue. Des pots de fleurs contenant des palmiers et quelques chaises dorées disposées par paires créaient une atmosphère exotique.

Elle alla immédiatement vers lui. Ils s'observèrent à travers les palmes, l'un et l'autre muets de stupéfaction. Elle s'approcha de lui et, incapable de proférer un seul mot tant elle était soulagée qu'il fût vivant, posa sa joue contre son épaule et ferma brièvement les paupières. Puis elle recula presque aussitôt. Ils ne s'embrassèrent pas. Trop de temps s'était écoulé, trop de choses les avaient séparés. Ce fut lui qui parla le premier.

— Tu as coupé tes cheveux, Juliette. (Son regard s'attarda un instant sur sa coupe impeccable, puis il lui sourit, lentement.) Ça te va bien.

— Oh, Nikolaï ! (Sa voix s'étrangla dans sa gorge tandis que ses yeux se remplissaient de larmes.) On m'avait dit que tu...

Elle ne termina pas sa phrase, mais il avait compris.

— Beaucoup d'entre nous sont revenus du royaume des morts. Après que notre armée s'est disloquée à la suite des mutineries et des désertions, le chaos s'est installé.

— Oh, je suis tellement heureuse que tu sois vivant et en bonne santé ! (Elle s'efforçait de parler calmement.) Je ne sais comment te dire...

A nouveau elle dut s'interrompre. Elle secoua la tête.

— Je n'arrive pas à croire que tu es ici, devant moi. Je te croyais à Venise. Marco et toi êtes venus rendre visite à Denise ?

— Non. Marco a survécu à la guerre pour succomber à la grippe espagnole.

— Oh, je suis vraiment navré. C'était un chic type et lui et moi aurions pu être des amis. (Nikolaï hésita.) Natacha et ma sœur, Anna, sont mortes toutes les deux pendant la révolution.

Son front s'assombrit soudain. Il revoyait la scène. Il avait réussi tant bien que mal à regagner sa maison, espérant trouver les deux femmes saines et sauves, mais le palais avait été pillé et saccagé. Au bout de deux heures de recherches frénétiques, il les avait retrouvées toutes deux violées et assassinées, ainsi que les servantes qui s'étaient enfuies avec elles. Après les avoir enterrées, il avait quitté pour toujours le palais Karasvin.

Devinant à son expression que ses pensées le tourmentaient, Juliette posa une main attendrie sur son bras.

— Je suis sincèrement navrée, dit-elle avec ferveur, d'apprendre que tu as perdu tous ceux qui t'étaient chers en plus de ta patrie.

Ses paroles l'émurent et il prit sa main dans les siennes.

— Habites-tu à Paris ?

— Oui, depuis un certain temps. Je travaille pour la Maison Fortuny.

— Ah, Fortuny, dit-il d'une voix qui fit rejaillir tous les souvenirs qu'évoquait ce nom pour tous les deux. Je passe souvent devant la boutique, rue Pierre-Charron. Mais si j'avais pu me douter que tu y travaillais !

— Depuis combien de temps es-tu à Paris, Nikolaï ?

— Cinq mois. Mais maintenant que je te revois j'ai l'impression de n'en être jamais parti.

Elle retira sa main d'entre les siennes, comme pour l'avertir que plus rien ne serait jamais comme avant.

— Et pourtant nous nous sommes absentés tous les deux très longtemps.

— Parle-moi de mon fils, lui demanda-t-il.

C'était une question à laquelle elle s'attendait. Avant de lui répondre, elle s'approcha d'une paire de chaises dorées où ils prirent place côte à côte.

— Michel est grand et fort et intelligent, et très sensible aussi. Parfois il a besoin d'être rassuré, et parfois, au contraire, il est trop téméraire. Il te ressemble, il a des boucles noires qui se terminent en pointe sur sa nuque. (Avec un petit sourire en coin, elle ajouta :) Et il travaillerait beaucoup mieux à l'école s'il n'était pas aussi porté sur le sport.

Nikolaï émit un petit rire grave.

— J'ai eu le même problème tout au long de ma scolarité.

— Ma fille était encore un bébé lorsque nous nous sommes revus à Venise, mais entre-temps j'ai eu un autre fils. Mes trois enfants vivent avec moi, à Paris.

— Me permettras-tu de voir Michel ?

Son regard était implorant.

Elle savait qu'il allait le lui demander.

— Tu le peux, mais à condition de ne pas lui dire que tu es son père. Je le lui révélerai lorsqu'il sera en âge de le comprendre.

— Je ferai tout ce que tu veux. Je me suis fait tellement de souci pour toi et pour lui lorsque l'Autriche a déclaré la guerre à l'Italie. Tu n'imagines pas comme j'ai regretté de ne pouvoir avoir de nouvelles de vous.

— Pour ma part, lui avoua-t-elle dans un soupir, j'aurais préféré n'en avoir jamais eu de toi.

— Comment as-tu appris ma prétendue disparition ?

Elle le lui expliqua, puis lui demanda si la nouvelle concernant ses amis était également fausse, songeant quel soulagement ce serait pour la signora Ottoni d'apprendre que son neveu était encore en vie. Mais Nikolaï secoua la tête.

— Malheureusement non. Ils ont été tués sur le coup. Si j'ai survécu à mes blessures, c'est grâce à mon sergent qui est venu à mon secours en rampant dans la boue. C'était la débâcle totale de notre côté. Cet homme m'a porté sur son dos jusqu'à une misérable cahute où une vieille femme m'a soigné. J'ai mis plusieurs semaines avant de comprendre où j'étais et qui j'étais. Elle m'a également caché lorsque les Allemands ont forcé nos lignes. Elle m'a sauvé la vie plus d'une fois et je lui dois une fière chandelle.

— Je lui serai moi aussi éternellement reconnaissante.

Elle était tellement émue par ces retrouvailles que sa voix s'étranglait dans sa gorge.

Nikolaï se pencha vers elle.

— Allons parler ailleurs. Viens, partons.

— C'est impossible, dit-elle. Je dois retourner auprès de mes amis. (La voix lui manquait, mais elle voulait savoir tout ce qu'il était possible de savoir le concernant avant de s'en aller.) Que s'est-il passé après ta guérison ?

— J'ai pris un chemin détourné pour rallier l'armée blanche et je me suis battu sous le drapeau impérial jusqu'à la dernière heure. Puis j'ai dû prendre la fuite pour sauver ma peau. Après un périple insensé j'ai réussi à regagner la France, puis Paris.

— Continues-tu à sculpter ?

— Oui. J'avais gardé des fonds dans une banque parisienne, ce qui m'a permis de m'installer dans un nouvel atelier. Les gens ne m'ont pas oublié et je recommence à recevoir des commandes. Je vais faire une exposition à la fin de l'année.

— Je suis tellement contente pour toi !

L'espace d'un instant ils se sourirent, comme s'ils avaient soudain retrouvé leur complicité d'antan, faisant fondre les années, mais elle dut y mettre un terme.

— Il faut que je parte, Nikolaï.

Elle se leva, et il en fit autant, lui barrant la route.

— Accepteras-tu de poser à nouveau pour moi ? demanda-t-il. Je voudrais refaire le buste de toi qui a disparu dans la tourmente en Russie.

— Ce ne serait pas raisonnable, dit-elle d'un ton ferme.

— Il n'y a personne d'autre, n'est-ce pas ? dit-il en la regardant au fond des yeux.

— Non, et il n'y aura jamais plus personne. Mais rien ne pourra plus être comme avant entre nous. Tout s'est terminé il y a onze ans, lorsque nous nous sommes quittés.

— Mais pourtant, à Venise, rien n'avait changé !

— Tu te trompes. Nos sentiments l'un pour l'autre n'avaient peut-être pas changé, mais notre amour faisait déjà partie du passé. Nous n'en avons pas parlé alors, parce que nous savions l'un et l'autre que c'était inutile, parce que nous avions compris qu'il n'était plus possible de revenir en arrière.

— Mais ni toi ni moi ne savions ce qui allait se passer ! Nous ne savions pas que nous serions libres l'un et l'autre lorsque nous nous rencontrerions à nouveau. Je ne savais pas que je sortirais vivant de la guerre !

— Et pourtant c'est arrivé. Mais nous ne sommes plus ceux que nous étions jadis. La guerre nous a changés comme elle a changé tout le reste. Lorsque Marco est revenu du front, c'était un autre homme. Il a rejeté Michel parce qu'il n'était pas son propre fils. Et je ne voudrais pas qu'il arrive la même chose à Sylvana ou à Riccardo. Comme je te l'ai dit, Michel est un être sensible, il serait malheureux s'il voyait sa sœur ou son frère mis à l'écart.

— Parce que tu crois que je négligerais les deux plus jeunes ? s'écria-t-il incrédule.

Elle leva les mains puis les laissa retomber dans un geste résigné.

— Je ne te connais plus comme je te connaissais jadis.

Au même moment le cavalier de Juliette les interrompit d'un ton sec.

— Juliette ! Nous vous attendons pour aller dîner chez Ciro.

Ni elle ni Nikolaï ne l'avaient vu arriver. Il s'était arrêté à quelques mètres, sans chercher à être présenté.

— J'arrive ! répondit-elle aussitôt, mais Nikolaï la saisit par les épaules juste au moment où elle allait partir.

— Écoute-moi ! s'écria-t-il furieux. C'est une seconde chance qui s'offre à nous, Juliette ! C'est un don du ciel. Ne passons pas à côté ! Je suis prêt à repartir de zéro avec les trois enfants, et à faire pour eux tout ce que j'aurais fait jadis pour Michel, peut-être pas avec la même libéralité qu'avant-guerre, mais au moins avec la même tendresse. Chacun de ces enfants est tien ! Comment ne pourrais-je pas les aimer alors qu'ils font partie de toi ? Parce que je t'aime comme je n'ai jamais cessé de t'aimer. C'est ton nom que je répétais sans cesse lorsque je gisais entre la vie et la mort, dans la vieille masure. La photo que nous avions prise à Montmartre ne m'a jamais quitté. Tu seras toujours celle qui donne un sens à ma vie !

Il l'attira brusquement à lui et l'embrassa avec une fougue passionnée, comme s'il avait voulu dissiper toutes ses craintes et toutes ses angoisses. Elle s'abandonna totalement, les joies du passé lui revenant par bribes délicieuses. Puis, lorsqu'il relâcha son étreinte et que sa bouche quitta la sienne, elle s'échappa et partit en courant rejoindre son cavalier.

Nikolaï la regarda partir.

— Demain, Juliette ! Même heure, chez Larue !

Elle l'avait entendu. Il le vit au regard furtif qu'elle lui lança par-dessus son épaule avant que son cavalier ne passe un bras jaloux autour de sa taille pour l'entraîner au loin.

Le lendemain matin, Juliette se rendit chez Fortuny comme d'habitude. Il ne lui fut pas facile de se concentrer sur son travail. Les paroles de Nikolaï ne cessaient de lui trotter dans la tête comme elles l'avaient fait pendant une bonne partie de la nuit. Durant les dernières minutes qu'elle avait passées avec lui, elle avait réalisé que sa vie recommençait à se fondre avec la sienne, exactement comme cela s'était produit le jour où elle s'était arrêtée dans un escalier et l'avait aperçu pour la première fois. Elle savait qu'il y aurait des problèmes et des difficultés à surmonter, et des ajustements à faire dans tous les domaines, mais rien n'avait jamais été facile pour eux par le passé, et cette fois ils seraient deux pour affronter l'avenir.

Plus tard, après le travail, Juliette passa un petit moment avec les enfants comme elle le faisait toujours et leur parla un peu de Nikolaï, dont ils allaient bientôt faire la connaissance. Elle était en train de se préparer pour aller passer la soirée avec lui lorsqu'une garniture d'orchidées blanc nacré moucheté de vert lui fut livrée. Avec un sourire elle effleura des lèvres les fleurs au parfum exquis. Nikolaï n'avait rien oublié.

Puis Juliette sortit la robe Delphes de sa boîte et l'enfila. Ses plis fauve et or enveloppaient sa silhouette une fois de plus. Intemporelle et belle, elle transcendait le passé comme elle transcenderait l'avenir. Elle y piqua les orchidées. Et pour finir elle prit son foulard Knossos.

Drapé autour de ses bras, celui-ci flottait derrière elle lorsqu'elle émergea du taxi devant chez Larue. Autrefois, elle avait causé un scandale en pénétrant ici dans sa robe Fortuny. Mais tout cela était loin maintenant, tout cela et bien d'autres choses encore. Nikolaï l'attendait. Pleine d'espoir, elle alla vers lui, prête à saisir sa seconde chance.

IMPRIMÉ EN FRANCE PAR BRODARD ET TAUPIN
1785W – La Flèche (Sarthe), le 15-06-1999
Dépôt légal : juin 1999

POCKET – 12, avenue d'Italie - 75627 Paris cedex 13
Tél. : 01.44.16.05.00